ro
ro
ro

Julie Stanbridge weiß, worüber sie schreibt. Sie hat einen stressigen Job im Marketingbereich aufgegeben, um ihren Unterhalt mit Kuchenbacken zu verdienen. «Mit Liebe gebacken» erzählt davon, wie es war, das Büroleben gegen den Backofen einzutauschen: eine Geschichte von der turbulenten Suche nach dem perfekten Rezept für die Liebe, das Leben – und Schokoladenkuchen.

Julie Stanbridge

Mit Liebe gebacken

Roman

Deutsch von
Julia Walther

Rowohlt Taschenbuch Verlag

Originalausgabe
Veröffentlicht im Rowohlt Taschenbuch Verlag,
Reinbek bei Hamburg, April 2008

Redaktion Rasha Khayat
Umschlaggestaltung any.way, Barbara Hanke / Cordula Schmidt
(Illustration: Jahreszeiten Verlag / S. Thurn)
Satz ITC Legacy serif PostScript (InDesign)
bei Pinkuin Satz und Datentechnik, Berlin
Druck und Bindung CPI – Clausen & Bosse, Leck
Printed in Germany
ISBN 978 3 499 24655 5

‹Widme dich der Liebe und dem Kochen
mit kühner Sorglosigkeit›
(Magnet an meinem Kühlschrank – ein Zitat des Dalai Lama –,
wie könnte ich da widersprechen. Manche würden allerdings sagen,
dass mir genau das zum Verhängnis wurde …)

‹Gehe vertrauensvoll in die Richtung deiner Träume!
Führe das Leben, das du dir vorgestellt hast.›

Henry David Thoreau
(ein weiterer Kühlschrankmagnet)

Foto von meinem Neffen, Bäro dem Bären,
und seiner Mutter, meiner Schwester Moo.

(klebt ebenfalls an meinem Kühlschrank)

Rezept

....

Man nehme: eine 35-jährige Singlefrau
Füge 1 Weissagung hinzu
1 TL schlechte Nachrichten
1 schwere Entscheidung
300 Feentörtchen
1 Lächeln und eine Runde rote Wangen
1 Handvoll Erinnerungen
1 Kuss – bei Bedarf gerne auch mehr
1 Prise Eifersucht
Etwas Hoffnung (vorsichtig unterheben)
5 gehäufte EL Tränen
865 englische Mince Pies
und 2 Weihnachtswünsche

Alle Zutaten gut mischen.
365 Tage lang backen.

....

Man nehme: eine fünfunddreißigjährige Singlefrau

Januar

«Mhmmmmm ... ist das wunderbar!!!!»

Ich lasse mich in die Kissen zurücksinken, schließe die Augen und gebe mich ganz diesem köstlichen Moment hin. Himmlisch, zart, verführerisch ... Ich glaube, ich habe den perfekten Bettgenossen gefunden.

Genau genommen ist es eher eine blöde Idee, im Dunkeln im Bett Schokoladenkuchen zu essen, da man am nächsten Morgen überall Schokoflecken findet. Auf dem Laken, den Kopfkissenbezügen, um den Mund herum und im Dekolleté, sofern man eins besitzt. Oder wie in meinem Fall einfach direkt auf dem Lieblingsschlafanzug, der einen dann auf alle Ewigkeit daran erinnert, dass man ganz allein für das Geschwabbel an den Hüften verantwortlich ist.

All das juckt meine Schwester Moo und mich allerdings wenig, während wir uns das Diebesgut aus Mums Speisekammer einverleiben. Einen kurzen Moment lang herrscht Stille, während wir an vergangene Kindertage denken, als Mitternachtsschlemmereien und Fangen mit den Nachbarsjungen zu den aufregendsten Dingen gehörten, die das Leben zu bieten hatte. Diese Erinnerungen haben in den vergangenen zwanzig Jahren nichts von ihrer Süße eingebüßt. Genau das ist das Rezept, das ich wiederbeleben will:

Bittersüßer, schokoladiger Teig, der auf der Zunge zergeht. Eine reichhaltige Buttercremefüllung und darüber ein Guss aus geschmolzener Zartbitterkuvertüre. Das Aroma von Kakaobohnen betört die Sinne wie kein anderes. Es verspricht Trost und Verführung, es hüllt dich ein wie eine Decke aus dem weichsten, dunkelsten Samt. So schmeckt Belohntwerden, Geliebtwerden, Bravsein.

Wenn ich brav war, durfte ich mir eine von Mums Erwachsenen-Pralinen aus der Black Magic Box nehmen, die Dad ihr immer zum Geburtstag oder zu Weihnachten schenkte oder wenn er wieder Überstunden machen musste. Mein Lieblingsnachtisch waren die kleinen Förmchen mit Schokopudding, die sie Pot au Chocolat nannte. Und wenn ich besonders lieb war, dann durfte ich mit ihr zusammen Schokoladenkuchen backen, während im Hintergrund Simon and Garfunkel lief. Es war meine Aufgabe, den abgekühlten Kuchen mit Schokoladenblättern zu dekorieren. Mit konzentriert gerunzelter Stirn tauchte ich die vorher im Garten gesammelten Blätter vorsichtig in die flüssige Kuvertüre und legte sie zum Trocknen auf Backpapier. Moo und mein kleiner Bruder Ben interessierten sich nie für diesen Teil der Backarbeit. Moo verschwand, um mit den anderen Kindern in der Straße Theaterstücke aufzuführen, während Ben sich selbst, die Katze und seine Action-Man-Figur im Sandkasten verbuddelte.

Nachdem wir uns geräuschvoll die Finger abgeleckt haben, machen Moo und ich uns in Mums Doppelbett breit. Ich wickele mich fest in die Decke ein. Aber kurz darauf ist es wieder vorbei mit der Gemütlichkeit, weil Moo sie an sich reißt, sodass meine linke Seite akutem Frostbeulenrisiko ausgesetzt ist. Mum heizt nachts nicht, weil sie meint, dass man besser schläft, je kälter es ist

Nachdem ich die Krümel aus dem Bett gefegt habe, lege ich mich wieder hin. Es folgt ausführliches Gezappel mit Armen, Beinen und Kissen. Moo sagt etwas, das ich nicht ganz verstehe, weil ihre Worte in einem Gähnen untergehen.

«Was?», frage ich und muss prompt auch gähnen. Es ist halb zwei Uhr nachts, und wir haben uns zwei Stunden lang flüsternd unterhalten um Bäro, Moos fünf Monate alten, neben uns schlafenden Sohn nicht zu wecken.

«Bist du bald fertig?», fragt sie.

«Tut mir leid. Krümel, flaches Kissen, Krämpfe ...», erkläre ich.

«Dir ist schon klar, dass du eine Psychomacke hast, oder?», sagt Moo, als würde sie mich auf einen offensichtlichen Makel hinweisen, den ich nur morgens beim Aufwachen übersehen habe.

«Du sagst es mir ja oft genug.» Ihr nehme ich die Bemerkung nicht übel. Bei jedem anderen würde ich in Tränen aufgelöst um einen Termin beim Arzt bitten.

«Hast du etwa ...?», frage ich, als meine Nase plötzlich einen ziemlich aufdringlichen Geruch wittert. Ich wedle wie wild mit der Bettdecke, um das Schlimmste zu vertreiben, während Moo sich vor Lachen schüttelt und man glatt vergessen könnte, dass sie dreiunddreißig ist und nicht dreizehn. Wahrscheinlich gibt es für einige Körperfunktionen keine Altersgrenze, was Moo vor Bäros Geburt auch besonders große Sorgen bereitete. Angesichts ihrer Angewohnheit, in der Öffentlichkeit ungehemmt zu furzen, habe ich jedoch nie ganz verstanden, warum.

«Ich muss gestehen, dass mir ein kleines Lüftchen entwischt ist.» Die Verwendung von Mums bevorzugter Formulierung erheitert Moo noch mehr. Meine Schwester kommt ganz nach unserer Großmutter väterlicherseits, die, ohne mit der Wimper zu zucken, ein Geräusch von sich gab, das sich nur als ein ‹*Pffft*› beschreiben lässt. Ich wünschte, ich wäre auch so frei, statt schier zu platzen. Furzen und Fernsehsendungen mit derben Witzen – eigentlich alles, was mit Körperfunktionen und Sex zusammenhängt – war in unserer Familie streng verpönt. Mums goldene Regel «Quält dich ein Lüftchen, geh aufs Örtchen» hat sich tief in mir festgesetzt. Die logische Kinderfrage, was passiert, wenn kein Örtchen in der Nähe ist, wurde mit einem strengen Blick und der Verkneif-es-dir-Regel beantwortet. Im Gegensatz zu Moo verbrachte ich meine Kindheit in einem Zustand akuter Panik.

«Wo waren wir stehengeblieben?», fragt Moo, nachdem sie sich wieder beruhigt hat.

«Keine Ahnung», antworte ich, weil ich mich wirklich nicht erinnern kann. Zwischen dem mitternächtlichen Schokokuchenraubzug und der Furzerei habe ich irgendwie den Faden verloren.

«Du stehst am Scheideweg deines Lebens?»

«Ahhh!» Jetzt fällt es mir wieder ein. «Wo war ich? Ach ja.» Ich hole tief Luft, als hätte mein folgender Redebeitrag gravierende Auswirkungen auf sämtliche Zuhörer.

«Ich habe einfach das überwältigende Gefühl, dass ich mein Leben dramatisch ändern muss. Und zwar schnell.»

«Was willst du damit sagen?» In der Dunkelheit des Zimmers kann ich vage Moos fragenden Gesichtsausdruck ausmachen. Diese Miene kündigt normalerweise ihre drei W-Fragen an: Was? Wo? Und natürlich die wichtigste: Warum? Wie ein mit Ws geladenes Maschinengewehr feuert meine Schwester sie ab, woraufhin der Getroffene völlig widerstandslos wird und nur noch antworten kann.

«Hattest du jemals das Gefühl, nicht das zu tun, was du wirklich willst? Dass dein Leben an dir vorbeizieht, ohne dass du je dein wirkliches Selbst findest?» Schon während ich das ausspreche, spüre ich das beunruhigende, nagende Gefühl, das mich die letzten Monate ständig begleitet hat.

«Leider ja.» Moos Antwort überrascht mich, schließlich wusste sie immer, was sie wollte. Ich dagegen bin nach der Schule von Job zu Job gedümpelt und schließlich in der Marketing-Abteilung eines riesigen internationalen Pharmakonzerns gelandet. Moo hatte immer ein Ziel vor Augen. Nach der Uni gründete sie ihr eigenes Theaterensemble und tingelte mit einer Gruppe ehemaliger Kommilitonen durch Europa. Anschließend hatte sie vier Jahre lang ein Engagement bei der Royal Shakespeare Company. Niemand zweifelte daran, dass sie diesen Kindheitstraum verwirklichen würde. Unklar war immer nur, wie lange Moo es an einem Ort aushalten würde, ehe sie die nächste Sprosse der Karriereleiter erklomm. Im leidenschaftlichen Glauben, durch die Schauspielerei das Selbstwertgefühl von Kindern stärken zu können, leitet sie seit sechs Jahren die Jugendtheatergruppe *Real Time Theatre*, und bis eben war ich überzeugt, dass sie ihren Job liebt. Sie dreht sich ein bisschen und schiebt mich damit noch weiter an die Bettkante. Es ist nur noch eine Frage der Zeit, bis ich rausfalle.

«Kannst du mal dein Bein da wegnehmen?», sagt sie und versucht, es mit ihrem wegzuschieben.

«Natürlich. Tut mir leid.» Ich entknote meine Beine und ziehe sie beiseite.

«Ist bei der Arbeit alles in Ordnung?», frage ich.

«Ja, alles okay. Wahrscheinlich bin ich einfach nur müde», antwortet sie. «Woher kommt denn dein Wunsch nach Veränderung?»

«Keine Ahnung. Irgendwie hab ich immer gedacht, ich

will so richtig Karriere machen mit allem, was dazugehört: schickes Auto, tolle Klamotten und ein dickes Konto. Jetzt bin ich mir plötzlich gar nicht mehr so sicher.»

«Das ist doch kein Wunder, Maddy. Ich bin eher überrascht, dass es so lange gedauert hat, nach allem, was passiert ist.»

«Wahrscheinlich wollte ich, dass sich nicht gleich alles verändert. Ich hab mich sicher gefühlt mit all den gewohnten Abläufen.»

«Und was willst du jetzt tun?», fragt Moo.

«Irgendetwas anderes. Etwas, wofür ich mich begeistern kann. Etwas, das sich gut anfühlt und mir Freude macht.»

«Das ist ja nicht besonders viel verlangt», lautet Moos trockener Kommentar.

«Nach den Sternen greifen. Ist es nicht das, was Mum sagen würde?» Ich ziehe meinen Arm unter der Decke hervor und strecke ihn gen Himmel.

«Gut. Was willst du also machen?» Moo lässt nicht locker.

«Hmmmm, weiß nicht.»

«Also. Was kannst du gut?»

«Weiß ich auch nicht so richtig.»

Stille.

«Mann, sind deine Füße kalt.» Moo klappert mit den Zähnen. «Wie tote Fische im Bett.»

«Ich weiß», entgegne ich, denn das höre ich nicht zum ersten Mal.

Wieder Stille.

«Ist mit Bäro alles in Ordnung?», frage ich.

«Warum?»

«Ich kann ihn nicht atmen hören.»

«Es geht ihm gut», versichert Moo, aber ich bin nicht überzeugt.

«Bist du ganz sicher?» Ich setze mich im Bett auf und lausche angestrengt nach Atemgeräuschen.

«Willst du, dass ich nach ihm schaue?» Ich kann das Grinsen meiner Schwester förmlich hören.

«Ja, bitte.»

Moo steht auf und verkündet kurz darauf, ihr Sohn sei definitiv wohlauf. Dann krabbelt sie zurück ins Bett.

«Also. Wo waren wir? Was wolltest du schon immer machen?», setzt sie geduldig ihr Verhör fort.

«Ein Buch schreiben und von Richard und Judys Buchclub zur Ferienlektüre empfohlen werden.»

«Noch was?»

«Gibt's was dagegen einzuwenden?»

«Hinz und Kunz wollen ein Buch schreiben. Was noch?»

«In Michael Parkinsons Talkshow auftreten.» Ich bin ein bisschen in Parkie verknallt. Bescheuert, aber wahr.

«Obwohl ich niemals diese Treppe hinunterschreiten könnte!», füge ich hinzu. «Ich müsste durch eine Seitentür auftreten ...» Ich habe nämlich panische Angst, Treppen herunterzufallen. Keine Ahnung, warum. Eine der vielen irrationalen Ängste, die sich im Lauf der Jahre angesammelt haben. Unter anderem sind da: tot in nicht zusammenpassender Unterwäsche gefunden werden, Achterbahnen, mir einen Bandwurm einfangen, Fliegen und Dunkelheit.

«Können wir mal kurz von Parkie, Richard und Judy absehen? Was wolltest du schon immer machen, das nichts mit deinen Puppenhaus-Tagträumereien zu tun hat?»

Das Puppenhaus kränkt mich ein wenig, aber ich gehe drüber hinweg.

«Kuchen backen.»

«Kuchen backen?», wiederholt Moo, als traue sie ihren Ohren nicht.

«Kuchen backen!», sage ich im Brustton der Überzeugung. Ich spüre meine nahende Erleuchtung und bin noch nicht mal betrunken.

«Wofür? Um sie zu verkaufen?»

«Ja.»

«Gut. Was für Kuchen?»

«Du weißt schon, so altmodische, wie Mum sie früher immer gebacken hat.» Sofort sehe ich mich in Mums Küche stehen, Mehl rieselt sanft wie Schnee auf meinen Kopf herunter, während ich auf den Löffel zum Abschlecken warte.

«Victoria Sandwich mit Himbeermarmelade.»

«Genau. Kannst du dich an den noch erinnern?»

«Mhmmmmm.»

Das ist ein anderes Mhmmm als die anderen. Dieses Mhmmm hütet köstliche Erinnerungen. Ständig sagen wir Mhmmm oder Hmmm, wenn wir über etwas nachdenken, Zeit schinden wollen, niemanden verärgern oder eine konkrete Meinungsäußerung vermeiden wollen. Mhmmm ist ein ziemlich nützliches Werkzeug, besonders im Umgang mit empfindlichen Familienmitgliedern.

«Davon hätte ich jetzt gerne ein Stück», sinniert Moo.

«Was ist mit Schokoladenkuchen? Männer lieben Schokoladenkuchen.»

«Ben nicht.»

«Ben ist komisch.»

«Mhm.»

«Wir könnten es gemeinsam aufziehen», schlage ich vor. «Schwester Moo, bitte in die Küche?»

«Mhm ...» Moo geht auf meinen blöden Spruch nicht ein. Besser so.

Und so wurde, wie es so schön heißt, unsere Firma *Sugar and Spice* geboren, auch wenn zwischen uns und diesem Namen noch ein langer, steiniger Weg liegen sollte.

Interview mit Richard und Judy von Englands beliebtestem Buchclub:

«Erzählen Sie uns, Maddy, wie sind Sie auf die Idee mit Sugar and Spice gekommen?»
«Nun ja, Richard, wir haben intensive Marktforschung betrieben, die aktuellen Trends und demographischen Entwicklungen analysiert und jede Menge Brainstorming-Sessions abgehalten. Wir haben wirklich nichts dem Zufall überlassen.»
«Sie hatten ein ziemlich aufregendes Jahr: Sie wurden zur Geschäftsfrau des Jahres gewählt und zur Vorsitzenden des Bundesverbandes der Konditoren. Sie sind das neue Gesicht bei Estée Lauder und haben eben Ihren fünften Torten-Shop in New York eröffnet.»
«Einfach war das alles natürlich nicht, aber ich habe von Anfang an fest an unsere Vision geglaubt.»
«Sie haben erst kürzlich ein Buch über Ihre Erfahrungen veröffentlicht?»
«Ja, und ich konnte es kaum glauben, als mein Agent mich anrief und sagte, dass es den *Da Vinci Code* von Platz eins der Bestsellerlisten verdrängt hat. Das ist ja alles so aufregend!»
«Sie sind eine Inspiration für alle Frauen, und deshalb empfehlen wir diese Woche Ihr Buch als absolute Pflichtlektüre», sagt Judy, und ich überlege, ob ich sie um ein Autogramm bitten soll. Mum würde sich riesig freuen.

«Du wirst dieses Jahr jemanden kennenlernen», flüstert Moo in die Dunkelheit hinein und zerstört meine Triumphträume von Richard und Judy.

«ER wird die große Liebe deines Lebens sein.» Sie klingt so überzeugt, dass ich es vor Neugier kaum aushalte.

«Wann? Wo? Wie?» Die Fragen sprudeln nur so aus mir heraus.

«Ich weiß natürlich keine Einzelheiten, aber es wird ganz schnell gehen, und zwar noch dieses Jahr.»

«Wie ist er denn so?», frage ich aufgeregt. Seit langem habe ich keine so guten Neuigkeiten mehr gehört.

«Wie ein Bananen-Pekannuss-Kuchen», säuselt Moo. «Mit Schokoladenraspeln!»

«Wow!» Jetzt verstehen wir uns – Moo spricht meine Sprache: die Sprache des Essens, der Liebe und all der süßen Köstlichkeiten.

«Riecht fabelhaft, hat eine etwas raue Schale, die aber trügt, denn unter der knusprigen Kruste verbirgt sich eine unwiderstehliche Mischung aus Geschmack, Konsistenz und Farbe.»

«Er klingt perfekt», seufze ich. Ich habe mich in den Kerl bereits verliebt, bevor ich ihm überhaupt begegnet bin.

Vielleicht sollte ich das etwas genauer erklären. Moo ist ein bisschen seltsam. Nein, so kann man es nicht sagen. Sie ist anders. Das klingt noch schlimmer! Etwas Besonderes? Ja, das trifft es schon eher. Sie ist auf eine schöne Art besonders. Sie ist Spiritistin und steht mit der Welt der Geister in Verbindung. Deshalb ist sie für übersinnliche Nachrichten empfänglich. Seltsam, aber wahr. Dieser Kelch ist zum Glück an mir vorbeigegangen. In meinem Kopf gibt es schon genug Stimmen, die mir das Leben schwer machen. Ich habe nicht den blassesten Schimmer, wie es funktioniert. Ist das wie mit dem Internet? Hört Moo dieses kksschhhhhhh-Modem-Geräusch, wenn sie Kontakt aufnimmt? Oder ist es, als würde sie eine SMS bekommen? Vielleicht flüstern die Stimmen ja auch bloß. Egal wie, ich glaube an ihre Fähigkeiten und das, was sie mir erzählt. Wenn Moo mir also sagt, dass die *große Liebe meines Lebens* vor der Tür steht, dann werde ich bei der Vorstellung ganz aufgeregt und ein bisschen nervös. Ehrlich gesagt habe ich keine Ahnung, was ich bei so einer Begegnung tun würde. Ich kann mich gar nicht mehr an mein letztes Date erinnern. Nein, das war gelogen. Ich kann schon, aber lieber würde ich es vergessen, also zählt es nicht. Jedenfalls kann ich mir überhaupt nicht vorstellen, mich je wieder zu verlieben. Meine Trefferquote im Liebesglück lässt bisher erheblich zu wünschen übrig. Auch wenn ich felsenfest von der Existenz der Hollywood-Happy-Ends überzeugt bin, bei denen ich im Kino immer heule – um mich scheinen sie bisher einen weiten Bogen zu machen. Irgendwann im letzten Jahr habe ich das L-Wort im Ordner mit der Aufschrift «Archiv» abgelegt und das S-Wort in einer verstaubten Mappe namens «Kann mich nicht daran erinnern» abgeheftet.

«Woher weiß ich denn, welcher es ist?», flüstere ich im Dunkeln.

Ich kann nicht sehen, ob sie schläft, aber das Ausbleiben einer Antwort und einige gegrunzte Schnarcher scheinen meinen Verdacht zu bestätigen. Alle weiteren Fragen werden also warten müssen. Ich liege ganz still und versuche, mich nicht zu bewegen. Sonst falle ich nämlich aus dem Bett. Wir sind keine guten Bettgenossinnen: Während meine Schwester Arme und Beine von sich streckt und fast das ganze Bett einnimmt, verharre ich wie in Leichenstarre in Rückenlage auf den verbleibenden zehn Zentimetern. Ich gebe ihr einen sanften Schubs, damit sie a) aufhört zu schnarchen und b) Platz macht. Doch sie bleibt regungslos, ein röchelndes Etwas, dem meine missliche Lage völlig gleichgültig ist.

Meine Schwester und ich sind beste Freundinnen. Das war nicht immer so, aber das ist wohl normal unter Schwestern. Eben noch hat sie deine Lieblingspuppe geklaut, und du schwörst, ihr das im Leben nicht zu verzeihen, und im nächsten Augenblick tröstet sie dich, wenn du denkst, dein gebrochenes Herz wird nie wieder heilen. Zwischen uns liegen drei Jahre, und insgesamt sind wir drei Geschwister. Ich bin die Älteste, dann kommt Moo und dann Ben, unser Nesthäkchen. Ben wäre gerne der Älteste, aber da hat er Pech gehabt. Beharrlich klammere ich mich an das Privileg der Ältesten, obwohl er wahrscheinlich für den Job besser geeignet wäre.

Bevor sie meinen Vater kennenlernte, hat meine Mutter studiert und war Hut-Designerin in Paris. Daher kam ihre Begeisterung für alles Französische, sodass wir als Kinder französische Filme (mit Untertiteln, die wir nicht verstanden) und am Wochenende Croissants zum Frühstück vorgesetzt bekamen. Das ärgerte vor allem meinen Vater, der Speck und Eier haben wollte, wie «jeder stinknormale Mensch, verdammt nochmal». Auch unsere Namen sind französisch: Ben heißt in Wirklichkeit Pierre, aber wir haben ihn aber schon immer bei seinem zweiten Vornamen gerufen, Moo wurde auf den Namen Michelle getauft, und ich heiße Madeleine, nach den muschelförmigen Küchlein, die die Franzosen in ihren Kaffee tunken. Alle nennen mich Maddy.

Außer unserem lauten Lachen und einem sehr ähnlichen Sinn für Humor haben meine Schwester und ich nicht viel gemeinsam. Moo hat kräftige, schwarze Haare wie unsere Mutter, aber die helle Haut, ihre Wesensart und zu Moos großem Leidwesen auch die Wurstfinger stammen von unserem Vater. Ich habe dafür seine Sommersprossen und das rötliche Haar geerbt. Meiner Ansicht nach hat meine Schwester noch Glück gehabt. Moo ist genau wie ihr Lieblings-Himbeer-Blaubeer-Zitronenkuchen: luftig und goldgelb, mit leuchtenden Farbflecken wie mit Edelsteinen durchsetzt und einer bissigen Würze. Sie ist lebhaft, witzig und wunderschön. Ihre Augen funkeln vor Lebensfreude, ihr großer Mund ist ausdrucksstark, und ihre Ehrlichkeit kann Fremde ganz schön überrumpeln. Manche Menschen sind einfach zum Strahlen bestimmt, und meine Schwester ist eine von ihnen. Ihre starke Persönlichkeit und ihre Kleidung bringen jeden Raum zum Leuchten: knallige Farben, ungewöhnlicher, auffälliger Schmuck und ihr Markenzeichen - pflaumenfarbener Lippenstift, mit dem sie vermutlich schon auf die Welt gekommen ist.

Ich dagegen bin die Stille, die sich bei Partys eher in der Küche aufhält und meistens so schlichte Sachen trägt wie Jeans (ich besitze zwölf Stück und kann von mir selbst sagen, eine echte Expertin in Sachen Schnitt zu sein). Mein Schmuck besteht seit Jahren nur aus einer silbernen Kette, einem Ring und Kreolen. Ich wäre gerne mutiger, aber alle meine Versuche, meinen Look aufzupeppen - etwa mit einem lässig um den Hals geschlungenen Tuch oder einer bestickten Bluse -, sind bisher kläglich gescheitert. Ich sehe dann aus wie eine exzentrische alte Frau, die aus einer Anstalt ausgebrochen ist. Ich war auf Partys noch nie die Stimmungskanone, sondern sonne mich lieber in dem Glanz von anderen. Mein ganzes Leben habe ich mich zu den leuchtenden, starken Persönlichkeiten hingezogen gefühlt, möglicherweise in der Hoffnung, ein wenig von ihrem Glitzern und Funkeln würde wie Feenstaub auf mich herunterrieseln. Erstaunlicherweise fühlen auch sie sich von mir angezogen. Vielleicht weil sie wissen, dass ich ihnen nie die Show stehlen werde. Ich bin ihr tollpatschiger Gegenpart. Laut Moo ist das keine schlechte Sache. Manchen Leuten, sagt sie, wird nach einem Stück Sahnetorte schlecht, und sie wünschten, sie hätten sich für den Marmorkuchen mit seiner Mischung aus Vanille und Schokolade entschieden. Warum gerade Marmorkuchen? Musste das denn sein? Wie dem auch sei, so gern ich ein bisschen mehr vom Funkeln und Selbstvertrauen meiner Schwester gehabt hätte, war ich immer gerne ich selbst. Bis jetzt! Jetzt stelle ich alles in Frage und bekomme keine Antworten. Jetzt habe ich Angst. Punkt.

Nicht nur das Schnarchen meiner Schwester hält mich wach. In meinem Kopf kreisen die Gedanken um die Vorstellung, ein unbekanntes, aber aufregendes neues Kapitel in meinem Leben anzufangen, eine Firma zu gründen und mich Hals über Kopf zu verlieben.

Ich kann es schon fast schmecken: Puderzuckerwolken, klebrige Finger, freudige Erwartung, warm, umhüllend, tröstend. Auf der Zunge zergehend, goldgelb, leicht, würzig, luftig, knusprig, zartbitter, himmlisch, saftig, lecker. Reiner, unverfälschter Genuss, und Lachen, süß und köstlich.

Als wir aufwachen, prasselt Schneeregen gegen die Fensterscheiben, doch der kalte Wind der Realität dringt noch nicht bis zu uns herein. Wir verbringen den Morgen am alten Küchentisch aus Kiefernholz, der jahrzehntelang Teeflecken und Abnutzung und Bens eingeritzte Initialen überstanden hat. Hier setzen wir unsere nächtliche Unterhaltung über die Weltherrschaft des Konditoreiwesens bei Tee und Mums restlichem Weihnachtskuchen fort. Dunkler Rohrzucker, Zitronat, Orangeat, glasierte Kirschen und jede Menge mit Brandy vollgesogene Früchte waren in Pergamentpapier und Alufolie gewickelt worden und durften dann fast ein ganzes Jahr lang wie edler Käse reifen. Das Ergebnis ist wie schwarzer Rübensirup, dick und reichhaltig. Dadurch reicht, ungewöhnlich für einen Kuchen, bereits ein schmales Stückchen. Wir pulen beide den Guss und das Marzipan ab. Mum schnalzt verächtlich, verkneift sich aber komischerweise alle weiteren Kommentare, dass ihrer stundenlangen Arbeit an der perfekten Glasur kein Respekt gezollt wird. Die Tatsache, dass wir offenbar den Verstand verloren haben und eine Kuchenbäckerei aufziehen wollen, quittiert sie ebenfalls mit verächtlichem Schweigen.

Wir reden, essen und schreiben, unterbrochen von zahlreichen Bärenfütterungen und -wickelungen.

Bäro, mein Neffe, ist ein großer Junge mit großem Appetit. Ein weicher, knautschiger Donut, nach dem man sich jedes Mal die Finger abschleckt. Von hinten erinnert er an einen Rugby spielenden Pu Bär. Orangefarbener Brei ist um Mund, Nase und bis hinauf in die Haare geschmiert. Wie eine rundliche kleine Babyeule, mit weißem Flaum auf dem Kopf und weitaufgesperrtem Schnabel. Moo kann ihm das Futter gar nicht schnell genug in den Schnabel stopfen, und sobald sie ihre Aufmerksamkeit zu lange abwendet, verzieht er das Gesicht und beginnt zu weinen.

Mum meint, er ist eben ein Mann, und sein Bedarf an Essen, Aufmerksamkeit und Hinterhergeräume wird nie enden. Moo und ich lächeln uns zu. Wir wissen, was als Nächstes kommt: «Sobald man ihn aus den Augen lässt, wird er sich aus dem Staub machen und sich jemanden suchen, der ihm mehr Beachtung schenkt.» Die Platte hat einen Sprung, und auch heute macht Mum keine Ausnahme. Mum ist ein Madeira-Kuchen. Der leichte, luftige Rührteig steht für den liebevollen, umsorgenden Teil von ihr, der stets Umarmungen und freundliche Worte auf Lager hat. Doch die Frau, die auf Französisch flucht und meinem Vater am liebsten ein Messer durchs Herz bohren würde, das ist die Zitrussäure. Wenn Mum von Dad spricht, sieht sie aus, als würde sie in eine Zitrone beißen.

Er hat sie damals für Susan, eine Handelsvertreterin und fünfzehn Jahre jünger, verlassen. Sechs Monate lang sahen wir ihn nicht. Von Mum waren keinerlei Erklärungen zu seinem Verschwinden zu bekommen, und als er schließlich mit seiner neuen Frau im Schlepptau wieder auftauchte, war ich längst davon überzeugt, dass er entweder tot war oder mich nicht mehr liebte. Mein Vater ist ein sturer, forscher Selfmademan, der die Schule mit vierzehn ohne einen Abschluss und mit seinem Wunsch, etwas aus sich zu machen, verließ. Zuerst arbeitete er als Autoverkäufer, dann in einer Verpackungsfirma, die unter anderem Eierkartons herstellte. Mum wird nie müde, uns von dem Tag zu erzählen, als er nach Hause kam und ihr mitteilte, er habe gekündigt und ein Gebot für einen alten zusammenbrechenden Familienbetrieb abgegeben. Offensichtlich war ihm nicht bewusst, dass mit einem Kleinkind und einem Säugling im Haus das Geld nicht mal zum Abbezahlen der Hypothek reichte. Der Rest ist Geschichte, wie mein Vater gerne sagt: Durch Zufall traf er einen Mann von einer großen Kosmetikfirma, von dem er einen Auftrag zur Produktion von Plastikpuderdosen, Seifenschalen und Lippenstiftgehäusen mit Drehmechanismus erhielt. Mums Schlafzimmer und das Bad standen immer voller knallbunter Behälter mit eingravierten Namen wie Coty, Charlie oder Tweed, die wie magische Raumschiffe von fernen Planeten die Regale bevölkerten. Inzwischen beschäftigt Brown Casings Ltd. achtzig Mitarbeiter, meinen Bruder Ben eingeschlossen. Der Erfolg meines Vaters setzte uns mächtig unter Druck. Obwohl er nie auch nur einen einzigen Elternabend besuchte, gab es ein Riesendonnerwetter, wenn wir keine erstklassigen Noten nach Hause brachten. Die Botschaft war eindeutig: «Ich habe mich von ganz unten hochgearbeitet, aber ihr habt keine Ausrede. Von euch erwarte ich Großes.» Ben und Moo erfüllten selbstverständlich alle Erwartungen, aber ich habe meinen Vater wohl immer enttäuscht. Dass ich ihn außerdem vermutlich an Mum erinnere, ist daher auch nicht hilfreich.

Ich dachte immer, meine Mutter und ich wären ganz unterschiedlich. Inzwischen stelle ich fest, dass ich ihr mit den Jahren immer ähnlicher werde – etwa beim Blick in den Spiegel oder wenn ich mich lachen höre. Mit unseren 1,65 m sind wir beide durchschnittlich groß, haben grünbraune Augen (laut einem meiner Ex-Freunde die Farbe eines schlammigen Flusses – und er wunderte sich, dass ich beleidigt war) und rund gebogene Augenbrauen, die meinem Gesicht einen konstant überraschten Ausdruck verleihen. Ich habe außerdem Mums mangelndes Selbstvertrauen, ihren Jähzorn und das Bedürfnis nach permanenter Bestätigung geerbt. Noch vor ein paar Jahren hätte mich diese Erkenntnis im Erdboden versinken lassen, aber inzwischen finde ich, es hätte schlimmer kommen können. Meine Mutter hat keinen Damenbart, das ist ein Vorteil. Dafür schrumpft sie mit erschreckender Geschwindigkeit, was wiederum nicht so gut ist. Aber machen wir uns nichts vor, geringe Körpergröße ist doch übermäßiger Gesichtsbehaarung im Alter eindeutig vorzuziehen. Irgendwo habe ich gehört, dass Frauen im Alter die Schamhaare ausgehen. Vielleicht sprießen sie dann stattdessen auf der Oberlippe und am Kinn? Ich werde Mum fragen müssen.

Mit all den Kindheitserinnerungen aus unseren Träumen der letzten Nacht und Schuldgefühlen, weil wir den Rest von Mums Schokokuchen vernichtet haben – auch wenn sie kein Wort darüber verloren hat –, beschließen Moo und ich für den Besuch von Ben, seiner Frau Freya und ihrer kleinen Tochter, der Prinzessin, einen frischen Schokoladenkuchen zu backen. Moo schlägt Butter und Zucker, bis sie zusammen eine hellgelbe, luftige Masse ergeben. Bäro schläft trotz des ganzen Lärms in seinem Wippstuhl ein.

«Genau. Traditionelle Rezepte», sage ich mehr zu mir selber als sonst irgendwem, während ich Moo zusehe.

«Zu Hause selbst gebacken», fahre ich fort. «Das sollte unser Hauptverkaufsargument sein, unser USP.»

«USP?» Moo nimmt den Rührbesen in die andere Hand.

«Unser ‹Unique Selling Point› – dass unsere Kuchen nicht aus einer Massenproduktion, sondern aus unserer eigenen Küche stammen. Genau wie früher aus Mums Backofen.»

Ich gebe vorsichtig die Eier dazu. Die dunkelgelben Eidotter verbinden sich schnell mit der restlichen Masse.

«Alle Zutaten von bester Bio-Qualität und keine künstlichen Zusatzstoffe.»

«Genau!»

«Das könnte ein weiterer UPS sein», meint Moo und wechselt wieder den Rührarm.

«USP!», korrigiere ich sie lachend.

Moo fängt an zu schwächeln. Ihre Wangen sind gerötet, und auf ihrer Oberlippe bilden sich kleine Schweißperlen. Wir hätten es uns natürlich auch leicht machen und einfach alles in die Küchenmaschine kippen können. Doch irgendwie haben wir heute das Gefühl, es ganz genauso machen zu müssen wie unsere Mutter früher – obwohl Moo anscheinend jetzt schon an der Fabelhaftigkeit unserer Idee zu zweifeln beginnt.

«Ich geb auf.» Sie reicht die Rührschüssel an mich weiter.

«Und was ist mit der Verpackung?» Sie setzt sich hin.

«Wir wollen, dass die Kuchen besonders aussehen. Wie ein Geschenk.» Ich rühre wie wild in der Schüssel herum.

«Wie wäre es mit Zellophanfolie und Geschenkband wie bei einem Blumenstrauß?»

«Zusammen mit einer Grußkarte direkt nach Hause geliefert!», schlage ich vor. Das macht richtig Spaß.

«Ja! Super!» Moo springt begeistert auf, als hätte sie soeben im Lotto gewonnen.

«Wie würden wir die Bestellungen aufnehmen?», überlegt sie.

«Per Internet und Telefon. Also brauchen wir eine Nummer und eine Website.» Das ganze Projekt wird immer ehrgeiziger und teurer.

«Ich will ja kein Spielverderber sein, meine Süßen, aber wo wollt ihr denn das ganze Geld hernehmen?», unterbricht Mum. Die Stimme der Realität. Moo und ich schauen sie an, als hätte sie uns soeben eröffnet, dass wir eigentlich adoptiert sind. Keine von uns weiß eine Antwort. Einen Moment lang herrscht ungemütliches Schweigen in der Küche, als unsere kleine phantastische Seifenblase zu platzen droht.

«Darüber können wir uns später Gedanken machen», wischt Moo Mums Einwand vom Tisch. Ich atme erleichtert aus, weil unser Luftschloss noch steht, während ich vorsichtig Mehl und Kakaopulver unter die Masse hebe. Mum hilft mir, die wunderbare Schokoladencreme in Formen zu füllen. Dann betrachtet sie das Schlachtfeld, in das sich ihre Küche verwandelt hat. Moo und ich sind fürchterlich unordentliche Köchinnen. Kleckse von Zuckerbutter, glitschigem Eiweiß und eine Mehlschicht bedecken Mums Arbeitsplatte und Moos Hemd. Darauf kleben ohnehin schon die Überreste von Bäros Mittagessen, und es sieht aus, als könnte sie eine ordentliche Dusche vertragen. Das ist nicht die makellose, in superhippe Designerstücke gehüllte Schwester, die ich kenne. Sogar ihr Lippenstift fehlt, was wirklich beunruhigend ist. Ich hätte schwören können, er gehört zu ihrem Gesicht wie das kleine Muttermal. Ohne das Pflaumenrot sieht sie blass und gar nicht mehr wie Moo aus. Ein schrecklicher Verdacht befällt mich: Außerirdische haben meine Schwester entführt und durch ein fremdes Wesen ersetzt, eines, das seine Haare nicht jeden Tag wäscht. Sie fährt mit dem Finger die ausgekratzte Teigschüssel entlang, und ich lecke den Rührlöffel ab.

«Wir müssen uns ein Design für die Website ausdenken», schlägt sie vor.

«Schreib's mit auf die Liste.»

Moo fügt noch einen weiteren Punkt hinzu: einen Mann für Maddy finden!

«Ich brauche keinen Mann!», protestiere ich halbherzig.

«Es ist also völlig normal für eine Fünfunddreißigjährige, Silvester mit ihrer Mutter zu verbringen und nicht mal bis halb elf durchzuhalten?»

«Silvester war schön!», mischt Mum sich gekränkt ein.

«War es auch», versichere ich ihr. Moo erntet einen warnenden Blick. «Nur weil ich mich für ein ruhiges Silvester mit Mum entschieden habe, brauche ich noch lange keinen Mann!»

«Na gut. Aber du brauchst auf jeden Fall mehr Spaß!»

«Dann schreib das auch auf die Liste», erwidere ich mutlos. Sie hat ja recht. «Ach, und notier doch auch gleich Milch, Brot und Soja-Joghurt, ja?»

Fünfundzwanzig Minuten später werden zwei luftige Biskuits in Form von zwei riesigen Schokoknöpfen aus dem Ofen geholt, und wir machen uns ans Anrühren der Buttercreme-Füllung. Wir halten es nicht bis zu Bens Ankunft aus und stibitzen uns ein paar Stückchen, während wir weiterplanen. Aufgeregt notieren wir unsere Ideen, bis die Liste beängstigend lang wird. Ich kennzeichne mit unseren Initialen, wer für was zuständig ist. Als ich Moo ansehe, müssen wir beide lachen. Was Listen anbelangt, hält sie mich für kindisch. Im Grunde findet sie mich in vielen Sachen kindisch. Vielleicht hat sie ja recht. Vielleicht muss sich deshalb in meinem Leben etwas verändern. Mir gefällt zwar die Vorstellung, impulsiv zu handeln, ohne mir über die Konsequenzen Gedanken zu machen. Die Wirklichkeit sieht aber anders aus, und sobald ich anfange nachzudenken, werde ich wieder zum alten Angsthasen. Moo wischt meine Bedenken einfach vom Tisch, und ihre Begeisterung reißt mich mit. Mit Moo zusammen sein ist ein bisschen wie Surfen: Ich kraxele ängstlich und wackelig aufs Brett, sie schwingt sich schon beim ersten Versuch mühelos hinauf. Und während sie lachend aus dem blauen Tunnel der Welle schießt und alle Beachboys klatschen und um ein Date betteln, falle ich vom Board und schlucke Wasser.

«Wenn wir unsere erste Million erwirtschaftet haben, kann ich endlich meine Theaterschule für sozial benachteiligte Kinder eröffnen.» Ihre Augen funkeln.

«Wow! Ich hatte eher daran gedacht, ein Strandhaus in Malibu neben dem von Brad Pitt zu kaufen», erwidere ich. «Aber ich würde natürlich auch was an Kinder in Not spenden», füge ich schuldbewusst hinzu und denke, dass ich das sowieso tun sollte. Dieses Jahr bestimmt!

«Aber bis dahin behalten wir unsere Jobs und bauen das Unternehmen langsam auf.»

Ich nicke. In meinem tiefsten Inneren bin ich überzeugt, dass keine von uns beiden so richtig an unsere Idee glaubt. Seien wir doch mal ehrlich: Es wäre verrückt, eine Kuchenbäckerei zu gründen. Oder?

Als Ben und Freya mit einem Wirbelsturm aus Taschen, Spielzeug und Babynahrung einfallen, ist nicht mehr viel vom Kuchen übrig, aber wir haben uns auf unser Unternehmensziel geeinigt.

«Mit hausgemachtem Kuchen süße und köstliche Kindheitserinnerungen bei den Menschen wecken.»

«Hurra!»

Während ihre Eltern genug Gepäck für einen Umzug anschleppen, hält Fräulein Prinzessin in ihrem Reisesitz Hof. Sie ist gerade mal sechs Wochen älter als Bäro und sieht haargenau aus wie Ben in dem Alter: rote Apfelbäckchen, verwuschelter dunkler Haarschopf, lange Wimpern und ein süßer kleiner Kirschmund. Da sitzt sie in ihren lila-pink geringelten Leggings wie ein Törtchen mit rosa Zuckerguss und bunten Streuseln. Ihr freches Lächeln verlässt selten ihr Gesicht und verspricht ein Leben voller Übermut und gebrochener Herzen.

Es folgt eine hektische Runde Windelnwechseln, Tränen, Fläschchenabkochen und Milchanrühren – wir müssen alle leise sein, damit Moo und Freya sich beim Pulverlöffeln nicht verzählen. Ich halte mich etwas abseits und komme mir plötzlich vor wie das fünfte Rad am Wagen, ohne Aufgabe in diesem täglichen Ritual. Moo bemerkt meine Traurigkeit und reicht mir Bäro zum Aufpassen. Das ist ihre Art, mich ins Geschehen einzubeziehen, aber manchmal wird dadurch alles nur noch schlimmer. Mit geschlossenen Augen drücke ich ihn fest an mich und tauche ein in den Geruch duftender Pfingstrosen, weicher, reifer Pfirsiche, Kirschblüten und winziger, mit Rosenwasser beträufelter Biskuittörtchen mit leichter Vanillebuttercreme, verziert mit zarten Rosenblättern und Puderzucker. Ich spüre, wie mein Hals mal wieder eng wird und meine Augen sich mit

Tränen füllen. Mum mit ihrem guten Gespür kommt zu mir herüber, drückt meinen Arm und nimmt mir Bäro ab, damit ich mich an einen ruhigen Ort verdrücken kann, fern von weichen, süßen Babydüften.

Als Bäro und die Prinzessin wieder in ihre Reisebettchen gepackt sind, lassen wir uns alle am großen, ovalen Kieferntisch im Wintergarten nieder. In unserer Runde fehlt nur Moos Mann Bob, der zu Hause auf ihre drei Hunde Hamlet, Ophelia und Macbeth und die sechs weißen Kaninchen aufpasst, die zu seiner Zaubershow gehören. Das ist zumindest seine Ausrede. Wir wissen, dass ihm Moos Abwesenheit die seltene Gelegenheit bietet, an einem seiner *Magic-Circle*-Zauberertreffen teilzunehmen. Normalerweise ist Bob Mathelehrer, aber am Wochenende schlüpft er in seinen schwarzen Anzug mit der silbernen Fliege und wird zum *Magic Man*, zu mieten für Partys, Hochzeiten und andere Festivitäten.

«Ich habe ihn gewarnt, er soll ja niemanden von diesen Leuten zu uns einladen, während ich weg bin.» Moo klatscht einen Löffel Kartoffelbrei auf meinen Teller.

«Warum, was ist mit denen?», frage ich und wische mir dabei den Brei, der am Teller vorbeigesegelt ist, von der Jeans.

«Ich will nicht, dass Bäro sich seine Vorbilder unter Männern mittleren Alters sucht, die ‹Der Große Kahuna› genannt werden wollen und ihre Frauen in paillettenbesetzte Turnanzüge stecken.»

Ich denke an Moo und ihren spiritistischen Kreis, wie sie um einen Tisch herum sitzen und mit den Toten reden, halte aber lieber meinen Mund.

Draußen ist es dunkel. Die einzigen Lichtquellen sind ein paar Kerzen und eine kleine Tiffany-Lampe in der Ecke, die grüne Lichtstreifen an die Wände malt. Pflanzen jeglicher Form und Größe stehen um uns herum wie in einem Gewächshaus. Jack, der Hund, liegt auf dem Fußboden und schnarcht, trotzdem immer wachsam für möglicherweise vom Tisch fallende Bissen. Wie immer reicht das Essen für mindestens fünftausend Leute, denn in Mums Augen sind wir alle am Verhungern und müssen dringend gemästet werden. «Du bist ja nur noch Haut und Knochen», erklärt sie mir. Wenn man ihr glaubt, bin ich seit zwanzig Jahren am Verhungern. Wenn sie nur recht hätte. Dann müsste ich mich nicht ins Fitnessstudio schleppen oder meine Zufuhr an Kuchen, Keksen und Schokolade einschränken. Mum leidet unter einer besonderen Sehschwäche, die sie ihre Kinder nicht als wohlgenährte Erwachsene wahrnehmen oder erkennen lässt, dass die Kartoffeln locker für sechzehn Leute reichen statt für sechs.

Ihre Brut zu füttern, gehört zu Mums Lieblingsbeschäftigungen. Sie kocht echtes Wohlfühlessen, versehen mit großzügigen Mengen an Liebe und Küssen und einigen Hitzewallungen. Ich merke, dass ihre Hände leicht zittern und Hals und Wangen gerötet sind, als sie auftischt. Für ihr Alter wirkte sie immer sehr jugendlich, die flotteste Mutter am Schultor. Doch jetzt, wo sie die schicke Frisur, die Strick-Tops und Caprihosen unserer Kindheit gegen eine Rentnerdauerwelle (anders lässt es sich nicht beschreiben) und formlose Beinkleider eingetauscht hat, sieht man ihr jedes ihrer sechzig Jahre deutlich an. Sie blickt auf und lächelt mich mit im Kerzenschein funkelnden Augen an. Ich mache mir Sorgen um sie. Aber eigentlich mache ich mir immer Sorgen um sie. Seit sie selber Eltern sind, haben Ben und Moo anderes im Kopf und diese Aufgabe damit an mich delegiert. Ich mache mir Sorgen, dass sie hier draußen zu weit weg von uns ist und dass sie nach und nach zur

Einsiedlerin ohne soziale Kontakte wird, seit der Mistkerl Phillip abgehauen ist. Na, hört sich das bekannt an? Ja, wie die Mutter, so die Tochter. Was für eine verdammt niederschmetternde Erkenntnis.

«Hast du dir überlegt, ob du nicht einen Volkshochschulkurs belegen oder zum Yoga gehen willst, wie wir es besprochen haben?», frage ich sie. Ich erinnere mich dunkel, dass Ben mir vor ein paar Wochen eine ganz ähnliche Frage gestellt hat.

Die Unterhaltung und der Wein plätschern fröhlich dahin, während wir Feiertagserlebnisse austauschen und schließlich verstummen, um uns dem Essen zu widmen. Ben stochert in seinem Fisch herum, bis er ihn schließlich zur Seite schiebt und Moo und mir damit die erste Gelegenheit bietet, ihn aufzuziehen. Die Größe seines Kopfes (er kam bereits mit einem enormen Quadratschädel auf die Welt) und seine eigenartigen Essgewohnheiten haben uns Schwestern schon immer viel Vergnügen bereitet – Themen, die keine Gnade verdienen. Seine lange Pfui-mag-ich-nicht-Liste beinhaltet Knoblauch und alles, was grün ist oder Geräusche macht. Am meisten faszinieren mich seine Vorlieben für Quiche ohne Belag und Rührei ohne Eigelb. Freya hat in den vergangenen paar Jahren wahre Wunder vollbracht: Ben, der sich von Pudding, Keksen und Alkohol ernährte und der immer leicht gelblich aussah, weil seine arme Leber nach etwas Nahrhaftem schrie, isst nun sogar Gemüse. Zumindest Erbsen, obwohl sie grün sind. Ich weiß nicht, wie man das durchhält. Freya hält es für einen liebenswerten Wesenszug. Ach, die rosarote Brille! Ich persönlich finde, man sollte ihm bloß mal gründlich die Ohren lang ziehen.

Moo und ich biegen uns auf Bens Kosten vor Lachen, wenn wir an vergangene Kindertage denken, als wir Rosenkohl in Jackenärmeln, Taschen und Blumentöpfen fanden.

Wenn meine Schwester und ich lachen, hört man kein leises, perlendes Gelächter, wie man anhand unseres Geschlechts annehmen könnte. Nein, wir pflegen die herzhaft laute, grölende Variante. Wir werfen die Köpfe in den Nacken, reißen die Münder auf und stoßen jene ungehemmten Geräusche aus, die im Restaurant für konsternierte Blicke sorgen. Ob wir schon immer so gelacht haben, weiß ich nicht, aber ich kann mich an nichts anderes erinnern. Wenn wir zu dritt sind, wird es noch lauter. Unser Lachen kommt von unserem gemeinsamen Sinn für Humor und geht meistens auf unsere eigenen, also gegenseitigen Kosten. Unsere Mitmenschen sind ausgeschlossen und sehen irritiert zu, wie wir uns Geschichten von früher erzählen und einander erbarmungslos aufziehen. Wir sind Mitglieder des exklusiven Schwestern-Comedy-Clubs mit unnachgiebigen Türstehern (meine Versuche, eine Kleiderordnung einzuführen, sind bisher leider gescheitert) und einer regelmäßigen Happy Hour, in der wir über Dinge lachen, die andere einfach nicht lustig finden, und uns gegenseitig anstacheln, bis uns vom Lachen die Bäuche weh tun.

Bens scharfsinnige, skurrile und mitunter grausame Beobachtungen über das Leben sind sehr witzig, vor allem wenn sie sich auf uns beziehen. Meine Schwester ist auf andere Art lustig. Ihr Humor scheint angeboren; ihr übersprudelndes Wesen, ihr Lachen und ihre Scharfzüngigkeit machen sie zu einer gleichermaßen gefürchteten wie geschätzten Alleinunterhalterin. Und ich? Ich bin manchmal witzig, wenn ich mit den beiden zusammen bin, aber nur weil sie mir das Gefühl geben, lustig zu sein. In ihrer Gesellschaft lache ich am lautesten, und das fühlt sich gut an. Als sei ich nur dann ich selbst.

«Also, was habt ihr beiden ausgeheckt?», fragt Ben, dem nie etwas entgeht. Seit er ein paar Pfund zugelegt hat, sieht er Dad zum Verwechseln ähnlich: die markanten Züge, eine breite Nase, als hätte man sie ihm ins Gesicht gespachtelt, und die breiten Schultern. Seine kurzen Haare sind dunkel, fast so schwarz wie die von Mum und Moo. Er behauptet schon immer, ich sei adoptiert worden.

«Nichts Besonderes», antworten Moo und ich ein bisschen zu hastig im Chor. Nicht dass wir Ben nichts von unserer Geschäftsidee erzählen wollen, nur jetzt soll es noch unser Geheimnis bleiben. Nur für den Fall, dass es sich als verrücktes, bescheuertes Hirngespinst entpuppt, das wir längst vergessen haben, bis wir nach Hause kommen und uns das normale Leben wieder im Griff hat.

Zum Glück bleibt für weitere Fragen keine Zeit, denn Mum bringt einen Apfelkuchen aus der Küche und einen glasierten Flan nur für mich – einer der Gründe, warum ich sie so liebe. Das war als Kind eine meiner liebsten Süßspeisen, die süße, fast schon *zu* süße Kombination aus luftigem Pudding und einem Guss in der Farbe gebrannter Orange, mit klebrigem, goldenem Nektar überzogen. Eine Portion davon ist genau richtig, aber selten genug. Zwei Portionen tun definitiv nicht gut. Drei sind reine Gier, aber genial.

Wird *er* ein Drei-Portionen-Mann sein?

Nein, ganz bestimmt VIER.

Während ich genüsslich Sirup über meinen Flan träufele, frage ich mich, wo ich den Nachtisch nach dem üppigen Abendessen überhaupt noch hinpacken soll. Dann fällt mir zum Glück mein Ersatzmagen für besondere Fälle wieder ein.

Mit gefüllten Bäuchen und erschöpft nach unserem chaotischen Tag, verabschieden Moo und ich uns bald darauf und schlummern ein, kaum dass unsere Köpfe das Kissen berühren. Ich träume von selbstgezüchtetem Rhabarber, frischgepflückten Brombeeren, von beim Nachbarn geklauten Stachelbeeren und Äpfeln, die fertig für den Kuchen an den Zweigen wippen. Von der lustigen Amsel aus Ton, die beim Backen die Teigdecke beschwert. Von winzigen Rosinenbrötchen, in deren lockerer Mitte ein Klecks Butter schmilzt und die nur darauf warten, mit selbstgemachter schwarzer Johannisbeermarmelade bestrichen zu werden. Von hübschen kleinen Schmetterlingstörtchen mit Buttercremefüllung, von der schweren Süße des Sirup-Flans, von juwelengleichen Marmeladen- und Zitronenquarkküchlein. Von Lebkuchenmännchen mit lächelnden Gesichtern und würzigem Weihnachtsgebäck, das auf dem Rost abkühlt.

Nach einem lärmenden und chaotischen Frühstück belade ich mein Auto und verabschiede mich der Reihe nach von allen.

«Musst du denn wirklich schon gehen? Kannst du nicht noch ein paar Tage bleiben?» Mum umarmt mich. Unter ihrem weiten Mantel fühlt sie sich so klein und zart an, dass ich fast Angst habe, sie zu zerbrechen.

«Nein, ich muss zurück. Es gibt so viel zu tun.» Dabei denke ich natürlich vor allem an unsere Aufgabenliste, mit der ich am liebsten sofort anfangen möchte. Außerdem muss ich in zwei Tagen wieder zur Arbeit, worauf ich mich allerdings weniger freue.

«Dieses Jahr wird ein gutes Jahr für dich. Das weißt du, oder?» Sie küsst mich bei diesen Worten auf die Stirn. Ich bin überrascht, eigentlich wollte ich dasselbe zu ihr sagen.

Beim Wegfahren schaue ich in den Rückspiegel, alle winken mir hinterher. Sogar die Babyarme werden geschüttelt, dick und rosa wie Würstchen. Ich muss lächeln und winke aus dem Fenster zurück, bis ich niemanden mehr sehen kann. Obwohl sie nicht viel gesagt hat, weiß ich, dass Mum bei unseren Abschieden traurig wird. Schuldgefühle hängen wie Nebel über mir. Phillips Abgang hat ihr zugesetzt und nur noch einen Schatten von der starken, vor Energie sprühenden Frau übrig gelassen, die alleine drei Kinder großgezogen hat. Phillip war Künstler, er verehrte und imitierte die französischen Meister und schien genau der Richtige für Mum zu sein. So schrecklich wir auch einen anderen Mann anstelle unseres Vaters fanden, wir versuchten uns für sie zu freuen. Ein Jahr nach seinem Einzug entpuppte er sich als der gewalttätige Alkoholiker, der er wohl schon immer gewesen war. Wir Kinder konnten bald entkommen, aber Mum benötigte fünfzehn Jahre und eine gerichtliche Verfügung, um es uns gleichzutun. Jetzt scheint sie uns mehr denn je zu brauchen, und es tut mir besonders leid, nicht für sie da sein zu können. Als ich im vergangenen Juli nicht aufhören konnte zu weinen, fuhr sie die lange Strecke von Devon herauf, packte mich wie ein verwundetes Tier ein und brachte mich zu ihr zurück, damit ich meine Wunden lecken konnte. Aber so sind Mütter, nicht wahr? Der Mutterinstinkt meldet sich, sobald sie ihre Kinder weinen hören. Wie auch immer, ich bin nicht die Mutter meiner Mutter. Ich bin überhaupt keine Mutter, und manchmal frage ich mich, ob ich je eine sein werde.

Letztes Jahr, am Nachmittag des 9. Juli: Ich backe gerade Scones zum Tee. Normalerweise hat Backen auf mich eine fast therapeutische und beruhigende Wirkung, doch heute sagt mir eine innere Stimme, dass etwas nicht stimmt. Ich habe krampfartige Schmerzen, und obwohl ich mich nicht krank fühle, ist irgendetwas überhaupt nicht in Ordnung. Ich warte, bis die Scones fertig gebacken sind. Eine Viertelstunde später ist das ungute Gefühl immer noch da. Ich lege die Scones zum Auskühlen auf ein Gitter und weiß dabei genau, dass niemand sie essen wird. Denn noch bevor ich auf die Toilette gehe, noch vor dem Krankenhaus, noch lange bevor der Arzt es mir bestätigt, weiß ich: Ich werde mein Baby verlieren.

Zwei Monate später hatte Freya meine Nichte, die Prinzessin, zur Welt gebracht, Moo ihren Bären, und ich brach zusammen.

Auf der dreistündigen Rückfahrt kriege ich weder von der Landschaft draußen noch vom Radiogedudel viel mit. Stattdessen ziehen vor meinem inneren Auge die Bilder und Texte meiner Vergangenheit vorbei. Auf längeren Strecken neige ich grundsätzlich zum Nachdenken, und weil gerade ein neues Jahr angefangen hat, stelle ich mir dieselben Fragen wie immer um diese Zeit: Was habe ich bisher getan? Wo gehe ich hin? Wer bin ich? Ich male mir aus, eine dieser Frauen aus den Januarausgaben der Hochglanzmagazine zu sein, Frauen, die alles aufgegeben haben, um ihre Träume zu verwirklichen und ihr eigenes Leben zu leben. Ich bewundere ihren Mut, ihren Glauben an sich selbst und die feste Entschlossenheit, mit der sie Leuten begegnen, die ihr Durchhaltevermögen bis zum Schluss anzweifeln. Diese Frauen auf den Fotos sprechen lächelnd davon, wie sie sich selbst und ihre Fähigkeiten durch diese neue Erfahrung nun ganz anders wahrnehmen. Im Hintergrund sieht man ihre frischerworbenen, edeleingerichteten Häuser, einen liebevoll unterstützenden Ehemann und zwei wunderbare Kinder. Jedes Jahr betrachte ich diese Frauen und will das, was sie haben. Während ich durch sanfte Hügel und kleine Dörfer mit so netten Namen wie Noggins Corner fahre, frage ich mich, ob dies ein unerreichbarer Traum ist. Meine aktuelle Situation lässt diesen Eindruck nämlich durchaus zu, und nicht zum ersten Mal beschleicht mich das Gefühl, dass ich das Leben einer anderen führe und irgendein Mistkerl mein eigenes entführt hat. Die echte Maddy Brown möge nun vortreten. Bitte?!

Als ich in meinem schmalen viktorianischen Reihenhäuschen ankomme, ist zum Glück alles noch so, wie ich es verlassen habe. Ich räume die Klamotten aus – ich hatte genug für eine sechsmonatige Reise und alle erdenklichen Wetterverhältnisse eingepackt. Anschließend mache ich es mir mit den beiden einzigen Dingen gemütlich, die während meiner Abwesenheit nicht schlecht geworden sind: einer Flasche Wein und einer großen Pellkartoffel, der ich vor dem Kochen allerdings erst diverse Triebe entfernen muss. Verreisen ist schön, aber ins gemütliche eigene Heim zurückkehren auch. Ich klopfe die cremefarbenen weichen Kissen auf, die zu meinem beigen Sofa gehören, zünde ein paar farblich aufeinander abgestimmte Kerzen an und mache es mir bequem. Kissen und Kerzen gehören zu meinen Schwächen – ich besitze davon etwa so viele wie Schuhe, Handtaschen, Bücher und Gesichtspflegeprodukte. Als ich eingezogen bin, war meine Traumvorstellung ein trendy New Yorker Loft so à la Sex in the City, aber ich fürchte, mein Haus ähnelt eher einem IKEA-Ausstellungsraum. Egal, es gehört mir, und bis ich reich und berühmt bin, wird es genügen. Ich denke an die vergangenen paar Tage und werde vor Aufregung wieder ganz kribbelig. Könnten wir es schaffen? Könnten wir unser eigenes Unternehmen gründen? Andere schaffen das doch auch, oder?

Niemand ist da, um meine Fragen zu beantworten, also übernehme ich das selbst.

Ja.

Ja.

Und nochmals ja.

Was glaubst du denn?

Das ist eine Frage und keine Antwort. Wahrscheinlich verbringe ich zu viel Zeit alleine.

Nach einer unruhigen Nacht, in der ich mich hin und her wälze, wache ich früh auf und fahre als Erstes zum Supermarkt, um meine Notvorräte wieder aufzufüllen. Nun sitze ich am Schreibtisch meines Gäste- und Arbeitszimmers und blättere in meinem Rezeptbuch und meiner riesigen Sammlung von Zeitungsausschnitten. Dinge aus Zeitschriften herauszureißen ist auch eine meiner Leidenschaften: Artikel übers Reisen, Rezepte, Geschenkideen – ich habe für alles einen Ordner. Eines Tages werde ich den Tipp für das heißeste Hotel in Barcelona brauchen oder die Schuhe aus Schokolade als ideales Geschenk für jemanden – da bin ich mir sicher.

Während ich über den Rezepten brüte, blicke in hinunter in meinen winzigen, aber hübschen Garten. Zum Glück hat sich auch dort in meiner Abwesenheit nichts verändert. Von hier oben sehe ich nicht nur auf meinen eigenen Garten, sondern auch auf den des Hauses gegenüber. Und da ist Edmund. Ich habe keine Ahnung, wie er richtig heißt, aber mit seinem spindeldürren, bleichen Körper, dem verhältnismäßig großen Kopf und den ausgeprägten Zügen erinnert er mich immer an Rowan Atkinson in der Serie *Blackadder*. Ich habe das morgendliche Ritual verpasst, bei dem er seine Vorhänge öffnet und sich der Welt entgegenstreckt. Ob er nackt ist, kann ich nicht sagen, denn so gut sind meine Augen nicht. Wäre er ein junger, knackiger Typ Marke Brad Pitt, hätte ich mir natürlich längst Mums Vogelbeobachtungsfernglas ausgeliehen, aber so ziehe ich Unwissenheit vor. Edmund hackt gern morgens in Unterhosen Holz. Weshalb, kann ich nicht sagen. Friedlich hackt er vor sich hin und hält nur manchmal inne, um seine Unterhose, die perfekt zu seinem Körper passt – grau und leicht ausgebeult –, hochzuziehen, bis seine maximal eins vierzig große und etwa hundert Kilo schwere Frau in ihrem bodenlangen Patchwork-Bademantel in den Garten kommt und ihn hereinholt.

Als das Telefon klingelt, reiße ich mich von Edmunds Anblick los. Ihm muss saukalt sein!

«Ich habe den perfekten Namen», verkündet Moo am anderen Ende der Leitung.

«Deine Stimme hallt irgendwie, wo bist du denn?»

«Im Bad. Was hältst du von *Back To Basins*?»

«Hmmmm.»

«Das ist doch superkreativ», meint sie.

«Ich dachte eher an so etwas wie ‹Teatime› oder ‹Lecker vom Bäcker›», schlage ich vor.

Die Stille am anderen Ende zeugt von Moos ausbleibender Begeisterung.

«Back To Basins.» Ich versuche, mich an den Klang der Worte zu gewöhnen.

«Es ist klasse! Ich bin klasse!», jubelt meine Schwester, und ich muss ihr zustimmen, auch wenn mir der Name nicht besonders gefällt.

Ich öffne die Tür, um James, meinen zukünftigen Ex-Mann, hereinzulassen. Brav folgt ihm unser Hund Frosch nach drinnen. Frosch wird bei mir bleiben, während James übers Wochenende mit sechs Freunden zu einem Junggesellenabschied nach Manchester fährt. Armes Manchester. Frosch ist ein Staffordshire Bullterrier und heißt so, weil er aussieht wie ein Frosch, wenn er beim Liegen die Beine hinter sich ausstreckt. Sein Fell ist gescheckt, vorne auf der Brust hat er einen weißen Fleck und um die Schnauze herum immer mehr graue Haare. Frosch gehört zu den Dingen, die James und mich verbinden, obwohl wir schon seit einer halben Ewigkeit nicht mehr zusammen sind. Kennengelernt haben wir uns auf der Party eines gemeinsamen Freundes, als ich zwanzig und er zwei Jahre älter war. Er hatte sich als Einziger nicht verkleidet, und trotz seiner Vorliebe für hellgrüne T-Shirts und Segelschuhe weiß ich noch genau, dass ich dachte: Den muss ich haben. Und ich wusste, ich würde ihn kriegen. Oh, die Zuversicht der Jugend! James ist eine Art Teekuchen, luftig und goldgelb mit saftigen Sultaninen, Rosinen und Kirschen und einem leckeren, knusprigen Zuckerguss. Die Art von Kuchen, die perfekt zu einem Nachmittagskaffee mit der Oma passt, und wie alle Teekuchen wurde auch James mit zunehmendem Alter besser. Der schlaksige Körper und das blasse David-Bowie-Gesicht, das ich damals so attraktiv fand, sind verschwunden. Nun gleicht er eher einem Surfer als einem ausgemergelten Rockstar. Seine Haare haben die Farbe von Rohrzucker, und seine Haut ist von der Arbeit an der frischen Luft immer karamellbraun. Die Kilos und Muskeln, die er in den letzten Jahren zugelegt hat, stehen ihm gut. Wir waren dreizehn Jahre lang zusammen, und ich dachte eigentlich, es sei für immer. Aber irgendwo auf diesem gemeinsamen Weg haben wir uns verändert. Während ich ein kleines Häuschen mit Holzfeuerherd in der Küche, Freunde zum Abendessen und Kinder wie in der Überraschungseier-Werbung wollte (ja, ich weiß, langweilig und durchschnittlich, aber welche Frau um die dreißig wünscht sich das nicht heimlich?), lebte James immer noch voller Begeisterung das Leben seiner Jugend samt alkoholreichen Wochenendausflügen mit seinen Kumpels und ganzen Sonntagen im Pub und auf dem Fußballplatz. Eine Weile versuchte ich, mit diesen Dingen zu konkurrieren, aber irgendwann wurde mir bewusst, dass ich im Rennen gegen große Mengen Bier und das Champions-League-Finale auf Großleinwand bloß einen erbärmlichen zweiten Platz belegen konnte. Ich hoffte, James würde früher oder später seine Meinung zum Thema Kinderkriegen ändern, aber bald wurde klar, dass ihm der Status quo gefiel und er keinerlei Absicht hatte, sich Vaterfreuden zuzuwenden. Über die Jahre hinweg waren wir zu Freunden geworden, und ich hatte ihn schließlich verlassen, weil ich mehr wollte. Er kämpfte nicht, um mich aufzuhalten, was ziemlich weh tat, mir aber gleichzeitig bestätigte, was ich ohnehin längst wusste: Wir waren am Ende unseres gemeinsamen Weges angekommen.

Zwischen seinen sogenannten «Beziehungen» zu blonden Barbiepuppen kommt James gelegentlich zum Essen vorbei, wir gehen gemeinsam weg oder machen es uns mit einem Video gemütlich. Wie unsere Freunde und Familien haben auch wir mittlerweile aufgehört, unsere Beziehung zu analysieren, und akzeptieren sie einfach so, wie sie ist. Vielleicht wird sich daran nie etwas ändern, und wir teilen uns noch mit neunzig das pürierte Essen oder reservieren für den anderen einen Sessel im Fernsehzimmer des Altersheims. Während dieser ganzen sonst so reibungslosen Trennung hat es nur einen einzigen Rückfall gegeben, und am nächsten Morgen waren wir uns einig, dass es sich um einen Ausrutscher handelte, den wir am besten schnell vergessen wollten. Keiner von uns rechnete damit, dass die Natur andere Pläne für uns hatte.

«Sei schön brav bei Frauchen.» James streichelt Frosch über den Kopf. Dieser wiederum antwortet ihm mit einer Stimme, die erstaunlich nach James klingt, wenn auch in etwas höherer Tonlage.

Nach einem schnellen Kuss auf die Wange düst James davon und überlässt Frosch und mich unseren üblichen Zweikämpfen. In Hundejahren ist Frosch inzwischen einundneunzig, sowohl taub als auch blind und mit Rheuma in den Hinterbeinen, wodurch er eher watschelt als läuft. Doch seine Angewohnheit, mit dem ihm eigenen Hundegrinsen genau das zu tun, was ich ihm verboten habe, ist nach wie vor eine dominierende Charaktereigenschaft. Er ist sozusagen der *Grumpy Old Man* der Hundewelt. Frosch schnüffelt ein wenig herum, winselt zwanzig Minuten lang und pinkelt dann in die Küche. Runde eins an Frosch. Da weiß ich, dass es ein langes Wochenende werden wird.

Ich versuche, im Internet Infos darüber zu finden, wie man eine Firma gründet, doch bald werde ich wieder von Frosch unterbrochen, der dabei ist, verschiedene Slips aus dem Wäschekorb zu zerren. Ich gewinne zwar den Kampf um die Unterwäsche, aber meinen hübschesten, edelsten Slip zieren nun Bissspuren (leider vom Hund, und in Zukunft wird dieses Wäschestück wohl traurigerweise auch keine anderen sehen). Dann mache ich mich erneut an die Suche. Ich klicke mich durch alles, was auch nur entfernt mit Firmengründung zu tun hat, und sauge sämtliche Informationen auf, bis mir die Augen weh tun. All die zu bedenkenden Punkte, bevor man so ein Projekt ernsthaft starten kann, überraschen und beängstigen mich gewaltig: die Firma anmelden zum Beispiel, einen Domain-Namen kaufen, Zahlungsverkehr organisieren, Versicherung, Gesundheitszeugnisse und Hygienevorschriften, Firmenbriefpapier – all das sind wichtige Dinge, um die man sich besser früher als später kümmern sollte. Das eigentliche Kuchenbacken ist der einfachste Teil, wie's scheint.

Meinen Korb mit der Dreckwäsche habe ich weggeräumt, aber stattdessen schlurft Frosch nun unbeeindruckt an mir vorbei und zerrt mein Schaffell hinter sich her. Beim Versuch, es ihm wieder abzunehmen, sieht er mich nur mit trüben Augen und einem trotzigen Blick an, der zu sagen scheint: Da musst du schon mit mir drum kämpfen. Ich ringe ihn zu Boden, doch dabei fliegen einige Fetzen (des Schaffells natürlich, nicht von Frosch), und am Ende gleicht mein Vorleger einem Schaf mit Haarausfall. Für einen so alten Hund hat Frosch ganz schön viel Kraft.

In Anbetracht meines bevorstehenden Urlaubsendes beschließe ich, für die Mädels im Büro einen Kuchen zu backen. Schließlich sollte ich bald herausfinden, ob meine Backkünste wirklich ausreichen, und da eignen sich meine Kollegen ganz ausgezeichnet als Versuchskaninchen. Zu Ehren des demnächst in meinem Leben auftauchenden Mannes werde ich einen Bananen-Pekannuss-Kuchen machen. Es wäre noch untertrieben zu sagen, dass es mir vor der Rückkehr zur Arbeit graust. Allein die Aussicht, mich wieder mit Jessica, meiner kontrollsüchtigen Ziege von Chefin, herumschlagen zu müssen, verursacht mir Magenschmerzen. Ich zerdrücke die Bananen mit besonderer Inbrunst. Dann gebe ich den Fruchtbrei zur geschmolzenen Butter und dem Zucker und bin wie immer erstaunt darüber, dass sich eine Mischung, die so sehr nach ... nun ja ... nach etwas aussieht, das nicht essbar wirkt, in etwas so Leckeres verwandeln lässt. Der Gedanke, wieder ins Hamsterrad eines Großkonzerns zurückzukehren, der meine Existenz kaum wahrnimmt, bringt mich wieder zu der Frage zurück, die ich mir seit Monaten stelle: Gibt es nicht noch mehr im Leben? Zugegeben, da ist das Spesenkonto, mein Audi mit Sportausstattung draußen in der Einfahrt, die Reisen durch die Weltgeschichte und ein Gehalt, mit dem man nicht nur ein, sondern gleich zwei Paar Manolos im Monat kaufen kann. Das ist schon wahr ... Aber macht mich das glücklich? So richtig glücklich? Während ich den Rührlöffel ablecke, grüble ich über diese Frage nach. Dabei kenne ich die

Antwort längst: Vor langer Zeit hat es gereicht, aber das war vor meiner Fehlgeburt, vor dem, was ich inzwischen meine Offenbarung nenne. Könnte ich etwas anderes tun? Könnte ich Kuchen backen statt Medikamente vermarkten, deren Erforschung Millionen von Pfund gekostet hat und deren weiteres Millionenbudget dazu dient, Ärzte erbarmungslos davon zu überzeugen, sie zu verschreiben? Bin ich komplett verrückt, einen solch lukrativen Job an den Nagel zu hängen, nur um etwas dermaßen Simples zu machen wie Backen? Ich widme meine Aufmerksamkeit wieder dem Kuchen, der im Ofen langsam aufgeht. Diesen Teil mag ich besonders gerne: das Warten und die Erwartung, dass etwas Wunderbares und Köstliches passiert. Es ist jedes Mal wie eine Geburt, nur ohne den Schmerz und ohne die Aussicht, vor seinem Liebsten die Kontrolle über diverse Körperfunktionen zu verlieren. Ich muss an meine Manolos in ihrem schützenden Seidenpapier denken und frage mich, wie sie wohl zu einer Küchenschürze passen würden.

Ein müde dreinblickender James holt Frosch mit einiger Verspätung ab, wodurch ich zehn Minuten zu spät Richtung Büro starte. Wegen plötzlicher Bauarbeiten dauert die sonst etwa vierzigminütige Fahrt ins Industriegebiet von Oxford länger als gewöhnlich. Panik steigt in mir auf, denn nun bin ich bereits zwanzig Minuten zu spät dran. Zum Glück springt meine Chefin nirgends herum, und so schleiche ich mich fast unbemerkt in die Vertriebs- und Marketing-Abteilung von Pharmagenica International. Allen fällt es schwer, nach der Weihnachtspause wieder in die Gänge zu kommen, und über doppelten Espressi erzählt man sich von Weihnachten, Heldentaten an Silvester und vom großen Vorsatz, durch den Verzehr von zwei Schalen Müsli pro Tag in den nächsten drei Monaten zehn Kilo abzunehmen.

Als Projektmanagerin für ein neues Arthrose-Medikament, das demnächst auf den Markt kommt, sollte ich eigentlich vor lauter Aufregung und Vorfreude unter Strom stehen, doch der Aktenberg auf meinem Schreibtisch und ein Postfach voller E-Mails ersticken die einstige Begeisterung und Motivation schon im Keim. Der Adrenalinschub, der früher mit den Deadlines, den Vertreterschulungen und der Präsentation beim Vorstand einherging (wobei Letzteres eher blanken Horror als Adrenalin mit sich brachte), ist verschwunden. Meine Aufmerksamkeit gilt nun dem kleinen goldenen Ideenschatz in meiner Tasche, der funkelnd und hell darauf wartet, für seine Schönheit und Einzigartigkeit gelobt zu werden. Apropos golden, beinahe hätte ich meinen Kuchen vergessen, und als meine Kollegen eine zweite Runde Kaffee ordern, präsentiere ich schüchtern meine Kuchendose, woraufhin alle munter zugreifen. Die Ohhs und Ahhs und die allgemeine Verwunderung, dass ich etwas so Köstliches fabriziert habe, was einem dermaßen auf der Zunge zergeht, lässt mich erröten und vor Stolz fast platzen.

Das fröhliche Geschnatter wird jedoch jäh unterbrochen, als Jessica in der Tür auftaucht. Plötzlich hat man den Eindruck, sämtliches Leben sei aus dem Raum entwichen. Alle sehen zu Boden, um ja ihrem Blick nicht zu begegnen, halten den Atem an und beten, dass sie heute nicht das Zielobjekt ihrer unmöglichen Abgabefristen sind. Jessica ist wie ein Vampir, der jedem, der ihr begegnet, das Blut aussaugt und es für sich selbst verwendet.

«Maddy, ich brauche diese Hochrechnungen bis um elf», bellt sie mich an.

«Hatten Sie ein schönes Weihnachtsfest?» Meine Frage bringt sie kurzfristig durcheinander.

«Ja ... danke», antwortet sie misstrauisch. Jessica hat perfekt durchgestufte, schulterlange schwarze Haare, die weißeste Haut, die ich je gesehen habe, messerscharfe Wangenknochen und schmale schwarze Schlitze als Augen. Wenn sie in meine Nähe kommt, muss ich immer den Impuls unterdrücken, mit den Händen meinen Hals zu schützen.

«Ich warte noch auf die Daten vom Medical Team, also könnte es mit elf Uhr ein bisschen knapp werden», entgegne ich so vorsichtig wie möglich.

«Haben Sie heute schon mit denen gesprochen?»

«Ähm, nein.» Schließlich bin ich seit meinem Weihnachtsurlaub gerade mal zwanzig Minuten da! Spinnt diese Frau denn völlig?!

«Bis elf.» Sie wartet einen Moment lang, ob ich es wage zu widersprechen, und unter ihrem Blick friert mein Kaffee ein. Plötzlich verzieht sie den Mund zu einem breiten Lächeln. Irritiert von ihrem unerwarteten Stimmungsumschwung, schaue ich reflexartig über die Schulter. Des Rätsels Lösung erreicht eben meinen Schreibtisch, groß, dunkel und nach teurem Aftershave duftend.

«Guten Morgen, die Damen», begrüßt uns Don Truro, Leiter der Presseabteilung, strahlend.

«Don. Was für eine nette Überraschung», säuselt Jessica.

Lügnerin! Jessica hasst Überraschungen.

«Hatten Sie schöne Feiertage?» Ihr gekünsteltes Lächeln verursacht mir Brechreiz.

«Ja, ja, prima. Trotzdem kommt man nach dem Urlaub immer gerne zurück, oder? Ah, Maddy, genau mit Ihnen wollte ich sprechen. Ich brauche Ihr Feedback zu den Ergebnissen von Phase IV, die wir vor Weihnachten reingekriegt haben.» Don ist wie immer voller Energie und holt zwischen seinen verschiedenen Gedankengängen kaum Luft. Ich will gerade etwas erwidern, doch Jessica fährt wie ein blutrünstiger Jagdhund dazwischen.

«Don, da kann ich Ihnen weiterhelfen. Die Ergebnisse liegen bei mir im Büro.» Sie bedeutet ihm, ihr zu folgen, und ich kann den beiden nur mit offenem Mund nachschauen. Ich habe Stunden an dieser Aufstellung gearbeitet! Noch an Heiligabend saß ich bis um sechs an diesem verdammten Feedback. Zimtzicke! Alle anderen haben stirnrunzelnd den Kopf gesenkt, und mich packt plötzlich das heftige Verlangen, den ganzen Papierkram zur Seite zu fegen, auf meinen Schreibtisch zu klettern und laut zu rufen: «Was für ein elender Scheiß!»

Ich verkneife mir dieses Bedürfnis, denn ich traue Jessica ernsthaft zu, dass sie mich bedenkenlos vom Tisch schubsen würde. Stattdessen klicke ich mich durch den Berg an E-Mails, die anscheinend alle mit diesem nervigen kleinen «Wichtig»-Ausrufezeichen versehen sind.

Das Wetter ist trüb und kalt, die Abende dunkel, und alle sind schlecht drauf. Ohne die ganze Vorweihnachtsstimmung gibt es nichts, worauf man sich freuen kann; abgesehen von wärmeren Tagen, an denen die Sonne durchs Schlafzimmerfenster scheint und man keinen Flaschenzug braucht, um sich aus dem Bett zu hieven. Ich habe das Gefühl, in meiner eigenen kleinen geheimen Welt zu leben. Neben der To-do-Liste für unser Unternehmen ist die normale Arbeit zweitrangig geworden, und statt abends länger im Büro zu bleiben, eile ich nun nach Hause, um Rezepte zu studieren und Verpackungsfirmen zu recherchieren. Unser kleines Luftschloss hat sich auf einmal zu etwas entwickelt, was tatsächlich Realität werden könnte. Deshalb haben wir beschlossen, uns wegen eines Firmengründungsdarlehens oder Überziehungskredits an die Bank zu wenden, um die Sache ins Rollen zu bringen. Moo und ich palavern am Telefon stundenlang über Prognosen, Märkte, Kosten,

Margen und mögliche Backrezepte. Ab und zu melden sich die alten Ängste wieder, und ich frage mich, ob ich noch alle Tassen im Schrank habe. Schließlich ist es eine Sache, ab und zu mal einen Kuchen für die Familie oder Freunde zu backen, und eine ganz andere, dann tatsächlich mehr als zwei auf einmal zu produzieren und diese auch noch an den Mann bringen zu wollen. An meiner Schwäche, immer mindestens fünfzehnmal nachzufragen, ob der Kuchen auch wirklich schmeckt, müsste ich definitiv arbeiten. Beim Kunden käme es sicher nicht gut an, wenn ich ihn ständig mit Fragen belästige wie:

«Nein, aber schmeckt er wirklich?»

«Sind Sie sicher, dass ich nicht zu viel Butter verwendet habe?»

«Sie dürfen ruhig zugeben, wenn Sie ihn nicht mögen. Ich bin bestimmt nicht beleidigt.»

Ich beschließe, mich zusammenzunehmen und positiv zu denken. Irgendwo habe ich mal gelesen, dass man morgens in den Spiegel schauen und sich mindestens zehn Mal sagen soll:

«Ich bin wunderbar.»

«Ich kann alles erreichen.»

«Ich bin stark.»

«Ich werde Erfolg haben.»

«Heute ist mein Tag.»

Ich gebe mir wirklich Mühe, doch während ich mich heute Morgen so in Unterwäsche im Spiegel betrachte, werden die guten, starken Gedanken von denen verdrängt, die mit Fettabsaugung zu tun haben. Ich ziehe meinen langen Strickmantel an, der bis zu den Knien reicht und alles verhüllt, und beschließe, Lou zu einer Runde Shopping-Therapie zu treffen. Meine Suche nach der perfekten Jeans, die mich in eine super-selbstbewusste, langbeinige zweite Elle

MacPherson verwandelt, ist nie zu Ende und wesentlich billiger als Fettabsaugung.

Mit Lou bin ich seit fast zwanzig Jahren befreundet. Das ist bei genauerem Nachdenken wirklich ein Wunder, denn wir haben absolut nichts gemeinsam. Aber heißt es nicht immer, dass sich Gegensätze anziehen? Ich weiß nicht, ob es daran liegt, aber mein Leben wäre auf jeden Fall langweiliger ohne ihren strahlenden Einfluss. Lou ist Glamour pur, unsere persönliche Victoria Beckham sozusagen: stets makellos in den allerneusten Fummel gekleidet, die Fingernägel à la French Manicure gepflegt und einen Diamantring von der Größe Asiens am Finger. Anders als bei Mrs. Beckham sind allerdings ihre langen, glänzenden, braunen Locken echt, und sie hat auch kein Problem damit zuzugeben, dass sie ihre perfekten Brüste der erstklassigen Arbeit eines Schönheitschirurgen verdankt. Sie entspricht einer Schwarzwälder Kischtorte: reichhaltig, wunderbar extravagant und absolut köstlich.

Als ich Lou kennenlernte, war ich ein wenig eingeschüchtert. Sie wirkte so selbstbewusst und erwachsen im Vergleich zu all meinen anderen College-Freunden. Und während ich immer versuchte, mich im Hintergrund zu halten, stolzierte sie herum, als gehörte ihr der Laden. Alle liebten sie, einschließlich der Tutoren. Unsere ungewöhnliche Freundschaft verdanken wir unserer gemeinsamen Begeisterung für Blondie. Innerhalb einer Woche hatte Lou mich mit Cocktails und dünnen, pastellfarbenen Zigaretten bekannt gemacht, die mir als Gipfel der Kultiviertheit vorkamen, Nudeln für mich gekocht, die nicht aus einer Dose kamen, meine Augenbrauen in Form gezupft, mich in einen Club voller Männer geschleift, die mehr Make-up trugen als ich und die Damentoilette benutzten, sowie meine Haare blond gefärbt. Wie ich jetzt so im Costa Coffee neben meiner glamourösen, coolen Freundin sitze, beschließe ich, ihr noch nichts von meinen Plänen zu erzählen. Ich bin einfach noch nicht souverän genug, mich der Frage zu stellen, ob ich denn völlig übergeschnappt sei. Ich würde ihr zu schnell recht geben. Lou ist Marketingmanagerin für eine Brauerei, die sich auf trendige Bars spezialisiert hat. Dementsprechend steht sie in einer echten Männerdomäne ihre Frau und nimmt kein Blatt vor den Mund. Direkte Kritik würde ich jetzt noch nicht aushalten. Stattdessen erzähle ich ihr von Moos Weissagung, aber sie tut das lediglich mit einer wegwerfenden Handbewegung ab, wobei sie mir mit ihren Krallen beinahe ein Auge auskratzt.

«Du kannst nicht einfach darauf warten, dass einer bei dir anklopft, Maddy. Wir müssen dich mehr unters Volk bringen», erklärt sie mir. Mich unters Volk bringen? Das klingt echt schrecklich.

«Ich bin jetzt mal ganz offen und ehrlich, Süße. Wir müssen unbedingt die Verpackung aufmöbeln. Du musst dir die Nägel machen lassen, einen Push-up-BH kaufen und ein bisschen mehr Dekolleté zeigen.» Sie untermalt ihre Worte, indem sie ihre eigenen Prachtexemplare nach oben drückt. Der Typ am Nachbartisch kann sein Glück kaum fassen und verschluckt sich beinahe an seinem Kaffee. Die Vorstellung, mein nicht vorhandenes Dekolleté Wildfremden in Cafés zu zeigen, erfüllt mich mit Grauen.

«Gut, am besten verschwenden wir keine Zeit mehr. Ich gebe heute Abend eine kleine Dinnerparty, und ich finde, du solltest dabei sein.»

«Das ist aber ein bisschen kurzfristig.» Mir ist mulmig zumute, denn ich frage mich, was sie wohl im Schilde führt.

«Warum, hast du was anderes vor?», schießt Lou prompt

zurück, denn wir wissen beide, dass ich natürlich keine Pläne habe.

«Ach, Lou, ich weiß nicht. Ich muss hunderttausend Dinge erledigen.»

«Zum Beispiel?» In ihrem Hirn arbeitet es schon fieberhaft, und sie tippt auf ihr Telefon ein.

«Meine Socken nach Farbe ordnen zum Beispiel!», stöhne ich verzweifelt.

«Nun komm schon. Das sind ganz nette, harmlose, freundliche Menschen. Und ich möchte, dass du jemanden kennenlernst. Er ist Single, nett und sieht recht gut aus. Um ehrlich zu sein, ist er genau dein Typ.» Lou beißt in ein Mandelhörnchen, das wir uns teilen. Sie ist der einzige Mensch, den ich kenne, dem dabei kein Blätterteigbrösel oder Zuckerguss an den Lippen hängen bleibt. Bei den Worten ‹genau dein Typ› stöhne ich innerlich. Da ist das Desaster schon vorprogrammiert. Denn auch wenn mein Erfahrungsschatz diesbezüglich bescheiden ist, bin ich fest davon überzeugt, dass man eine derartige Entscheidung niemals Freunden oder Familienmitgliedern überlassen sollte. Deren Vorstellung davon, wer zu mir passen würde, deckt sich in Wirklichkeit nämlich überhaupt nicht mit meiner.

«Schatz, würdest du bitte Dave anrufen und sichergehen, dass er heute Abend kommt? Außerdem brauchen wir noch einen weiteren Stuhl. Und denk an die weißen Calla. Nein, keine gewöhnlichen Lilien, die trompetenförmigen Calla.» Lou klappt ihr Handy zu und lächelt mich an.

«Das wäre dann geklärt», sagt sie mehr zu sich selbst, während ich brav nicke.

Als ich an diesem Abend bei Lou ankomme, bin ich ziemlich nervös, aber ermahne mich selbst, nicht so ein Feigling zu sein. Während ich darauf warte, dass die Haustür geöffnet wird, überprüfe ich noch schnell, ob mir auch kein Dreck an den Absätzen klebt. In Gedanken bete ich mir das Mantra für heute Abend vor:

Sie werden mich nicht beißen.

Keiner erwartet von mir eine PowerPoint-Präsentation über meine Lebensziele.

Was kann schon groß passieren? Man könnte mich zwingen, Rhabarber zu essen!

Es wird bestimmt ein netter Abend.

Lou begrüßt mich mit einer Umarmung. Ihr schweres Parfüm bringt mich sofort zum Niesen, während ich ihr ins Haus folge, das sie sich mit ihrem Partner Carl teilt. Der dicke, weiche, cremefarbene Teppich und das gedimmte Licht vermitteln den Eindruck, als befinde man sich inmitten der neusten Ausgabe von *Schöner Wohnen*. Das Zimmer wirkt wie ein luxuriöses Edelhotel, sodass ich mich am liebsten auf die endlos langen Ledersofas lümmeln und einen Manhattan bestellen würde. Allerdings traue ich mich nie so recht, die weißen Handtücher im Bad zu benutzen. Ich folge Lou ins Esszimmer und lasse den Blick über die dort bereits versammelten Gesichter schweifen. Als ich Mac entdecke, der mich wie bekloppt angrinst, geht es mir gleich besser. Mac kenne ich schon länger als Lou. Ab und zu treffen wir uns, um uns gegenseitig zu versichern, dass wir mit den Jahren nur noch wertvoller werden. Er ist freier Schriftsteller und eine Mischung aus Louis Theroux und George Clooney, also aus Intelligenz und attraktivem Äußeren, weshalb die Frauen ihn so lieben. Das erzählt er uns zumindest immer. Wegen seiner dunklen Locken, den schokoladenfarbenen Labradoraugen und der gebräunten Haut wird er oft für einen Italiener gehalten. Seine wunderbar römische Nase jedoch verrät seine jüdischen Wurzeln. Mac ist ein Kaffee-

Walnuss-Kuchen, und wenn er nicht mein Kumpel wäre und ich ihn nicht während seiner neo-romantischen Phase in Kniebundhosen gesehen hätte, wäre ich vermutlich ein bisschen in ihn verliebt. Er gibt selbst zu, dass er ein Womanizer ist, obwohl er das angeblich gar nicht will. Es sei lediglich das Resultat seiner Suche nach der perfekten Frau. Während er von einer brünetten Schönheit zur nächsten flattert, träumt er von nichts anderem als einem kleinen Häuschen im Grünen mit seiner hinreißenden Gattin (der seine Mutter selbstverständlich erst zustimmen muss) und entsprechend hinreißenden Kindern; sozusagen direkt aus einer Calvin-Klein-Reklame. Die Frau neben ihm scheint genau diese Person zu sein: sexy und bezaubernd und, nach ihrem Gesichtsausdruck zu schließen, völlig hin und weg von ihrem Begleiter.

Lou stellt mich dem Rest der Gesellschaft vor, einer Art Clique aus Freunden und Nachbarn, die sich schon seit Jahren kennen. Sie gleichen ein wenig den schicken Torten, die man in den Schaufenstern von Patisserien in Hampstead Heath sieht: rechteckige Gebilde aus Biskuit und Sahne, raffiniert verziert mit Schokolade und Früchten. Sie gehören zu der Sorte Gebäck, die zwar beeindruckend aussieht, aber geschmacklich enttäuscht. Hinterher ist einem sogar fast ein bisschen schlecht. Da wären zum Beispiel Felicity, eine Innenarchitektin, und ihr Mann Richard, der sein eigenes Architekturbüro hat. Felicity möchte gerne Fliss genannt werden, und Richard möchte, dass man Richard zu ihm sagt. Es nennen ihn jedoch alle Rick, außer Fliss. Die sagt Richie zu ihm. Man reiche mir bitte eine Spucktüte. Fliss und Rick sind wie siamesische Zwillinge und beenden stets die Sätze des jeweils anderen. Sie streichelt seinen Arm, als sei er ihre Schmusekatze, und schmiegt zwischen den Menügängen ihren Kopf an seine Schulter. Sie haben keine Kinder, aber sie üben fleißig und «haben dabei jede Menge Spaß, stimmt's, Tiger»?.

Ruth und Mike arbeiten beide in der City und sind vor kurzem Eltern geworden. Das heißt, sie haben ihre dunkelblauen 5er BMWs mit Lederausstattung gegen einen dicken Geländewagen eingetauscht, der mit seinen Kindersicherungs-Extras jeder Boeing 747 Ehre gemacht hätte. «Gehört die Flugunterhaltung da auch serienmäßig dazu?», frage ich spontan und bekomme einen vernichtenden Blick von Ruth zugeworfen. Jedenfalls sind in den vorderen Kopfstützen tatsächlich Bildschirme eingelassen, falls Phoebe mal fernsehen will. Und ja, im Kofferraum gibt es eine einsteckbare Kühlbox mit Getränken. Ruth und Mike bilden ihr eigenes kleines Grüppchen am Ende des Tisches zusammen mit Tony und Karen, die dank künstlicher Befruchtung vor kurzem Zwillinge auf die Welt gebracht hat. Zur provenzalisch inspirierten Kasserolle kommen wir in den Genuss bildlicher Beschreibungen von Befruchtung und Geburt. Da ich jedoch fest entschlossen bin, mir das Essen nicht verderben zu lassen, höre ich nicht hin und vermeide es auch, Mac anzusehen, der in meine Richtung Grimassen schneidet.

Stattdessen gerate ich in eine Unterhaltung mit Jo, Vorsitzende der künstlerischen Fakultät an der hiesigen Uni, die begeistert von ihrer jüngsten Installation in der Cube Gallery berichtet, und ihrem Mann Chris, der mit Kunstharzen handelt und behauptet, die Intention des Künstlers sei es gewesen, die Entmenschlichung der asiatischen Kultur aufzuzeigen. Dave, der einzige andere Single am Tisch, stellt sich als absolut nicht «mein Typ» heraus. Dave hat zu so gut wie keinem Thema etwas zu sagen, und meine Bemühungen, ihn durch Smalltalk ins Gespräch einzubinden, erweisen sich als ausgesprochen mühsam. Lediglich als er von seiner Ex-Freundin spricht, taut er plötzlich auf. Scheinbar liebte sie Pferde, chinesisches Essen und Star Trek. Sie waren zusammen in Florida im Urlaub, und er kann sie nicht ausstehen, aber offensichtlich stimmt das nicht und ... Gott hab Erbarmen mit mir! Erschöpft entschuldige ich mich und geselle mich zu Lou in die Küche. Wie immer ist sie die perfekte Gastgeberin, ohne dabei auch nur ansatzweise ins Schwitzen zu geraten, wie ich es an ihrer Stelle tun würde. Zum Glück ist mein Haus nicht groß genug, um so viele Leute zum Essen einzuladen.

«Und, was hältst du von ihm?», will sie wissen.

«Nicht mein Typ.» Ich würde gerne etwas Nettes sagen. «Ich meine, er ist nett, aber ... o Gott, Lou, was hast du dir nur dabei gedacht?»

«Tut mir leid, Maddy. Er ist ein Arbeitskollege von Carl, und der hat mir versichert, dass Dave genau der Richtige für dich wäre.» Sie reicht mir eine Schüssel.

«Ich habe extra neue Unterwäsche an und sogar ein Peeling gemacht.» Ich klinge wie ein enttäuschtes Kleinkind.

«Ich werde ihn von der Liste streichen. Er stand sowieso nicht an erster Stelle, nur konnte Phil heute leider nicht kommen. Der hätte dir ganz bestimmt gefallen!»

«Du hast eine Liste?» Doch meine entgeisterte Frage geht im allgemeinen Geschnatter aus dem Nebenraum unter.

Tonight-Show mit Jonathan Ross:

«Nun, Maddy, verraten Sie uns, warum eine so tolle und erfolgreiche Frau wie Sie noch solo ist?»
«Ach, das ist eine gute Frage. Ich schätze mal, ich habe gerade einfach zu viel mit der Firma zu tun. Da fehlt die Zeit für Verabredungen.»

«Aber man hat Sie mit einer ganzen Reihe passender Männer in Verbindung gebracht, darunter Robert Downey Jr., Robbie Williams und George Clooney.»
«Jonathan, Sie sollten nun wirklich wissen, dass man nicht alles glauben darf, was in den Zeitungen steht.» Doch wie immer lässt er nicht locker.
«Was ist denn nun dran an den jüngsten Gerüchten über Sie und George? Nun kommen Sie schon, mir können Sie's doch erzählen», er zwinkert mir lachend zu.
«George und ich sind nur sehr gute Freunde.» Ich lächele rätselhaft.

Als ich mich wieder auf meinem Platz am Esstisch niederlasse, muss ich enttäuscht feststellen, dass sich die Unterhaltung immer noch um die Entmenschlichung der Gesellschaft und Kultur im Laufe der Geschichte dreht. Da ich nichts Interessantes beizutragen habe, lasse ich meine Gedanken schweifen. Ich habe ja nichts gegen intellektuelles Geplänkel beim Essen, aber irgendwann ist Schluss, und es wäre viel lustiger, sich über Klatsch und Tratsch zu unterhalten! Meine Gedanken wandern ziellos umher, und mir fällt wieder meine hübsche Unterwäsche ein, die ich nun ganz umsonst angezogen habe. Wann hört man wohl endgültig auf, Stringtangas zu tragen, und wechselt stattdessen zu diesen hübschen kleinen Spitzenhöschen? Gibt es eine Altersgrenze, oder spürt man einfach, wenn es an der Zeit ist, sich was Größeres zuzulegen? Ich muss Mum mal fragen – auch wenn von jemandem, der Strumpfhosen unter Jeans trägt, vermutlich keine verlässliche Auskunft zu erwarten ist.

«An was denkst du gerade?», höre ich jemanden fragen und merke, dass Dave mich interessiert ansieht.

«Unterhosen», antworte ich, ohne nachzudenken, und sämtliche Gespräche am Tisch verstummen augenblicklich. Unterhosen sind scheinbar doch aufregender als Babybrei und Weltpolitik. Zum Glück rettet mich der Nachtisch vor weiteren Erklärungen.

«Rhabarber Crumble», verkündet Lou, als sie die Schüssel auf den Tisch stellt. Die schicken Törtchen zucken erschrocken zusammen.

«Oh, ich vertrage aber kein Weizenmehl.»

«Ist da Zucker drin?»

«Für mich leider kein Obst. Wusstest du, dass das Kohlehydrate sind?»

«Nein danke, ich habe keine Weightwatchers-Punkte mehr übrig.»

Lou schaut Tony an, der mit seinen runden Backen wie jemand aussieht, der zu Nachtisch nicht nein sagen kann.

«Nein, danke. Ich bin allergisch auf Rhabarber», antwortet er entschuldigend.

«Oh», macht Lou leise. Ihr perfekter Gastgeberinnenstatus ist plötzlich gefährdet. Obwohl ich weiß, dass Rhabarber in meinen Gedärmen die schlimmsten Dinge anstellen wird, ist mir klar, dass Carl, Mac und ich die Situation retten müssen.

«Nur her damit.» So löffele ich tapfer vor mich hin, während ich «mhmm, lecker» und «das solltet ihr wirklich probieren, der Rhabarber ist wunderbar» murmele. Viele würden vielleicht meinen, das sei schon genug freundschaftliche Unterstützung, aber ich habe irgendwie das Gefühl, noch mehr tun zu müssen: Ehe ich michs versehe, bitte ich um Nachschlag, weil es ja «sooooo gut schmeckt».

Dave sieht mich verwundert an, als wolle er sagen: «dass eine Frau so viel essen kann!» Gerne würde ich ihm und den anderen versichern, dass ich normalerweise nicht so ein

Gierschlund bin. Wirklich, bin ich nicht. Doch die Hamsterbacken voller Auflauf und mit Schweißperlen auf der Oberlippe, würde ich nicht sonderlich überzeugend wirken. Ich verhalte mich wie eine Bulimikerin, und bestimmt zählen alle die Minuten, bis ich mich auf die Toilette verdrücke.

«Willst du keinen?», frage ich Dave anklagend zwischen zwei Löffeln.

«Nein. Ich mag keine süßen Sachen.»

Ich wusste doch, dass er nicht mein Typ ist.

Dave ist ein schlichter Rührkuchen, nett, aber ohne Pep. Die Chemie zwischen uns stimmt ganz offensichtlich nicht, und so kann ich es kaum erwarten, bis ich mich höflich verabschieden, zu Hause in meinen Schlafanzug schlüpfen und Parkie schauen kann. Nicht dass ich etwas gegen Rührkuchen hätte, einigen Menschen mag das durchaus reichen, aber ich will etwas köstlich Unwiderstehliches, einen echten Gib-mir-noch-ein-Stück-Kuchen. Ich warte auf meinen Bananen-Pekannuss-Kuchen mit Schokoladensplittern. Auf der Heimfahrt denke ich wieder an Moos Weissagung und frage mich, wie viele Rührkuchen ich wohl ertragen muss, bevor Mr. Right in mein Leben tritt. Woher weiß ich denn, dass *er* es ist? Werden wir einander sofort erkennen? Wird es Liebe auf den ersten Blick sein? Wie sieht ein Bananen-Pekannuss-Kuchen mit Schokoladensplittern aus? Mein Bauch macht ein schreckliches gurgelndes Geräusch, und ich trete das Gaspedal durch, weil ich weiß, dass ich nicht mehr viel Zeit habe, bevor der Rhabarber sein Werk tut. Lou schuldet mir wirklich etwas.

Man füge eine Weissagung hinzu

Februar

Heute ist kein guter Tag. Das merke ich schon morgens um halb sieben, als ich beim Frühstückmachen feststellen muss, dass das Brot schimmlig ist. Toast am Morgen ist unverzichtbar für mein Wohlbefinden. Es sieht mir gar nicht ähnlich, schimmliges Brot im Haus zu haben, und ich bin entsetzt, dass ich meine Bedürfnisse so vernachlässigt habe. Ich beschließe, dem Laib noch eine Scheibe abzutrotzen, indem ich das hintere Ende abschneide. Scheibe kann man das eigentlich nicht nennen, eher ein Scheibchen, aber es ist wenigstens nicht schimmlig und eignet sich perfekt zum Toasten! Ich trage den Teller nach oben, um meine Mails zu checken. Doch auf der letzten Stufe stolpere ich, mein Toast fliegt im hohen Bogen durch die Luft und landet mit der Marmeladenseite nach unten auf dem Teppich. In diesem Moment wird mir klar: Heute ist nicht mein Tag, und ich wäre mal besser im Bett geblieben. Das Gefühl intensiviert sich kurz darauf, als ich Mums Keramikrührschüssel fallen lasse. Mein Herz zerspringt in ähnlich große Scherben wie die Teile dort am Boden. Diese Schüssel war älter als ich; aus dieser Schüssel haben wir als Kinder Kuchenteig geschleckt; diese Schüssel hat zahllose Victoria Sandwich und Schokoladenkuchen gesehen. Dreißig Jahre lang hat

Mum diese Schüssel gehegt und gepflegt, und mir geht sie nach nicht mal einem Monat kaputt.

Wie soll ich das Mum nur beichten?

Das erste Kuchenrezept, das meine Mutter mir beigebracht hat, war Victoria Sandwich: weiche, luftige, goldgelbe Biskuitschichten, zwischen denen die Himbeermarmelade herausquillt, während sich der Puderzucker in den Abdrücken des Kuchengitters sammelt und uns später an Mund und Fingern klebt.

Sie hat mir geholfen, den Zucker und die Butter schaumig zu schlagen, wenn mein Arm müde wurde, und mir gezeigt, wie man vorsichtig das Mehl unterhebt, ohne die Luftbläschen zu verlieren, die den Kuchen nachher so locker machen. Zu diesem Zeitpunkt tauchten stets Moo und Ben wie aus heiterem Himmel in der Küche auf, und wir saßen mit der Rührschüssel am Boden und stritten uns um die Teigreste. Bald beherrschte ich die komplizierte Prozedur des Zutatenabwiegens und war allein für unseren sonntäglichen Kuchen verantwortlich. Das war immer ein besonderer Anlass in der Familie, zu dem sich alle versammelten: Mum, Dad, Ben, Moo, Oma und ich.

Wir wohnten in einem kleinen Dorf in Northampshire in einem Haus aus den sechziger Jahren. Es sah genauso aus wie die Häuser in Kinderzeichnungen: ein Quadrat, auf dem ein dreieckiges Dach sitzt. Die Schlafzimmer hatten entsprechend schräge Decken. Sonntag spätnachmittags wurden sämtliche Köstlichkeiten auf der Teakholz-Anrichte aufgebaut, die Dads LP- und Kassettensammlung beherbergte. Für Dad gab es Schinkensandwiches und für uns Kinder welche mit Honig oder Marmelade, die Mum in kleine Dreiecke schnitt. Sie selbst mochte am liebsten Eier- oder Lachspaste mit feinen Gurkenscheiben. Außerdem gab es selbstgemachte Zitronenbaiser-Törtchen aus luftigweißen Schäumchenbergen und zartem Mürbeteig. Und in der Mitte des Tisches prangte die Hauptattraktion: ein Schokoladen- oder Victoria Sponge Kuchen.

Dieser war so groß, dass trotz unserer tapferen Bemühungen stets die Hälfte übrig blieb. Dafür bekamen wir am nächsten Tag jeder ein riesiges Stück in unsere Pausenbrotdosen gepackt, zusammen mit dicken, selbstgebackenen, belegten Broten und Äpfeln, die wir nie aßen. Die anderen Kinder bekamen vor Staunen und Neid ganz große Augen, wenn wir uns mit Kuchen voll stopften. Neben unseren Portionen wirkten ihre eigenen Pausenbrote ziemlich kümmerlich. Sie fanden unsere Mutter schlichtweg wunderbar; für uns war sie eine Spielverderberin, weil wir nie das in dünne Scheiben geschnittene Weißbrot bekamen oder Mars Riegel, die die anderen dabeihatten. Wir begriffen damals einfach nicht, dass Mum eine echte Hausfrauen-Göttin war. Der Großteil unserer Nahrungsmittel war entweder selbst gezogen oder selbst gemacht, und die Rührschüssel gehörte ebenso zu meiner Kindheit wie die schmiedeeisernen Bohnenstangen, das Set weißer Puddingschalen oder mein erstes Fahrrad. Hier stehe ich nun, die Scherben in der Hand, und weiß nicht, wie ich es Mum beibringen soll. Also mache ich mich auf die Suche nach Sekundenkleber.

Ich versuche, nicht an die Schüssel zu denken, während ich später neben einer gerupften Plastikpalme ungeduldig auf einem unfassbar niedrigen Stuhl hin und her rücke, der wohl extra dazu entworfen wurde, mich klein und unbedeutend zu fühlen. Ich habe heute nämlich einen Termin bei der Bank wegen eines Kredites. Deshalb trage ich mein schickstes Kostüm, das mit den Nadelstreifen, und fühle mich, mit meiner Mappe unterm Arm, als wäre ich unterwegs zu einem Vorstellungsgespräch. Da es Bäro nicht besonders gutgeht, musste Moo zu Hause bleiben. Ohne sie bin ich schrecklich nervös. Ich hole tief Luft und versuche, die positiven, «Ich bin umwerfend»/«heute ist mein Tag»-ähnlichen Gefühle heraufzubeschwören, an denen ich immer noch arbeite. Außerdem summe ich vor mich hin. Das tue ich immer, wenn ich negative Gedanken verdrängen will. Als würde ich im Kopf richtig laut Musik aufdrehen. Mein Blick schweift über die Poster an den Wänden, die Leuten wie mir das Blaue vom Himmel versprechen oder zumindest einen unkomplizierten Kredit bei einer kundenfreundlichen Bank.

Zehn Minuten später werde ich von einem jungen Mädchen begrüßt, das sich dafür entschuldigt, dass es mich hat warten lassen, und mir seine Visitenkarte reicht. Darauf kann ich erkennen, dass sie BWL studiert hat, und ich vermute, dass die Buchstaben MBA hinter ihrem Namen mir versichern sollen, dass sie weiß, wovon sie spricht, und sie mir aufs Stichwort alles über Cashflow, Hochrechnungen und prozentuale Anteile erzählen kann. Bald ist jedoch klar, dass sie, sollte sie tatsächlich über nützliche Informationen für mich verfügen, diese nicht mit mir teilen will. Auch für meinen Businessplan kann sie sich kaum begeistern. Lustlos blättert sie die Papiere durch, als hätte sie das alles schon tausendmal gesehen, und liest keine einzige Zeile. Am liebsten würde ich diese Kleine packen und schütteln. Hat die überhaupt eine Ahnung, wie viele Stunden mich das gekostet hat beziehungsweise wie gefährlich ich ohne meine morgendlichen Kohlenhydrate sein kann?

Als sie aufblickt, verstecke ich meinen Ärger schnell hinter einem hoffnungsvollen Lächeln, doch mein Businessplan und ich sind Miss MBA ganz offenbar völlig schnuppe. Ihr

Blick wandert zur Wanduhr – fast Mittagspausenzeit. Vermutlich überlegt sie, welches Sandwich sie sich heute bei Marks & Spencer holen wird. Sie packt meine Unterlagen zusammen, schiebt sie über den Tisch zu mir hinüber und verkündet, dass sie zu diesem Zeitpunkt ohne Identitätsnachweis von Moo gar nichts tun kann. Warum hat sie mir das nicht am Telefon gesagt, bevor ich mir einen Tag frei genommen, mein gediegenstes Outfit angezogen habe und den ganzen Weg hierhergekommen bin? Außer der Wahl zwischen einem Thunfisch- oder einem Hühnerbrustsandwich wird heute offensichtlich nichts entschieden.

Als ich aufstehe, schenkt mir Miss MBA ein wässriges Lächeln. Ihr ist scheinbar nicht klar, dass ich kurz davor bin, ihr diese Plastikpalme in den Rachen zu stopfen.

Vor lauter Enttäuschung und Mutlosigkeit schleift meine Unterlippe fast am Boden. Also begebe ich mich zu Lous Lieblingsort: dem Bicester Shopping Village, einem Designer Outlet. Dort habe ich mich mit ihr an ihrem zweitliebsten Aufenthaltsort, dem Pret a Manger, zum Mittagessen verabredet. Über ein Flusskrebs-Sandwich gebeugt, diskutieren wir ihre bisher vergebliche Suche nach den richtigen Schuhen für die Hochzeit einer Freundin, die Dinnerparty neulich und meine seltsamerweise plötzlich heftig juckende Haut. Wir kommen zu dem Schluss, dass ich entweder eine Allergie oder Flöhe habe. O Gott, was, wenn es tatsächlich Flöhe sind? Wie bringt man das einem potenziellen Partner bei? Schatz, wir können leider nicht miteinander schlafen, denn ich habe da ein winzig kleines Flohproblem.

«Dave war also nichts. Aber mir schweben da noch eine Reihe anderer Kandidaten vor.» In Gedanken scheint Lou schon wieder ihre ominöse Liste durchzugehen.

«Mir geht's gut ohne Mann», protestiere ich. Das wird

langsam zur Gewohnheit. Vielleicht sollte ich mir ein T-Shirt mit dieser Aufschrift drucken lassen.

«Red doch nicht so einen Mist. Wenn das so weitergeht, wächst du womöglich zu und wirst wieder zur Jungfrau.»

«Herzlichen Dank! Was für ein toller Gedanke», lache ich, obwohl sie recht haben könnte. Keine verlockende Vorstellung. Mein erstes Mal war ungefähr so traumatisch wie mein erster Kuss. Obwohl ich selbigen auf meinem Handrücken und dem Kopfkissen ausgiebig geübt hatte, bestand das echte Ereignis eher aus zusammenprallenden Zähnen und der Angst, an dieser Zunge zu ersticken, die sich wie ein nasser Fisch durch meinen Mund schlängelte (die Mädchenzeitschriften hatten nie etwas von Zungen erwähnt!). Meine Jungfräulichkeit verlor ich dann an meine erste große Liebe, Danny Roberts, der eine abgewetzte Lederjacke trug und stets ein Päckchen Camel Zigaretten in seinem hochgerollten Hemdsärmel stecken hatte, obwohl er gar nicht rauchte. Seine Mutter kochte für uns Spaghetti bolognese – auch ein erstes Mal für mich –, bevor wir in seinem Zimmer verschwanden. Irgendwie schienen die Spaghetti in meiner Erinnerung das denkwürdigere Ereignis zu sein. Er machte kurz darauf mit mir Schluss, und ich war für eine halbe Ewigkeit völlig fertig. Vor einem Jahr sah ich ihn zufällig im Supermarkt – dick, glatzköpfig und immer noch mit Lederjacke.

Gedankenverloren kratze ich mich am Rücken. Es ist das Wetter, es ist eine Allergie, es ist dein Waschmittel, es ist der Stress; Gründe gibt es genug. Doch welcher auch immer zutreffen mochte – das Jucken macht mich wahnsinnig.

«Als Erstes musst du mit diesem Gekratze aufhören. Gar nicht sexy», belehrt mich Lou mit leicht angewidertem Blick. Wir umarmen uns zum Abschied, bevor sie auf ihren unglaublich hohen Schuhen, in denen wir anderen Sterblichen gerade mal zwei Minuten überleben würden, von dannen stöckelt. Selbst als sie mit ihrer kleinen Tochter Chloe hochschwanger war, bestand sie darauf, Absätze zu tragen. Um ehrlich zu sein, habe ich sie noch nie in flachen Schuhen gesehen. Nicht unbedingt eine praktisch veranlagte Frau, aber definitiv eine, mit der man viel Spaß haben kann. Bewundernd blicke ich meiner Freundin nach, wie auch sämtliche andere Frauen in dem Café. Deren Gesichter wirken jedoch eher säuerlich als bewundernd. Dann fahre ich zurück nach Stoney Mills, um mir in einer Apotheke die Creme gegen Juckreiz zu besorgen, die Lou angeblich nach Chloes Geburt entdeckt hat. Nachdem ich vergeblich die Regale abgesucht habe, frage ich schließlich die Dame hinterm Tresen nach Canesten für Babys. Sie sieht mich verständnislos an.

«Tut mir leid, ich bin ganz neu hier. Davon habe ich noch nie gehört.»

«Es soll bei Hautjucken helfen. Eine Freundin hat es mir empfohlen», erkläre ich, doch auch ihre Suche durch die Hautpflegeabteilung bleibt erfolglos. Inzwischen hat sich hinter mir eine Schlange von Leuten gebildet, die langsam ungeduldig werden. Endlich ruft die Verkäuferin ihren Chef aus dem Büro im Obergeschoss, der die Treppe jedoch nur zur Hälfte herunterkommt. Er ist sichtlich verärgert darüber, bei der hochkomplexen Aufgabe des Pillenzählens gestört worden zu sein. Von seiner exponierten Position aus beugt er sich übers Geländer und will wissen, wofür ich das Canesten denn brauche. Ich wiederhole, was ich seiner Kollegin eben schon gesagt habe: dass ich unter Hautjucken leide und man mir Canesten-Creme für Babys empfohlen hat.

«Canesten hilft bei Juckreiz im weiblichen Intimbereich», belehrt er mich – leider nicht im Flüsterton.

«Nein, es ist nichts in dieser Art», stottere ich und werde prompt rot. Die Wartenden hinter mir denken nun hundertprozentig ‹Aber sicher doch›.

«Was für eine Art Jucken ist es denn dann?», hakt er nach, «Denn Canesten wird für gewöhnlich bei Scheidenpilzen verwendet.»

Er betont das Wort SCHEIDENPILZ dermaßen nachdrücklich, dass auch alle es hören können. Das Wort hallt durch die nun mucksmäuschenstille Apotheke bis hinaus auf die Hauptstraße. Am liebsten würde ich vor Scham im Boden versinken. Mit knallrotem Gesicht und kaltem Schweiß auf dem Rücken verabschiede ich mich stammelnd und haste zur Tür hinaus. Dabei muss ich an sechs strammen Bauarbeitern vorbei, die alle intensiv ihre Schuhspitzen studieren.

Ich rufe Lou an. Nachdem ihr Lachanfall vorbei ist, erklärt sie mir, dass ich nach Sudacreme für Babys hätte fragen sollen. Ich beschließe, das Jucken fürs Erste hinzunehmen.

Am nächsten Morgen herrscht draußen Winterwunderlandstimmung. Beim Blick aus meinem Schlafzimmerfenster fallen locker dreißig Jahre von mir ab, und ich bin wieder so aufgeregt wie damals als Fünfjährige, wenn Mum uns sanft weckte, um uns schnell die Mäntel über die Schlafanzüge zu ziehen. «Es ist etwas ganz Besonderes passiert», sagte sie dann immer, und wir folgten ihr aufgeregt nach draußen, wo wir uns den Schlaf aus den Augen rieben. Dort fielen riesige, flauschige Flocken wie Kokoseiscreme vom dunklen Himmel. Der Boden war bedeckt von einer dünnen Puderzuckerschicht, die bereits auf unsere Fußabdrücke wartete. Völlig fasziniert standen wir da, während die Schneekristalle sanft auf unseren Wimpern, unseren Zungen und unseren ausgestreckten Handflächen landeten. Am liebsten würde ich all das jetzt auch gerne tun. Nach draußen rennen, sodass meine Fußabdrücke die ersten auf dem jungfräulichen Schnee sind. Ich möchte laut schreien und den größten Schneeball aller Zeiten rollen. Ich möchte einen Schneemann bauen, mit Kohleaugen, einer Möhrennase und Hut und Schal, damit ihm nicht kalt wird. Ich möchte mich in den Schnee werfen und Engel spielen und mit meinem Bruder Schlitten fahren gehen. Stattdessen muss ich zur Arbeit und mich mit der bösen Hexe von Oxford herumschlagen. Manchmal ist Erwachsensein ganz schön lästig.

Im Lauf des Tages schneit es immer heftiger, und obwohl Jessica alles daran setzt, uns an den Schreibtischen zu halten, teilt die Personalabteilung um 14 Uhr mit, wir sollen bitte alle nach Hause gehen. Ich brauche über drei Stunden für die fünfzehn Kilometer, und mein Wunsch, laut zu schreien, hat nun eher mit Frust und einer prallgefüllten Blase zu tun als mit freudiger Aufregung. Ringsherum hängen alle an ihren Handys: «Hallo, Liebes. Ich stecke im Schnee fest – melde mich später von kurz vor zu Hause nochmal. Hab dich lieb.» Und da wird mir auf einmal klar, dass zu Hause niemand auf mich wartet und sich Sorgen um mich macht; niemand wird mir ein heißes Bad einlassen und meine Füße wieder warm rubbeln. Was, wenn ich stecken bliebe? Wen würde ich anrufen? Ben? Und wenn der unterwegs wäre? James? Wenn der Besuch von einer seiner Blondinen hätte? Und wo würde ich pinkeln? Ich bete, dass ich mein Zuhause erreiche, bevor diese letzte Frage beantwortet werden muss. Außerdem beschließe ich, dass ich auf keinen Fall, egal wie schlimm es auch werden mag, in die Gliedmaßen anderer Verkehrsteilnehmer beißen werde.

Endlich zu Hause angekommen – meine Blase hat die Größe eines Fußballs erreicht –, erwartet mich eine Nachricht von Ben, die ich abhöre, während ich pinkele wie eine Weltmeisterin. Es plätschert einfach immer weiter und weiter, und ich weiß gar nicht, wie ich das alles halten konnte.

«Ich habe die Kohlenstücke, bring du die Möhre mit», ruft Bens Stimme vom Anrufbeantworter.

Sofort erwacht wieder die Fünfjährige in mir. Ich setze meine Mütze auf, wickele mir einen Schal um den Hals und mache mich mangels Möhren mit einer Gurke auf den Weg. Da Ben im hübschen Stoney Mills gewissermaßen nur drei Ecken von mir entfernt wohnt, gehe ich öfter mal auf einen Plausch, eine brüderliche Umarmung oder mit meinem kaputten Rasenmäher vorbei. Stoney Mills liegt zwischen den beiden Grafschaften Buckinghamshire und Northamptonshire nicht weit entfernt von der Gegend, wo wir aufgewachsen sind. Nachdem wir fast unsere komplette Teenie-Zeit damit verbracht haben, unsere Flucht von dort zu planen, scheint es wie eine Ironie des Schicksals, dass es uns beide wieder dorthin verschlagen hat. Bens und Freyas Haus ist nur ein wenig kleiner als der Buckingham Palast. Man betritt das Grundstück durch ein drei Meter hohes Holztor, das ich nicht öffnen kann, weil es durch eine Schneewehe blockiert wird. Ben schaufelt auf der anderen Seite des Tors den Schnee zur Seite, während ich mir die Wartezeit damit vertreibe, den dicksten Schneeball der Welt zu formen, groß genug für den Riesenschädel meines Bruders. Als er das Tor schließlich öffnet, trifft mein Geschoss auch prompt sein Ziel – nicht dass er eine solch breite Angriffsfläche hätte verfehlen können. Nachdem Ben sich von seinem Schreck erholt und ich meinen Lachanfall überwunden habe, revanchiert er sich, indem er mich ordentlich einseift. Das ist natürlich nass, kalt und scheußlich. Schreiend laufe ich ins Haus, wobei ich laut Rache schwöre. Nach einer Tasse Tee und Weihnachtsgebäck (Mum hat so viel gemacht und an uns verteilt, dass wir immer noch davon essen) machen wir uns an die Arbeit. Eine Stunde später bewundern wir strahlend unser Werk. Die Gurke gibt zwar keine optimale Nase ab, aber der Doughnut als Bauchnabel war wirklich ein genialer Einfall.

Mit roten Gesichtern kehren wir ins Haus zurück, um uns aufzuwärmen. Ben umarmt mich spontan.

«Alles klar, Kumpel?», fragt er, als er mich wieder loslässt.

Ich lächele ihn an. An den Schläfen wird er schon langsam grau, was ihm meiner Meinung nach sehr gut steht.

«Mir geht's prima.»

Er sieht mich zweifelnd an, als würde ich ihm etwas verheimlichen.

«Wirklich, alles bestens.» Energisch versuche ich ihm zu versichern, dass ich nicht jeden Moment in Tränen ausbrechen werde.

«Ich mache mir Sorgen um dich.» Wieder zieht er mich an seine breite Brust.

«Ich weiß. Ich auch», gebe ich zu.

Schon irgendwie seltsam, dass mein kleiner Bruder seit einiger Zeit das Gefühl hat, meinen Beschützer spielen zu müssen. Scheinbar zweifelt er an meiner Fähigkeit, in der großen bösen Welt überleben zu können. Wahrscheinlich hat er vergessen, dass ich bis jetzt auch ganz gut durchgekommen bin. Es gab eine Phase, da hatte ich eine stabile Beziehung, ein hübsches Haus, einen Hund, eine Katze und ein seliges Grinsen im Gesicht, während er haltlos von einer Absteige und Frau zur nächsten streunte. Das scheint eine halbe Ewigkeit her zu sein. Inzwischen hat sich das Blatt gewendet, und das selige Grinsen ist aus meinem Gesicht verschwunden. Nun ist er der Tee kochende Tröster. Es ist schön, dass wir uns so nahestehen, dass er sich kümmert und dass ich weiß, er hat das Herz am rechten Fleck. Die Erinnerung an den Tag, als er anrief, um mir von der Geburt seiner kleinen Tochter zu erzählen, lässt mich innerlich immer noch dahinschmelzen. Ich weinte Freudentränen für ihn und sechs Wochen später noch einmal für Moo, während ich mich immer noch daran gewöhnen musste, dass dieses Wunder des Lebens in mir nun nicht stattfinden würde. Auch wenn der Arzt sagte, das passiere Tausenden von Frauen und es gäbe nichts, was ich hätte tun können, blieb das Gefühl von Schuld. Ein Therapeut sagte mir schließlich, ich müsse die Trauer akzeptieren. Doch ich kämpfte mit aller Macht dagegen an und verdrängte sie mit aufgesetztem Lächeln und noch mehr Arbeit in den hintersten Winkel meines Bewusstseins. Und eines Tages knipste dann jemand das Licht aus. Das alles liegt jedoch nun in der Vergangenheit, und wie der Arzt sagte, es passiert vielen Frauen. Seltsamerweise brachten mich ausgerechnet Bäro und die Prinzessin wieder zum Lachen. Ein Baby im Arm zu halten, kann einem das Herz brechen, aber es auch wieder kitten. Wie ich Ben nun so ansehe, würde ich am liebsten die Hand heben und leise, aber mit Nachdruck sagen:

«Ja, vor einiger Zeit ist etwas passiert, das mir das Herz gebrochen hat. Und, ja, eine Weile bin ich mit dem Leben nicht so recht klargekommen. Ich habe damals viel geweint, und ich bin sehr dankbar für eure Hilfe, denn ohne dich, Mum und Moo hätte ich das alles nicht durchgestanden, aber ... aber jetzt geht es mir wieder gut. MIR GEHT ES GUT, und ich komme alleine klar.» Ich bin mir auch ziemlich sicher, dass das stimmt. Ach verdammt, ich bin mir gar nicht sicher, und deshalb halte ich lieber den Mund. Ich würde ihm gerne die Frisur verwuscheln, aber ich reiche nicht bis an seinen Scheitel ran. Mit seinen über eins neunzig ist Ben ein Bär von einem Mann, und ich könnte ihm nicht mal auf Zehenspitzen stehend an den Kopf fassen.

«Streck deine Hand aus», befiehlt er mir plötzlich und versucht, dabei nicht hinterhältig zu kichern.

Da ich mir der Gefahr bewusst bin, weigere ich mich natürlich, denn ich weiß, ich würde es garantiert bereuen.

«Warum?», frage ich.

«Ich will dir was zeigen.» Es dauert fünf Minuten, bis er mich davon überzeugt hat, ihm zu vertrauen. Für jemanden, der mal Finanzchef einer internationalen Bank in London war, wirkt Ben überraschend wenig vertrauenswürdig – vor allem wenn er dieses schelmische Funkeln in den Augen hat. Er zieht ein kleines Plastikteil aus der Tasche. Es sieht aus wie so ein Mini-Ventilator, an dessen Ende eine Art Elektrode befestigt zu sein scheint.

«Schau mal, das ist super. Wenn dich eine Mücke sticht, kannst du den Stich einfach damit wegzappen, anstatt Creme aufzutragen. Es sendet einen winzigen Elektroschock aus und, voilà, kein Jucken mehr!» Er hält es an seinen Arm und drückt auf den Auslöser.

Wer meinen Bruder zum ersten Mal trifft, hält ihn wahrscheinlich für einen völlig normalen Menschen. Aber Ben ist in Wirklichkeit ähnlich kompliziert wie ein karierter Battenberg Kuchen. Die quadratische Form, die Marzipan-Hülle und die verschieden schmeckenden rosa und gelben Biskuitstücke, die alle von Aprikosenmarmelade zusammengehalten werden – all das macht ihn besonders, aber auch schwierig.

«Das ist echt klasse.» Er zappt sich wieder. Da er gerne seine Grenzen austestet, hält er sich das Ding als Nächstes ans Ohr. Er zuckt zusammen und kichert wie ein Schuljunge. Dann an die Nase und dann, unsinnigerweise, an die

Lippe, was ihn vor Schmerz aufjaulen und mich laut lachen lässt.

«Jetzt mache ich mir Sorgen um dich», verkünde ich. Gleichzeitig bin ich beruhigt, dass er trotz seiner Versuche, ein vernünftiger Erwachsener zu sein und alle Frauen zu beschützen (abgesehen von Moo natürlich, die keinen Schutz nötig hat), im Innersten immer noch mein verrückter kleiner Bruder ist, der manchmal nicht all seine Aprikosenmarmelade beisammenhat.

Freya kommt mit der Prinzessin von einem Ausflug mit der Krabbelgruppe zurück. Sie wären eigentlich schon früher da gewesen, doch wegen des Schnees haben sie, wie alle anderen, einige Stunden für den Heimweg gebraucht. Ben zündet das Feuer im Kamin an, bevor er Wasser aufsetzt. Ich knuddle derweil meine Nichte, die den Zauber von Schnee, Schuhen und Einkaufen erst noch für sich entdecken wird. Während das Feuer knisternd zum Leben erwacht, machen wir es uns mit einer Tasse Tee und noch mehr Weihnachtsplätzchen gemütlich. Nach unserem wilden Treiben draußen in der Kälte macht die Wärme mich schläfrig, sodass ich mich wie eine zufriedene Katze in meinem Sessel zusammenrolle.

In dieser gemütlichen Atmosphäre beschließe ich, endlich von unserer Geschäftsidee zu erzählen. Es sprudelt alles viel zu schnell aus mir heraus, und ich hole zwischendrin kaum richtig Luft, während Ben und Freya aufmerksam zuhören, ohne mich zu unterbrechen. Scheinbar denken sie über einen passenden Kommentar nach, der nicht die Worte ‹Bist du wahnsinnig?!› enthält. Also plappere ich unaufhörlich weiter, um die Stille zu füllen und das Unausweichliche hinauszuzögern:

«Das Leben ist zu kurz, und manchmal muss man eben

Risiken eingehen, oder etwa nicht ...? Vielleicht bin ich ja ein bisschen durchgeknallt ... ich meine, Kuchen! Wie Blumen ... ich weiß ... klingt nach einer blöden Idee ... Also ... Haltet ihr uns für völlig verrückt?»

Als ich endlich fertig bin, herrscht unerträgliches Schweigen. Freya löst ihre Haarspange, und ihre Haare fallen herab wie bei einer Frau in einer Shampoo-Werbung. Ben runzelt die Stirn, wobei seine dicken, buschigen Augenbrauen sich zu einer Linie zusammenziehen.

«Seid ihr verrückt?», fragt er, aber ich bin mir nicht sicher, ob er einfach nur meine Worte wiederholt oder ob er das wirklich denkt. Ob der Virgin-Gründer Richard Branson wohl Ähnliches durchmachen musste?

«Sind wir?», frage ich zurück.

«Ja», antwortet er, während er den Deckel eines Doppelkeks abnagt.

«Ja?»

«Ja!», wiederholt Ben noch und schiebt sich den Keksrest in den Mund.

«Das war's?», frage ich, ein bisschen enttäuscht.

«Was willst du denn hören? Du bist komplett durchgeknallt, absolut wahnsinnig, von allen guten Geistern verlassen. Du bist verrückt. Du hast nicht mehr alle Tassen im Schrank. Du bist meschugge, plemplem, krank im Hirn. Ich könnte ewig weitermachen, aber das hast du ja alles schon mal gehört.»

Weil er lächelt, nehme ich seine Worte nicht persönlich. Dass ich spinne, sagt er mir seit unseren Kindertagen. Freya ist allerdings ganz offensichtlich peinlich berührt.

«Sprich nicht so mit deiner Schwester», schimpft sie, um sich dann mit einem entschuldigenden Lächeln an mich zu wenden.

«Hör nicht auf ihn, Maddy. Ich halte das für eine wunderbare Idee. Das finden wir beide. Stimmt's?» Sie funkelt Ben unmissverständlich an. Brav nickt er. Da Freya mit der Antwort ihres Mannes offensichtlich zufrieden ist, steckt sie ihre Haare wieder auf diese unglaublich lässige Weise hoch, die ich nie hinkriege. Dann räumt sie die Tassen ab und verschwindet Richtung Küche. Als sie außer Sichtweite ist, schüttelt Ben den Kopf, zeigt mit dem Finger auf mich und formt tonlos das Wort «bekloppt».

Ich werfe ein Kissen nach ihm, doch der Stachel steckt, und ich frage mich, ob er recht hat. Die Prinzessin grapscht sich den Wollgürtel meiner schicken Strickjacke von Top Shop, um sich die Nase damit zu putzen. Leider – oder zum Glück, je nachdem wie man's sehen will – ist das Teil grün, sodass man ihren Naseninhalt darauf nicht erkennen kann.

«Möchtest du zum Abendessen bleiben?», ruft Freya aus der Küche.

Nun stecke ich in der Zwickmühle. Freya ist nämlich eine ausgezeichnete Köchin, aber durch und durch Fleischesserin. Möglicherweise gibt es in Schweden nicht viele Vegetarier. Ich denke da an ihre früheren Kommentare wie: «Aber Vegetarier essen doch bestimmt wenigstens Hühnchen?» oder «Ach, das ist doch nur ein so kleines Stück Fleisch». Ich kann sie ja schlecht fragen, was es gibt, bevor ich ihre Einladung annehme. Also sage ich wie immer ja und bin auf alles gefasst.

Während Ben die Prinzessin badet, sitze ich mit einem großen Glas Wein am Küchentisch und sehe Freya bei der Zubereitung des geheimnisvollen Abendessens zu.

«Werdet ihr auch verzierte Geburtstagskuchen und Hochzeitstorten machen?» Nebenher schneidet sie gekonnt eine Zwiebel klein. Sie hat lange, schmale Hände und zarte Handgelenke, wie eine Barbiepuppe.

«Nein, nur ganz traditionelle Kuchen zum Tee und Kaffee», erwidere ich mit Blick auf meine eigenen Finger. Ich muss wirklich etwas gegen meine eingerissenen Nagelbetten tun. Sie abzuknabbern funktioniert ganz offensichtlich nicht.

«Aber einen mit ‹Happy Birthday› werdet ihr schon anbieten, oder?»

«Äh, nein», gestehe ich.

«Oh.»

Ich höre die Enttäuschung in ihrer Stimme.

«Nun ja, wie schon gesagt, ich bin sicher, ihr werdet sehr erfolgreich sein», bestätigt sie mir nochmal, aber ich merke deutlich, dass sie überlegt, ob Ben nicht vielleicht doch recht hatte. Freya hat lange Beine wie ein Model, Wangenknochen zum Neidischwerden und vor Gesundheit strotzendes, schulterlanges blondes Haar – kein Wunder, dass mein Bruder sich sofort in sie verliebt hat. Ben arbeitete damals in der City, wo er von einer Kneipe und Freundin zur nächsten wanderte. Die einzige Konstante in seinem Leben war die Meute lebenslustiger Rugby-Freunde, mit denen er das Nachtleben genoss. Ein Jahr nachdem er Freya kennenlernte, verließ er London, um bei meinem Vater ins Familiengeschäft einzusteigen, und führte von da an ein Leben häuslichen Glücks. Freya ist ein ruhiger, ausgeglichener Mensch, der nie die Kontrolle verliert – für die Unausgeglichenen unter uns, deren Leben gern mal im Chaos versinkt, kann das mitunter sehr befremdlich sein. Manchmal frage ich mich, ob Freyas Coolness vielleicht mit ihrer Nationalität zusammenhängt. Möglicherweise bleiben Schweden von Natur aus gelassen, auch wenn überraschend zehn Freunde zum Essen vorbeikommen, die Weihnachtseinkäufe anstehen, für den Urlaub gepackt werden muss oder die langen Haare zu einem dieser gedrehten Knoten hochgesteckt werden wollen, die Freya stets so mühelos gelingen. Vermutlich würde ich meine Schwägerin hassen, wenn ich sie nicht so gerne hätte. Tatsächlich wäre ich am liebsten genau wie sie. Freya ist ein Orangenbiskuit, direkt mit dem Victoria Sponge Kuchen verwandt. Man fügt lediglich Orangen und eine luftige, helle Buttercremefüllung hinzu, welche den Teig in einen optisch hinreißenden und besonders duftenden Kuchen verwandeln, den alle mögen. Genau wie Freya.

Nach einem ziemlich scharf gewürzten Essen, das sich als Gemüsecurry entpuppt, öffnet Ben noch eine Flasche Wein, und wir unterhalten uns weiter über meine Zukunftspläne.

«Mal im Ernst, Maddy. Hast du dir das wirklich alles gut überlegt?», fragt mein Bruder mit besorgter Miene. Denselben Gesichtsausdruck hat er immer drauf, wenn seine Tochter ihre Milch mal wieder nicht trinken will.

«So weit es eben geht, ohne mir selbst vor Angst in die Hose zu machen», erwidere ich betont locker.

«Okay, lass es mich anders formulieren: Glaubst du, dass jetzt ein guter Zeitpunkt ist, um ein solches Unterfangen zu wagen? Damit ist eine Unmenge an Arbeit verbunden, es ist finanziell riskant und bedeutet viel Stress.»

«Nein, ich weiß nicht, ob es eine gute Idee ist, aber ich bin bereit, es zu riskieren. Ich kann ja meine Ängste nicht auf ewig vorschieben.» In Wirklichkeit könnte ich das wohl durchaus. Das wäre so viel einfacher.

Als ich nach Hause komme, rufe ich als Erstes Moo an.

«Glaubst du, dass die Firma eine verrückte Idee ist?» Nebenher wische ich mit dem Ärmel einen unsichtbaren Fleck vom Couchtisch.

«Natürlich ist sie das», meint Moo. «Aber wir wären blöd, es nicht zu versuchen», fügt sie dann hoffnungsvoll hinzu.

«Genau. Das dachte ich auch.»

«Tschüs.»

«Mach's gut.»

Ich frage mich, was Ben und Freya wohl wirklich denken und ob sie mir das je sagen werden. Einerseits wünschte ich, ich hätte ihnen nichts erzählt. Gleichzeitig bin ich auch sicher, dass Ben uns nach Kräften unterstützen wird, selbst wenn er denkt, dass seine Schwestern den Verstand verloren haben. Als Dad uns verlassen hat, fühlte er sich verantwortlich, die Rolle des Mannes im Haus zu übernehmen, und wurde über Nacht erwachsen: ein kleiner Junge, der zwei Frauen, die schrecklich viel heulten (nur Moo weinte nie), die starke Schulter zum Anlehnen darbot. Wenn ich es mir recht überlege, hat sich bis heute daran nichts geändert. Er ist immer noch der Zehnjährige, der versucht erwachsen zu sein, während ich bei jeder Gelegenheit losplärre. Langsam wird es allerdings besser. Wie aufs Stichwort ruft in diesem Moment Ben bei mir an und gibt sich als Schotte namens Mister Beeg Heed aus, der einen Kuchen in Form der schottischen Nationalflagge bestellen will. Ich würde lügen, wenn ich behauptete, ich hätte ihn sofort erkannt.

Einige Tage später stehe ich schmollend wieder bei der Bank, mit Unterschrift und Ausweis von Moo in der Tasche. Heute ist Valentinstag, und weil ich keine einzige Karte bekommen habe, fühle ich mich ungeliebt und ein bisschen deprimiert. Irgendwie hatte ich gehofft, dass ein mysteriöser Verehrer mir seine ewige Liebe gestehen oder zumindest James ein paar Zeilen schicken würde. Pustekuchen. Null. Nichts. Ein gähnend leerer Briefkasten. Während ich warte, spiele ich an dem dicken Silberring herum, den James mir zu unserem zehnten Jahrestag geschenkt hat. Die Worte ‹*Jeden Tag auf jede Weise*› sind darin eingraviert. Ob wohl jemals wieder jemand so für mich empfinden wird? Hoffentlich ist wenigstens Miss MBA heute nett zu mir. Wenn ich schon keine Liebe kriege, dann will ich wenigstens Höflichkeit. Leider hat ihr seit unserem letzten Treffen niemand die gewisse Portion Begeisterung eingeflößt, denn sie blättert erneut lustlos durch meinen Businessplan. Ich glaube, ihre Gedanken lesen zu können: «Warum muss ich mich mit diesen Dummköpfen herumschlagen, die meinen, sie könnten einen Firma gründen, obwohl sie offensichtlich keinen blassen Schimmer haben?»

«Sie müssen Ihre Cashflow-Prognose ausfüllen», verkündet sie kühl.

«Ich hatte gehofft, mich darüber mit Ihnen unterhalten zu können. Wissen Sie, ich habe es nicht so mit Zahlen, und ich dachte, vielleicht können Sie dabei mir helfen. Für mich ist das alles nur Fachchinesisch», antworte ich mit einem ‹Ich-Dummchen›-Lachen, das ihre Sympathie wecken soll. Doch ihre Chanel-bemalten Lippen verziehen sich um keinen Millimeter. In der Annahme, auch sie könnte valentinstechnisch leer ausgegangen sein, will ich gerade Nachsicht mit ihr üben, als ich den Strauß roter Rosen auf ihrem Tisch bemerke. Kann man jemanden hassen, den man kaum kennt?

«Es ist ganz einfach», stöhnt sie genervt.

Das ist Raketenwissenschaft für den Raketenwissenschaftler auch, würde ich gerne sagen und sie dann k.o. schlagen. Wo ist bloß diese Palme abgeblieben?

Um zwei Uhr morgens verschwimmen die Zahlen schließlich vor meinen Augen, und meine Berechnungen ergeben immer noch keinen Sinn. Ich gebe auf. Das perfekte Ende eines beschissenen Tages.

Ich beschließe, übers Wochenende zu Moo zu fahren, weil ich a) von meiner eigenen Gesellschaft genug habe, ich b) der festen, deprimierenden Überzeugung bin, als einziger Mensch auf der ganzen Welt keine Valentinskarte bekommen zu haben, wir c) über unsere Firma sprechen müssen und d) sie den Fehler begangen hat, mich einzuladen. Moo wohnt zweieinhalb Autostunden entfernt in Suffolk, aber die Fahrt ist es absolut wert und, wenn ich ganz früh morgens starte, sogar ein Genuss. Die Straßen sind so frei, dass ich versuche, Moos Rekord von zwei Stunden zu brechen. Ich singe aus vollem Hals zu den Liedern im Radio, während die Sonne aufgeht und die Landschaft für kurze Zeit in goldenes Licht taucht – wie in einem Dokumentarfilm über Indien –, bevor sie wieder verschwindet und nur der kalte, graue Februartag zurückbleibt. Ich beschleunige meinen flotten, von meiner Firma freundlicherweise zu Verfügung gestellten Audi auf Warp-Geschwindigkeit. Eine Stunde und fünfzig Minuten später erreiche ich das Dorf. Bob schiebt Bäro gerade im Kinderwagen durch die Gegend, und ich halte an, um ihn zu begrüßen. Mit seiner vor Kälte geröteten Nase, den dicken blauen Handschuhen und dem leuchtend gelben Mützchen hat mein Schwager verblüffende Ähnlichkeit mit einem Clown.

«Leidest du unter seniler Bettflucht?», erkundigt er sich, wobei sein Atem eine Rauchwolke in die kalte Luft malt.

«Guten Morgen, Bob.» Seinen seltsamen Humor ignoriere ich.

«Du bist ein bisschen früh dran», meint er mit Blick auf die Uhr.

«Ich bin schnell durchgekommen. Eine Stunde fünfzig!»

«Wow, nicht schlecht. Mein Weib wird jedoch weniger begeistert sein. Wir hatten eine heftige Nacht mit Bäro und haben deshalb länger geschlafen. Als ich ging, hat sie gerade wie wild mit dem Staubsauger hantiert.» Bäro lutscht auf einem Keks herum. Auch seine Nase ist von der Kälte ganz rot. Da unsere Unterhaltung beendet scheint, setzt Bob langsam seinen Weg fort.

«Was soll ich denn jetzt machen?», rufe ich ihm hinterher.

«Fahr ein paar Mal um den Block», ruft er zurück, ohne sich umzudrehen.

Also tue ich wie geheißen, doch schließlich wird mein Durst auf eine Tasse Tee größer als die Sorge, Moo zu verärgern. Nach zwanzig Minuten um den Block fahren stehe ich also meiner Schwester gegenüber, die in der Tat ziemlich fertig und den Tränen nahe scheint.

«Ich bin die letzten Tage im Haushalt zu nichts gekommen. Um ehrlich zu sein, ist es ein Wunder, dass ich die Woche überhaupt überstanden habe. Gestern bin ich bei der Arbeit auf dem Klo eingeschlafen.» Sie schüttelt ungläubig den Kopf, als sie mir das erzählt. Ich umarme die blasse, übermüdete Moo. Dann setze ich Wasser auf und plündere den Brotkasten, um das dringend benötigte Frühstück zu organisieren. Als kurz darauf Bob zurückkommt, fragt er spöttelnd, warum ich so spät komme. Ich selbst hätte natürlich nichts erzählt, aber Moo zieht ihm die Geschichte aus der Nase und schimpft ihn prompt aus. Zur Strafe darf er die Hundehaufen im Garten beseitigen, was ich unter den gegebenen Umständen ein bisschen hart finde: Es hat nämlich angefangen zu regnen, und wir wissen alle, was mit Hundekacke passiert, wenn es regnet. Ich knuddele in der Zwischenzeit den großen Bäro, wobei ich sein Gewicht von einer Hüfte auf die andere verlagere. Er tut so, als wollte er sagen «Du glaubst also, du kannst hier nach ein paar Wochen einfach reinspazieren und erwarten, dass ich mich dir sofort an den Hals werfe». Aber ich weiß, es wird nicht lange dauern, bis er mir sein wunderbares Lächeln schenkt und sich an mich kuschelt, als sei ich nie weg gewesen.

«Ist alles in Ordnung?» Ich versuche, mir eine Scheibe Toast zu angeln.

«Nein!», ruft Moo, schnappt mir den Toast vor der Nase weg und reißt riesige Stücke davon ab, als sei es ein Hühnerbein und sie ein Urzeitmensch.

«Was ist denn los?», erkundige ich mich vorsichtig, während ich dabei zusehe, wie mein Toast verschwindet.

«Ich zeig dir, was los ist», keift sie und stürmt aus dem Zimmer. Kurz darauf kommt sie mit einer riesigen Porzellankuh zurück, die sie auf den Tisch knallt.

«Hübsch», sage ich. Nebenbei suche ich fieberhaft nach Möglichkeiten, mich zum Toaster zu schleichen und einhändig eine weitere Scheibe zu toasten.

«Mein Geschenk zum Valentinstag!», verkündet sie säuerlich, und bevor ich etwas erwidern kann, hat sie schon zu einer genervten und tränenreichen Schimpftirade angesetzt: «Für wen hält der mich eigentlich? Für eine dicke fette Kuh? Ist es das, was er mir damit sagen will?»

Verzweifelt suche ich nach einem beschwichtigenden Kommentar, aber mir fällt keiner ein. Es lässt sich nicht leugnen, es handelt sich um eine dicke fette Kuh.

Bob kommt nass und verfroren zurück ins Haus. Er zieht Gummistiefel und Hut aus und putzt sich lautstark die Nase.

«Wie ich sehe, hat sie dir die Kuh gezeigt.»

Wenn man Bob so anschaut, könnte man ihn für einen ganz normalen Kerl halten. Er sieht nicht schlecht aus, ist mittelgroß und normal gebaut. Das, was von seinen mausbraunen Haaren noch übrig ist, hat er raspelkurz rasiert, und seine braunen Augen schauen freundlich drein. Bob ist ein Kümmelkuchen, eine scheinbar simple und unscheinbare Variante, ähnlich einem Madeira Kuchen. Das Besondere kommt erst bei näherem Hinsehen und Hineinbeißen zum Vorschein. Der Zusatz von Kümmel sorgt für einen ganz anderen Geschmack, als man eigentlich erwartet hätte. So wird aus dem uninteressanten Bob durch seinen Humor und sein Talent, andere zum Lachen zu bringen, jemand ‹mit dem gewissen Etwas›. Ein bisschen wie Eddie Izzard, aber ohne Rock und Lippenstift. Es wundert mich nicht, dass Moo ihn geheiratet hat. Er ist kein Mann der großen Worte, aber was an Quantität fehlt, macht er durch Qualität wieder wett. Seine Worte sind meist genau gewählt und strotzen nur so vor Ironie, Sarkasmus und Nuancen – es ist alles dabei. Wenn er also sagt: ‹Wie ich sehe, hat sie dir die Kuh gezeigt›, dann meint er damit: ‹Das hat ja nicht lange gedauert. Gerade mal zehn Minuten, obwohl ich ehrlich gesagt mit weniger gerechnet hätte ... Du siehst also, das Staubsaugen war nur Teil des Problems. Das Hauptproblem bin ich, der an der Guter-Ehemann-Front dermaßen versagt hat, weil ich schon stolz auf mich war, überhaupt an den Valentinstag gedacht zu haben. Außerdem hat sie ja gesagt, dass sie diese Porzellanfiguren mag, aber was ich nicht wusste, ist, dass Geschenke zum Valentinstag eine komplett andere Bedeutung haben und viel wichtiger sind als andere Geschenke. Wie man sehen kann, habe ich also gründlich verschissen.›

Wir stehen alle schweigend um die Kuh herum, unter deren Gewicht die Beine des Küchentisches nachzugeben drohen. Ich wünschte fast, das Vieh hätte irgendwelche Tricks drauf, wie zum Beispiel ein Muhen, wenn man es am Euter zieht, oder so.

«Es ist mal was anderes», meine ich schließlich, während mein Magen lautstark den Toastverlust beklagt. An Moos

Gesichtsausdruck kann ich erkennen, dass dieser Kommentar offensichtlich nicht ausreicht. Also entscheide ich mich für eine andere Taktik.

«Im Grunde ist sie doch ganz hübsch, und wenn wir mal ehrlich sind, hätte es weitaus schlimmer kommen können. Du hättest gar nichts kriegen können, wie ich, oder, noch schlimmer, einen Strauß künstlich gefärbte Blumen von der Tankstelle.» Moo lässt sich jedoch nicht überzeugen und funkelt stattdessen Bob böse an, der mit hängenden Schultern die Kuh an sich nimmt. Um ihn noch weiter zu bestrafen, schickt sie ihn mit einer Einkaufsliste zum Supermarkt. Ich lege meinen freien Arm um meine Schwester – der Arm, der so gerne einen neuen Toast machen würde. Bäro scheint immer schwerer zu werden und ich immer schwächer.

«Ich glaube nicht, dass er dich für eine dicke fette Kuh hält. Klar, es ist ein ungewöhnliches Geschenk, aber du hast doch immer gesagt, dass dir seine unkonventionelle Ader gefällt», sage ich mit einem vorsichtigen Lachen.

«Ja, aber doch nicht am verflixten Valentinstag.» Jetzt fängt sie ebenfalls an zu lachen und wischt sich ein paar verirrte Tränen weg. «Inzwischen möchte ich einfach nur, dass er mich in den Arm nimmt, damit ich ihm verzeihen kann. Aber das wird er nicht mehr tun, weil ich ihm in den letzten vierundzwanzig Stunden jedes Mal gesagt hab, dass er sich verpissen soll, wenn er einen Versuch unternommen hat.»

Bob und Moo haben sich kennengelernt, als Moo einen Theater-Workshop an der Schule gab, wo Bob Mathe unterrichtet. Angesichts von Moos Sammlung unpassender Männer, unter ihnen launische Schauspieler, Musiker und abgedrehte Regisseure, war der stille, unauffällige Bob eher eine Überraschung. Die Tatsache, dass er als erster Mann ihrem Charme widerstand, besiegelte sein Schicksal, und am Ende des einwöchigen Workshops hatte Moo beschlossen, dass sie diesen Kerl heiraten würde.

«Backen wir ihm doch einfach einen Kuchen», schlage ich vor. «Aber zuerst mal machen wir neuen Toast.» Ich übergebe Bäros beachtliches Lebendgewicht an seine Mutter und stürze mich auf den Toaster.

Moo und ich reden jede Menge Unsinn, was wir ausgezeichnet können, und hin und wieder auch über «die Firma», was wir lang nicht so gut können. Während der Geschäfts-Phasen schwanken wir zwischen Moos allumfassendem Vertrauen in unsere Fähigkeiten als Geschäftsfrauen und meiner ‹was ist wenn›-, ‹wie sollen wir nur›- und ‹ich weiß nicht, ob wir das können›-Mentalität. In Anbetracht meines wiederholten Banktraumas beschließen wir, Miss MBA zu feuern und einen Brief an sie aufzusetzen, in dem wir unserer Enttäuschung Ausdruck verleihen und sie davon in Kenntnis setzen, dass wir unser nicht-existierendes Geschäft in andere Hände geben werden. Ha! Moo hat außerdem einen Kollegen bei der Arbeit aufgetan, der uns für ein paar hundert Pfund eine Website entwirft, statt für den Tausender, den wir eigentlich dafür eingeplant hatten. Nachdem sie mir zum Glück zustimmen muss, dass *‹Back to Basins›* vielleicht nicht so der Hit ist, machen wir eine Liste mit möglichen Namen. Wir suchen etwas, das traditionelle Qualität mit einem modernen Touch verspricht. Es muss zeitlos sein und uns nicht zu sehr einschränken, wenn wir später mal unsere Kollektion mit Backaccessoires entwerfen.

Brandaktuelle Eilmeldung: Guccis gesunkener Umsatz verspricht sich ordentliche Zuwächse durch die neugebildete Zusammenarbeit mit:

Time for Tea?
Die Drei-Uhr-Bäckerei?
The Baking Company?
Sugar and Spice?

Bob kehrt mit den Einkäufen und einer rätselhaften kleinen roten Tüte zurück, die er Moo überreicht. Darin befindet sich eine Schachtel mit wunderschönen Goldohrringen, und Moo fängt an zu weinen. Während sie ihren Gatten umarmt, beschäftige ich mich eifrig damit, den luftigen Teig für einen Victoria Sponge Kuchen in zwei Backformen zu löffeln. Eine Stunde später erfüllen der Duft nach Gebackenem und ein Gefühl der Zufriedenheit die Küche. Wir genehmigen uns jeder ein Stück Kuchen, dessen dunkelrote Himbeermarmelade an unseren Fingern klebt. Moo lächelt vor sich hin wie eine zufriedene Katze, während ihre neuen Ohrringe im schwindenden Licht des Winternachmittags funkeln. Ahh, welche Wunder doch Kuchen und kleine, teure Dinge bewirken können.

Während wir Mädels mit Bäro spielen, holt Bob seinen Taschenrechner und macht sich an unsere Cashflow-Berechnungen. Ich mag Bob. Er scheint nie etwas dagegen zu haben, dass ich so häufig die Wochenenden hier verbringe. Ich vermute allerdings, das liegt vor allem auch daran, dass er dann eine Ausrede hat, Tratschzeitschriften zu kaufen, und dass er seine Zaubertricks vorführen kann.

«Zahlen sind seine Stärke», meint Moo und lächelt dabei ihren Mann an, der wie ein Wilder Tabellen ausfüllt.

«Hast du ihn deshalb geheiratet?»

«Er ist außerdem ziemlich gut im Bett», fügt sie hinzu. Bob wird knallrot und tippt die Zahlen noch schneller in seinen Taschenrechner.

Von ihrer eigenen Prophezeiung inspiriert, hat Moo eine ihrer Hellseher-Freundinnen eingeladen, die mir die Zukunft vorhersagen soll. Emsig bereitet sie das Esszimmer für die Session vor. Bäro hat ungefähr nochmal so viel gefuttert, wie er wiegt, und schlummert nun friedlich in seinem Bettchen. Bob arbeitet einen Stock höher, sodass ich mich begeistert auf die Zeitschriften stürze, die er für mich mitgebracht hat, und mich am neusten Tratsch und den Bildern von Stars erfreue, die ihre Orangenhaut an sonnendurchfluteten Stränden zur Schau stellen. Unsere Hellseherin Alice kommt eine halbe Stunde zu spät und macht den Verkehr dafür verantwortlich. Ich widerstehe der Versuchung, sie zu fragen, ob sie das nicht hatte vorhersehen können. Inzwischen steht alles bereit: Duftkerzen bringen bunte Glaskristalle zum Leuchten, die ihr farbiges Licht an Wände und Decke werfen. Im Hintergrund läuft beruhigende Entspannungsmusik. Während Alice sich mit lautem Schnaufen und klappernden Lidern in Stimmung bringt, sitzen Moo und ich still und abwartend da.

Obwohl ich ja weiß, dass Hellseher ganz normale Leute sind wie du und ich, bin ich von Alice ein bisschen enttäuscht. Ich finde immer, ein bisschen Exzentrik kann der ganzen Sache nicht schaden: ein buntbestickter, bodenlanger Mantel zum Beispiel, rabenschwarze Haare oder ein paar lila Krokodillederschuhe – irgendetwas, was sie von uns Normalsterblichen abheben würde. Alice besitzt nichts davon. Sie trägt einen hellgrünen Pulli zu dunkelblauen Hochwasserhosen und langweilige dunkelblaue Schuhe, deren Absätze nicht hoch genug für Stöckelschuhe, aber auch nicht flach genug für normale Alltagstreter sind. In meinen Augen sind das die harmlosen Bibliothekarinnen der Schuhwelt, jene Art Schuhe, die Bankangestellte tragen, weil ihnen nichts anderes einfällt. Alices einziger verrückter

Touch ist ihre krause, schulterlange, mausbraune Mähne, die wohl noch nie in ihrem Leben etwas von Anti-Spliss-Fluid gehört hat.

Während ich darauf warte, dass sie anfängt, werde ich ein bisschen nervös. Doch bevor ich mich verdrücken kann, hebt Alice die Hände und beginnt plötzlich zu sprechen. Ihren Blick hat sie auf einen Punkt über meiner linken Schulter gerichtet.

«Da ist ein Licht ...» Ich drehe mich um, kann aber nichts erkennen.

«Du bist in der Dunkelheit gewesen, aber nun ist Licht ...» Ahh, diese Art von Licht also.

«Du musst an dich glauben und dem Licht folgen ...» Unruhig rutsche ich auf dem Stuhl hin und her in der Hoffnung, dass nicht der ganze Abend so zweideutig wird. Ich will Fakten. Harte Fakten!

«Da ist ein Mann.»

Ich spitze die Ohren. Endlich, da ist er, mein Bananen-Pekannuss-Kuchen mit Schokoladenstückchen.

«Hab ich's dir nicht gesagt!» Moo stupst mich stolz an.

«Wie ist er denn so?», frage ich.

«Dunkel oder schottisch.»

«Dunkel oder schottisch?» Meine Stimme hat wohl ein bisschen arg gequietscht, denn Moo bedeutet mir, leiser zu sprechen.

«Tut mir leid, mehr kann ich nicht sagen», beharrt Alice.

«Aber was denn nun? Ich hätte lieber einen Schotten», stottere ich völlig panisch.

«Mehr Informationen geben sie mir nicht.» Alice schließt wieder die Augen, um zu signalisieren, dass sie in dieser Sache keine weiteren Fragen beantworten wird.

«Was ist mit Kindern?», frage ich, weil ich einfach nicht

anders kann. Ich muss es wissen. Moo greift nach meiner Hand und drückt sie. Zusammen warten wir ängstlich, während Alice tief Luft holt. Sie schaut wieder über meine Schulter.

«Ich sehe dich in einem Garten. Ringsherum ein weißer Holzzaun. Dein Mann bastelt an irgendwas und ... ich glaube, da spielen zwei Kinder.»

«Wirklich?», frage ich. «Sind es meine?» Der Hauch Unsicherheit in ihrer Stimme gefällt mir nämlich gar nicht.

«Ich weiß es nicht. Vielleicht nicht, ich kann es nicht sicher sagen.»

Na toll! Wem gehören sie denn dann? Sind es die Nachbarskinder? Habe ich sie im Supermarkt gekidnappt?

Alice schüttelt sich plötzlich. Als sie dann auch noch mit den Augen rollt, sehe ich Moo irritiert an, doch die drückt meine Hand nur noch fester.

«Du hast Angst.» Alice' Stimme klingt tief, fast männlich. Ihre Augen zucken unter den Lidern hin und her.

Im Moment – allerdings!

«Ich bin bei dir.»

Ihre Nasenflügel beben, und sie leckt sich über die Lippen.

«Wenn du Schritte draußen im Flur hörst, dann bin ich das.»

Toll. Nun fürchte ich mich nicht nur vor der Dunkelheit, sondern muss mir auch noch Gedanken um einen Geist machen, der vor meinem Schlafzimmer herumlungert.

«Hab keine Angst. Ich führe dich. Ich bin hier mit deinen Großeltern. Auch die passen auf dich auf.»

Mein Gott, wie viele Leute tummeln sich denn noch auf meinem Flur?

Alice erhält zur Stärkung eine Tasse Tee, ein Stück Kuchen und sechzig Pfund, bevor sie wieder abzieht. Ich darf mich nun auf einen Mann mit dunklem Teint und zwei fremde Kinder freuen. Ganz abgesehen davon, dass ich jetzt immer einen Bademantel anziehen muss, wenn ich mitten in der Nacht aufs Klo gehe.

Am nächsten Morgen versucht Moo, einen besseren Deal mit der Lieferfirma herauszuhandeln, die wir aufgetan haben, während ich mit Bäro spiele. Ich könnte ihn den ganzen Tag nur ansehen, er ist so ein Wonneproppen: sechs Monate alt, mit unfassbar blauen Augen und samtweicher Haut. Wenn ich ihn so ansehe, scheint mir alles möglich. Sein ganzes Leben liegt noch vor ihm, eine weiße Leinwand voller Erwartungen und Verheißungen. Was für ein Kuchen wird er wohl werden? Ein Bananenkuchen? Ein Teekuchen oder vielleicht einer aus Schokolade? Was wird er tun? Wird er nachts wach liegen und davon träumen, ein weltberühmter Schauspieler zu werden, ein Dichter oder vielleicht ein Erfinder? Wird er die Welt bereisen, um den Kranken und Bedürftigen zu helfen, Multimillionär werden oder die Postfiliale im Ort leiten? Keiner von uns weiß, wovon Bäro träumen wird und ob überhaupt. Ich habe mal ein Mädchen kennengelernt, das behauptet hat, sich gar nichts zu wünschen. Damals dachte ich, noch nie etwas Traurigeres gehört zu haben, aber vielleicht ist sie ja einfach nur zufrieden mit dem, was sie hat, und deshalb glücklicher als wir alle.

«Mistkerle!» Moo wirft das Telefon zur Seite. «Nur weil wir noch keine Referenzen haben, wollen sie nicht von ihren Standardgebühren abweichen. Ich habe alles versucht, von Kuchen bis Sex alles geboten!»

«Moo!» Ich bin entsetzt. Manchmal schafft sie es doch, mich zu schockieren. Bob kommt ins Zimmer und will wissen, worüber wir lachen.

«Über gar nichts, mein Schatz. Ich habe nur gerade meinen Körper für 20 % Rabatt verkaufen wollen.» Sie umarmt ihn.

«Hast du es auch mit Kuchen probiert?», fragt er lächelnd. Moo nickt.

«Dann hast du wohl dein Bestes gegeben.» Er küsst sie auf die Stirn und verschwindet wieder.

«Wollen wir mal hoffen, dass wir bei den Schachteln und der Bank mehr Glück haben.» Moo hebt Bäro von meinem Schoß. «Aber diesmal darfst du deinen Körper feilbieten.»

Wir machen uns auf den Weg zu *Die Clevere Schachtel*, einer Verpackungsfirma, die wir nach stundenlanger Internetrecherche und mindestens hundert Telefonaten ausfindig gemacht haben. Natürlich verfahren wir uns prompt und erreichen nach einem Umweg von fünfzehn Kilometern schließlich ein kleines Industriegebiet mitten in der Pampa. Dort erwartet uns ein winziger alter Mann, der den Eindruck macht, als hätte er noch nie Tageslicht gesehen, von zwei Frauen ganz zu schweigen. Er führt uns in einen Lagerraum voller Kartons in jeder Form und Größe. Eines seiner Augen blickt immer rechts an uns vorbei, was zwar irritierend, aber gleichzeitig auf seltsame Weise ziemlich faszinierend ist. Ich versuche, nicht dauernd hinzusehen, aber zu Moos großer Erheiterung laufe ich trotzdem ständig hin und her, damit er mich sehen kann. Begeistert erzählt er uns alles über Verpackungen, Schachteln und die Beschaffenheit der gewellten Schicht in der Mitte einer Pappe – offensichtlich das entscheidende Element, wenn es um die Stabilität eines Kartons geht –, aber meine Gedanken driften fort. Meine Aufmerksamkeitsspanne ist nicht die beste, und ich bin viel zu aufgeregt über die Aussicht, dass diese Firma genau das liefern kann, was wir brauchen: stabile weiße Schachteln, die so ziemlich alles aushalten.

Am Ende bestellen wir fünfzig Stück und fragen uns hinterher, wo wir die denn unterbringen wollen. Moos Schuppen und mein Esszimmer scheinen die einzigen Möglichkeiten zu sein. Wahrlich nicht ideal, aber selbst die Vorstellung, dass mein hübsches kleines Haus zum Schachtellager umfunktioniert wird, kann meine freudige Aufregung nicht dämpfen. Das hier ist ein Meilenstein, ein Schritt in die richtige Richtung. Jetzt fühlt es sich nicht mehr nur wie ein Spiel an, sondern eher wie ein ... ein richtiges Unternehmen. Wow! Ich kann gar nicht mehr aufhören zu grinsen, während wir uns auf den Weg zu unserem zweiten Termin machen. Wir sind mit einer Frau namens Anita von der HSBC-Bank verabredet. Bäro, den die Schachteln nur gelangweilt haben, schläft tief und fest, und Moo hofft, dass das die nächste halbe Stunde so bleibt. Das Risiko ist groß, da eigentlich längst wieder Fütterungszeit ist, aber zum Glück wacht er erst auf, als der Termin schon so gut wie gelaufen ist, brüllt (wahrscheinlich etwas in der Art wie ‹wo zum Teufel bleibt mein Mittagessen!›) und spuckt Anita auf den Tisch. Zu diesem Zeitpunkt ist es uns jedoch schon egal, denn sie hat uns sowohl unser Firmenkonto als auch den Kredit genehmigt. Das Ganze lief so glatt und reibungslos, dass Moo mich anstupst, als Anita kurz den Raum verlässt, und flüstert: «War's das schon?»

«Ich glaube ja, aber ich bin nicht ganz sicher.»

«Ich auch nicht.» Moo wischt die Babykotze mit dem Taschentuch auf, das sie immer im Ärmel trägt. «Vielleicht sollten wir sie fragen, wenn sie zurückkommt.»

Das tun wir, und Anita lächelt uns aufmunternd zu. Ja, wir haben ein Firmenkonto auf den Namen Sugar and Spice, und ja, wir haben dreitausend Pfund Überziehungskredit.

Hurra!

Wir feiern zu dritt mit Cappuccino, einer Flasche Babymilch und je einer Scheibe getoastetem Hefezopf. Ich beschließe jedoch, dass Bäro für Rosinen noch zu jung ist, und esse seine mit. Bevor ich mich auf den Heimweg mache, stellen wir noch einen Text und die Anweisungen für die Website zusammen, damit Moos Bekannter mit der Arbeit daran beginnen kann.

«Ich kann gar nicht glauben, dass wir das wirklich tun. Dass Sugar and Spice jetzt eine echte Firma ist», lache ich, tausend Schmetterlinge in meinem Bauch. Es ist wahr. Wir gründen eine Firma, und wenn die HSBC Bank an uns glaubt, dann sollten wir das selber auch. Herr im Himmel! Ist es zu spät, um noch einen Rückzieher zu machen?

«Ein bisschen gruselig ist es schon, oder?», meint auch Moo. «Aber auf schöne Art gruselig», fügt sie schnell hinzu, als sie meinen entsetzten Blick sieht. Ich schiebe die Panikgefühle ganz weit weg und tue so, als sei ich jemand ganz Mutiges.

«Einen Toast auf Sugar and Spice, unsere erfolgreiche neue Firma!»

«Auf uns», ergänzt Moo. Unsere Kaffeetassen treffen mit etwas zu viel Schwung aufeinander, und meine trägt einen leichten Sprung davon.

Hurra!

Ich sitze mit einem doppelten Cappuccino an meinem Büroschreibtisch und starre durch das riesige getönte Glasfenster auf den Parkplatz hinunter. Es fällt mir schwer, mich zu konzentrieren, beziehungsweise auch nur einen Hauch von Begeisterung für die Medikamenteninformationsbroschüre aufzubringen, an der ich eigentlich arbeiten soll. Die ganze Woche drehte es sich in meinem Hirn nur um Kuchen. Ich schlafe ein mit dem Gedanken an Kuchen.

Auf dem Weg zur Arbeit denke ich an Kuchen. Zum Glück haben Gedanken keine Kalorien! Noch eine Stunde, dann beginnt mein Backwochenende. Ich habe bisher keinerlei anderweitige Pläne, also kann ich ein paar neue Rezepte ausprobieren. So schön diese Aussicht auch ist, sie entstammt eher dem Zufall als absichtlicher Planung. All meine Bekannten sind Teil eines Paares und haben entweder Kinder oder ziehen es in Erwägung, welche zu kriegen, sprich, sie tun alle Pärchen- oder Familiendinge. Wochenenden können entweder gut werden oder achtundvierzig Stunden Selbstmitleid bedeuten.

Es handelt sich um einen guten Tag, voller Gerüche, Farben und Aromen. Aus einer Handvoll Zutaten entsteht etwas, das so einfach, ehrlich und wunderbar ist wie eine mütterliche Umarmung. Butter, Zucker, Mehl, Eier, Zimt, Kakaobohnen – all das stammt aus der Natur und bildet seit Jahrhunderten die Grundlage fürs Kuchenbacken. Ich halte mich an die Vorgaben meiner Großmutter und deren Mutter. Ihre handgeschriebenen Notizbücher voller Rezepte gehören zu meinen größten Schätzen, und das fühlt sich gut an. Es riecht auch gut. Soooo gut. Mit meiner Beherrschung ist es nicht weit her, deshalb muss ich ein Stück vom Aprikosen-Mandel-Kuchen probieren, den ich für Ben und Freya gebacken habe. Die nächste halbe Stunde werde ich von Schuldgefühlen geplagt. Dann beschließe ich, auch den restlichen Kuchen aufzuschneiden und neu zu arrangieren. Wenn sie also nicht genau nachmessen, werden sie gar nicht merken, dass ein Stück fehlt. Ha! Mit einem solch cleveren Hirn und der Bereitschaft, meine Liebsten zu täuschen, kann unser Business-Vorhaben ja nur ein voller Erfolg werden.

Später sitze ich mit einem Glas Wein auf dem Sofa und überlege mir, wie ich den Samstagabend allein gestalten könnte. Die Backerfolge des Tages und die Aussicht, eine Bäckerei-Unternehmerin zu werden, reichen nicht aus, um meine Laune zu heben. Da helfen auch weder Süßigkeiten noch die Comedy-Sendung im Fernsehen. Heute Abend sehne ich mich aus irgendwelchen unerfindlichen Gründen nach Gesellschaft. Während ich so durch die Programme zappe, klingelt das Telefon. Ich zucke zusammen.

«Was machst du gerade?», fragt James.

«Ach, ich trinke bloß jede Menge Champagner mit meinen berühmten Freunden und tanze nackt auf dem Tisch, während Elton Klavier spielt und die Reporter vom *Hello!* Magazin Fotos schießen.»

«Du hast gar kein Klavier.»

«Na gut, dann war der Teil mit Elton eben geschwindelt. Was machst du?»

«Ach, du weißt schon. Abendessen mit Elle, eine Massage von Uma und Sex mit Kylie. Aber irgendwie langweilt mich das, und ich habe mir überlegt, ob du vielleicht Lust auf Thailändisch vom Lieferservice hast?»

«Wenn du's spendierst.»

«Geht klar.»

«Dann gerne.»

«Ich bin so gegen zehn da.»

Dem Himmel sei Dank für zukünftige Ex-Männer. Vor allem solche, die eine Extraportion meiner scharfen Lieblingscracker bestellen und die nicht mal mit der Wimper zucken, wenn ich sie in schlabberigen Jogginghosen und einem ausgeblichenen T-Shirt an der Tür begrüße. Während ich vor mich hin mampfe, denke ich an *ihn*, den Bananen-Pekannuss-Kuchen mit Schokoladenstückchen, den Moo mir für meine Zukunft versprochen hat. Ob er wohl von meinem aufstrebenden Unternehmergeist beeindruckt sein wird oder einfach nur die Tatsache liebt, dass ich wunderbar bin und gut backen kann? Was wird wohl sein Lieblingskuchen sein? Ich habe Moo gefragt, was die Geisterwelt dazu meint, aber angeblich haben die es nicht so mit den Details. Vielleicht mag er ja Schokoladenkuchen, genau wie ich. Mit jemandem eine Scheibe warmen Schokoladenkuchen zu teilen, ist absolut phantastisch. Ich beschließe, den besten zu backen, den er je gegessen hat.

Interview mit Parkie:

«Nun, Maddy, sind Sie immer noch Single, oder gibt es einen Mann in Ihrem Leben?»
«Nein, Michael, momentan gibt es da niemand Besonderen.»
«Ich kann mir nicht vorstellen, dass eine schöne junge Frau wie Sie lange alleine bleibt.»
«Ach, vielen Dank für die Blumen. Ja, ich glaube auch, dass der Mann meiner Träume irgendwo dort draußen ist.»
«Und Sie werden ihn mit einem Ihrer köstlichen Kuchen erwarten?»
«Ja. Einem Schokoladenkuchen, denke ich. Schließlich ist Schokolade Balsam für Leib und Seele.» Ich lächele.
«Wie könnte ein Mann auch der Kombination aus Ihnen und Schokoladenkuchen widerstehen?»
Ich erröte auf hoffentlich attraktive und liebenswerte Art.
«Außer natürlich Mr. Pitt hier, der wie ich ein großer Fan Ihrer Victoria-Sandwich-Kuchen ist. Er hat sich sogar vorhin beklagt, dass er in den Staaten keinen bekommt. Haben Sie denn vor, über den Großen Teich zu expandieren?»
Ich lächele Brad an, der in natura ganz normal wirkt.

«Ich werde Brad und Ihnen ein kleines Geheimnis anvertrauen: Wir eröffnen nächsten Monat in New York und Beverly Hills unsere ersten amerikanischen Filialen.»
«Das sind ja phantastische Neuigkeiten! Aber hoffentlich wandern Sie dann nicht in die USA aus?»
«Aber nicht doch!» Ich lache, aber nicht zu laut (denn ich hatte einen Lachtrainer). «Im Grunde meines Herzens hänge ich zu sehr an der Heimat.»
«Wunderbar. Dann bedanke ich mich für Ihre Gesellschaft heute Abend und verabschiede mich bis zum nächsten Mal. Ich bin sicher, Brad und Jack werden mir zustimmen, dass Sie absolut hinreißend aussehen und es ein echtes Vergnügen war, mit Ihnen zu plaudern.»
«Die Freude war ganz auf meiner Seite, Michael. Und ich verspreche, ich werde Ihnen und Brad höchstpersönlich einen Victoria-Sandwich-Kuchen backen.» Ich streife kurz Parkies Knie.
«Ich möchte meinen heutigen Gästen Maddy Brown, Brad Pitt und Jack Nicholson danken und hoffe, Sie, liebe Zuschauer, nächste Woche wieder begrüßen zu dürfen.»
Brad beugt sich herüber und flüstert mir etwas ins Ohr, was mich zum Lächeln bringt, während Angelina uns eifersüchtig aus dem Publikum beobachtet.

Einen Teelöffel schlechte Nachrichten

März

Moo ruft mich an, um mir mitzuteilen, dass sie auf dem Weg zur Arbeit eine Botschaft empfangen habe: *Er* sei ganz in der Nähe. In greifbarer Nähe sogar ...

«Muss ich Lippenstift auflegen, meine Beine rasieren und meine schönste Unterwäsche anziehen?», frage ich aufgeregt.

«Tut mir leid, so genau kann ich es dir nicht sagen. Aber es könnte alles sehr bald passieren», bekomme ich als Antwort zu hören.

«Wie bald?»

«Bald. Mehr weiß ich wirklich nicht. Also, ja, rasier deine Beine, aber ich glaube, das mit der Unterwäsche wäre ein bisschen voreilig und, wenn du mich fragst, etwas zu frivol. Warte wenigstens bis zum zweiten Date.»

Mir gefällt der Gedanke, ein klitzekleines bisschen frivol zu sein, bevor ich 40 werde, und ich hoffe, dass *er* bei meinem Anblick derart von Leidenschaft übermannt wird, dass er gar nicht anders kann, als mir die Klamotten vom Leib zu reißen. Für diesen Fall will ich gewappnet sein. Ich schreibe einen weiteren Punkt auf meine To-do-Liste: Selbstbräuner kaufen.

Merke: Verwende keinen Selbstbräuner, während Frosch zu Besuch ist, denn 1. kleben Hundehaare an eingecremten Körperteilen und 2. liebt Frosch den Geschmack von dem Zeug dermaßen, dass er die ganze Creme von meinen Füßen und Knöcheln geleckt hat. Weil sich James derzeit in Prag aufhält, wohnt Frosch so lange bei mir. Allerdings bringt er mich bereits jetzt an die Grenzen meiner Geduld. Rastlos wandert er durch die Gegend, sabotiert meine Versuche, mir einen sexy Sommerteint zu verschaffen, und jault ununterbrochen. Ich sollte eigentlich einen Flyer für unser Geschäft entwerfen, aber stattdessen beschließe ich, mit ihm Gassi zu gehen, in der leisen Hoffnung, ihn dadurch endlich müde zu bekommen.

Durch seinen trägen Wiegegang kommen wir nur langsam voran. Seine Augen sind auch nicht mehr die besten. Dadurch verwandeln sich Bordsteinkanten in scheinbar unmöglich zu erklimmende Berge oder zu überspringende Abgründe, je nachdem in welcher Richtung sie uns begegnen. Das Stöckchen, das ich für ihn werfe, muss ich selbst zurückholen. Trotz der Kälte tut es jedoch gut, draußen zu sein, den Wind im Gesicht zu spüren und die frische Luft einzuatmen. Hat nicht die Moderatorin Davina McCall ihren Mann auf einer Hundewiese kennengelernt? Bestimmt sah sie mit ihrer Wollmütze hinreißend aus, wie diese Esprit Models auf den Werbeplakaten, die immer ganz cool und lachend durch feuchte Herbstlandschafen toben. Ich hingegen wirke in meinem Winterlook eher wie das Michelin-Männchen.

Auf halber Strecke wird der Wind plötzlich stärker. Er schüttelt die Äste und pustet durch das faulige Laub auf dem Boden. Über uns brauen sich bedrohlich dunkle Wolken zusammen. Alles, vom Gras bis zu den immergrünen Blättern, die den Winter überlebt haben, scheint plötzlich zu leuchten, denn vor dem schwarzen Himmel wirken alle Farben strahlend und kräftig. In der Ferne ist Donnergrollen zu hören, und Frosch spitzt die Ohren. Wir bleiben beide regungslos stehen. Gleich geht es los. Die Luft scheint elektrisch aufgeladen. Dann fängt es an zu regnen – nein, ich muss es anders formulieren: Es fängt an, wie aus Kübeln zu gießen.

Tapfer marschieren wir weiter, bis der Regen schließlich so heftig herunterprasselt, dass Frosch sich unter einem Busch versteckt und sich partout nicht mehr von der Stelle bewegen will. Da will er den Spuk jetzt aussitzen, während ich derweil bis auf die Haut durchnässt werde. Mein Pulli und die Jeans sind in null Komma nichts durchgeweicht und kleben an meiner Haut. Mich fröstelt. Ich habe keine andere Wahl, als den Hund hochzuheben und nach Hause zu schleppen. Anfangs funktioniert das auch ganz gut, doch mit jedem Schritt wird er schwerer. Bald torkle ich wie ein Betrunkener auf wackeligen Beinen durch die Gegend, während mir der Regen ins Gesicht peitscht. Dicke Tropfen rinnen mir aus den Haaren in die Augen, sodass ich kaum noch sehen kann. Diesmal bin ich es, die an der Bordsteinkante stolpert und uns zu Fall bringt. Ich weiß nicht, wem das Ganze peinlicher ist, Frosch oder mir. Eindeutig mir, beschließe ich, denn als ich mich aufrappele, sehe ich in die Augen eines jungen, attraktiven Mittzwanzigers, der mir zur Hilfe geeilt ist.

Er spricht mit mir, als sei ich eine alte Oma, und erkundigt sich, ob er jemanden für mich anrufen soll. Dann bietet er an, mich nach Hause zu bringen, doch ich lehne dankend ab und taumle, Frosch hinter mir herziehend, mit gesenktem Kopf davon. Triefnass und deprimiert kommen wir schließlich zu Hause an. Nachdem ich Frosch trocken gerubbelt und geföhnt habe, zieht er sich sichtlich traumatisiert in sein Körbchen zurück, während ich mir die schmerzenden Knie reibe. Ich wette, Davina wäre nicht voll auf die Fresse gefallen.

Nach einem stärkenden Marmeladenbrötchen-Snack probiere ich am Computer verschiedene Designs für unseren ersten Flyer aus. Wir haben kein Geld für einen richtigen Grafiker, also bleibt der Job an mir hängen. Das dauert. Moo und ich wollen für unser Firmenlogo dunkles Schokoladenbraun, Creme und Hellrosa verwenden. Die Farben von Kuchen oder, wie Ben meint, des Sandwich-Eises unserer Kindheit. Die Computerfarben sind entweder zu grell oder zu bunt und die vorgegebenen Muster langweilig. Frustriert durch meine mangelnden Fortschritte, beschließe ich, meine Technik zu ändern. Also düse ich in die Stadt, wo ich jede Menge Geschenkpapier, Stoff und eine Flasche Klebstoff erstehe. Nach einer heftigen Materialschlacht betrachte ich die sechsundzwanzig Varianten von Text und Bild auf dem Fußboden vor mir. Frosch kommt herüberspaziert, schleckt meinen Arm ab (toll, noch eine weiße Stelle) und verwandelt vier der Flyer in eine neue Schlafstätte. Ich entscheide mich für einen Entwurf mit altrosa Stoff, der aussieht wie ein handgemachtes Tischtuch. Hurra, wir haben unseren ersten Flyer!

Mein Kunstwerk unterm Mantel verborgen, renne ich die Straße hinunter, bis ich schließlich schnaufend den Copyshop erreiche. Vermutlich sehe ich aus wie Frosch vor ein paar Stunden. Nachdem ich mich gesammelt habe und wieder zu Atem gekommen bin (ich muss unbedingt ins Fitnessstudio!), erzähle ich dem jungen Kerl hinterm Ladentisch aufgeregt von meinen Vorstellungen für den Flyer. Ich habe den Eindruck, dass ich genauso gut mit mir selbst reden könnte, denn er sieht mich nur verständnislos an. Ich bin jedoch entschlossen, mich nicht entmutigen zu lassen, und plappere munter weiter. Plötzlich hellt sich seine Miene auf, und er deutet mit dem Finger auf mich, als würde ich ihm irgendwie bekannt vorkommen. Schnell krame ich in meinem Gedächtnis, ob ich den Kerl von irgendwoher kennen müsste.

«Sie sind die Frau mit dem Hund», meint er schließlich lächelnd. Entsetzt sehe ich ihn an, und mein Magen zieht sich zusammen. Ich gebe zu, es hätte schlimmer kommen können. Er hätte zum Beispiel sagen können: «Ach, du bist das Mädchen, das mich auf dieser Party neulich geküsst hat, bevor sie betrunken zusammengeklappt ist.» Jetzt, wo meine Sicht nicht mehr durch Regen und Wimperntusche getrübt ist, sieht er ein bisschen anders aus, aber trotzdem handelt es sich eindeutig um den hübschen jungen Kerl, der mir vorhin aufgeholfen hat.

«Wie geht's dem Hund?», fragt er.

«Gut, danke.» Ich versuche, das Bild von mir und Frosch bäuchlings auf dem Gehweg aus meiner Erinnerung zu verdrängen. «Er ist schon ziemlich alt», versuche ich mein Verhalten zu entschuldigen.

«Ich fand ihn toll», meint er und fügt dann hinzu, als wäre ihm eben die Erleuchtung gekommen: «Wissen Sie, es gibt Leute, die übernehmen das Gassigehen für Sie, wenn Ihnen das zu viel wird. Meine Mutter hat da so einen Typen engagiert, der jeden Tag mit ihrem Hund spazieren geht.»

O Gott, er nennt mich in einem Atemzug mit seiner Mutter. Also muss brauche ich nicht nur Fitnesstraining, sondern auch noch tonnenweise Antifaltencreme und, wenn es nach diesem Kerl hier ginge, eine Vollzeitpflegekraft und einen Gehwagen. So alt sehe ich doch sicherlich nicht aus? Beinahe bin ich versucht, ihn zu fragen, für wie alt er mich hält, aber ich fürchte, er ist noch zu jung, um die richtige Antwort auf eine solche Frage zu kennen. Seine brutale Ehrlichkeit wäre vermutlich tödlich.

«Cool ... machen Sie auch Snickers Kuchen?» Er hat den Flyer gelesen.

«Nein», antworte ich. Gibt es so etwas überhaupt?

«Oh.» Ein bisschen enttäuscht schlurft er von dannen. Sein aufkeimendes Fünkchen Interesse ist im Nu erloschen. Während er sich um die Kopien kümmert, grübele ich über die Beschaffenheit eines Snickers Kuchen und die Schrecken vorzeitiger Alterung nach. Zehn Minuten später überreicht er mir meine wertvolle Ware. Ich verabschiede mich weitaus freundlicher, als er es eigentlich verdient hätte, und schleppe meine alten Knochen wieder hinaus in den Regen.

Seit einiger Zeit mache ich mir Sorgen um Froschs Gesundheit. Vielleicht halten wir ihn ja nur aus Egoismus am Leben? Also nehme ich mir ein paar Tage frei und mache einen Termin beim Tierarzt. Frosch merkt sofort, dass ihm dieser Ort nicht behagt, und tritt den Rückzug an, kaum dass wir die Praxis betreten haben. Doch nachdem der Tierarzt ihn mit einigen Leckereien und Streicheleinheiten bestochen hat, ist Frosch wieder lammfromm und lässt die Untersuchung friedlich über sich ergehen. Frosch und ich sind uns in vielerlei Hinsicht sehr ähnlich! Der Arzt verkündet schließlich, dass unser Hund in der Tat ein alter Knacker sei (seine Worte, nicht meine!), aber dass ich ja auch nicht meine Großmutter einschläfern lassen würde, bloß weil sie ein bisschen tattrig ist und Rheuma hat, oder? Ich beschließe, auf diese offensichtliche Fangfrage nicht zu antworten. Stattdessen schüttele ich nur vage den Kopf.

Ein Mann, der gut mit Tieren umgehen kann, besitzt eine gewisse Attraktivität, und mir gefällt, wie sanft der Arzt mit

Frosch umgeht. Leider hat er einen Bart, einen ziemlichen Bierbauch und erinnert mich an Rolf Harris. Bei aller Tierliebe definitiv nicht mein Typ. Ihm zufolge leidet Frosch auch ein wenig unter Alzheimer, was seine zeitweise Verwirrung erklären könnte. In Kombination mit den schlechten Augen sei es nicht wirklich verwunderlich, dass Frosch manchmal so aufgelöst wirkt und aus unersichtlichen Gründen winselt. Ich verlasse die Praxis gequält von schlechtem Gewissen, den Hund morgens um halb sechs angeschnauzt zu haben, weil er plötzlich laut losheult und damit mich und die ganze Nachbarschaft aufweckt. Der arme Kerl.

Meine Schuldgefühle Frosch gegenüber halten genau bis 5.15 Uhr am nächsten Morgen, als er ein furchterregendes Heulen von sich gibt. Ich stehe auf, stolpere im Halbschlaf über seinen Trinknapf und setze damit die Küche unter Wasser. Die Worte ‹armer Kerl› kommen nun in meinen Gedanken nicht mehr vor. Aber da ich nun schon mal so früh wach bin und keiner da ist, um mich ins Bett zurückzuziehen, mache ich mich daran, all die Kuchen zu backen, die wir in unser Sortiment aufnehmen wollen. James, der als Fotograf für irgendeine kleine Naturzeitschrift arbeitet, hat sich bereit erklärt, die Fotos für unsere Website zu machen. Angespornt durch das Gefühl, dass die Dinge langsam in Fahrt kommen, ziehe ich die Schürze direkt über den Schlafanzug und beginne mit der Arbeit. Duschen kann ich immer noch, wenn die ersten Kuchen fertig sind.

Nachmittags um zwei stehe ich immer noch ungeduscht und im Pyjama in der Küche, aber was soll's, es kann mich ja sowieso niemand sehen. Doch meine lockere Einstellung ist wie weggeblasen, als es plötzlich an der Haustür klingelt. Ich verfalle in Panik. O nein, was, wenn das Mr. Right ist? Ich renne nach oben, ziehe mir hektisch ein Paar Jeans über und schlage mir dabei den Arm am Kleiderschrank an. Es klingelt wieder, diesmal mit Nachdruck. Schnell versprühe ich ein bisschen Parfüm, male mir die Lippen an und schnappe mir eine Strickjacke, um sie über mein durchsichtiges Schlafanzugoberteil zu ziehen. Dann renne ich wieder nach unten.

Durchatmen ... lächeln ... Türe öffnen.

«Fensterputzdienst. Macht sieben Pfund fünfzehn.»

Meine Aggression scheint sich in meinen Augen widerzuspiegeln, denn ein ängstlicher Ausdruck huscht übers Gesicht des Fensterputzers, ehe er bedauernd mit den Schultern zuckt.

«Ich kann auch später wiederkommen», meint er, bereits auf dem Rückzug. Ja, das sei vermutlich eine gute Idee, bestätige ich nickend. Herrgott, was ist nur mit mir los? Reiß dich zusammen, Mädchen. Als würde *er* einfach so an die Tür klopfen.

Nachdem ich geduscht und mich richtig angezogen habe, betrete ich das Wohnzimmer und erschrecke fast zu Tode. Auf dem Sofa liegt James und zappt sich durch die Fernsehkanäle. Ich habe ganz vergessen, dass er für Notfälle immer noch einen Schlüssel hat. Den muss ich zurückfordern. Was, wenn *er* es vorhin doch gewesen wäre und wir uns jetzt in leidenschaftlicher Umarmung im Bett wälzen und uns lachend fragen würden, warum wir nur so lange gebraucht haben, uns zu finden?

James wirkt ein bisschen schlaff und verkatert. Er murmelt irgendetwas von zu viel Bier auf leeren Magen und einer Blondine namens Tammy. Wer in aller Welt nennt seine Tochter Tammy? Ich hatte mal eine Aufziehpuppe mit diesem Namen. Während ich etwas zu energisch Zitronenschale für den letzten Kuchen abreibe, grummele ich vor mich hin. Es landet mehr Schale auf der Arbeitsfläche als in der Schüssel, und wie immer frage ich mich, wie meine Küche in einem derartigen Chaos versinken konnte. Ich könnte nie Fernsehköchin werden.

«Und, ist Tammy schon mit der Schule fertig?» Ich muss über meinen eigenen Witz lachen, doch James hört die Bemerkung nicht mehr, denn er ist mit Frosch auf dem Schoß eingeschlafen. Die beiden sehen ziemlich süß aus, wie sie da so mit überkreuzten Gliedmaßen leise vor sich hin schnarchen. Ich habe ein ganz warmes Gefühl im Bauch. Es hat mich schon immer fasziniert, wie jemand, der so gar keine Kinder will, einen Hund dermaßen anbeten kann. Wie ein kleiner dunkler Schatten schwankt Frosch immer hinter James her, wenn sie zur nächsten Kneipe wandern, um sich dort eine Packung Chips mit Speckgeschmack zu teilen. James hätte einen ziemlich guten Papa abgegeben. Mich überkommt das Bedürfnis, die beiden auf den Kopf zu küssen. Dann wandere ich zurück in die Küche und löse den letzten Kuchen aus der Form. Der Duft dringt Frosch in die Nase, der sich sogleich auf Erkundungstour machen muss und damit auch James aufweckt.

Fünf Kuchen warten auf dem Esszimmertisch, wo wir verschiedene Requisiten wie Vasen, Spitzendeckchen und alte, verzierte Teller aufbauen. Während der nächsten Stunden fotografiert James sämtliche Kuchen aus unterschiedlichen Perspektiven, mit einer Gabel, mit Blumen im Hintergrund, ohne Blumen, auf einem Teller, auf einem Kuchentablett, mit einer Tasse Tee, mit einem Schnitz Zitrone, mit einer Kaffeekanne. Mein rechter Arm ist schon ganz taub, weil ich mit dem immer die Stehlampe und ein Stück Alufolie in verschiedenen Positionen halten muss. Am Schluss bin ich froh, dass ich weder Fotoassistentin noch Supermodel bin – nicht dass Letzteres je zur Debatte gestanden hätte.

James lädt die Bilder auf meinen Computer, und ich kann gar nicht fassen, wie toll die Kuchen aussehen.

«Wow, das ist ja grandios», staune ich, während ich durch die Fotos scrolle. Vor meinem inneren Auge entsteht bereits die Website. Ich umarme ihn begeistert.

«Vielen Dank, dass du das für mich getan hast. Ich koche was für dich, als kleines Dankeschön», schlage ich vor.

«Kochen ist nicht nötig. Sex reicht völlig aus», erwidert er grinsend, und ich würde ihm gerne eine runterhauen. Das wunderbare, warme Gefühl von vorhin ist verschwunden. Wie kann er nur so taktlos sein?

«Wer nicht fragt, der nicht gewinnt. Und rein juristisch gesehen habe ich ja immer noch Anspruch auf meine ehelichen Rechte», neckt er mich, während er sich über ein Stück Earl-Grey-Kuchen hermacht. Doch mein Sinn für Humor hat sich verflüchtigt. Um ihn nicht anschauen zu müssen, verdrücke ich mich in die Küche.

«Der ist echt lecker. Kann ich noch ein Stück haben?», ruft er.

«Nein, du verdirbst dir nur den Appetit.» Auf lächerlich kleinkarierte Weise möchte ich ihn gerne bestrafen. Okay, ich kriege meine Tage, das heißt, dass ich momentan nichts besonders lustig finden kann, aber trotzdem war seine Bemerkung ein bisschen geschmacklos. Manchmal frage ich mich, ob er wirklich so unsensibel ist, wie er tut, oder ob er beschlossen hat zu vergessen, was passiert ist, als wir das letzte Mal miteinander geschlafen haben. Ich bin nicht bereit, so schnell zu vergessen. Noch nicht. Das Thema ist zwischen uns so tabu, als handele es sich um einen tragischen Todesfall in der Familie. Im Grunde trifft das ja auch zu.

Da ich das dringende Bedürfnis nach frischer Luft habe, lasse ich James auf dem Sofa zurück und mache mich mit dem restlichen Earl-Grey-Kuchen auf den Weg zum Altersheim in der Nachbarschaft, das nur fünf Gehminuten entfernt ist. Noch immer belastet vom schlechten Gewissen wegen unseres Hundes, bin ich bereit, meinen Kuchenteller fest umklammert, mir ein paar Extrapunkte für die Zeit im Jenseits zu sammeln. Auf mein Klingeln hin öffnet mir jedoch keine freundliche alte Dame mit rosa Schürze und darauf aufgesticktem Namen, sondern ein mürrisch dreinblickendes Weib, um deren Mund sich tiefe Falten eingegraben haben. Vermutlich, weil sie immer so böse guckt. Naserümpfend mustert sie mich. Also setze ich mein strahlendstes Lächeln auf und versuche, den Grund meines Besuches zu erklären.

«Ich habe einige Kuchen gebacken und dachte mir, dass Sie sich vielleicht über einen freuen würden», erkläre ich vorsichtig. Vielleicht war das hier doch keine so gute Idee. Sie sieht mich an, als würde ich Drogen oder, noch schlimmer, Putzmittel verkaufen, und ich spüre, wie ich rot werde.

«Ich wohne hier in der Straße. Ich will niemanden vergiften», versuche ich sie zu beruhigen und merke zu spät, dass ein Satz, der das Wort «Gift» beinhaltet, nicht besonders clever war, denn sie schlägt mir die Tür vor der Nase zu.

«Ich dachte, vielleicht hat jemand Lust auf ein Stückchen Kuchen zum Nachmittagskaffee», rufe ich jämmerlich durch den Türspalt. Meine Extrapunkte flattern davon, während ich mich geknickt auf den Heimweg mache. Das war mein letzter Versuch, etwas Gutes zu tun. Bei meiner Rückkehr ist meine Laune unter null gesunken, sodass ich James den Kuchen förmlich vor die Füße werfe. Mein plötzlicher Stimmungswandel irritiert ihn sichtlich. Soll ich das Thema ansprechen? James lächelt mich schief an, und ich beschließe, das Ganze auf sich beruhen zu lassen. Es würde mich nur noch mehr runterziehen, und wenigstens sind die Fotos super geworden.

Die Stimmung bei Pharmagenica ist ziemlich düster, während alle Überstunden machen, um die Präsentation von Artheriton vorzubereiten, unserem bahnbrechenden Medikament gegen Arthrose, welches das Leben von Millionen von Menschen verändern wird – zumindest werde ich das in die Werbebroschüren schreiben, die in ein paar Wochen fertig sein müssen. (Ob es wohl auch bei Hunden wirkt?) Selbst diverse Kuchenreste vom Fotoshooting können die allgemeine Laune nicht lange heben. Unter Druck gleicht Jessica einer menschlichen Zeitbombe, die Stifte bis auf die Mine herunterkaut und in jedes kleinste Detail eingebunden werden will, womit sie die ganze Arbeit nur noch weiter verzögert und das allgemeine Stresslevel rapide ansteigen lässt.

Nach einem langen Tag komme ich kurz nach halb acht heim. Meine Augen brennen, und in meinem Schädel pocht es höllisch. Da ich zu müde bin, um noch etwas zu kochen, mache ich mir einen Toast und schenke mir ein großes Glas Wein ein, bevor ich mich auf der Website einlogge, an der Moos Bekannter gearbeitet hat. Während mein Computer sich viel Zeit lässt mit dem Aufbau der Seite, erfüllt mich die Vorfreude auf unseren nun bildlich gewordenen Traum in Pastell mit dem schokoladenbraunen Schriftzug ‹Sugar and Spice›. Die verlockenden Worte ‹köstlich› und ‹zum Dahinschmelzen› werden zu lesen sein; eine Website, die alle Besucher unwiderstehlich finden und die uns viele Bestellungen bescheren wird. Stattdessen erwartet mich etwas, das selbst ein Kind besser hingekriegt hätte. Der Hintergrund leuchtet in giftigem Lila, kein Wort meines mühsam verfassten Textes ist verwendet worden, und – ich kann meinen Ärger kaum zügeln – über alle dem prangen in dicken, fuchsienroten Lettern die Worte ‹Altbackene Kuchen›! Falls das ein Witz sein soll, kann ich nicht darüber lachen. Ohne Website können wir die Flyer nicht verteilen und ohne Flyer die Firma nicht starten. Ich bin dermaßen enttäuscht, denn nach diesem wahrlich beschissenen Tag hatte ich auf etwas gehofft, das mich mit ein bisschen Hoffnung und Vorfreude erfüllen würde. Ich schnappe mir das Telefon und haue beim Tippen fast die Tasten kaputt.

«Sie ist lila ...», knurre ich und tigere im Zimmer auf und ab.

«Wer ist lila?», fragt Moo arglos.

«DIE WEBSITE!»

«Oh.» Ist das alles, was sie dazu zu sagen hat?

«Und als wäre das nicht schon mies genug, heißt das ganze ‹Altbackene Kuchen›! Ich meine, soll das ein Scherz sein?» Ich schäume vor Wut. Moo am anderen Ende ist ungewöhnlich still.

«Sie ist lila, verdammt nochmal. Und knallpink!», brülle ich. «Und sie sollte diese Woche fertig sein!» Ich bin kurz davor, in Tränen auszubrechen. Um mich abzulenken, zupfe ich die Blütenblätter von den Winterchrysanthemen, die ich mir vorhin zur Aufmunterung selbst geschenkt habe.

«Ich werde mit ihm reden», sagt Moo ganz ruhig.

«Ja, wirklich?» Vor lauter Enttäuschung sacke ich in mir zusammen, wobei mein Kopf fast bis auf die Tischplatte sinkt.

«Ja.»

«Du klärst das?» Ich muss es einfach ganz sicher wissen.

«Ja», bestätigt Moo. Ich nehme einen kräftigen Schluck Wein, denn ich weiß, dass sie das schafft. Das hier ist nur ein kleiner Hänger, Moo kriegt immer alles hin.

Als ich später im Bett liege und das Nachtlicht vor sich hin flackert, überlege ich mir, wie nah *er* wohl ist. Ich wünschte, er stünde bereits vor der Tür, denn ich bräuchte dringend jemand, der mich in den Arm nimmt. Schnell wähle ich eine imaginäre Nummer, wie immer in solchen Fällen. Manche Menschen legen Musik auf und spielen Luftgitarre, um sich aufzuheitern; andere haben einen Sandsack oder eine Flasche Gin. Ich rufe jemanden an. Das können ganz unterschiedliche Leute sein, je nachdem wie ich mich fühle: Jennifer Aniston, wenn ich mit meinem Äußeren nicht zufrieden bin: ‹Jen, wie machst du das nur immer mit deinen Haaren?› Meine Großmutter zwecks Rat in generellen Lebensfragen: ‹Was meinst du, die schwarzen Hosen oder lieber wieder Jeans?› Und Ray Winstone, wenn mir nach Sex zumute ist. Heute Abend muss ich dringend mit *ihm* sprechen.

‹Hallo, ich bin's. Könntest du nicht vielleicht ein bisschen früher kommen als geplant?›

‹Es ist nur so, dass ich eine schreckliche Woche hatte, und ich bräuchte dringend jemanden zum Reden.›

‹Ein bisschen Zärtlichkeit könnte ich auch vertragen. So eine richtige feste Umarmung zum Beispiel, bei der man das Gefühl hat, gar keine Luft mehr zu kriegen ...›

‹Kann sein, dass ich ein bisschen weine. Ich hoffe, das macht dir nichts aus ...›

‹Ich habe auch Schokoladenkuchen da. Wir könnten uns ein Stück teilen.›

‹Sagen wir, so in etwa fünf Minuten?›

‹Ich setze schon mal das Teewasser auf.›

Eine Woche später ist es so weit: Die Flyer sind fertig, die Schachteln da, unser Lieferservice einsatzbereit, und das Unternehmen Sugar and Spice ist fast startklar. Unsere eigene Firma! Wir haben es geschafft, und ich kann es immer noch nicht ganz glauben. Es ist alles so schnell gegangen, und ich hatte mit meiner Arbeit und den Einkäufen für Zutaten und Ausrüstung wie Backformen und Gerätschaften so viel zu tun, dass ich gar nicht richtig zum Nachdenken kam. Unsere Flyer mit der Überschrift ‹Sugar and Spice – wovon Mütter träumen› sind fertig. Nun müssen wir nur noch die Website launchen. Als ich Moo anrufe, kann ich meine Aufregung kaum im Zaum halten.

«Hallo, Geschäftspartnerin», flöte ich durch die Leitung, doch Moo stimmt nicht in meine gute Laune mit ein. Sie klingt müde und fast tonlos.

«Maddy, die Website ist nicht fertig», sagt sie bloß, und das Herz rutscht mir in die Kniekehle.

«Aber ...» Ich weiß nicht, was ich sagen soll. «Ich dachte, du kümmerst dich drum. Wir können das Unternehmen doch ohne die Website nicht starten.» Meine schillernde Seifenblase zerplatzt.

«Du hast gesagt, du redest mit ihm.»

«Ich weiß, aber ich bin einfach nicht dazu gekommen.»

«Aber warum hast du mir denn nichts gesagt? Ich habe die Flyer fertig und alles.»

«Tut mir leid, aber Bäro hatte einen Magen-Darm-Infekt.» Prompt fühle ich mich schuldig. Leider reicht das aber nicht, um meinen Frust und Ärger zu dämpfen.

«Wenn du mir kurz Bescheid gegeben hättest, dann hätte ich den Typen selber anrufen können. Da ich aber nichts von dir gehört habe, bin ich davon ausgegangen, dass alles läuft.»

«Ich weiß, aber um ganz ehrlich zu sein, stand Sugar and Spice auf meiner Prioritätenliste nicht ganz oben», erwidert sie sichtlich sauer.

«Das verstehe ich ja, aber ein kleiner Anruf hätte genügt.

Schließlich sind wir angeblich Geschäftspartner!», schieße ich zurück.

«Schau, für dich ist die Firma vielleicht momentan das Allerwichtigste, aber für mich eben nicht. Ich bin nun mal an erster Stelle Mutter, und Bäro geht vor.» Moos Stimme ist hart und unerbittlich.

Ich schweige mich aus, denn mir fehlen die Worte. Sie hat recht, mir bedeutet die Firma alles. Ich habe mich seit langem nicht mehr so sehr für eine Sache begeistert, und zur Zeit ist sie auch alles, was ich habe. Sie ist mein Licht am Ende des Tunnels. Plötzlich übermannt mich die Müdigkeit, und am liebsten würde ich einfach auflegen, ins Bett kriechen und mir die Decke über den Kopf ziehen.

«Ach, was soll's, du würdest es ja sowieso nicht verstehen», zischt Moo. Es fühlt sich an, als hätte sie mir eine heftige Ohrfeige verpasst.

Nein, würde ich nicht. Wie auch?

«Vergessen wir's einfach. Das war von Anfang an eine blöde Idee.» Ich lege auf. Heiße Tränen der Wut laufen mir übers Gesicht.

Beim Aufwachen fühle ich mich völlig kaputt und habe außerdem ein steifes Genick, denn ich bin auf dem Sofa eingeschlafen. Der Regen, der laut gegen mein Wohnzimmerfenster prasselt, hebt meine Vorfreude auf den bevorstehenden Tag auch nicht gerade. Bei der Arbeit bewege ich mich wie durch dicke Nebelschwaden, kann mich weder konzentrieren noch meinen Kollegen wirklich zuhören. Ich nicke zustimmend, habe aber keine Ahnung, worum es geht. Meine Gedanken kreisen pausenlos um die Firma und Moo. Frust und Ärger von gestern haben sich verzogen, geblieben ist die nagende Sorge, dass unsere Beziehung unter der Sache leiden könnte. Das Letzte, was ich will, ist, mich deswegen mit meiner Schwester zu zerstreiten. Auch um mich herum lächelt niemand, und ich kann mich gar nicht erinnern, wann hier im Büro das letzte Mal jemand laut gelacht hat. Nein! So halte ich das nicht aus. Ich bin eine super Businessfrau, die eine neue Karriere plant, und Moo und ich werden das schon hinkriegen. Ich greife nach dem Hörer.

«Moo, es tut mir leid, dass ich so überreagiert habe.»

«Mir auch», meint Moo. «Ich kann es nicht ausstehen, wenn wir streiten. Tut mir leid, dass ich so eine miese Partnerin bin. Wenn ich nicht bei der Arbeit bin, beansprucht Bäro meine ganze Zeit. Das ist manchmal einfach hart.» Ihre Stimme zittert.

«Ich glaube, du könntest mal einen Abend außer Haus vertragen», schlage ich vor.

«Klingt gut.» Nun lacht Moo wieder.

«Und in der Zwischenzeit finden wir jemand anderes für die Website», sage ich und klinge zuversichtlicher, als ich mich eigentlich fühle. Nebenher zupfe ich an meinen eher krausen als glänzenden, schulterlangen Haaren herum, wie immer, wenn ich nervös oder in Gedanken versunken bin. Meine Finger verfangen sich in einem Knoten hinten im Nacken. Als ich etwas fester daran ziehe, um den Knoten zu entwirren, rupfe ich versehentlich das ganze Büschel aus. Habe ich jetzt eine kahle Stelle am Hinterkopf? Ich glaube mich zu erinnern, dass Forscher vor einiger Zeit herausgefunden haben, dass man produktiver arbeitet, wenn man mit seiner Frisur zufrieden ist.

«Danke, Maddy. Ich muss los. Bärenfütterungszeit. Mach's gut, Süße.» Und weg ist sie. Wo kriege ich jetzt auf die Schnelle jemand her, der uns für fast umsonst eine Website bastelt? Ende des Monats ist Muttertag. Diese vielen Flyer! Was für eine Verschwendung! Und vor Sorge fallen mir womöglich jetzt auch noch die Haare aus! O mein Gott!

Da Jessica das Büro bereits verlassen hat, bleibe ich länger, um im Internet nach Website-Designern zu suchen. Schließlich stoße ich auf eine Firma, die Lösungen zu einem akzeptablen Preis verspricht und nicht Tausende von Pfund verlangt, wie ich erst befürchtet hatte. Nach einem endlosen E-Mail-Wechsel, in dem ich unsere Anforderungen einem sehr hilfsbereiten Kerl aus Neuseeland schildere, dessen Namen ich mir einfach nicht merken kann, erhalte ich das Versprechen, dass sie das Ding innerhalb kürzester Zeit gegen ein Honorar von £300 fertigstellen können. Um diese Summe nicht von unserem Konto zahlen zu müssen, das wir für die laufenden Kosten brauchen, einige ich mich mit Moo darauf, einen Bausparvertrag aufzulösen, in den ich die letzten fünf Jahre eingezahlt habe. Der komplette Betrag von £3000 wird auf unser Firmenkonto überwiesen. Das sind zwar nicht die üblichen £25000–£100000, mit denen man gewöhnlich eine Firma gründet, aber es ist zumindest mal ein Anfang. Und wenn der Laden erst richtig läuft, kann die Firma mir das Geld ja zurückzahlen. Und ich betone: Ich habe ‹wenn› gesagt, nicht ‹falls›! Sämtliche Träume von einem Urlaub, einem Paar schicker, weicher, dunkelbrauner Lederstiefel und einem neuen Teppich fürs Bad werden hiermit verdrängt, denn es handelt sich schließlich um eine Investition in meine Zukunft.

Ein feiner Nebel liegt über dem Land, als ich durch Cambridgeshire fahre. Wie auf verblasstem französischen Porzellan vermischen sich die gedämpften Grün- und Brauntöne, sodass ich das Gefühl habe, durch ein impressionistisches Gemälde zu reisen. Ich freue mich darauf, Moo zu sehen und alles persönlich zu besprechen. Manchmal können Telefone, genau wie E-Mails, die denkbar schlechteste Form der Kommunikation darstellen, vor allem wenn es um Gefühlsdinge geht. Vielleicht mag ich sie gerade deshalb so gern, weil man sich hinter einer Maske der Gleichgültigkeit verstecken kann. Die ‹es geht mir vielleicht nicht gut, aber niemand kann es sehen›-Mentalität. Dennoch muss ich Moo recht geben: Es ist viel einfacher, die Menschen einzuschätzen, wenn man ihnen in die Augen sehen kann.

Bob und Moo wirken beide blass und erschöpft mit dunklen Ringen unter den Augen, die vermutlich Ergebnis einer schlaflosen Nacht sind. Bäro beschäftigt sich mit Bärendingen und verschlingt eine riesige Schüssel Cornflakes. Er merkt natürlich gar nicht, welchen Effekt er auf seine Eltern hat. Bob sitzt immer noch in seinem mit Milch bekleckerten Bademantel am Tisch, einen benommenen Ausdruck im Gesicht, während Moo in ihrem übergroßen, verknitterten Sweatshirt, in dem locker zehn Männer Platz hätten, förmlich über dem Kinderhochstuhl hängt. Ich komme mir zur Abwechslung mal völlig overdressed vor. Wie schlecht die Dinge stehen, wird mir bewusst, als Bäro einen Löffel Cornflakes in Moos Haare schmiert und sie es nicht mal bemerkt. Oder falls doch, ist es ihr scheinbar egal. Rasch mache ich mich an die Arbeit, um mit Tee und Toast Erste Hilfe zu leisten. Dann schlage ich vor, mit meinem Neffen ein bisschen spazieren zu gehen, damit Moo und Bob sich eine Runde aufs Ohr hauen können. Die beiden nicken dankbar, und ich höre Moo schon schnarchen, bevor wir überhaupt das Haus verlassen haben.

Wir wandern hinüber zum Park, wo schon andere Kinder spielen. Dort hebe ich Bäro aus seinem Buggy und breche mir dabei fast das Kreuz. Kein Wunder, dass Moo mittlerweile einen Bizeps hat, auf den jeder Rugbyspieler neidisch wäre. Mit Bäro auf dem Schoß mache ich es mir auf einer Bank gemütlich, von wo aus wir die Kinder auf dem Karussell beobachten, die vor Freude quietschen. Er mümmelt an einem Keks in Bärenform, und ich genehmige mir einen Schokokeks. So sitzen wir still da, beide in Gedanken versunken. Wäre es so gewesen? Wären wir genauso dagehockt und hätten der Welt zugeschaut? Ich setze mich mit meinem Neffen auf die Schaukel und wiege uns leicht hin und her. Er hat seinen Kopf an meine Brust gelegt und schaut hinauf in den Himmel. Mit seinen weißblonden Haaren, den rosigen Wangen und großen blauen Augen könnte er ein Engelchen sein, das direkt aus dem Himmel in meinen Schoß gefallen ist.

Die Entscheidung, die Schaukel zu verlassen und den Heimweg anzutreten, wird jedoch mit ganz unengelhaftem Verhalten quittiert, und während ich mich bemühe, seinen sich windenden kleinen Körper mit den strampelnden Beinen in den Buggy zu packen, verblasst das Engelsbild vollends. Ich fange an zu schwitzen und gerate zunehmend in Panik beim Versuch, seine Beine durch die Schlaufen zu bugsieren. Ich weiß nicht genau, wie fest ich drücken darf, ohne sie zu brechen. Wo ist der Baby-Ratgeber für Tanten, wenn man ihn braucht? Bäro spürt wohl mein Zögern und nutzt es voll aus, indem er mit seinen kleinen Beinchen so fest tritt, wie er nur kann. Ich versuche ihn mit süßer, ruhiger Stimme zur Vernunft zu bringen, doch vergebens. Seine Unterlippe zittert, und er stößt einen lauten Schrei aus, um der Welt mitzuteilen, dass ich nicht nur dabei bin, seine Beine zu brechen, sondern ihn in aller Öffentlichkeit umzubringen.

Ich sehe mich um. Eine andere Mutter lächelt mir zu. Schnell lächele ich zurück, als hätte ich alles voll im Griff. Als würde mir das hier dauernd passieren. Ob sie wohl weiß, dass es nicht der Fall ist? Dass ich nur so tue, als sei ich Bäros Mutter? Ich werfe einen Blick gen Himmel, als wollte ich sagen «diese Kinder immer, was?!», doch vermutlich verraten mich mein tomatenrotes Gesicht und der entsetzte Gesichtsausdruck. Vom panischen Wunsch beseelt, schnell zu verschwinden, gebe ich auf und beschließe, das Kind nach Hause zu tragen. Leichter gesagt als getan. Der Buggy verhält sich wie ein kaputter Einkaufswagen, dessen Vorderräder in eine und die Hinterräder in eine andere Richtung führen. Ich kann das Teil mit einer Hand kaum steuern, während ich gleichzeitig versuche, Bäro zu beruhigen, der nun aus voller Kehle brüllt.

Als wir schließlich zu Hause ankommen, ist mein Trägerarm taub, und ich selbst bin ordentlich verschwitzt. Bäro hingegen hat sich überraschend schnell erholt und gleicht wieder dem glücklichen kleinen Engelchen, dessen Teufelshörner bis zum nächsten Einsatz im Verborgenen schlummern. Beim Anblick meiner geröteten Wangen und dem ausgespuckten Keks auf meiner Schulter lächelt Moo wissend.

«Alles in Ordnung?» Sie nimmt mir ihren Sohn ab und küsst ihn sanft auf den weichen blonden Kopf.

«Ja, alles bestens. Überhaupt kein Problem», antworte ich, bevor ich mich auf einen Stuhl fallen lasse. Moo lacht, aber es handelt sich nicht um dieses ansteckende, tiefe Lachen, das ich sonst von ihr kenne. Sie klingt eher wie jemand, der sich bemüht, etwas lustig zu finden. Alles an ihr wirkt müde und ausgelaugt, von den gebeugten Schultern und den übergroßen dunklen Klamotten bis hin zu ihrer gräulichen Gesichtsfarbe. Sogar ihre normalerweise glänzenden Haare hängen schlaff und fettig herunter.

Nachdem Moo Bäro schlafen gelegt und Bob sich ins Gästezimmer zurückgezogen hat, um seine Zaubertricks zu üben, bestehe ich darauf, meine Schwester mit in die Kneipe zu schleppen. Da helfen auch ihre anfänglichen Einwände nicht, sie hätte nichts anzuziehen und müsse sich die Haare waschen. Schließlich spazieren wir zum *Pig and Pocket* hinunter, einer ziemlich dunklen Spelunke mit dreckigem, gemustertem Teppich und fleckigen Tischen. Trotzdem scheint der Pub bei den Einheimischen sehr beliebt zu sein, denn wir finden nur mit Mühe einen freien Platz. Wir bequatschen alles Mögliche, von Bäros Essgewohnheiten, über Friseure, wie Davina McCall nach der Geburt ihres Babys wieder so schlank geworden ist (und ich würde doch gerne mit ihr tauschen!) bis hin zu meinem Hass auf Jessica. Dann holt Moo plötzlich tief Luft und macht ein ganz ernstes Gesicht. Sie sieht aus, als müsse sie gerade alle Kraft zusammennehmen, und ich kann ihr an der Nasenspitze ablesen, dass das, was sie sagen will, nichts Gutes ist.

«Du bist wieder schwanger?», frage ich.

«Nein.»

«Bob hat eine Affäre?»

«Aber nicht doch.» Moo schüttelt den Kopf. Ein Lächeln huscht über ihre Lippen, doch es erreicht ihre Augen nicht. «Schau Maddy, ich weiß nicht genau, wie ich es dir sagen soll, aber seit diesem Website-Fiasko habe ich viel über die Firma nachgedacht und bin zu einem Entschluss gekommen.» Sie holt wieder tief Luft. «Ich möchte aus dem Projekt aussteigen.»

«Was soll das heißen?», frage ich verwirrt. Da dachte ich, wir würden uns darüber unterhalten, wie wir die Sache für uns beide zufrieden stellend regeln können, und jetzt das? Nun weiß ich gar nicht mehr, was los ist.

«Ich meine, ich versuche momentan, meinen Job zu behalten und meinem Sohn eine gute Mutter zu sein. Ich kann Sugar and Spice einfach nicht die Zeit widmen, die es verdient.» Moo trinkt ihren Wein aus, bevor sie weiterspricht. Sie scheint vor meinen Augen zu schrumpfen, und ihre Hand zittert ein bisschen.

«Ich wäre gerne eine dieser Superfrauen, die alles schaffen. Wirklich. Aber ich kann einfach nicht. Zum ersten Mal in meinem Leben habe ich das Gefühl, die Kontrolle zu verlieren, und ich weiß gar nicht mehr, wer ich eigentlich bin und was ich tue. Ich kann an nichts anderes denken als Babyzähne, Schlafen und das Haus nicht mit Brei auf dem Pulli zu verlassen.» Beim Blick auf ihr verzerrtes Gesicht frage ich mich, wie viele Frauen wohl den Mut haben zuzugeben, dass ihrer Leistungsfähigkeit Grenzen gesetzt sind und dass man nicht alles haben kann, ohne ein kleines Stück von sich selbst aufzugeben. Doch das genau ist der Knackpunkt, denn Moo ist immer eine dieser Superfrauen gewesen, ohne Wenn und Aber. Nichts hat sie je aus der Ruhe gebracht. Stets hat sie alles, was das Schicksal ihr in den Weg geworfen hat, laut lachend und voll Zuversicht angepackt. Seltsam, ich hatte immer gedacht, sie würde auch das Muttersein mit dieser selbstsicheren, pragmatischen, unaufgeregten Einstellung bewältigen.

«Die Wahrheit ist, ich hätte nie gedacht, dass wir so schnell an diesen Punkt kommen. Ich dachte, wir würden noch mindestens zwei Jahre darüber reden, bevor wir wirklich etwas unternehmen.» Moo schenkt mir ihr wunderbares Lächeln, bei dem Männer nicht anders können, als dahinzuschmelzen.

«Aber, aber ...» Ich würde gerne ein Stück zurückspulen.

«Du musst es ohne mich durchziehen, Maddy. Es tut mir wirklich schrecklich leid.» Ihr Gesichtsausdruck ist wieder ernst, als sie in einer Geste der Entschuldigung und Beschwichtigung die Hand auf meine legt.

«Aber ohne dich schaffe ich es nicht», jammere ich, während Panik in mir aufsteigt.

«Tut mir leid», meint sie wieder. «Es war immer dein Traum. Nicht meiner.»

«Aber … aber …» Ich stottere wie eine Idiotin, der es die Sprache verschlagen hat.

«Du kriegst das schon hin, Maddy. Du brauchst mich gar nicht wirklich.» Moo versucht, mir wie immer Mut zuzusprechen, aber ich will nichts davon hören. Trotzig schüttele ich den Kopf, während meine mutige, tolle Welt vor meinen Augen in sich zusammenfällt.

Da der März sich dem Ende zuneigt, schüttelt die Natur langsam ihr trübes, graues Winterkleid ab und ersetzt es durch helle Farbtupfer: leuchtend gelbe Forsythienbüsche zum Beispiel, buttergelbe Osterglocken und winzige, limettengrüne Knospen. Die Luft ist leichter und frischer, nicht länger feucht, verqualmt und schwer, denn der zarte Duft von Frühlingsblumen sorgt für genau das Aroma, das Wäscheweichspüler immer versprechen, aber nie halten. Meine Laune hebt sich dadurch allerdings nur geringfügig, während ich voller Schock und bitterer Enttäuschung nach Hause fahre. Alles, wofür ich die letzten Monate gearbeitet habe, zerfällt vor meinen Augen. Was soll ich nur tun? WAS SOLL ICH TUN?, brülle ich aus vollem Hals. Die Antwort? Was ich bei emotionalen Notfällen immer tue: Schokolade essen und shoppen! Ich halte an einer Tankstelle, um mir eine große Tüte Malteser zu kaufen und telefonisch mit Lou einen therapeutischen Einkaufsbummel zu vereinbaren.

Nachdem ich stundenlang hinter Lou hergezockelt bin, die mindestens fünfzehn verschiedene Outfits und dreiundzwanzig Paar Schuhe anprobiert hat, fühle ich mich total geschwächt. Meine Kommentare lauten nicht länger ‹Oh, das steht dir aber gut› oder ‹Nein, die braunen sehen besser aus, probier die nochmal›, sondern ‹Mmmm› beziehungsweise ‹Was hast du gesagt?›. Schließlich ringe ich mir ein ‹Ich warte draußen› ab. Ich habe mein Dreistundenlimit überzogen und brauche dringend Zucker – schnell! Lou hat für solche Fälle immer eine Dose Cola in der Tasche, und während sie in einer weiteren Umkleidekabine verschwindet, sauge ich draußen auf einer Bank gierig das Zuckerwasser in mich hinein. Die blubbernde Flüssigkeit füllt meinen Mund, kitzelt auf meiner Zunge und treibt mir die Tränen in die Augen. Ich muss an die kleinen Brausetütchen denken, die wir als Kinder hatten. Wir schleckten uns das Brausepulver von den Fingern, bis sie ganz gelb waren. Jede Woche aufs Neue drängten wir uns um die riesigen Glasbehälter mit bunten Süßigkeiten im Schreibwarenladen, weil wir unser Taschengeld möglichst gut anlegen wollten. Inzwischen haben Schuhe meine kindliche Brausebegierde ersetzt, und mit frisch gepushtem Blutzucker stürme ich Lou hinterher in den Laden. Der letzte für heute, hat sie versprochen. Meiner Erfahrung nach ist dieses Versprechen nicht viel wert, denn ihre Shoppingkapazitäten kennen keine Grenzen – die unverzichtbaren Trendteile der Saison müssen ausnahmslos ihr gehören, und auf ihrer Kreditkarte hat ein Paar Schuhe gerade noch Platz.

Beim Anblick der bunten Bonbonfarben erwachen jedoch auch meine Sinne sofort: leuchtendes Rot, Pailletten und feinstes italienisches Leder in Schokobraun. Die Süßigkeitengläser wurden ersetzt durch Kunststoffregale voll wunderbarer Kreationen, die uns ganz gewiss schöner machen und unser Leben verbessern werden. Lou und ich spazieren herum, berühren hier ein Paar, werfen bewundernde und begehrliche Blicke auf ein anderes und rechnen nebenher im Kopf nach, wie viel Taschengeld wir noch ausgeben dürfen. Ich entdecke sofort ein Paar exquisite silberne Sandalen mit höchst unpraktischem Absatz. Sie erinnern mich an das Lametta, das früher unseren Weihnachtsbaum geschmückt hat, an Kuchendeko aus kleinen Silberstreuseln, an die Discokugel über dem Eingang des Mirabelle in London, die alle Gäste durch ihr magisches Lichtfunkeln verzaubert. Aufgeregt ziehe ich meine Stiefel aus und schlüpfe hinein, um mich bewundernd im Spiegel zu betrachten. Ich bin sexy und hinreißend, eine Disco-Diva wie Kylie, obwohl die schwarzen Socken den Effekt ein wenig trüben. Wie könnte *er* mir widerstehen, wenn ich diese Prachtexemplare trage?

Lou taucht mit einem Paar ähnlich unpraktischer, paillettenbesetzter roter Schuhe auf, zu denen Dorothy aus dem Zauberer von Oz bestimmt nicht nein gesagt hätte.

«Ich muss die hier haben», verkünde ich.

«Die sind echt der Hammer, aber wage ich zu fragen, wann du die denn anziehen würdest?», erkundigt sich Lou vorsichtig.

«Jede Frau sollte ein Paar silberne Tanzschuhe haben.» Ich drehe eine kleine Pirouette, um ihre Wirkung zu testen. Perfekt.

«Wann warst du zum letzten Mal tanzen?» Meine hinreißende, sexy Seifenblase zerplatzt so schnell, wie der Zucker vorhin gewirkt hat. Mit einem Knall lande ich wieder auf dem undekorativen Boden der Tatsachen.

«Aber wenn ich diese hier hätte, würde ich vielleicht», murmele ich und klinge dabei wie ein kleines Mädchen, dem jemand den Lolli gestohlen hat.

«Ich will dich ja nicht noch weiter runterziehen, aber du bist im Moment alles andere als flüssig, und du hast selber gesagt, du brauchst Stiefel fürs Büro.»

«Seit wann bist du denn so vernünftig?», schmolle ich.

«Dafür sind Freunde doch da, oder?» Sie stolziert in ihren Dorothy-Schuhen auf und ab.

Ich gebe ihr zwar ungern recht, doch die leise Stimme in meinem Hinterkopf flüstert ebenfalls, ich solle mein bisschen Geld lieber für ein Paar gute Stiefel ausgeben. Außerdem sollte der Klempner endlich den ewig tropfenden Wasserhahn im Bad reparieren.

«Vielleicht fällt es dir leichter, wenn ich die hier auch nicht kaufe.» Widerstrebend stellt Lou die roten Schuhe zurück ins Regal. Als wir den Laden verlassen, wirft sie ihnen einen letzten Blick zu, als bestünden sie aus wertvollen Rubinen und würden gleich von der Bösen Hexe weggeschnappt. Mit hängenden Köpfen ziehen wir ab. Unterwegs rechtfertigen wir unsere Entscheidung und gratulieren einander zu so viel Vernunft. Besonders weit kommen wir allerdings nicht, denn Lou bleibt ganz plötzlich stehen.

«Staubsaugen!», ruft sie. Spinnt sie jetzt ein bisschen?

«Vergiss die Tanzerei. Jede Frau sollte ein glitzerndes Paar silberne Schuhe zum Staubsaugen haben», erklärt sie und zieht mich zurück Richtung Schuhgeschäft.

Schuhe zum Staubsaugen. Wie genial!

Lou und ich machen es uns schließlich mit unseren Tüten bei einem Glas Wein bequem und prosten uns in Anbetracht dieses erfolgreichen Einkaufstages zu.

«Warum hast du denn nun deine Meinung bezüglich meiner silbernen Sandalen geändert?», will ich wissen, während wir die Speisekarte vom Pizza Express studieren: extrem kalorienreich und voller Kohlenhydrate – das perfekte Essen nach dem Shoppen.

«Weil ich meine Rubinroten haben wollte.»

«Und ich dachte schon, du bist die ideale Freundin.» Ich versuche das laute Knurren meines Magens zu ignorieren.

«Bin ich ja auch. Manchmal brauchen wir einfach ein

bisschen Leichtsinn im Leben, und plötzlich dachte ich, das haben wir verdient. Wen kümmert es schon, wenn du sie nur ein einziges Mal trägst. So ergeht es mir mit neunzig Prozent meiner Schuhe.» Lou macht eine wegwerfende Handbewegung.

«Das Jahr hat einfach nicht genug Tage!» Ich muss an all die Schuhe denken, die Lou im Lauf der Zeit gekauft hat. Sie sieht heute wieder mal umwerfend aus mit ihrem engen schwarzen Lederjäckchen, das ihre Kurven betont, und den schmalen Jeans, die in unverschämt hohen schwarzen Lederstiefeln enden. Die wurden garantiert nicht zum Einkaufen entworfen.

«Meine Füße können sich später mal erholen, wenn ich alt bin und Birkenstocks trage. In der Zwischenzeit will ich gut aussehen, selbst wenn ich dadurch zum Krüppel werde», antwortet sie auf meine Frage, ob ihr nicht die Füße weh tun.

«Das Leben ist einfach zu kurz, um immer vernünftig zu sein, und wenn es um Schuhe geht, steht selten eine vernünftige Variante zur Debatte.»

Ich muss ihr recht geben. Dem Himmel sei Dank für Lous Lebensweisheit.

«Und wenn du dir einen Mann angeln willst, dann brauchst du dafür die richtigen Schuhe.» Beim Gedanken an einen weiteren Kandidaten auf ihrer Liste stöhne ich innerlich auf.

«Prost. Auf Schuhe zum Staubsaugen und rubinrote Stilettos.» Ich erhebe mein Glas. «Wann wirst du deine tragen?», frage ich, weil mir partout kein Anlass einfällt, der solches Schuhwerk rechtfertigen würde.

«Zu meinem Strip-Dancing-Kurs. Fängt am Montag an.»

«Ahhh.» Natürlich. Dass ich da nicht gleich dran gedacht habe.

«Carl kann es kaum erwarten.» Lou verdreht die Augen.

«Und was wirst du zu Hause als Stange benutzen?»

«Ach, keine Ahnung. Einen Besenstil vielleicht. Und den Küchentisch als Bühne, aber ich muss erst testen, was er aushält», erklärt sie sachlich. Als sie merkt, dass das Paar am Nebentisch begierig die Ohren spitzt, schmückt Lou ihre Geschichte mit Handschellen und Peitschen im Geräteschuppen aus. Endlich stehen die zwei auf und gehen in Richtung Ausgang. Sie sieht aus, als hätte sie ein Insekt verschluckt, und sein hochroter Kopf bedarf keiner weiteren Worte.

«Was nimmst du?», frage ich mit Blick auf die Speisekarte.

«Keine Ahnung. Salat vermutlich. Ich versuche, brav zu sein.»

«Ich auch. Dann nehme ich ebenfalls den Salat.» Ich versuche, die Enttäuschung in meiner Stimme zu verbergen.

«Mhmm, die Pizza riecht aber sehr lecker.» Lou sieht dem Kellner nach, der eine an uns vorbeiträgt.

«Wir könnten uns ja eine teilen?», schlage ich hoffnungsvoll vor.

«Ja, das machen wir.» Wir studieren noch ein bisschen die Karte. «Obwohl ich ja eigentlich ziemlichen Hunger habe ...»

«Und sie sind inzwischen auch nicht mehr so groß wie früher ...», ergänze ich.

«Was soll's! Bestellen wir jeder eine Pizza.»

Während unsere Mägen knurren und die neuen Schuhe an unseren Füßen leise vor sich hin funkeln, nehme ich meinen Mut zusammen und erzähle Lou die ganze Firmensache. Ich muss einfach mit irgendjemandem über mein Dilemma sprechen, und ich weiß, dass Lou offen und ehrlich zu mir sein wird. Nachdem sie ihren ersten Schock überwunden hat, dass ich freiwillig etwas tun will, das bequeme flache Schuhe und ein Haarnetz erfordert, reagiert sie überraschend positiv.

«Aber ich kann mir einfach nicht vorstellen, das alleine ohne Moo durchzuziehen.» Verzweifelt schüttele ich den Kopf.

«Wieso denn nicht?», hakt Lou nach, als hätte ich etwas ziemlich Bescheuertes gesagt. Vielleicht hat sie ja recht, denn wenn ich darüber nachdenke, fällt mir keine gute Antwort ein.

«Überleg doch mal, wenn du Erfolg hast, dann sind die silbernen Schuhe demnächst Jimmy Choos, und es wird nicht mehr zur Debatte stehen, ob du sie kaufst, sondern ob du dir ein oder gleich zwei Paar zulegst!» Lou erhebt ihr Glas zu einem weiteren Toast.

«Kein schlechter Gedanke, aber ich bezweifle, dass man mit Kuchen so viel Geld verdienen kann», sage ich beim Anstoßen. Ich bin nach einem Glas Wein schon ziemlich fröhlich. Vor lauter Freude über die silbernen Schuhe, gepaart mit meinem längst überfälligen Geständnis, ist mir ein bisschen schwindelig.

«Schau dir Nigella Lawson an. Und die Männer lieben sie», widerspricht Lou.

«Schon, aber ich biete ja keinen Sex zu meinen Törtchen.»

«Vielleicht solltest du das. Schließlich ist dein Sexleben zur Zeit reichlich erbärmlich.» Lou lacht über ihre grausame Feststellung.

«So dringend hab ich's nun auch wieder nicht nötig. Außerdem hat das Gesundheitsamt da sicher was dagegen einzuwenden. Diese ganzen Körperflüssigkeiten.»

«Die Konsistenz deines Zuckergusses könnte davon profitieren.»

«Igitt, ist das eklig!» Vor lauter Lachen verschlucke ich mich am Wein.

«Aber das ist möglicherweise gar keine schlechte Marketingstrategie. Ein scharfes Schnittchen! Aprikosenkuchen mit Anfassen!»

Unser Kaffee kommt, und wir bezahlen die Rechnung. Dann kontrolliert Lou im Spiegel ihrer Puderdose, ob ihr auch keine Spinatreste zwischen den Zähnen hängen. Zufrieden klappt sie das Teil zu und betrachtet mich mit einem Blick, der wohl selbst den eifrigsten Versicherungsvertreter vor Schreck erstarren lassen würde.

«Die Sache ist die, Maddy. Du darfst Moos Rückzieher nicht negativ sehen. Betrachte es als Chance, als das zu erstrahlen, was du bist, und in deinen silbernen Schuhen die Nacht durchzutanzen. Schließlich warst du es doch, die den Verkauf dieses Medikaments angekurbelt hat, wie hieß es noch gleich?»

«Genolipten.»

«Genau, Genolipten. Du hast diese Kampagne organisiert, und die Verkaufszahlen stiegen um dreißig Prozent, wenn ich mich recht erinnere. Du hast das geschafft, Maddy, und niemand sonst.»

«Das ist schon lange her.» Ich muss an die Präsentation damals denken, als ich mich in den Papierkorb übergeben habe, kurz bevor ich meinen Vortrag vor dreihundert Top-Ärzten halten musste. Aber der Beifall hinterher ... Ich fühlte mich wie Madonna in der Wembley Arena.

«Die Person, die das geschafft hat, steckt immer noch in dir. Du musst sie nur finden.» Lou lächelt mich an. «War das nicht die YMCA-Konferenz?»

Ich nicke bei der Erinnerung daran, wie ich im Anschluss

etwas zu viel Champagner getrunken und am Abend vor denselben Ärzten den YMCA-Tanz aufgeführt habe. Was habe ich mich geschämt!

«Ich will jedenfalls deine erste Auftraggeberin sein. Ich brauche einen Earl-Grey-Kuchen für Carls Geburtstag.»

«Bist du sicher?»

«Natürlich.» Sie steht auf und sammelt ihre Taschen ein. «Du hast übrigens einen recht hübschen Cappuccino-Bart.»

Schnell wische ich mir mit der Serviette über den Mund, in der Hoffnung, dass *er* nicht am Nebentisch saß und die Augen nicht von mir abwenden konnte. So wie man jemanden anstarrt, der eine schlechtsitzende Perücke trägt. Ein rascher Blick in die Runde zeigt zum Glück niemanden, der auch nur entfernt schottisch, dunkel oder nach einem Bananen-Pekannuss-Kuchen aussieht.

Interview mit Parkie:

«Wie haben denn Ihre Freunde und Familie auf Ihren Erfolg mit Sugar and Spice reagiert?», will Parkie wissen, während er sich am Ohrläppchen zupft.

«Sie haben mich alle sehr unterstützt, Michael. Manche von ihnen haben sogar direkt mit der Firma zu tun. Meine Schwester Moo ist, wie Sie wissen, Mitgründerin und Geschäftsführerin. Momentan entwickelt sie eine Kuchenkollektion für Kinder. Die Marketingchefin der Firma ist meine älteste Freundin Lou, und mein Vater ist für den Verkauf verantwortlich. Meine Mutter leitet eines unserer Cafés in Cornwall, und mein Bruder und seine Frau haben den Bereich Geschäftsentwicklung übernommen. Zur Zeit führt mein Bruder Verhandlungen wegen einer Fernsehsendung.»

«Hilft Ihnen das, trotz des rauschenden Erfolges von Sugar and Spice auf dem Boden zu bleiben?»
«Sicher trägt es dazu bei, ja. Da habe ich zum Beispiel eben noch mit Nicole Kidman telefoniert, um zu fragen, ob sie rosa oder gelbe Blumen auf ihre Feentörtchen möchte, und im nächsten Moment mache ich bei meiner Schwester den Abwasch. Bei ihr darf ich mich gewiss nicht wie eine Primadonna aufführen.»
«Wunderbar. Mein nächster Gast ist ebenfalls ein bekennender Fan und hat mir vor der Show erzählt, dass er besonders Ihren Earl-Grey-Kuchen liebt. Frisch aus *Will and Grace*, meine Damen und Herren, bitte begrüßen Sie mit mir Harry Connick Junior.»
Harry tanzt wie ein junger Gott. Harry liebt meine silbernen Schuhe.

Die Sultaninen und Rosinen sehen aus, als hätte man ihnen Botox gespritzt. Vorhin waren sie noch verschrumpelt wie alte Frauen, und nun sind sie prall, prachtvoll und glatt. Sie platzen förmlich vor Saftigkeit. Ich frage mich, ob Earl Grey Tee, Butter und Zucker auf meiner Haut wohl den gleichen Effekt haben würden. Nötig hätte ich es jedenfalls. Durch die schlaflosen Nächte, in denen ich versucht habe zu entscheiden, was ich nun ohne Moo tun soll, sehe ich aus wie eine der Rosinen im «vorher-Look». Zum x-ten Mal frage ich mich, wie es weitergehen soll. Mit Moo an der Seite habe ich mich sicher gefühlt. Ich war überzeugt, dass unser Unterfangen mit ihr zusammen garantiert Erfolg haben würde. Ich bin zwar die Ältere, aber Moo hatte als Erste einen Freund, zog als Erste von zu Hause aus, hatte zuerst einen Job und wurde zuerst schwanger. Bei allem, was ich bisher getan habe, habe ich mich stets an ihr orientiert, wie an einem Leuchtturm. Doch jetzt hat irgendein Idiot die Birne ausgeknipst, und ich habe Angst, Schiffbruch zu erleiden. Trotz Lous aufmunternder Worte mache ich mir vor lauter ‹Was wenns› und ‹Abers› fast in die Hose. Könnte ich das mit Sugar and Spice wirklich allein durchziehen? Ich schiebe den Earl-Grey-Kuchen für Carl in den Ofen und ziehe in Betracht, jetzt gleich aufzugeben, bevor mir das Ganze aus dem Ruder läuft. Noch ist nichts verloren. Ich könnte einfach zu meinem alten Leben zurückkehren und diese verrückte Idee als Erfahrung verbuchen. Aber was war das für ein Leben? Seit der Fehlgeburt fühle ich mich völlig verloren und habe ordentlich in Selbstmitleid gebadet. Die Firma war ein Rettungsanker, durch den ich ein Ziel vor Augen hatte und der mir das Gefühl gab, mein Schicksal wieder selbst in die Hand zu nehmen. Ich rufe Mum an, um sie nach ihrer Meinung zu fragen.

«Faites vigoureux, cherie», meint sie, woraufhin ich mich bedanke, obwohl ich kein bisschen schlauer bin. Ich tigere auf und ab, während sich in meinem Kopf die zwei Parteien ein Gefecht liefern. Es war bloß eine dumme Idee, und es ist besser, jetzt aufzuhören ... aber ich habe so hart daran gearbeitet, bis hierher zu kommen, und habe ich nicht auch das mit der Website auf die Reihe gekriegt, als Moo mich im Stich ließ? Das würde ich doch sicherlich wieder schaffen? Oder? O Gott, ich bin mir nicht sicher.

Als ich den Kuchen aus dem Backofen nehme, erfüllt sofort das Aroma süßer, gekochter Früchte die Küche. Das Ergebnis riecht köstlich und sieht zum Anbeißen aus. Ich trete einen Schritt zurück, um mein Werk zu begutachten. Aufgeben? Wie könnte ich der Welt meinen Earl-Grey-Kuchen vorenthalten?

Earl-Grey-Kuchen

Das ist ein sehr beliebtes Rezept mit vielen saftigen Früchten, die vorher in Earl Grey Tee eingelegt werden. Dieser Kuchen wird mit der Zeit noch besser und saftiger – wer es also schafft, sollte ihn vor dem Anschneiden ein oder zwei Tage ruhen lassen.

150 g Butter
175 g hellen Rohrzucker
250 ml starken Earl Grey Tee
250 g Mehl
1 ½ TL Backpulver
250 g getrocknete Früchte (Sultaninen, Rosinen, gehackte getrocknete Aprikosen/Pflaumen)
50–75 g Walnüsse
1 großes Ei
feingeriebene Schale und Saft einer ungespritzten Zitrone
5 Rohrzuckerwürfel, grob zerdrückt

Zubereitung
Eine Kastenform fetten und mit Backpapier auslegen. Den Backofen auf 180 °C (Umluft 160 °C, Gas Stufe 4) vorheizen. Die Butter, den Zucker, den Tee und die Früchte in einen Topf geben und langsam zum Kochen bringen, dann unter Rühren fünf Minuten köcheln und komplett abkühlen lassen.
Mehl und Backpulver zur Früchte-Tee-Mischung sieben und kräftig unterrühren. Zitronenschale und -saft, das verquirlte Ei und die Walnüsse unterheben.
Teig in die Form geben und die zerdrückten Zuckerwürfel darüberstreuen. 60–75 Minuten backen.
Vor dem Stürzen in der Form auskühlen lassen.

Eine schwere Entscheidung

April

Das Winterwetter scheint endlich auf dem Rückzug zu sein, und wir dürfen mehr und mehr intensiven Frühlingssonnenschein genießen, was alle ein bisschen häufiger lächeln lässt als noch vor ein paar Wochen, mich eingeschlossen. Als ich jedoch meine Sommergarderobe auspacke, gibt es prompt einen Temperatursturz mit Regen, und ich friere mich fast zu Tode. Genau wie jetzt gerade, wo ich die Straßen von Stoney Mills abwandere und Flyer verteile. Meine Beine sind schwer, meine Hände schmerzen vom Hantieren mit Briefkastenklappen, die zurückbeißen, und wegen der Kälte läuft meine Nase, doch nichts kann meine gute Laune trüben. Es ist so weit! Der langersehnte Start von Sugar and Spice. Gestern Morgen hat mich der Neuseeländer angerufen, um mir zu sagen, dass die Website steht. Während ich nervös auf die verschiedenen Links klickte, erwachten der Text und James' gigantische Fotos in wunderbaren Schattierungen von Creme, Schokoladenbraun und ganz zartem Pink zum Leben. Über allem prangten die Worte ‹Sugar and Spice, auf köstliche Art anders›. Ich hätte vor Freude und Erleichterung jubeln können. Sofort rief ich ihn zurück, um ihm zu sagen, dass ich ihn sofort heiraten wolle, doch er meinte nur, das sei nicht nötig, ein Scheck täte es auch.

Durch diese neuen Entwicklungen angespornt, tischte ich Jessica eine kleine Notlüge auf, damit ich mir ein paar Tage frei nehmen konnte, um das Geschäft in Gang zu bringen und den Kurs beim Gesundheitsamt zu belegen, den ich bisher vor mir hergeschoben hatte. Im Grunde habe ich sogar noch Urlaubsanspruch vom letzten Jahr, doch selbst in Anbetracht dessen und meiner traurigen Story von einer Familienkrise, wegen der meine Mutter mich sofort bräuchte, war Jessica nicht sonderlich begeistert. Das wird sich garantiert in meiner nächsten Beurteilung widerspiegeln. Einsatzbereitschaft: mangelhaft. Ausnahmsweise waren mir jedoch die Folgen diesmal egal. Auf dem Weg zurück zu meinem Schreibtisch versicherte ich ihr aber noch, dass ich so weit alles regeln würde, bevor ich das Büro am Abend verließ. Das hatte ich auch wirklich so gemeint, und ich sah mir sogar verschiedene Entwürfe für das Lehrmaterial an, an dem wir gerade arbeiteten. Dann drifteten meine Gedanken jedoch zurück zu Sugar and Spice. Ich schob die Papiere zur Seite und druckte mir stattdessen eine Liste von Unternehmen für ein Werbe-Mailing aus. Außerdem schickte ich eine E-Mail an den Organisator des Maifestes, um mich nach Möglichkeiten zu erkundigen, dort einen Stand aufbauen zu können, entwarf eine Anzeige und rief bei der Lokalzeitung an, um sie in der nächsten Ausgabe zu platzieren.

Der Lebensmittelhygiene-Kurs ist so langweilig wie befürchtet. Trotzdem bemühe ich mich den ganzen Tag, Begeisterung für Sporen, Bakterien und antibakterielle Putztücher aufzubringen. Wie bei den meisten Kursen hätte man den Inhalt an einem Vormittag vermitteln können, und als es drei Uhr schlägt, spiele ich in Gedanken längst kleine Szenarien durch, wie mein erstes Treffen mit *ihm* wohl ablaufen könnte, statt Brenda bei ihrem Vortrag über faule Eier zu lauschen. Am Schluss gibt es eine kleine Prüfung mit Fragen wie ‹Was tun Sie, wenn Sie eine Maus in der Küche finden?›. Sie Mickey nennen und ihr sagen, dass sie woanders spielen muss? Plötzlich habe ich Angst, dass ich nicht bestehen könnte. Als ich nach Hause komme, erwartet mich eine Nachricht vom Organisator des Maifestes. Sofort rufe ich ihn zurück und muss zu meiner Enttäuschung erfahren, dass es bereits einen Stand mit Teekuchen und Haferriegeln gibt.

«Aber was ist mit kleinen, glasierten Küchlein, mit Feentörtchen? Bei Kindern sind die sehr beliebt», schlage ich spontan vor. Ich brauche dringend eine Plattform, um die Firma hier vor Ort zu präsentieren, und das Maifest wäre perfekt.

«Das wären aber ziemlich viele Feentörtchen», meint er vorsichtig. Genau das Gleiche sagt Moo, als ich sie kurz darauf anrufe.

«Aber da brauchst du ja locker dreihundert von den Dingern!» Sie lacht laut am anderen Ende der Leitung.

«Hm, klingt in der Tat nach ziemlich viel.» Ich versuche nebenher im Kopf auszurechnen, wie lange ich fürs Backen brauchen würde, gebe aber bald auf. Ich wünschte, ich könnte besser mit Zahlen umgehen. Ich wünschte, ich könnte singen. Ich wünschte, ich hätte lange Beine.

«Jede Menge Feentörtchen!» Moo lacht immer noch.

«Ich weiß. Ich hatte nicht damit gerechnet, dass die Veranstaltung so groß ist.» Ich komme mir ein bisschen dumm vor. Während ich telefoniere, spaziere ich durch mein Wohnzimmer und wische mit dem Finger Staub von diversen Oberflächen. Keine gute Idee, denn prompt bereue ich, mich in letzter Zeit so wenig um meinen Haushalt gekümmert zu haben.

«Ich meine, das ist eine tolle Idee, aber hast du dir das wirklich gut überlegt?», fragt Moo.

«Nein», gebe ich zu. Aber ich tue es jetzt, und dabei steigt mir die Röte den Rücken hoch, unter den Armen durch und hinauf in meine Wangen.

«Hast du mal ausgerechnet, wie lange du brauchen würdest, um die zu backen?»

«Nein», antworte ich.

«Das sind eine ganze Menge Törtchen.»

«Du wiederholst dich.»

«Da bräuchtest du auf jeden Fall einen größeren Backofen», meint sie.

«Hmmmm.» Ich hole ein Staubtuch aus dem Schrank. Ich summe, während ich mich an die Arbeit mache, und versuche, nicht darüber nachzudenken, wie ein größerer Ofen in meine kleine Küche passen soll.

Es ist 6.30 Uhr am Ostersonntag, und ich präsentiere Sugar and Spice heute Nachmittag offiziell im Familienkreis. Der Anlass ist ein Mittagessen bei Dad und Susan – beim Gedanken daran ist mir jetzt schon schlecht. Eigentlich hatte ich einen traditionellen englischen Osterkuchen backen wollen, aber dann wurde mir klar, dass ich das noch nie gemacht habe. Also habe ich mich stattdessen für Schokoladenkuchen entschieden. Das sollte im Grunde einfach sein, nur bringt mich die Aussicht völlig durcheinander, meine Firma jener einen Person zu präsentieren, deren Anerkennung mir mehr bedeutet als die jeder anderen. Der Löffel fällt mir aus der Hand und hinter den Herd. Keine Ahnung, wie das passieren konnte. Vorhin ist mir schon ein Ei davongehüpft, das jetzt langsam zwischen Arbeitsplatte und Kühlschrank hinunterrinnt. Das Sieb – offensichtlich eng mit Ei und Löffel verwandt – verteilt seinen Inhalt zur

Hälfte auf dem Fußboden und meiner Schlafanzughose. Ich atme tief durch und versuche, mich zu konzentrieren. Verdammt nochmal, es ist doch bloß Dad und nicht der Premierminister! Ach, wenn das Leben doch so einfach wäre.

Ich war gerade dreizehn, ein Mädchen auf dem Weg, zur Frau zu werden, und er war der erste Mann, der mich verlassen hat. Der Erste, der mein Herz gebrochen hat. Die nächsten achtzehn Jahre habe ich damit verbracht, mich zu fragen, was falsch an mir ist, und ihm zu beweisen, dass ich seiner Liebe würdig bin. Erst jetzt habe ich langsam begriffen, dass ich all das wie eine sich selbst erfüllende Prophezeiung in jeder meiner Beziehungen wiederholt habe. Laut Moo dreht sich alles um Selbstwertgefühl, und wie immer hat sie recht. Ich bin entschlossen, diesen Teufelskreis zu durchbrechen. Aber nicht gerade jetzt, denn jetzt will ich, dass dieser verdammte Mistkuchen für ihn perfekt wird. Tief durchatmen ...

Zehn Minuten später: Wundersamerweise schaffe ich es, den Kuchen in den Ofen zu schieben, und genehmige mir dann eine Dusche. Frisch angezogen betrachte ich mich im Spiegel und probiere diesen Trick mit dem positiven Denken.

Ich KANN das.

Der Schokoladenkuchen wird wunderbar.

Genau wie ich.

Haare offen oder hochgesteckt?

Soll ich hohe Schuhe anziehen?

Ja, denn damit fühle ich mich größer – immer gut in solchen Situationen.

Meine Schenkel wirken in dieser Hose ziemlich dick.

Bloß nicht von hinten anschauen ... besser, es nicht genau zu wissen.

O Gott.

Ich werde einen Rock anziehen!

Jetzt sehe ich aus, als ginge ich ins Büro.

Jeans. Bequem ist immer gut.

Dad begrüßt mich mit einem Kuss auf die Wange, wobei seine Bartstoppeln leicht über mein Gesicht kratzen. Mit seinen fast eins neunzig ist er ein großer Mann von der Statur eines Rugbyspielers. Seine Umarmung zerquetscht mir immer fast die Rippen. Seine Muskeln und die gebrochene Nase verdankt er seiner Jugend als Schwergewichtsboxer, und selbst jetzt stemmt er im Fitnessstudio ab und zu ein paar Gewichte. Nebenher erklärt er den jungen Kerlen alles, was man übers Leben und Proteinshakes wissen muss. Er wirkt jünger als sechzig und ist stolz darauf, kaum ein graues Haar in seinem zimtfarbenen Schopf zu haben. Wahrscheinlich ist das wichtig, wenn die Frau fast fünfzehn Jahre jünger ist.

«Tut mir leid, dass ich so spät dran bin», sage ich.

«Kein Problem.» An seiner Miene kann ich ablesen, dass das nicht stimmt. Er hasst Unpünktlichkeit. Ich atme tief durch und folge ihm ins Esszimmer, das bereits von Geschnatter und Gelächter erfüllt ist. Mindestens vier Unterhaltungen laufen parallel ab – es erstaunt mich immer wieder, wie viel Lärm sieben Menschen machen können. Die Babys werden zum Küssen und Herzen herumgereicht, während wir alle darüber staunen, wie groß sie inzwischen geworden sind. Dad bewegt sich in dieser Versammlung wie der Pate. Seine Stimme und sein Lachen sind lauter als die von uns allen anderen zusammen. Er gleicht einem dieser großen amerikanischen Schokomuffins, die man unmöglich auf einmal essen kann, und genau wie Moo verleiht seine überdimensionale Persönlichkeit jedem Treffen eine besondere Qualität. Die Großvaterrolle passt ihm wie angegossen: Er schneidet Grimassen für Bäro, der nicht weiß, ob er bei diesem Anblick lachen oder weinen soll. Ich selbst kann mich nicht erinnern, als Kind auf seinem Schoß gesessen und über seine Grimassen gelacht zu haben; meine Erinnerungen sind verblasst wie das alte Schwarzweißfoto auf meinem Nachttisch. Es zeigt Dad im Sessel sitzend, wie er uns dreien, die um ihn herum verschlafen lauschen, aus *Die Kleine Ballerina* vorliest.

Nach dem Mittagessen präsentiere ich zum Applaus von Moo meinen Kuchen. Als ich Dad und Susan dann von der Firma erzähle, macht sich meine kurzlebige Zuversicht klammheimlich aus dem Staub. Ich verhaspele mich völlig und begreife, dass mein Bedürfnis nach Dads Bestätigung immer noch von dem Wunsch einer Dreizehnjährigen nach bedingungsloser Vaterliebe herrührt. Während Dad mich einer Art Verhör unterzieht, ob ich auch an alles gedacht habe, kommt es mir vor, als würde ich in seinen Augen nur ‹Bäckerei› spielen, wie in Kindertagen. Was hatte ich auch erwartet? Ein «meine wunderschöne Tochter, ich bin so stolz auf dich»? Nicht mal im Traum, Maddy Brown.

Ben zwinkert mir zu, zieht eine Flasche Sekt hervor und erhebt sein Glas zu einem Toast auf die neue Firma. Strahlend vor Stolz, stoße ich mit den anderen an. Ein Seitenblick auf Moo zeigt mir, dass sie damit kein Problem hat. Zuerst hatte ich ja Angst, unser Verhältnis könnte leiden, aber es scheint ihr mit ihrem Ausstieg aus unserem Projekt absolut gutzugehen, denn sie lächelt wie alle am Tisch.

«Und, gibt es sonst noch Neuigkeiten?», erkundigt sich Dad, an mich gewandt. Ich weiß genau, worauf er anspielt, aber ich beschließe, mich dumm zu stellen.

«Ich denke, ich habe mich um alles gekümmert. Mit der

Firma kann's losgehen, und ich muss mich einfach ordentlich reinhängen, damit es auch funktioniert», erkläre ich entschlossen.

«Ich meinte eigentlich an der Männerfront!» Moo wirft mir einen mitleidigen Blick zu. Mit zusammengebissenen Zähnen lächele ich tapfer zurück. Ab und zu muss ich da wohl durch.

«Nein, da gibt es nichts zu erzählen.» Ich wünschte, das wäre eine Lüge und mein heimlicher Liebhaber läge nackt zu Hause in meinem Bett, in freudiger Erwartung meiner Rückkehr.

«Du musst mehr unter Leute», verkündet Dad, als sei das die offensichtliche Lösung zu meinem angeblichen Problem: eine geschiedene Frau ohne Mann, weit jenseits der «Mitte dreißig» und kein Baby. Ganz ehrlich, in der großen weiten Welt stehen meine Chancen nicht zum Besten, und in unsere wachsende Familie scheine ich auch nicht mehr reinzupassen. Meine Rolle wird gerade geprüft, und da ich weder einen Partner für Gespräche über Golf noch Nachwuchs vorzuweisen habe, weiß zumindest Dad nicht mehr so recht, was er mit mir anfangen soll. Nach der Fehlgeburt teilten sich die Leute in drei Gruppen: Entweder sprachen sie mir ihr Mitgefühl aus und redeten offen darüber, oder sie konnten nicht recht begreifen, warum es mich so mitnahm (wobei das wahrscheinlich so ähnlich ist, wie wenn der Mann eine Affäre hat. Bis es einem selber passiert ...), oder sie taten so, als sei überhaupt nichts passiert – wie Dad. Ich muss zugeben, dass meine eigenen Stimmungen ganz unabhängig von meinem Umfeld auch zwischen diesen drei Kategorien pendelten und sich selten in der Mitte trafen. Dad blieb sowohl emotional als auch körperlich auf Abstand, was mich nicht überraschte. In diesem einen Punkt waren er und James sich sehr ähnlich. Ich habe mich noch nie so einsam gefühlt wie in jenen ersten paar Monaten danach, und es wäre gelogen zu behaupten, dass es nicht mehr weh täte. Manchmal ist der Schmerz so stark wie in jener Nacht, als ich meinen Bauch umklammerte und betete, es möge so schnell zu Ende gehen, wie es angefangen hat.

Moo und Freya machen beide Pssst-Geräusche, denn die Babys schlafen im Gästezimmer, doch Dad zeigt sich unbeeindruckt und fährt fort. Er ist nicht der Einzige, der mir sagt, ich müsse mehr unter Leute. Ich hätte mich jetzt lange genug verkrochen, und nun sei die Zeit gekommen, mich wieder ins Getümmel zu stürzen. Alle, die mich kennen, und manchmal sogar die, die es nicht tun, geben mir diesen Rat, selbst wenn ich nicht darum bitte.

«Du musst ausgehen, Mädel», dröhnt er, was Moo und Freya zu weiteren Psssst s veranlasst.

«Was genau soll ich denn tun? Wo soll ich hin und mit wem? Alle meine Freunde haben Partner», beschwere ich mich und schiebe schnell ein riesiges Stück Kuchen in den Mund, damit ich ja nichts hinzufüge, was als Beleidigung aufgefasst werden könnte.

«Internet Dating?» Susans Vorschlag entlockt mir lediglich eine Grimasse. Susan ist ein Zitronenkuchen. Still und unauffällig hält sie sich gerne im Hintergrund, sodass man ihre Anwesenheit manchmal fast vergisst. Das steht im krassen Gegensatz zu ihrem Erscheinungsbild: Platinblonde Locken, ein überdurchschnittlich großer Busen und eine Neigung zu Kleidern, die eher zu einer Zweiundzwanzigjährigen passen würden als zu einer Mittvierzigerin, die mich zudem an Barbara Windsor erinnert. Ihr stets zur Schau gestelltes Dekolleté gleicht einem dunklen Abgrund, und ich frage mich manchmal, ob sie abends Brotkrümel und anderes dort findet. Sie muss mindestens Körbchengröße 85 F haben. Da sie aber gerade mal gute eins fünfzig groß ist, hat man das Gefühl, sie könne jeden Moment vornüberkippen. Ich bin davon überzeugt, dass jede funktionierende Beziehung mindestens zur Hälfte aus einem einfachen, unkomplizierten Kuchen besteht. Susans unendliche Geduld tut meinem Vater garantiert gut. Anfangs habe ich sie natürlich gehasst, aber das ist längst vorbei. Vielleicht würde ich sie sogar noch mehr mögen, wenn sie nicht ständig von ihrer über-erfolgreichen PR-Tochter erzählen würde, die zwischen London und New York hin- und herjettet und mit dem am besten aussehenden Mann der Welt verheiratet ist.

«Internet Dating? Na, so verzweifelt bin ich dann auch wieder nicht. Außerdem, was spricht dagegen, einfach zu warten, bis der Richtige vor der Tür steht? Ihr wisst schon, wie in guten alten Zeiten?»

«Jetzt schwelgt sie wieder im Märchenland, wo der hinreißende Prinz die Prinzessin wach küsst», meint Bob lachend und erntet dafür einen spielerischen Knuff von Moo. Neben mir beugen sich Freya und Ben gurrend über die wieder erwachte Prinzessin, und Dad legt Susan liebevoll den Arm um die Schultern. Der Anblick meiner Familie versetzt mir einen leichten Stich der Eifersucht. Mein Gott, ich wünschte, *er* würde sich beeilen. Ich hab genug vom Alleinsein.

«Nicht mehr lang», flüstert Moo mir zu, als hätte sie meine Gedanken erraten.

«Sag Mr. Right, er soll endlich die Hufe schwingen», erwidere ich. «Ich werde langsam alt und verbittert.»

Stichwort verbittert: Als ich nach Hause komme, erwartet mich eine Nachricht von Mum. Ich rufe zurück und wünsche sofort, ich hätte es gelassen, denn sie fährt voll auf der Schuldgefühl-Schiene, weil sie über Ostern ganz allein war, während wir uns bei unserem Vater amüsierten.

«Und, was hast du so gemacht?», frage ich.

«Nicht viel. Ich habe mir überlegt, dich zu besuchen, aber ich wusste, du bist beschäftigt.» Ich antworte nicht, denn sie weiß ganz genau, dass wir alle bei Dad eingeladen waren. «Und Freya hat mir erzählt, dass ihr zu deinem Vater fahrt.» Noch ein Tiefschlag, weil die Information von Freya kam statt von mir.

«Das war schon seit Ewigkeiten verabredet. Außerdem ist es lange her, dass wir mal alle dort waren», versuche ich den vermeintlichen Betrug zu rechtfertigen.

«Bestimmt hat SIE was ganz Tolles für euch gekocht?», keift Mum, und ihre Verachtung für «diese Frau mit den Brüsten» ist deutlich herauszuhören.

«So gut war es dann auch wieder nicht. Du kochst auf jeden Fall besser.» Wir wissen inzwischen, dass alles, was mit Dad zu tun hat, aufs genaueste zensiert werden muss. Schließlich gebe ich dem Druck des wachsenden Schuldgefühls nach und schlage vor, am nächsten Wochenende zu ihr zu kommen, obwohl ich eigentlich weiß, dass ich mit dem Firmenstart jetzt nirgendwo hingehen sollte. Was ist nur mit mir los? Moo und Ben hätten ihr Gejammer einfach ignoriert. Aber ich, ich bin so leicht zu beeinflussen.

Am nächsten Tag verteile ich Kostproben verschiedener Kuchen zusammen mit Flyern in den umliegenden Geschäften. Anschließend probiere ich zu Hause ein neues Schokoladenkuchenrezept aus. Die Suche nach dem perfekten Rezept ist fast so etwas wie ein Zwang geworden. Wie kann ich *ihm* als Lockmittel den besten Schokokuchen versprechen, den er je gegessen hat, wenn es sich momentan noch um eine Lüge handelt? Schließlich sollte man eine neue Beziehung nicht auf Lügen und Misstrauen aufbauen. Obwohl ich ja vermute, dass es manchmal Ausnahmen von dieser Regel gibt, vor allem was Männer betrifft, mit denen man schläft. Ein Schokoladenlaib ist der erste Kuchen auf meiner Liste mit «Schokoladenkuchen zum Verführen», und ich mache mich daran, die Zutaten abzuwiegen. Dieses Rezept beinhaltet kochendes Wasser, was mir ein bisschen komisch vorkommt, aber ich befolge trotzdem brav die Anweisungen. Das Ganze ist ziemlich unkompliziert, sodass ich bald freudig aufs leckere Ergebnis warte, während mein Werk vor sich hin bäckt.

Warten, bis ein Kuchen abgekühlt ist, muss zu den schwierigsten Dingen überhaupt zählen. Die ganzen köstlichen Aromen noch warmer Zutaten breiten sich aus und erfüllen die Luft mit ihrem Wohlgeruch. Nach zwanzig Minuten komme ich vor Hunger schier um und schneide mir die erste Scheibe ab. Noch warm zerfällt sie fast in meiner Hand. Nicht schlecht. Der Teig ist schön feucht, was bei einem Schokokuchen wichtig ist, aber enttäuscht muss ich feststellen, dass er nicht schokoladig genug und für meinen Geschmack etwas zu fest ist. Nein, das ist nicht der richtige. Ich streiche ihn von meiner Liste.

Tut mir leid, Miss Schokolaib, aber die Expertenrunde hat beschlossen, Sie leider nach dem ersten Durchgang zu verabschieden.

«Aber ich könnte doch den Löffelbiskuit im Tiramisu ersetzen?»

«Nein, tut mir leid.»

«Aber, aber ...»

«Sicherheitsdienst, würden Sie bitte freundlichst diesen Laib entfernen.»

James kommt vorbei, um mein Spülbecken zu verschieben, damit ich einen größeren Herd einbauen lassen kann, und nimmt sich ein großes Stück Kuchen. Meine Kritik an dem

Versuchsobjekt überhört er einfach. Soll ich ihm erzählen, dass ich nach dem perfekten Kuchen für den perfekten Mann suche? Vielleicht keine so gute Idee. Er hat mir versichert, dass die Umbauten keine große Sache sind, aber ich muss mich trotzdem sehr bemühen, den Staub und Schutt zu ignorieren, die mich fast noch mehr aus der Fassung bringen als der misslungene Schokoladenkuchen. Als James endlich fertig ist, betrachte ich verwundert den gewonnenen Platz. Nun muss ich bloß noch einen größeren Herd mit Ofen kaufen, und meine Probleme sind gelöst.

«Danke. Du bist echt spitzenklasse und der beste Exmann in spe, den eine Frau sich wünschen kann.»

«Na, für den Kuchen war's das allemal wert. Absolut köstlich.» Er schnappt sich eine weitere Scheibe.

«Ich bin froh, dass wir Freunde sind», sage ich und sehe lächelnd zu ihm auf.

Er legt mir den Arm um die Schultern und drückt mich an seine Seite, sodass mein Kopf fast in seiner Achsel ruht.

«Ich auch.»

Zu seiner großen Freude packe ich James den ganzen restlichen Kuchen ein, bevor er abdüst, um einem weiteren bedürftigen Weibchen zu helfen. Er hat ein Date mit einer Blondine. Ich nicht, deshalb beschließe ich, ein paar Anrufe zu erledigen, bevor ich mich ans Aufräumen mache. Als ich gerade mein Gespräch mit Lou beendet habe, klingelt es. Auf dem Weg zur Haustür muss ich über diverse Schuttberge klettern. Draußen steht ein kleiner rothaariger Mann, der mich an ein Frettchen erinnert und der sich als Mr. Mallard, Inspektor vom Gesundheitsamt, vorstellt. Ich bin völlig sprachlos.

«Wir haben einen Termin um sechs. Sie konnten nicht früher, weil Sie arbeiten.» Er hält mir seinen Ausweis unter die Nase.

«Haben wir?» Richtig. O verflucht! Ich bitte ihn herein. Als er hustend sein Klemmbrett zückt, rutscht mir das Herz in die Hose. Gemeinsam stehen wir schweigend in der Küche und betrachten die Verwüstung um uns herum. Schließlich erkläre ich ihm, dass ich soeben die Handwerker im Haus hatte, um meine Einrichtung zu verbessern. Er sagt nichts, nickt nur und kritzelt auf seinem Block herum.

«Wenn ich anfange zu backen, wird es selbstverständlich nicht so aussehen», stammele ich und versuche, ihn in Richtung meiner säuberlich beschrifteten Zutaten zu drehen, die glücklicherweise von der Staubwolke verschont geblieben sind.

«Darf ich Ihnen eine Tasse Tee anbieten oder vielleicht eine Scheibe Schokoladenkuchen?» Dann fällt mir ein, dass ich den ja James mitgegeben habe. «Einen Keks?» Eine Portion Gastfreundschaft könnte mir möglicherweise zu Bonuspunkten verhelfen. Vielleicht sollte ich ihn einfach an meinen Busen fassen lassen, dann hätten wir's hinter uns.

«Nein, vielen Dank, Miss Brown. Nun, ich nehme an, Sie haben Ihren Risikobewertungsbogen ausgefüllt.» Da ich dies in der Tat getan habe, lasse ich meinen ungebetenen Gast widerwillig im Erdgeschoss zurück, während ich mich oben auf die Suche nach dem Bogen mache. Nach einer halben Ewigkeit kehre ich triumphierend mit dem guten Stück zurück.

«Würden Sie gerne meine Ausrüstung sehen?», frage ich hoffnungsvoll, doch irgendwie klingt das eher unanständig als nach meinem brandneuen Rührgerät und den anderen Backutensilien.

«Das wird nicht nötig sein.» Er betrachtet mich, als sei ich ein Schmetterling, den er gleich in den Schaukasten pieksen wird. Ich beantworte alle seine Frage im Bemühen, mich an das im Kurs Gelernte zu erinnern: Sporen, Bakterien, Mäuse gehören alle zu meinen Feinden, und ich zähle brav die Methoden auf, um selbige zu vermeiden. Obwohl ich nicht ganz sicher bin, dass ich eine Maus töten könnte, wenn es darauf ankäme. Er verkündet, dass mein Risikobewertungsbogen fehlerhaft ist, weil ich vergessen habe, einen Abschnitt über die Maßnahmen zu verfassen, falls die Temperatur in meinem Backofen nicht stimmt. Ich würde ihn gerne anbrüllen, er solle sich lieber mal meine Fingernägel ansehen und dass ich ein Haarnetz gekauft habe und antibakterielle Seife verwende und ... Ach, was soll's, es interessiert ihn nicht. Hauptsache, ich habe es aufgeschrieben. Im Imbiss um die Ecke könnten sie also genauso gut ihre Kochlöffel ablecken oder sich damit am Hintern kratzen, solange sie nur auf ihrem Risikobewertungsbogen angeben, dass sie es nicht tun, oder was? Schreckliche Vorstellung! Ich werde nie wieder außer Haus essen. Schließlich zieht er mit dem Versprechen ab wiederzukommen – oder war es eher eine Drohung? –, und ich würde ihm am liebsten einen Nasenstüber auf seine Frettchenschnauze verpassen.

Trotz meiner ganzen Werbung erhalte ich keine Bestellungen. Fest entschlossen, mich davon nicht entmutigen zu lassen, mache ich mich an die Feentörtchen zum Einfrieren für das Maifest, damit ich nicht in letzter Minute in Panik gerate. Da ich nun wieder ins Büro muss und dort der Stress zwecks der nahenden Markteinführung unseres neuen Produkts zunehmend steigt, versuche ich, abends zu backen. Ich bin allerdings so kaputt, dass ich um neun schon ins Bett falle. Dunkle Schatten zieren meine Augen, und das viele Stirnrunzeln hat bestimmt schon zu neuen Falten geführt. Dauernd stellt Jessica neue Anforderungen an mich, die noch mehr Überstunden bedeuten. Das Ganze hat wenigstens ein Gutes: Durch den Stress nehme ich ab.

Dafür sehe ich aus wie siebenundfünfzig. Kein Wunder, dass der Kerl im Copy Shop dachte, ich wäre so alt wie seine Mutter.

Um diesen plötzlichen Alterungsprozess aufzuhalten, benutze ich nun Antifaltencreme und pflege meinen Hals mit Feuchtigkeitslotion, obwohl ich laut der Zeitschriften damit schon vor Jahren hätte anfangen sollen. Warum haben sie mir damals dann nichts davon erzählt? Dann wäre ich jetzt vorbereitet. Statt mein Geld für Lipgloss mit Kirschgeschmack auszugeben, hätte ich mein Taschengeld sparen sollen, um es in Anti-Ageing-Produkte zu investieren. Die Geschwindigkeit, mit der das alles passiert, erstaunt mich. Da bist du gerade noch ein frisches Himbeertörtchen, saftig und köstlich, und dann wirst du, ehe du dichs versiehst, zum vertrockneten Früchtebrot. Kommt da nachts während des vermeintlichen Schönheitsschlafs die Faltenfee, Mutter der Zahnfee, und zupft an meiner Haut? Und wenn ihr das zu langweilig wird, was kommt dann? Hängt sie Gewichte an meine Nippel, um meinen Busen so weit wie nur möglich nach unten zu ziehen? Oder bügelt sie mir die Straffheit aus dem Hintern, an der ich so hänge? Wird sich ihre Zwillingsschwester, die Böse Fee, in mein Schlafzimmer schleichen und alle meine hippen Jeans gegen bequeme Hosen mit Elastikbund tauschen und mein Konzept «Unpraktisch, aber chic» durch «Macht man so etwas in beigen gummibesohlten Schuhen mit Fußbett-Einlage» ersetzen? Ich sehne mich nach dem Wochenende, bis mir einfällt, dass ich hundertfünfzig Kilometer zu Mum fahren muss, die offensichtlich bereits unter den Taten der Bösen Fee leidet und noch schlechter drauf ist als ich. Tolle Aussichten!

Trotz meines ganzen Gejammers freue ich mich eigentlich darauf, Mum zu sehen, und auch die Fahrt ist schön. Wie damals als Kind kann ich es kaum erwarten, das Meer zu erspähen, und versuche nebenher, mir keine Sorgen darüber zu machen, ob in meiner Abwesenheit die erste Bestellung eintrudelt. Die Morgensonne tanzt auf den Wellen, wo die Surfer kaum größer sind als Pünktchen. Ich habe immer davon geträumt, am Meer zu leben: Morgenspaziergänge am Strand, den Fischern dabei zusehen, wie sie ihren Fang (mein Mittagessen) einbringen, mit Bäro und der Prinzessin bei ihren Besuchen nach Krebsen suchen, mit einem Strohhut auf dem Kopf im Sand picknicken, mein Haar von der Sonne ausgebleicht, die Gliedmaßen gebräunt und straff. Ich träume davon, nachts im Bett vom Rauschen der Wellen in den Schlaf gewiegt zu werden und morgens zum Geruch von Tee und Toast aufzuwachen, den mir mein Surfer-Gott-Lover gekocht hat, bevor er sich in die Fluten stürzt. Mhmmm ...

Mum freut sich sichtlich über meinen Besuch. Sie umarmt mich ein bisschen zu fest, sodass ich mir vorkomme, als sei ich ihre Retterin von der einsamen Insel. Noch bevor ich mein Auto komplett ausgeladen habe, schlägt sie einen Spaziergang zu meinem Lieblingscafé vor. Während wir Arm in Arm losschlendern, erzählt sie mir, dass sie dem Bowlingverein beitreten will. Ich hatte ja eher an Yoga oder einen indischen Kochkurs gedacht, wenn ich ihr in der Vergangenheit vorgeschlagen habe, sich doch irgendeiner Gruppe anzuschließen. Etwas, das sie fordert, nicht eine Aktivität, die sie der Senilität näher bringt.

In ihrer übergroßen Strickjacke, den karierten Hosen und Stiefeln, die denen meiner fünfundachtzigjährigen Nachbarin Mrs. Miggins sehr ähneln, wirkt Mum auf mich, als wäre sie zu dem Schluss gekommen, dass sie nun eine alte Dame ist und sich entsprechend kleiden muss. Alle meine

Versuche, unsere Unterhaltung auf phantastische ältere Frauen wie Joanna Lumley zu lenken, verpuffen unbemerkt. Am liebsten würde ich sie schütteln. Wie sie mich jedoch so anstrahlt, überrollt mich eine Woge der Zuneigung, und ich fühle mich prompt schlecht. Was ist denn los mit mir? Bin ich einfach nur egoistisch? Ganz offensichtlich hat das hier mit meinen eigenen Ängsten vor dem Älterwerden zu tun. Sie ist vielleicht vollkommen glücklich so. Doch dann schaue ich sie mir wieder an und sehe eine attraktive, vitale Frau, gefangen in der Hülle eines alten Menschen. Nein, es tut mir leid, das kann ich so nicht akzeptieren. Das ist, als würde man auf den Tod warten, und es gibt keine Entschuldigung dafür, herumzulaufen wie eine Siebzigjährige, wenn man noch nicht mal sechzig ist.

Also beschließe ich, später ein paar psychologische Tricks bei ihr zu versuchen, doch fürs Erste wird meine Aufmerksamkeit von einer Auslage voller köstlicher Kuchen in Anspruch genommen. Moo und ich sind Expertinnen in Sachen Cafés und haben ein Zehn-Punkte-Bewertungssystem, das die folgenden essenziellen Kriterien beinhaltet: Luftigkeit des Biskuits, Kuchenauswahl, Qualität der Scones, Stoff- oder Plastiktischtuch, Sauberkeit, Bereitstellung von Schlagsahne und Anzahl der Teebeutel in der Kanne. Das hier verdient definitiv eine Neun, denn die Scones sind noch warm, sodass die Butter in der Mitte ein wenig schmilzt. Mum und ich unterhalten uns über Kuchen. Sie bietet an, mir zu zeigen, wie man einen Osterkuchen bäckt, und ich habe ein schlechtes Gewissen, dass ich sie erst nicht besuchen wollte. Da sind sie schon wieder, diese dauernden Schuldgefühle!

Später, als wir zusammen Marzipan machen, setze ich zu meiner Strategie an. Beginnen wir mit den Haaren.

«Ich habe drüber nachgedacht, ob ich meine Haare abschneiden soll.» Zur Untermalung ziehe ich an einer Strähne. «Mir hat nämlich dieser kurze, durchgestufte Schnitt an dir echt gut gefallen.»

Das war doch sehr subtil.

«Was ist an meiner jetzigen Frisur falsch?» Mum hört sofort auf, die zuckrige, goldene Masse zu kneten, die sich hoffentlich am Ende in leckeres Marzipan verwandeln wird. Sie schenkt mir einen eisigen Blick. O Gott!

«Gar nichts ist falsch. Es ist nur ...» Was soll ich sagen? Dass eine bläuliche Spülung und ein Gehwagen ihren aktuellen Look vervollkommnen würden?

«Mir haben nur einfach die kurzen Haare besser gefallen. Stand dir sehr gut.» Puh!

Mum mustert mich argwöhnisch. Dann reicht sie mir die Schüssel und steckt den Kopf in den Schrank, um den Gasbrenner zu suchen.

«Wir könnten auch später ein bisschen einkaufen gehen, wenn du magst. Marks and Spencer haben gerade eine tolle Auswahl an klassischen, aber schicken Einzelteilen.» Ich klinge wie Fernsehwerbung.

«Du willst wohl, dass ich mich wie eine Zwanzigjährige kleide, wie diese Frau mit den Brüsten? Manche haben dafür zu viel Würde», bellt Mum aus dem Schrank zurück. Ich kann nur noch ihre Rückseite sehen, die für eine Frau ihres Alters absolut akzeptabel ist, und muss plötzlich das Bedürfnis unterdrücken, sie hineinzuschubsen und die Tür zu schließen.

«Nein, ich dachte nur, es könnte Spaß machen, ein paar neue Sachen anzuprobieren», erwidere ich lahm. Mum taucht mit rotem Kopf und dem Gasbrenner aus dem Schrank auf.

«Dazu haben wir keine Zeit. Wir müssen diesen Kuchen

hier fertig machen.» An ihrer Miene kann ich ablesen, dass diese Unterhaltung hiermit beendet ist. Also nicke ich brav und gebe mich geschlagen. Bevor ich mir noch eine neue Taktik überlegen kann, schießt eine riesige Stichflamme aus dem Brenner und entzündet die Rolle Küchenkrepp. Während ich zum Wasserhahn eile, fährt mir der Gedanke durch den Kopf, ob ich Mum vielleicht zu ihrer eigenen Sicherheit besser in ein Heim einweisen lassen sollte, statt mir Gedanken um ihre Kleidung zu machen.

Mit wie immer bestens gefülltem Magen reden und lachen wir abends wieder wie alte Freundinnen. Die Unterhaltung vom Nachmittag ist längst vergessen. Wie vermutet wurde nichts aus dem Einkaufsausflug, weil Mum mit einer ganzen Liste unsinniger Ausreden aufwartete, warum wir nicht gehen konnten. Ich werde aber nicht so schnell aufgeben.

«Es ist schön, dich wieder lachen zu sehen», meint sie plötzlich. Da merke ich selbst, wie gut es tut zu lächeln. So gut ging es mir schon lange nicht mehr.

«Die Sache mit der Firmengründung scheint dir Spaß zu machen», fährt sie fort. «Das freut mich.»

«Hm, ja, ich habe keine Zeit mehr für Selbstmitleid. Das hat sein Gutes», gebe ich zu. Die Tage, wo ich mitten am Nachmittag ins Bett gegangen bin, weil ich einfach keine Kraft mehr hatte, scheinen in weiter Ferne zu liegen.

«Und wie geht's dir beim Gedanken an das Baby, Liebes? Wird es langsam einfacher?»

«Manchmal löst irgendetwas die Erinnerung daran aus. Dann tut es weh, als sei es erst gestern gewesen. Aber meistens geht's. Schließlich passiert das vielen Frauen, und ich muss einfach damit klarkommen.»

«Das heißt ja auch nicht, dass es keine weiteren mehr geben wird», versucht Mum mich zu trösten. Ich nicke, wenn auch nicht mit Überzeugung.

«Außerdem ist Sugar and Spice jetzt mein neues Baby.»

Nach scheinbar nicht enden wollenden Aprilschauern zeigt sich nun endlich die Sonne. Nur ungern verzichte ich auf einen Strandspaziergang mit Mum am nächsten Morgen und trete die Heimreise an, um nachmittags noch backen zu können, bevor morgen die neue Woche losgeht. Als ich nach einer zügigen Fahrt daheim ankomme, checke ich als Allerserstes die Website und den Anrufbeantworter. Keine neuen Anfragen oder Bestellungen. Ich versuche, nicht allzu enttäuscht zu sein, aber es fällt mir schwer. Ich fühle mich wie ein verschmähter Lover, der sehnsüchtig auf den erlösenden Anruf wartet. Ganz oben auf meiner To-do-Liste steht die Inbetriebnahme der Kreditkartenmaschine, ein Punkt, den ich schon die ganze Woche vor mir herschiebe. Noch kann über die Website nicht mit Karte bezahlt werden, das heißt, alle Bestellungen müssen manuell abgewickelt werden. Das ist zwar nicht ideal, aber bevor ich nicht weiß, wie das Feedback ist, will ich keine weiteren Investitionen in die Seite tätigen. Als Erstes versuche ich, die vielen verschiedenen Kabel und Plastikteile zu sortieren, die miteinander verbunden werden sollen, aber eine Stunde später bin ich noch keinen Schritt weiter. So lange sollte das bestimmt nicht dauern – könnte jedoch sein, dass mein Widerwille, die Bedienungsanleitung zu lesen, mit dran schuld ist. Die Versuchung, den ganzen Kram an die Wand zu schmeißen, wird von Minute zu Minute größer. Am liebsten würde ich Moo anrufen und ihr was vorjammern, doch das wäre unfair. Ich bin jetzt auf mich allein gestellt. Mist, verdammter ... Ich brauche etwas, das mich zum Lächeln bringt. Da ich gerade keinen Mann zum

Küssen und Schmusen zur Hand habe, greife ich nach einer Tüte Malteser. Fast genauso befriedigend, aber leider von kurzer Dauer. Was ich wirklich brauche, ist geistige Aufmunterung der gebackenen Art, was mich daran erinnert, dass ich immer noch einhundertsechzig Feentörtchen backen muss.

Also mache ich mich wie eine Wahnsinnige an die Arbeit, und bald steht die Küche voller Schüsseln mit Butter, die auf Zimmertemperatur kommen muss, geduldig auf ihren Einsatz wartenden Eiern und Mehl, das bis zum Umfallen gesiebt wurde. Meine Enttäuschung über die ausbleibenden Bestellungen ist vergessen, während ich mich der reinen Freude hingebe, etwas so Einfaches und doch Wunderbares zu backen. Die Frühlingssonne strahlt zum Fenster hinein, und Parkie spielt einen Song von Frank Sinatra im Radio. Ich singe fröhlich mit, während ich den Teig in die geblümten Papierförmchen löffele, die meine Feentörtchen an ihrem großen Tag tragen werden. Solange sie vor sich hin backen, tanze ich mit Parkie zu Van Morrisons *Moon Dance* einen Walzer durchs Wohnzimmer. Als der Geruch nach Vanille und goldgelbem Rührteig das Haus erfüllt, kriege ich plötzlich Hunger. Fünf Minuten nachdem ich die erste Runde rausgeholt habe, teste ich ein Feentörtchen. Und dann noch eins, nur um sicherzugehen. Es werden drei. Ich zwinge mich zu einer Joggingrunde nach draußen. Nun ja, eher zuerst flottes Walking und dann Joggen, beziehungsweise ein Stück Walking, ein Stück Jogging und dann – oh, seht nur, Frau Ente mit ihren sechs flauschigen Küken. Ich bewundere etwa zwanzig Minuten lang Frau Entes Erziehungsmethoden, bevor ich mühsam wieder losstolpere. Meine Wadenmuskeln tun weh, meine Lungen betteln um Gnade, und mein Gesicht ist rot, aber ich habe das gute Gefühl, mindestens zwei Stunden an der frischen

Luft gewesen zu sein. Die Küchenuhr jedoch sagt mir, es waren gerade mal fünfundvierzig Minuten. Minus den Enten macht das ... Ach, was soll's, ich sehe aus, als wäre ich zwei Stunden draußen gewesen.

Nach einem frühmorgendlichen Meeting bei einer Werbeagentur erwartet mich ein Büro voller absolut miesgelaunter Menschen. Ich frage mich, welche üblen Aktionen sich die Vampirkönigin wohl heute schon geleistet hat, aber sie ist nirgendwo in Sicht. Auf meine Frage hin erzählt mir Donna, dass die Gerüchte über Entlassungen bei Pharmagenica, die seit sechs Monaten durch die Abteilungen geistern, scheinbar Realität geworden sind. Ich hatte das alles nicht so richtig verfolgt, denn Gerede über Übernahmen und Entlassungen gehören in der Pharmabranche zur Tagesordnung.

«Aber doch bestimmt nicht in unserer Abteilung», beschwichtige ich sie.

«Scheinbar doch. Chris haben sie schon mitgeteilt, dass er gehen muss.» Donna scheint den Tränen nahe. Ich versuche, sie damit zu beruhigen, dass wir aufgrund des brandneuen Medikaments fürs Erste sicher sind.

«Sie können uns jetzt nicht rauswerfen», versichere ich ihr, während ich meine E-Mails checke. Jessica bittet mich für 15.30 Uhr in ihr Büro. O Mann, was will sie denn jetzt wieder? Änderungen in letzter Minute? Ich habe versprochen, die jüngste Marktanalyse bis heute Abend auf ihrem Tisch zu haben. Hat sie herausgefunden, dass ich ein heimliches Doppelleben als Tortenbäckerin führe? Will sie mich entlassen? Nein, das kann nicht sein, sie braucht mich für diesen Launch, denn da habe ich schließlich von Anfang an mitgearbeitet. Rede dir da mal keine Dummheiten ein, Maddy Brown.

War scheinbar gar nicht so dumm! Um 16 Uhr bin ich meinen Job los. Ich kann es immer noch nicht glauben. Den Tränen nahe, fahre ich meinen Computer herunter und versuche, den mitleidigen Blicken meiner Kollegen auszuweichen. In der Pharmabranche herrscht erbitterter Wettbewerb. Aus Angst, ich könnte irgendwelche vertraulichen Strategien und Marktforschungsanalysen ausplaudern, endet mein Arbeitsvertrag mit sofortiger Wirkung. Sprich, ich muss noch heute gehen. Nicht mal meine E-Mails oder Akten darf ich aufräumen. Ich hole die gammlige Banane aus meiner obersten Schublade und lege sie dann als lahmen Racheakt wieder hinein. Donna versucht mich zu trösten, und ich versichere ihr, dass es mir gutgeht, obwohl sie und alle anderen deutlich sehen können, dass das nicht der Fall ist. Völlig am Ende, stolpere ich draußen zu meinem Auto, das sie mir bald wegnehmen werden. Ich kann mich nicht mal erinnern, wie ich nach Hause gekommen bin, aber plötzlich stehe ich in meinem Wohnzimmer. Was zum Teufel ist hier passiert? Ich versuche die Erinnerung an Jessicas bemüht traurige Miene auszulöschen, die sie zugunsten unserer Personaldame aufgesetzt hat, als sie mir ihre Neuigkeiten eröffneten. Unvermeidbar, eine wertvolle Mitarbeiterin, unverzichtbarer Stellenabbau, schwierige Entscheidung, ein erstklassiges Zeugnis, Abfindung; die Worte rasen durch meinen Kopf, während ich versuche, ihren Sinn zu begreifen. So sollte es nicht sein, ich war noch nicht bereit zu gehen. Na gut, viel Spaß hat es mir das letzte Jahr über nicht mehr gemacht, aber ich war nicht so weit, noch nicht. Erst wollte ich sichergehen, dass die Firma ein Erfolg wird. Ich fühle mich betrogen. Der Moment, in dem ich Jessica den ausgestreckten Mittelfinger unter die Nase halte, während ich ihr meine Kündigung überreiche, weil ich mit meinen Kuchen Millionen verdiene, wurde mir geklaut.

Mein Gott! Ich kann es kaum fassen. Ich habe keinen Job mehr! Was um Himmels willen passiert denn jetzt? Ich schenke mir ein Glas Wein ein und fange an, das Bad zu putzen, weil mir nichts Besseres einfällt. Da ich den ganzen Tag noch nichts gegessen habe, steigt mir der Wein sofort zu Kopf, sodass ich schließlich betrunken und heulend der Reihe nach alle Freunde und Familienmitglieder anrufe. Natürlich ernte ich jede Menge Mitleid und höre Sachen wie: «Vielleicht hätte dir nichts Besseres passieren können», worauf ich gerne antworten würde: «Sag das mal meiner Bank.»

Mum bietet mir an herzukommen, und es kostet mich wirklich viel Kraft, ihr Angebot abzulehnen. Ben hingegen verspricht, Dad nichts davon zu erzählen (ich weiß auch nicht, warum das wichtig ist, aber es ist so), und lädt mich zum Abendessen ein, was ich dankend ablehne. Stattdessen leere ich die Weinflasche, mampfe eine riesige Tüte Chips, eine Packung Malteser und etwas Schokoladeneis.

Am nächsten Morgen habe ich einen teuflischen Kater. Vorsichtig taste ich nach dem Telefon, um mich krankzumelden, wohl wissend, dass jede hektische Bewegung unbedingt zu vermeiden ist. Dann fällt es mir wieder ein, und ich lege den Hörer weg. Ich muss nirgendwohin. Die Sorge, ich könnte irgendwelche Geheimnisse an Pharmagenicas Konkurrenten ausplaudern, bedeutet, dass ich zwar noch zwei Monate volles Gehalt bekomme, aber nicht mehr an meinen Schreibtisch zurückkehren darf. Den wird jetzt irgendwer ausräumen. Es fühlt sich an, als würde ich ausgeraubt werden. Von hämmernden Kopfschmerzen und Wellen der Übelkeit geplagt, verbringe ich den Tag damit, furchtbare Talkshows, Kinderprogramme und Vorabendserien im Fernsehen anzuschauen. Ausnahmsweise bin ich dankbar für die ausbleibenden Kuchenbestellungen. Es war schon schwierig genug, mich unter die Dusche zu schleppen, wie sollte ich da einen Kuchen backen, ohne mich dabei zu übergeben. Und natürlich wird ausgerechnet heute der neue Herd geliefert. Der Elektriker wirft einen Blick auf meine Erscheinung, lehnt die angebotene Tasse Tee ab und macht einen weiten Bogen um mich. Ich betrachte das beeindruckende Ofenmonster in meiner Küche, aber irgendwie wird mir dadurch mein Schicksal nur umso deutlicher. Vor zwei Tagen hätte mich das raumschiffartige Design noch mit Begeisterung erfüllt, genau wie die Versprechungen der Begleitbroschüre, ich könne jetzt vier Kuchen auf einmal backen. Nun frage ich mich, wie ich diese Anschaffung überhaupt rechtfertigen soll. Schließlich gehöre ich jetzt zu rund einer Million Arbeitslosen und kann es immer noch nicht recht glauben. Bestimmt wache ich demnächst auf und merke, dass alles nur ein schrecklicher Albtraum war.

Am Abend fühle ich mich ein bisschen besser, doch mehr als eine Scheibe trockenen Toast kriege ich nicht runter. Klappernd fällt im Flur die kostenlose Wochenzeitung durch den Briefkastenschlitz. Da ich mir die Stellenanzeigen ansehen sollte, schleppe ich mich mühevoll zur Tür, wo auch meine restliche Post auf dem Boden liegt. Mein Blick fällt auf einen ziemlich amtlich wirkenden Umschlag. Neugierig öffne ich ihn, und meine Kinnlade klappt herunter. Es ist mein Freibrief – das heißt, ich bin jetzt offiziell geschieden. Auch wenn ich wusste, dass das Procedere im Gange ist, überrascht es mich doch. Es fühlt sich so endgültig an, als würde eine angelehnte Tür ins Schloss fallen. Kann diese Woche noch schlimmer werden? Schluchzend rufe ich Moo an, die alles tut, um meine gepeinigte Seele zu trösten.

«Maddy, ich weiß, dass du dich im Moment mies fühlst, aber versuch doch, es positiv zu sehen.»

«Was, bitte schön, kann positiv daran sein, innerhalb von achtundvierzig Stunden meinen Job zu verlieren und geschieden zu werden?», frage ich schniefend.

«Beides sind Zeichen dafür, dass die Zeit gekommen ist, dir ein neues Leben aufzubauen. Manchmal brauchen wir dazu alle einen kleinen Schubs, und das ist nun deiner.» Davon fühle ich mich auch nicht besser.

«Du und James, ihr müsst beide loslassen. Und hast du nicht gestern Abend gesagt, dass du eine Abfindung erhältst?»

«Ja», murmele ich, während ich eine Haarsträhne um den Finger zwirble.

«Na, dann investier das Geld doch in Sugar and Spice und gib der Firma eine Chance. Man hört doch oft, dass erfolgreiche Unternehmen aus einer Entlassung entstanden sind», fährt Moo begeistert fort. «Die ganze Zeit redest du davon, am Scheideweg zu stehen. Jetzt hast du die Möglichkeit, eine andere Abzweigung zu nehmen. Die ersten Schritte hast du schon gemacht, du musst nur noch losrennen.»

«Hast du je daran gedacht, als Lebensberaterin zu arbeiten?», frage ich sie und muss zum ersten Mal an diesem Tag lachen.

«Das Leben anderer krieg ich locker auf die Reihe, während in meinem eigenen weiterhin Chaos herrscht. Ich wünschte, sie würden mich auch entlassen. Ich brauche jemanden, der die Entscheidung für mich fällt.»

«Welche Entscheidung?»

«Ob ich zu Hause bleiben und Vollzeitmutter werden soll», antwortet Moo. O Gott, es heißt ja immer, aller guten Dinge sind drei – gilt wohl auch für die schlechten. Ich hätte niemals damit gerechnet, dass Moo sich überlegen könnte, all das aufzugeben, was ihre Persönlichkeit ausmacht.

«Wow.» Etwas anderes fällt mir nicht ein.

«Alles ist möglich. Bäro, sag Tante Maddy guten Tag.»

Ich singe ein Hallo in den Hörer. Am anderen Ende ist Schnüffeln, schweres Atmen und schließlich Weinen zu hören, woraufhin Moo lacht.

«Seine Nase läuft, und das klebt jetzt alles am Hörer», klärt sie mich auf. «Ich muss Schluss machen. Wie du merkst, weint er jetzt ohne ersichtlichen Grund. Ich hab dich lieb. Denk über das nach, was ich gesagt habe. Und ruf mich an, wenn du mich brauchst. Tschühüs.»

Kaum habe ich aufgelegt, klingelt es wieder.

«Heißt das, ich darf dich jetzt nicht mehr mein Eheweib nennen?», will James wissen.

«Scheint so. Obwohl ich das eigentlich ganz gerne mochte.» Ich spiele wieder mit meinen Haaren.

«Und auf meine ehelichen Rechte kann ich wohl auch nicht mehr pochen, was?» Er lacht.

«Magst du vorbeikommen?», frage ich, weil ich plötzlich nicht allein sein mag. Ich will sicher sein, dass sich zwischen uns nichts verändert.

«Tut mir leid, bin mit der Blondine verabredet.»

«Oh. Na ja, macht nichts.» Enttäuscht zwirbele ich meine armen Haare noch fester.

«Du klingst irgendwie traurig?», meint James nach einem kurzen Schweigen.

«Hm ... Bin nur nicht gut drauf, nichts weiter.» Ich weiß ja selbst nicht, was ich fühlen sollte. Trauer? Freude? Erleichterung?

«Ich weiß, was du meinst.» Es klingt, als wolle er noch mehr sagen, aber er tut es nicht.

Völlig fertig und den Tränen nahe, liege ich um zehn im Bett. Ich muss einfach dauernd daran denken, wie traurig es ist, dass wir jetzt endgültig geschieden sind. Wir haben so viel zusammen durchgemacht – zum Beispiel die Renovierung eines komplett zerfallenen Hauses ohne Zentralheizung und ordentliche sanitäre Einrichtungen. Sechs Monate lang haben wir unser Geschirr in der Badewanne gespült. Unsere Mahlzeiten stammten entweder aus der Mikrowelle oder vom Pizzaservice. Geschlafen haben wir in Schlafsäcken mit Frosch zwischen uns, der vor Kälte zitterte, während sich innen an den Fenstern Eisblumen bildeten. Als ich einundzwanzig war, nahm James mich auf meinen ersten Urlaub im Ausland mit. Später sind wir ein halbes Jahr lang gemeinsam durch Australien, Neuseeland und Thailand getourt. Wir haben davon geträumt, in Noosa oder Byron Bay zu wohnen, ein Wohnmobil voller braungebrannter, sommersprossiger Kinder zu fahren, auf dem Beifahrersitz Frosch mit einem Tuch um den Hals, Surfbretter auf dem Dach und ein Lächeln auf unseren Lippen. Doch irgendwas kam dazwischen. Mit dreißig wollten wir plötzlich andere Dinge als mit einundzwanzig. Hätten wir es ein bisschen länger versuchen sollen? Wenn ich das Baby nicht verloren hätte, wären wir dann wieder zusammen? Den Kopf voller Fragen und möglicher Antworten, falle ich in unruhigen Halbschlaf.

Irgendwann schrecke ich hoch und schaue sofort auf den Wecker in der Annahme, ich hätte verschlafen. Nicht dass es noch von Bedeutung wäre! Es ist erst Viertel vor zwei. Ich liege im Dunkeln, lausche auf das Knacken der Heizungsrohre und muss prompt wieder an meine Scheidung denken. Unser Hochzeitstag fällt mir ein. Ich kam zwanzig Minuten zu spät, und James dachte, ich würde ihn vor dem Altar sitzen lassen. Ich bereue nicht, ihn geheiratet zu haben. Ich bereue nur, dass es nicht funktioniert hat. Aber Moo hat recht, es ist Zeit, das Kapitel abzuschließen. Aus unerfindlichen Gründen steht plötzlich Frank Sinatra in meinem Schlafzimmer und singt «My Way».

«Regrets I've had a few ...» Ich verbanne ihn nach draußen auf den Flur zu den anderen Geistern. Ich gehöre nicht zu denen, die mit Toten sprechen, auch wenn diese einem weiterhelfen wollen. So liege ich da und denke über Moos Worte nach. Will ich einen neuen Job? Wieder ins Hamsterrad klettern? Oder will ich meinen Traum mit beiden Händen anpacken und abwarten, was passiert? Selbst wenn ich bisher noch keine Bestellungen hatte – es ist ja erst der Anfang, und wenn ich mich voll darauf konzentrieren würde, käme der Erfolg vielleicht schneller als erwartet? Soll ich es einfach wagen? Die Abfindung hält mich eine Zeit lang über Wasser. Vielleicht haben sie ja alle recht, und etwas Besseres hätte mir nicht passieren können.

Ich klettere aus dem Bett und versuche, mir keine Gedanken um die draußen im Flur versammelte Geisterwelt zu machen. Im Arbeitszimmer suche ich mein Bücherregal ab. Buchhandlungen sind wie Schuhgeschäfte: Es gibt dort immer etwas, das ich unbedingt haben muss. Nur selten schaffe ich es, den Laden ohne eine Neuerwerbung zu verlassen. Wie ich meine Regale entlanggehe, entdecke ich längst vergessene, nie gelesene Bücher. Bald sitze ich mit einem Stapel auf dem Fußboden, den ich in den nächsten sechs Monaten unbedingt lesen will. Schließlich finde ich den Band, nach dem ich gesucht habe, und wische die dünne Staubschicht darauf ab. (Notiz: Muss dringend meine Bücherregale abstauben.) Es handelt sich um ein Buch mit Zitaten. Auf dem Vorsatzblatt steht mit verschnörkelten Ypsilons die Widmung «Happy Birthday, alles Liebe, Mum

(1995)». Damals war ich fünfundzwanzig. Wovon habe ich mit fünfundzwanzig geträumt? Eine Seite hat ein Eselsohr. Es handelt sich um Seite siebenundsechzig, wo ich die Worte finde, nach denen ich gesucht habe.

> *In zwanzig Jahren wirst du mehr enttäuscht sein*
> *über die Dinge,*
> *die du versäumt hast, als über die, die du getan hast.*
> *Also mache die Leinen los, verlass den sicheren Hafen,*
> *fang den Fahrtwind in deinen Segeln. –*
> *Forsche, träume, entdecke!*
> Mark Twain

Ich lege das Buch auf meinen Nachttisch, damit ich es immer gleich zur Hand habe. Dann decke ich mich sorgfältig zu und kuschele mich wie ein kleines Tier in meine Betthöhle. Ein Gefühl der Ruhe überkommt mich, dem der Schlaf auf den Fersen folgt.

………………………………………………………………

Interview mit Richard und Judy:

«Maddy, Sie sind berühmt dafür, gegen eine millionenschwere Schlankheitsindustrie anzukämpfen und uns alle dazu zu bewegen, mehr Kuchen zu essen. Vor kurzem ist Ihr zweites Buch über Ihren Werdegang erschienen. Waren Sie sich immer so sicher, dass Sie Erfolg haben würden?»
«Nun ja, Judy, anfangs gab es schon ein paar Zweifel, aber ich vertraute stets darauf, dass ich es schaffen würde.»
«Aber Sie haben eine erfolgreiche Karriere aufgegeben, um Ihren Traum zu verwirklichen, an den viele nicht geglaubt haben ... Die meisten Menschen finden diese Vorstellung beängstigend.»

«Schon, aber wann immer ich Zweifel hatte, musste ich nur einen Blick auf ein Zitat von Mark Twain werfen, das ich stets mit mir herumgetragen habe. Dazu ermuntere ich auch die Menschen in meinem Buch.»
«Sie wurden vor kurzem zum zweiten Mal in Folge zur Geschäftsfrau des Jahres gewählt. Was, glauben Sie, ist Ihr Geheimnis?»
«Alle meine Geheimnisse stehen in meinem Buch, Richard.»
Wir lachen beide, und plötzlich fällt mir ein, dass ich vergessen habe, Richard Branson zurückzurufen. Virgin geht es gerade nicht so gut, und ich habe versprochen zu helfen. Mist, ich werde wohl das Mittagessen mit Manolo absagen müssen. Als seine neue Muse inspiriere ich ihn zu seiner neuen, sexy Schuhkollektion. Er wird untröstlich sein.

Beim Aufwachen habe ich ein flatterndes Gefühl in der Magengrube. Es unterscheidet sich von den großen, schwarzen Faltern, die dort das letzte Jahr gehaust und sich von meinen Ängsten und Enttäuschungen ernährt haben. Das hier ist anders. Ein sanftes Kribbeln von zarten, hellblauen Schmetterlingsflügeln. Als würde einen jemand an der Handfläche kitzeln. Es fühlt sich gut an.

Vor dem Frühstück stelle ich mich vor den Spiegel und wünschte sofort, ich hätte es nicht getan.

Stell dich aufrecht hin.

Gut.

Ich bin ich, und ich bin einzigartig.

Ich trage die Kraft in mir.

Ich kann es schaffen.

Ich werde Erfolg haben.

Die Leute lieben meinen Kuchen.

Glaube ich zumindest.

Ist das Orangenhaut?

Es ist Zeit, meine Verkleidung abzulegen, meine Flügel zu entfalten und mein wahres Ich zu enthüllen. Das Ich, das mir in letzter Zeit irgendwie abhandengekommen ist. Zu lange habe ich mich versteckt und mich vor den «was wenns» versteckt. Nun bin ich bereit, mit geschlossenen Augen den Sprung zu wagen. Nein, das ist gelogen! Die Augen werde ich definitiv offen lassen. Ich hasse es, nicht zu sehen, wohin ich gehe.

In der kommenden Woche organisieren Donna und der Rest des Teams ein Abschiedsmittagessen in unserem Stammlokal. Während ich Osterkuchen verteile, erzähle ich ihnen schließlich von Sugar and Spice. Sie sind alle hellauf begeistert, und ich würde am liebsten jeden von ihnen umarmen, losheulen und mich selbst zum Affen machen. Als sie mir ganz unerwartet einen Blumenstrauß überreichen und mir versichern, wie sehr sie mich vermissen werden, werde ich vor Rührung prompt knallrot. Was soll denn immer nur dieses Rotwerden, verflixt nochmal? Ich bin fünfunddreißig, nicht fünfzehn! Wann immer es passiert, verberge ich mein Gesicht in den Händen, damit niemand es sehen kann. Meistens wird es jedoch dadurch nur noch schlimmer. Schließlich verabschiede ich mich von meinen karrierebewussten Kollegen mit ihren ständig wachsenden E-Mail-Bergen, den endlosen To-do-Listen, den obligatorischen Überstunden und der Vampirkönigin, die zum Glück nirgends zu sehen ist. Dann trete ich hinaus in die weite, unsichere Welt, die mich erwartet.

Später am Abend gerät meine Zuversicht ein wenig ins Wanken und stürzt schließlich in sich zusammen.

Dreihundert Feentörtchen

Mai

Alle lieben Feentörtchen: Sie sind die Doris Days der Törtchenwelt. Luftige Blondinen mit hübschen, pastellfarbenen Kleidern und zuckersüßem Aroma. Moo und ich pinseln gerade bunten Zuckerguss auf die dreihundert Stück, die ich hoffentlich morgen beim Maifest verkaufen werde.

«Was meinst du, 50 Pence pro Stück und drei für ein Pfund?», frage ich.

«Klingt vernünftig.» An was man alles denken muss!

«Vielen Dank für deine Hilfe.» Ich strecke Moo meine klebrige Hand hin.

«Ich brauchte ohnehin mal eine Pause», erwidert sie, und einen Moment lang habe ich Angst, sie könnte gleich anfangen zu weinen. Stattdessen streicht sie sich ein loses Haar aus dem Gesicht und senkt den Kopf, als würde sie mit ihren Gedanken kämpfen.

«Ist alles in Ordnung?», frage ich besorgt. So kenne ich Moo gar nicht. Sonst bin ich immer die Heulsuse, während sie Menschen, die sie kränken, immer entweder ausgelacht oder angebrüllt hat.

«Ja. Es geht schon. Wirklich.» Sie schenkt mir ein müdes Lächeln. «Um ehrlich zu sein, habe ich einfach eine Auszeit gebraucht: von der Arbeit, dem Baby, Bob. Ich bemühe mich so sehr, alles unter einen Hut zu bekommen und jedem gerecht zu werden, und scheitere doch kläglich. Ich habe das Gefühl, bis in die letzte Faser ausgelaugt zu sein. Ich bin dauernd gereizt und an den meisten Tagen zu schlapp für ein normales Gespräch.»

Mit einer heftigen Bewegung schüttet sie einen Schwung Zuckerstreusel auf ein Feentörtchen, das völlig davon bedeckt wird. Ohne Lippenstift und Eyeliner, ohne die sie früher nie das Haus verlassen hätte, wirkt Moo unnatürlich blass, wie einer dieser verzweifelten Junkies in *Casualty*. Ist das der Effekt des Mutterdaseins? Wenn Lou hier wäre, würde sie sofort eine Notfalldosis Selbstbräuner verschreiben.

«Und ich bin FETT! Diese letzten fünf Kilo krieg ich einfach nicht mehr runter. Keine meiner alten Klamotten passen mir mehr!» Moo schleudert ein Törtchen quer durchs Zimmer, und ich versuche, mir das Lachen zu verkneifen. So gefällt sie mir schon besser. Moo in Action. Als Kind warf sie sich beim kleinsten Verbot immer bäuchlings aufs Bett und weigerte sich, zu essen oder mit irgendjemandem zu sprechen. Rasch wischt sie sich nun mit dem Ärmel über die Augen im Versuch, die Tränen zu stoppen, die sich davon aber nicht beeindrucken lassen. Unaufhaltsam kullern sie ihr über die Wangen und fallen in dicken Tropfen auf den Esstisch. Dort treffen sie auf Zuckerstreusel und lassen deren bunte Farben zu einem Regenbogenmeer zerfließen. Ich stehe auf und lege ihr den Arm um die Schultern, während sie mit zuckenden Schultern weiterschluchzt.

«Du bist nicht fett. Und hör auf, dich unter Druck zu setzen, pausenlos perfekt sein zu müssen. Viele Frauen kämpfen nach der Schwangerschaft erst mal mit ihrem Gewicht.»

«Posh, Madonna, Sarah Jessica Parker?», widerspricht Moo trotzig.

«Ähm, ja. Aber da fallen mir nur drei Stichworte ein: Hungern, Fitnesstrainer und Kindermädchen. Hallo, Erde an Moo! Ich mach uns erst mal einen Tee, ja?»

Ich klinge genau wie Mum. Die Lösung zu jedem Problem liegt stets in einer Tasse Tee. Moo nickt schniefend. Sie sieht aus wie ein Kleinkind im Kindergarten. Der ganze Tisch liegt nun voller bunter Zuckerstreusel – ein hübscher Anblick, wie ein getupftes Impressionisten-Gemälde aus leuchtendem Pink, Blau und Gelb.

«Und das erste Jahr ist besonders hart, das sagen alle. Du darfst nicht vergessen, dass dein ganzes Leben plötzlich Kopf steht», rufe ich aus der Küche.

«Freya scheint das nichts auszumachen!», wirft Moo ein. Darauf weiß ich nichts zu sagen, denn es stimmt. Freya scheint sich in ihrer neuen Rolle pudelwohl zu fühlen und nebenbei noch drei Kilo abgenommen zu haben. Das Leben ist manchmal wirklich unfair. Allerdings habe ich den Eindruck, dass Freya es sich auch nicht anmerken lassen würde, falls sie Probleme hätte.

«Sie hat sofort mit dem Arbeiten aufgehört», gebe ich zu bedenken. «Und sie kommt aus Schweden.» Was auch immer das heißen soll. Wie aufs Stichwort steht plötzlich, frisch und ausgeruht, Freya vor der Tür, um uns zu helfen. Nach einem Blick in Moos gerötete Augen erkundigt sie sich, ob alles in Ordnung sei. Moo bejaht, sie sei bloß ein bisschen müde. Ich merke, dass sie offensichtlich das Thema wechseln will. Also frage ich Freya, welche Zaubercremes sie benutzt, dass ihre Haut so gesund strahlt. Sofort wünschte ich, ich hätte den Mund gehalten, denn nach ihrer Antwort fühle ich mich genauso mies wie Moo.

«Ach, nichts Besonderes. Nur Seife und Wasser.»

Das Leben ist wirklich unfair.

Die ersten fünfzig Feentörtchen überziehen wir noch ganz sorgfältig mit Zuckerguss, und alle Streusel werden gleichmäßig verteilt. Den letzten fünfzig ergeht es nicht ganz so gut. Wild klatschen wir den Guss darauf und verzieren sie, ohne richtig hinzuschauen. Unsere Hände und Schürzen sind voller Zuckerguss, während die bunten Streusel auf dem Küchenfußboden geradezu zum Ausrutschen einladen. Als wir schließlich fertig sind, hole ich eine Flasche Sekt aus dem Kühlschrank, die dort auf genau so eine Gelegenheit gewartet hat. Wir stoßen auf meine Entscheidung an, mich ganz der Firma zu widmen, auf die Tatsache, nie wieder mit der Vampirkönigin arbeiten zu müssen, und auf den ersten öffentlichen Auftritt von Sugar and Spice. Bald kichern wir albern herum und haben sechs der Feentörtchen verspeist. Als Freya sich schließlich auf den Heimweg macht, überprüfen Moo und ich noch einmal, ob für den nächsten Morgen auch alles bereitsteht. Wie gründlich wir dabei sind, sei allerdings an dieser Stelle lieber verheimlicht. Dann kriechen wir, von unserer Zuckergussaktion erschöpft und mehr als ein bisschen beschwipst, in die Falle. Moo kriegt mein Bett, und ich schlafe im Gästezimmer auf der Luftmatratze. Selbige im angetrunkenen Zustand aufzublasen, ist keine gute Idee. Am nächsten Morgen wache ich auf dem harten Boden auf, weil ich vergessen habe, das Ventil richtig zu verstöpseln.

Das Maifest in Stoney Mills findet jedes Jahr statt. Dazu wird die Hauptstraße für den Verkehr gesperrt, und Verkaufsbuden drängen sich auf jedem freien Quadratmeter. Es sind immer dieselben: eine Kirchentombola, ein Secondhand-Bücherstand des örtlichen Rotary Clubs, ein Stand mit Marmelade und Eingemachtem und etwa sechs Losbuden für einen guten Zweck. Der von Stadthäusern und den hübschen viktorianischen Cottages umgebene kleine Park verwandelt sich mit seinen bunten Girlanden in ein Mini-Musikfestival. Folkmusiker kriechen aus ihren Löchern hervor, wo sie sich den Rest des Jahres verstecken, die Bärte ein paar Zentimeter länger und die Kniebundhosen ein Stück kürzer, um fürs wohlwollende Publikum aufzuspielen. Hier präsentiert sich Sugar and Spice zum ersten Mal öffentlich. Vor lauter Aufregung wache ich bereits in den frühen Morgenstunden auf. Ich öffne die Vorhänge, und mein Herz macht einen freudigen Hüpfer, als die Morgensonne ins Zimmer scheint. Sie verspricht einen schönen, erfolgreichen Tag. Hurra! Hurra! Ich tanze förmlich in die Küche, wo ich meine kleinen Muffinfreunde zusammenpacke, während Moo sich grummelnd darüber beschwert, dass ich ihr die erste Möglichkeit zum Ausschlafen seit zehn Monaten verwehre.

Als wir den Grünstreifen erreichen, herrscht dort schon emsige Betriebsamkeit. Einige ausgewählte Stände werden um uns herum aufgebaut. Eine Frau mit Töpferware neben uns, ein Pflanzenstand, einer mit kunterbunten Batikklamotten und Holzperlenschmuck, zwei Mädchen, die Aromaöle und Entspannungskassetten anbieten, und ein seltsam aussehender Mann, der Sammler-Comics verkauft. So schnell wir können, bauen wir unseren Stand auf, doch das geht nicht so einfach wie in der Anleitung beschrieben. Vor allem die Position der Plane sorgt für Verwirrung, wodurch wir das Ding öfter als nötig entfernen und wieder anbringen müssen. Um zehn sind wir schließlich so weit, und abgesehen von der Plane, die mit Unmengen von Klebeband befestigt ist und jeden Moment einzustürzen droht, schmückt unseren Stand nun ein eindrucksvolles Banner, hübsche geblümte Tischdecken, edles Porzellan und farbige Glasplatten. Der Tisch ächzt buchstäblich unter der

Last der Feentörtchen mit ihren bunten Streuseln, Gummibärchen und Zuckerblumen in leckeren pastellfarbenen Schattierungen. Es gibt Schokotörtchen, Zitronentörtchen und welche mit Smarties. Alles sieht phantastisch aus!

Phantastisch!

Während Moo die Stellung hält, mache ich mich auf die Suche nach Nick, dem Organisator der Veranstaltung. Ich spreche einen Herrn um die fünfzig an und will mich gerade vorstellen, als er mich mitten im Satz unterbricht und auf einen Mann hinter einem der Stände zeigt: Die Sonne in seinem Rücken verleiht ihm einen regelrechten Heiligenschein. Mit seinen blonden Locken, dem ausgebleichten T-Shirt und den meerblauen Augen sollte er eher ein Surfboard unterm Arm haben statt ein Klemmbrett. Könnte *er* es sein? Mir fallen sofort meine Träume von einem Leben am Meer ein, und ich kann uns bereits Händchen haltend den Strand entlangspazieren sehen.

«Hallo, ich bin Maddy von Sugar and Spice.» Um meine Worte zu untermalen, strecke ich meine Brust raus (vorne auf meinem rosafarbenen T-Shirt ist nämlich der Firmenschriftzug aufgedruckt). Er wirkt leicht irritiert, hat sich aber schnell wieder unter Kontrolle. Ich wünschte, ich hätte mir mehr Mühe mit meiner Frisur gegeben. Zurück an unsrem Stand, erkundigt sich Moo, ob ich die Größe meiner Oberweite hätte demonstrieren wollen. Nächstes Mal sollte ich zumindest einen Zettel mit meinen Maßen und eine Liste mit Vorlieben und Abneigungen bereithalten, zieht sie mich auf.

Taillenumfang sechsundsechzig Zentimeter, schätze ich. Könnte auch ein bisschen mehr sein.

Ich mag: lesen, den Herbst, mit einem guten Film und einer Flasche Wein auf dem Sofa kuscheln. Ray Winstone, Pudding und Parkie.

Ich mag nicht: warten, Vanilleeis, Fondant-Eier, die Dunkelheit, schlechtgelaunte Leute, Rod Stewart.

Moo bedeutet mir mit einem Nicken, dass Nick zu uns herüberkommt. Schnell befeuchte ich meine Lippen, damit sie verführerischer glänzen. Doch plötzlich halte ich mitten in meinen Bemühungen inne. Er trägt graue Jogginghosen, was an sich schon schlimm genug ist, aber – und das ist ein fettes ABER – selbige stecken unten in braunen Socken. Moo nickt mir wieder aufmunternd zu, aber ich schüttele den Kopf. Manche Dinge sind einfach unverzeihlich. Nachdem er uns den Ablauf des Tages erklärt hat und zum nächsten Stand weitergewandert ist, flüstert Moo mir ins Ohr, meine Ansprüche seien zu hoch, aber ich weiß nicht, was sie meint.

«Solche Makel kann man später noch beheben», zischt sie.

«Nein!», widerspreche ich energisch. «Das ist ein Anzeichen eines grundsätzlich faulen Kerns. Wer so etwas tut, gehört zu der Sorte Mann, die sich mit fünfzig einen hellgelben Pulli über die Schultern wirft.»

Die Musik beginnt, und bald füllen sich die Grünanlagen mit lauter Menschen in T-Shirts, Shorts und Sommerkleidchen. Kinder rennen aufgeregt kichernd herum und verlieren dabei ihre Sonnenhüte und Eistüten, während die Eltern der Musik lauschen. Manche tanzen sogar, andere räkeln sich auf Picknickdecken, um die unverhoffte Sonne zu genießen oder die Sonntagszeitung zu lesen. Die Kinder lieben unsere Feentörtchen. Immer wieder entschuldigen sich Eltern, weil die kleinen Patschhände beim Versuch, sich für eines zu entscheiden, jedes Törtchen anfassen müssen. Seltsamerweise haben die kleinen Jungen eine Vorliebe für die rosafarbenen mit bunten Streuseln, während die

Mädchen sich eher die mit Schokolade aussuchen. Moo hat wahrscheinlich gar nicht so unrecht, dass das ganz normal und der Beginn einer lebenslangen Faszination für Frauen wie Männer ist: Die rosafarbenen Feentörtchen mit bunten Streuseln werden zu Blondinen mit großen Brüsten, und die Schokoladigen? Nun ja, Schokolade ist und bleibt eben Schokolade.

Ich fühle mich wie damals als Kind, als ich mit Moo Einkaufsladen gespielt habe, und schlüpfe so begeistert in meine Rolle, als sei ich dazu bestimmt, hinter einem Verkaufsstand zu stehen. Vielleicht könnte ich ja regelmäßig auf dem Wochenmarkt verkaufen? Immer wieder tauchen Verwandte und Freunde auf, unter ihnen Ben, Freya und die Prinzessin, welche den Guss von einem Feentörtchen leckt, um mir den aufgeweichten Kuchen dann mit angewidertem Blick zurückzureichen. Mac und eine bohnenstangendünne Brünette sagen kurz Hallo und kaufen zwei Feentörtchen, obwohl sie nicht so aussieht, als sei sie ein großer Kuchenfan. Wahrscheinlich generell kein Fan von Nahrung, vermute ich mal. Weil Mac sie dazu drängt, pickt sie schließlich wie ein Vogel kleine Krümel ab, aber der Anblick tut fast weh – als würde man zusehen, wie jemand an ungekochtem Rosenkohl nagt. Was wir nicht alles für einen frischgeangelten Mann tun. Ich muss Mac heute Abend über sie ausfragen.

James und Frosch machen es sich im Gras hinter unserem Stand bequem. James nippt an einem Bier und beobachtet Frauen, während Frosch in der Nähe schnüffelnd nach Kuchenbrocken sucht, die aus kleinen Kinderhänden gefallen sind. Ich bin froh, dass sich die Dinge zwischen uns scheinbar nicht verändert haben, seit die Scheidung durch ist. Wir haben nicht mehr darüber geredet, aber so sind wir nun mal. Genau wie die Fehlgeburt wurde auch dieses Thema unter den Teppich gekehrt. Ich schaue ihn an und muss wieder mal denken, wie seltsam das Leben doch ist. Es kommt mir vor, als wären wir nie verheiratet gewesen, und ich frage mich, ob James irgendwann nicht mehr Teil meines Lebens sein wird. Er bemerkt meinen Blick und lächelt mich an, bevor er Lou zuwinkt, die mit Carl und Chloe im Schlepptau aufgetaucht ist. Während wir anderen in der Hitze zerfließen, wirkt sie wie eine exotische Tropenpflanze in ihrem blau-grün gemusterten Halterneck-Keid, passenden Pantoletten und einer Designer-Sonnenbrille. Sie sollte in Cannes auf einer Yacht sitzen, nicht in den Grünanlagen von Stoney Mills. Die Leute starren ihr nach, weil sie sich nicht ganz sicher sind, ob Lou vielleicht ein Filmstar ist. Carl und James unterhalten sich über Fußballergebnisse, während Lou versucht, Chloe zu beaufsichtigen, die wild entschlossen ist, ihren Finger in jedes einzelne Feentörtchen zu bohren.

«Schau mal, die hübschen Rosafarbenen hier», meint Lou zu ihrer Tochter. «Die haben die gleiche Farbe wie deine Schuhe.»

Chloe jedoch hat offensichtlich anderes im Kopf und schnappt sich gierig zwei Schokotörtchen. Innerhalb von Minuten ist ihr hellrosa Kleid voller brauner Flecken. Mit schokoladenverschmiertem Mund grinst das kleine Mädchen mich an. Verzweifelt schüttelt Lou den Kopf, um sogleich ein paar winzige Jeans und ein T-Shirt für Chloe zum Wechseln aus ihrer Tasche zu ziehen. Trotz der hartnäckigen Bemühungen meiner Freundin, ihre Tochter in duftige Prinzessinnenkleider zu stecken, verweigert sich Chloe der damenhaften Welt ihrer Mutter und bleibt durch und durch Wildfang. Insgeheim vermute ich ja, dass es genau so sein sollte. In jeder Familie gibt es nur Platz für eine Prinzessin.

Als Lou mit ihren in der Sonne schimmernden, perfekt gebräunten Schultern davonstolziert, können Moo und ich nur neidisch hinterherschauen und uns fragen, weshalb das bei ihr immer so leicht aussieht.

«Fühlst du dich neben ihr nicht ein bisschen wie die graue Maus?», fragt Moo.

«Herzlichen Dank. Aber ja, das tue ich», antworte ich und schlecke nebenher an meinen Eis, das Moo mir mitgebracht hat.

Um sechs Uhr abends ist unser Stand bis auf ein paar vereinzelte Feentörtchen leergefegt, die Moo für Bäro einpackt. Langsam leert sich der Park, als sonnenverbrannte Gesichter und Schultern sich auf den Heimweg machen. Es war ein hektischer, aufregender und anstrengender Tag. Während wir zusammenräumen und die Einnahmen zählen, fühle ich mich richtig high. £130 haben wir insgesamt verdient. Zum Glück deckt das meine Ausgaben, aber wenn ich an die vielen Arbeitsstunden denke, kommt kein nennenswerter Gewinn dabei heraus. Trotzdem war es in anderer Hinsicht produktiv: Nun haben mehr Leute von Sugar and Spice gehört, und manche kamen sogar nochmal zurück, um zu sagen, wie lecker die Feentörtchen waren und dass sie definitiv etwas bestellen werden. Ich konnte gerade noch der Versuchung widerstehen, mir das schriftlich bestätigen zu lassen. Moo und ich umarmen uns zum Abschied und versichern uns gegenseitig, dass wir uns um die Zukunft keine Sorgen zu machen brauchen.

«Bananen-Pekannuss-Kuchen mit Schokoladenstückchen ...», singt sie im Auto, als sie langsam davonrollt. Erschrocken sehe ich mich um, um zu sehen, ob *er* in der Nähe ist. Das bringt meine Schwester zum Lachen.

Müde, aber glücklich nach diesem arbeitsintensiven Tag düse ich nach Hause, um noch schnell zu duschen, bevor ich Lou und Mac auf einen Drink treffe. Planlos stehe ich vor meinem Kleiderschrank und warte auf eine Eingebung. Da kann ich wohl lange warten, denn mein Schrank scheint mit Dingen vollgestopft zu sein, die nur andere Leute tragen würden. Tops, die irgendwann mal meine absoluten Lieblingsteile waren, sind zu «Was-zum-Teufel-haben-diese-Sachen-in-meinem-Schrank-verloren»-Teilen geworden. Nichts scheint passend. Verärgert schmeiße ich Klamotten aufs Bett, bis ich mich schließlich für Jeans und meine treue weiße Bluse entscheide. Ich werfe einen schnellen Blick in den Spiegel und versuche mir einzureden, dass ich umwerfend aussehe.

Eigentlich hätte ich es besser wissen müssen, denke ich, als ich das *Cinema Paradiso* betrete, eine trendige, aber nicht zu trendige Bar im Herzen Northamptons. Lou sieht wie immer hinreißend aus in ihrem tiefausgeschnittenen Top, das ich neulich erst im *OK Magazine* an Liz Hurley gesehen habe. Mac, der Inbegriff eines männlichen Flittchens, trägt sexy braun-schwarze Nadelstreifen. Neben den beiden fühle ich mich wie ein Mauerblümchen. Zum ersten Mal hat meine Bluse mich im Stich gelassen.

Wie immer sind Lou und ich von Macs Liebesleben fasziniert. Unerbittlich quetschen wir jedes Detail über die verschiedenen Frauen aus ihm heraus, die sein Leben streifen. Dabei fragen wir uns wie immer, ob in Macs Welt die perfekte Frau überhaupt existiert und ob seine Mutter sie je akzeptieren würde.

«Erzähl uns doch mal was über Rebecca», bettle ich.

«Ach.» Mac rümpft die Nase. «Komplett übergeschnappt. Völlig auf Fitness und ihre Ernährung fixiert. Und ... ihre Hüftknochen stehen total weit raus. Nein, Rebecca ist nichts.»

«Was ist denn aus Ingrid geworden?», fragt Lou.

«Wenn ich mich recht erinnere, hatte die doch so tolle blaue Augen», bestätige ich.

«Große Füße», sagt Mac, als würde das alles erklären.

«Wie meinst du das, große Füße?», fragen Lou und ich im Chor.

«Sie hatte große Füße. Die waren schrecklich, also hab ich Schluss gemacht.» Mac schließt die Augen und schüttelt den Kopf, als wolle er die Erinnerung vertreiben.

«Aber alle großen Frauen mit Beinen bis unters Kinn haben große Füße.» Ich wünschte, das wäre eine meiner Sorgen.

«Mac, du bist verrückt! Ingrid war intelligent, witzig und bildschön», meint Lou und rollt mit den Augen.

«Ich weiß, aber ich konnte einfach nicht aufhören, an ihre Füße zu denken. In meiner Vorstellung wuchsen sie immer weiter.» Aus Macs Gesichtsausdruck zu schließen, bereitet ihm selbst das Sprechen darüber heftiges Unbehagen.

«Und was ist mit Carrie, der südafrikanischen Anwältin?», will ich wissen.

«Ach, zu buschige Augenbrauen. Und dann natürlich noch dieser Akzent.»

«Natürlich.» Ungläubig lasse ich den Blick über die verschiedenen Größen und Formen um uns herum schweifen. Es fasziniert mich immer wieder, dass sich keine zwei Menschen gleichen, dass wir alle einmalig sind. Groß, klein, haarig, umwerfend, seltsam – was für den einen hässlich ist, kann der andere schön finden. Aber was ist schon schön? Oft ist die schönste Person in einem Raum nicht das abgemagerte Model mit den ebenmäßigen Zügen und den perfekten weißen Zähnen oder der Typ mit dem flachen Sixpack-Bauch (obwohl ich zugeben muss, dass ich einem solchen nur schwer widerstehen kann), sondern es ist die Person mit dem strahlendsten Lächeln, den funkelnden

Augen, diejenige, die einen wie niemand sonst zum Lachen bringen kann. Leider interessiert sich Mac für nichts davon. Er will einen bestimmten Typ Frau. Eine, in deren Traum Mac den Helden in Strumpfhosen gibt, während sie sich Hilfe suchend an ihn klammert. Sie klimpert mit ihren langen, falschen Wimpern und haucht ihm atemlos ins Ohr: «Oh, mein Superman!»

«Gibt es den perfekten Mann oder die perfekte Frau überhaupt?» Vielleicht sollte ich mir ja die schlichten Rührkuchen genauer anschauen. Vielleicht ist mein Bananen-Pekannuss-Kuchen-Mann auch nur ein Phantasiegebilde.

«Nein», verkündet Lou mit Nachdruck. «Aber wenn jemand der Richtige für dich ist, dann wird er damit so perfekt, wie es nur geht. Er mag vielleicht ein bisschen anders sein als das, was du dir vorgestellt hast, aber wenn's einen erwischt, kann man nichts dagegen tun. Plötzlich liebst du all die Dinge, bei denen du sonst sofort das Weite suchen würdest. Aber wenn es nicht der Richtige ist, dann wachsen diese Dinge ins Unermessliche. Wie Ingrids Füße.»

«Hm ... Aber in Macs Fall?», frage ich, als sei er gar nicht da.

«Mac ist natürlich ein Sonderfall. Er hat völlig unrealistische Vorstellungen, und wer nicht die optischen Qualitäten von Teri Hatcher mitbringt, hat als Frau bei ihm gleich verloren.»

«Heh! Willst du damit etwa sagen, ich sei oberflächlich?» Mac wirkt gekränkt. Sein trauriger Hundeblick löst wahrscheinlich bei sämtlichen Frauen im Raum das Bedürfnis aus, sich auf ihn zu stürzen und ihn an ihren mütterlichen Busen zu drücken.

Lou und ich nicken.

«Ach, was ich beinahe vergessen hätte: Carl und ich geben am Montag eine kleine Grillparty. Natürlich seid ihr beide eingeladen.» Man hört Lou an, dass sie nicht mehr ganz nüchtern ist. Beim Wort «klein» wechseln Mac und ich einen fragenden Blick. Lous Grillabende haben eine ähnliche Gästeliste wie die Partys bei Elton John – und auch einen ähnlichen Ruf.

«Und wenn wir schon von Perfektion sprechen, ich glaube, ich habe den richtigen Mann für dich gefunden.» Lou zeigt mit leicht glasigen Augen auf mich. «Gutaussehender, erfolgreicher Anwalt, hat sich vor sechs Monaten von seiner Freundin getrennt und besitzt ein zauberhaftes altes Cottage am Rand von Oxford.» Sie klingt, als hätte sie den optimalen Wohnzimmerteppich entdeckt.

«Sinn für Humor, mag die Natur, und sein Lieblingssong ist ‹Hello› von Lionel Ritchie.» Ich stöhne, aber Lou lächelt mich gelassen an, bevor sie zur Bar schwankt, um noch eine Runde Drinks zu holen. Den Männern, die ihr mit heraushängender Zunge nachhecheln, weil sie gerne den Kopf zwischen Lous herrlichen Brüsten vergraben würden, schenkt sie bloß einen hämischen Blick.

Die nächsten zwei Stunden vergehen mit Hilfe von Wein und Wodka wie im Flug, und bald sehe ich alles doppelt. Macs Vorschlag, noch einen Club weiter zu ziehen, stößt auf Ablehnung. Es ist bereits nach elf, und diese beiden Aschenputtel hier müssen ins Bett, bevor es Mitternacht schlägt. Mac bietet an, uns in seinem schicken kleinen Sportwagen heimzufahren, den er strategisch geschickt direkt vor der Tür geparkt hat, damit ihn alle ein- und aussteigen sehen. Betrunken, wie wir sind, versuchen Lou und ich uns vergeblich und höchst unelegant auf den Beifahrersitz zu quetschen. Als Lou wieder herausfällt, mache ich mir fast in die Hose vor Lachen. Schließlich schaffen wir es doch, wobei ich halb auf Lous Schoß sitze und Mac versucht, seine Hand beim Schalten nicht falsch zu platzieren.

Als echter Gentleman wartet Mac, bis jede von uns auch wirklich bis zur Haustür geschwankt und dahinter verschwunden ist. Ich winke ihm nach, als er davondüst, um sich wieder unter die hübschen jungen Dinger zu mischen, die in den letzten Stunden um seine Aufmerksamkeit gekämpft haben. Der Abend ist noch jung, und Mac hat ganz sicher nicht vor, alleine nach Hause zu gehen.

Ich höre es klingeln, doch mein vernebeltes, verkatertes Hirn hält es für einen Traum. Also ignoriere ich das Geräusch. Plötzlich begreife ich, dass es tatsächlich das Telefon ist, und ich springe wie von der Tarantel gestochen aus dem Bett. Bis ich drangehen kann, hat der Anrufer jedoch aufgelegt. Nun habe ich ein Problem. Soll ich abwarten und hoffen, dass derjenige wieder anrufen wird, oder die Rückruffunktion nutzen? Das könnte meine erste richtige Bestellung sein, und ich bin viel zu aufgeregt und nervös, um mich in Geduld zu üben. Also wähle ich 1471 und warte, dass jemand abhebt.

«Hallo», sage ich in so geschäftsmäßigem Ton wie möglich. «Hier spricht Sugar and Spice. Sie haben eben bei uns angerufen?» Woraufhin mir ein hochnäsiger Jüngling am anderen Ende ganz nonchalant antwortet: «Ach, da hab ich mich wohl verwählt.» Dann legt er auf.

Mistkerl.

Aua, mein Kopf tut weh.

Als ich gerade beschließe, zurück ins Bett zu kriechen, klingelt es an der Tür. Ich stelle mich taub, aber der Mensch draußen ist hartnäckig. Also ziehe ich mein ausgebeultes Kapuzenshirt an, in dem ich mich ganz gut verstecken kann, und schlurfe durch den Flur zur Haustür. Draußen, von einem Heiligenschein aus Sonnenstrahlen umkränzt, steht ein Engel, den der Himmel geschickt haben muss. Von so viel Helligkeit geblendet, muss ich meine Augen gegen das Licht abschirmen. Der Engel vor mir verändert seine Position, sodass sein Körper für mich die Sonne verdeckt. Damit verwandelt sich der Engel in einen, ebenso willkommenen, Dundee Kuchen, goldgelb und voller Früchte – ehrlich gesagt einem Bananen-Pekannuss-Kuchen ziemlich ähnlich. Ist das womöglich Mr. Right? Er hat zwar keinen besonders dunklen Teint, und besonders schottisch wirkt er auch nicht, aber in seinem grauen T-Shirt und den verwaschenen Levi's, mit gebräunten Unterarmen und sandfarbenen Haaren sieht er jedenfalls zum Anbeißen aus. Mit einem leicht verwirrten Ausdruck auf dem Gesicht lächelt er mich an, als würde er sich über etwas amüsieren. Ich lächele zurück, bis mir plötzlich klar wird, dass ich meine Mickey-Maus-Schlafanzughosen trage. Rötungsstufe acht überzieht sofort mein Gesicht, und ich reibe mir die Wangen, auf denen bestimmt noch die Kissenabdrücke zu sehen sind.

«Ronnie Johnson?», fragt er.

«Nein», antworte ich verwirrt. Ich wünschte, ich wäre es.

«Oh. Ich dachte, sie wohnt hier.» Er scheint ein wenig enttäuscht.

Bin ich nicht gut genug?

«Nein, tut mir leid. Ist wohl das falsche Haus.» Ist es zu spät, um jetzt noch zu behaupten, ich hätte kurzzeitig das Gedächtnis verloren und sei in der Tat doch Ronnie Johnson?

«Ist das hier Nummer 11?»

«Nein, das ist Nummer 10.» Ich bin kurz davor, meine Nachbarin dafür zu hassen, dass sie einen so umwerfenden Kerl kennt und ich nicht.

«Oh, das tut mir leid. Es steht keine Hausnummer an Ihrer Tür.» Die Situation ist ihm sichtlich peinlich.

«Die ist abgefallen», sage ich und lächele mein strahlendstes, verführerischstes Lächeln.

«Tut mir leid, dass ich gestört habe.» Er wendet sich zum Gehen, und wenn mich nicht alles täuscht, schwingt nun ein wenig Erleichterung in seiner Stimme mit. Widerstrebend schließe ich die Tür und wandere zurück durch den Flur. Sollte *er* das gewesen sein, dann war es keine Liebe auf den ersten Blick – zumindest nicht für ihn! Im Spiegel über dem Kamin erhasche ich einen Blick auf meine Erscheinung und bleibe erschrocken stehen. Da schaut mir ein völlig verrücktes Weib mit verschmierter Wimperntusche entgegen, dessen Haare in alle Richtungen abstehen, weil ich gestern Abend beim Versuch, sexy auszusehen, ordentlich Haarspray reingesprüht habe. Wie soll ich Moo nur beibringen, dass ich's vermasselt habe?

Der Auftritt dieses Mannes Marke Brad Pitt in seiner Achilles-Rolle (Moo und ich sind damals im Kino förmlich dahingeschmolzen) in meinem Leben, nun ja, vor meiner Haustür, hat mich dazu angespornt, ein weiteres Rezept meiner Liste von Schokoladenkuchen zum Verführen auszuprobieren. Also ziehe ich, gedanklich ganz griechische Sexgöttin, die Brads Schenkel leckt, meine Küchengöttinnen-Schürze an. Mhmmm ... vielleicht brauche ich doch noch eine Zutat, die das Ganze ein wenig aufpeppt. Ich denke da an etwas Exotisches, an dunkel-samtige Verführung. Ein Hauch Cointreau vielleicht, oder Brandy?

Ausnahmsweise dufte ich statt nach Kuchen nach Chanel, als ich später bei Lou eintreffe. Mein übliches Outfit-Dilemma wurde zum Glück von Freya gelöst, die mir ein hübsches, hellblau-grün geblümtes Kleid im Fünfziger-Jahre-Stil geliehen hat, das sie trug, als sie im fünften Monat schwanger war, und das mir wie angegossen passt. Ich habe es mit einem kurzen blauen Strickjäckchen und Flipflops kombiniert. Wenn ich die Tatsache ausblende, dass ich im Grunde Schwangerschaftskleidung anhabe, fühle ich mich ziemlich gut. Als ich in Lous Küche den Schokoladen-Cointreau-Kuchen mit einer Schicht Kakao bestäube, nimmt Lou mich beiseite.

«Dobby Dingsbums ist hier», flüstert sie.

«Dobbydingsbums?» Ich habe keine Ahnung, wovon sie redet.

«Na, der Kerl, von dem ich dir erzählt habe, der Anwalt.» Bevor ich mich wehren oder wenigstens meine Frisur überprüfen kann, zieht sie mich hinaus in den Garten.

«Seht her, wer gekommen ist», verkündet Lou, und zu meinem großen Entsetzen drehen sich alle Köpfe in meine Richtung. Damit kann ich nicht besonders gut umgehen und laufe wie immer knallrot an. Das Rot intensiviert sich, als Dobbydingsbums sich als absolut hinreißend herausstellt und mich ansieht, als würde er darauf warten, dass ich irgendein Kunststückchen vorführe. Wenn doch nur Bob hier wäre, um ein weißes Kaninchen unter meinem Rock hervorzuzaubern! Panisch stürme ich auf die Toilette, um meine Haare zu richten und zu warten, bis meine Gesichtsfarbe sich normalisiert. Neun Minuten später tauche ich mit noch leicht geröteten Wangen wieder auf, die mir hoffentlich ein gesundes Aussehen verleihen. Eine Weile halte ich diesen Zustand ganz gut, doch als ich merke, wie Dobbys Blicke mich verfolgen, droht mir das Blut schon wieder in den Kopf zu steigen. Ich schaffe es, an den aufgetischten Kuchen vorbei direkt auf Mac zuzusteuern, der sich – die scheinbar schmollende Rebecca an seiner Seite – einen Burger und ein Bier genehmigt. Ich sehe ihn fragend an, doch er zuckt als Antwort nur hilflos mit den Schultern. Rebecca ist dünn, sehr dünn. Wie Lou vorhin richtig bemerkte, ist sie sogar *zu* dünn (nicht dass wir neidisch wären oder so), obwohl ihre Füße nicht sonderlich groß sind und sie in jeder anderen Hinsicht sehr hübsch ist. Sie könnte es zumindest sein, wenn sie ein bisschen mehr lächeln und nicht dauernd ihr Spiegelbild im Glas der Terrassentüren überprüfen würde.

Das bloße Wissen, dass ein gutaussehender Mann in greifbarer Nähe ist, steigert meine Laune, meinen Appetit und den Unterhaltungswert der Veranstaltung ungemein. Also knabbere ich an all den Dingen, von denen mir der Ernährungsexperte im Fernsehen letzte Woche dringend abgeraten hat, und versuche Rebeccas böse Blicke ob meiner Smalltalk-Anläufe zu ignorieren. Sie wirkt höchst unzufrieden mit der Welt, und wie es aussieht, geht es Mac ähnlich. Ich sehe mich nach einer Fluchtmöglichkeit um, doch Lou flattert als perfekte Gastgeberin von einem Gast zum anderen. Modezeitschriften würden ihr Outfit als Kombination köstlicher Knallfarben beschreiben. Wer diesen Sommer etwas auf sich hält, der sollte sich modisch an einer Tüte Brausebonbons orientieren und sich in Korallenrot, Limettengrün, Orange und Gelb kleiden. Für die Hellhäutigen unter uns kann das nur in einer Katastrophe enden. Ich lächele Mac und Rebecca zu, entschuldige mich höflich und setze mich zur kleinen Chloe ins Gras, deren Kleid vom Versteckspiel mit Carl in den Büschen ganz schmutzig ist. Während ich mit ihrem elektrischen Keyboard kämpfe, versucht sie, mir eine ketchupbeschmierte Grillwurst ins Ohr zu stopfen, was meiner Konzentration nicht zuträglich ist. Ich gebe jedoch so schnell nicht auf. Wild entschlossen drehe ich das Keyboard hin und her, doch das Teil ist komplizierter als mein verdammter DVD-Player. Also brauche ich etwas anderes, um Chloes Aufmerksamkeit zu fesseln.

Plötzlich entdecke ich ein Paar teuer aussehender Schuhe neben mir im Gras. Ich blicke auf und sehe in zwei dunkle Augen unter einem noch dunkleren Haarschopf.

«Der Schalter ist an der Seite.» Sein Lächeln entblößt eine Reihe schöner weißer Zähne.

«Danke», antworte ich und versuche, Chloe auf Abstand zu halten, die ihre Wurst nun schwenkt wie Darth Vader sein Lichtschwert. Ich stehe auf, wische mir das Ketchup von der linken Backe und lächele ein hoffentlich gewinnendes Lächeln.

«Donald Geddes. Lou hat mir alles über dich erzählt.» Ich stöhne innerlich beim Gedanken, was genau sie wohl zu ihm gesagt hat. Wie kann jemand so Fabelhaftes außerdem einen so bescheuerten Namen haben? Er sieht nicht aus wie ein Donald, eher wie ein Ralph. Vielleicht ist ja aber Donald ursprünglich ein schottischer Name?

«Du kannst toll backen.» Er zeigt auf das Stück Schokokuchen auf seinem Teller. Beglückt sehe ich vor meinem inneren Auge ihn und mich diese Veranstaltung zugunsten eines romantischen Dinners verlassen. Chloe und ihr Keyboard sind schnell vergessen, während wir uns vorsichtig beschnuppern. Das ist ganz wunderbar, zumindest die erste halbe Stunde lang, doch nach einer Weile muss ich plötzlich dauernd an den schnellverschwindenden Schokokuchen denken, den ich selbst immer noch nicht probiert habe. Donald sieht genial aus, aber er begeht den Fehler, sich auf diese attraktive Hülle zu verlassen, hinter der sich nicht viel an Persönlichkeit verbirgt. Über meine Witze lacht er genauso wenig wie ich über seine. Das Gerede über seine Person langweilt mich nach kürzester Zeit. Donald ist eine Trüffeltorte, traumhaft schön anzusehen mit Schokocreme rundherum, doch bereits nach ein paar Bissen wird einem leicht übel. Ich entschuldige mich, um

Lous Tante noch schnell die letzte Scheibe meines Kuchens wegzuschnappen. Mhmm, nicht schlecht, aber genau wie Donald – nicht der Richtige.

Nachdem ich mich mit Essen vollgestopft habe, verabschiede ich mich bei Mac, der offensichtlich versucht, weniger oberflächlich zu sein und Rebecca noch eine Chance zu geben. Rebecca ihrerseits kämpft mit dem Kuchenstück, das immer noch unangerührt auf ihrem Teller liegt.

«Doch nicht Lois Lane?», flüstere ich ihm ins Ohr, und er schüttelt traurig den Kopf. Ich verabschiede ich mich mit Luftküsschen und Umarmung von Lou und Carl. Zu Hause erwartet mich ein Zettel in meinem Briefschlitz. Den muss ich beim Gehen vorhin wohl übersehen haben.

Habe Ronnie dann doch noch gefunden. Danke für deine Hilfe. Wenn du mal was trinken gehen willst, ruf mich an (07977 863444). Ich heiße übrigens Greg.

O mein Gott!

Was mache ich denn jetzt? Soll ich ihn anrufen? Ich schnappe mir das Telefon und versuche ruhig durchzuatmen.

«Ja, hallo?»

«Mir hat gerade jemand seine Nummer gegeben. Ein Mann ... und er sieht wahnsinnig gut aus. Was mache ich denn jetzt?», brülle ich in den Hörer.

«Du rufst ihn an, du dumme Kuh. Vielleicht ist er ja Mr. Right», jubelt Moo.

«Hier spricht Greg.»

«Hallo, Greg. Ich bin ... ähm ... das Mädchen (wem will ich hier was vormachen?) von Haus Nummer zehn. Du hast mir deine Nummer dagelassen?» Ich höre mich an wie ein stotternder Teenager.

«Hallo, Mädchen aus Nummer zehn. Hast du auch einen Namen?»

«Maddy.» Ich kichere blöd.

«Na dann, Maddy. Ich freu mich, dass du angerufen hast. Magst du morgen Abend was trinken gehen?»

«Ähhhm ... nun ja ... doch, sehr gerne.» Seit wann habe ich ein Sprachproblem?

«Dann hole ich dich um acht ab. Bis dann», antwortet er fröhlich und legt auf.

Das war's? Scheint so. Wow! Ich habe ein Date! Ich habe morgen Abend ein Date mit einem tollen Mann! O Gott, was soll ich bloß anziehen? Selbstbräuner, ich brauche Selbstbräuner. Außerdem muss ich meine Finger- und Fußnägel lackieren, die Hornhaut an den Fersen wegrubbeln und meinen schwarzen Lieblingsslip mit dem kleinen rosafarbenen Schleifchen suchen.

Nein, halt! Das ist unsere erste Verabredung. Da wird er weder an meinen Fersen lecken noch meine Unterwäsche sehen! Trotzdem ... besser, man ist vorbereitet.

Ich spähe in die Autofenster und versuche, mich, statt auf mein heißes Date, auf Bens Worte zu konzentrieren. Fast hätte ich ihm von der Verabredung erzählt. Aber ich kann die zwanzig Fragen jetzt nicht gebrauchen, die er mir dann sofort an den Kopf werfen würde. Einfach ist das aber nicht, denn ich platze schier vor Aufregung. Ben sagt, ich solle einfach alles ihm überlassen. Er steuert quer durch den Verkaufsraum auf einen pickelgesichtigen Jüngling im Anzug zu, um mit ihm zu verhandeln. Ich habe keine Energie zu widersprechen und versuche, all die neuen funkelnden Autos zu ignorieren, die ich heute Abend gerne mit nach Hause nehmen würde. Ein hübscher neuer Golf in Metallicblau mit Klimaanlage, CD-Player und Alufelgen? Leider reichen meine Finanzen wohl nur für einen zehn Jahre alten Opel Astra ohne irgendwelche Extras. Meinen geliebten Firmenwagen haben sie gestern zusammen mit dem Tankchip, der Automobilclubmitgliedskarte, Steuer und Versicherung abgeholt. Nun muss ich für all das selber zahlen. Der Gedanke bedrückt mich, aber nicht halb so sehr wie die Vorstellung, einen Lieferwagen zu fahren. Ja, die sind praktisch, und ja, ich muss mein Geld vernünftig investieren, und ja, er wäre ideal zum Kuchenausliefern, aber sosehr ich mich auch bemühe, dem Ganzen etwas Positives abzugewinnen, die Wahrheit ist: Eine Frau in einem weißen Lieferwagen ist absolut nicht sexy. Ben signalisiert mir, dass er erfolgreich war. Ich versuche, begeistert und dankbar dreinzuschauen, als der Babyface-Verkäufer mir die Schlüssel überreicht. Vielleicht ginge es mir ein bisschen besser damit, wenn ich tatsächlich ein paar Kuchen zum Ausliefern hätte.

Das Auto parkt nun vor dem Haus und ist schon vergessen, als es schließlich klingelt. Schnell besprühe ich mich noch mit etwas mehr Parfüm, obwohl ich wahrscheinlich ohnehin schon übertrieben habe, und werfe einen letzten Blick in den Spiegel. Nicht schlecht. Ich trage wieder Freyas Kleid (und ja, ich habe es in der Zwischenzeit gewaschen), da der Inhalt meines Kleiderschranks sich leider immer noch nicht in schicke Vogue-Klamotten verwandelt hat. Okay, tief durchatmen, Schultern zurück. Du siehst umwerfend aus.

«Hallo. Bist du so weit?» Ich nicke. Und muss gleich nochmal tief durchatmen, denn er ist wirklich hinreißend.

«Hätte dich beinahe nicht wiedererkannt», meint er lachend, worauf ich bei der Erinnerung an unsere erste Begegnung nur schief grinsen kann.

«Warum wolltest du überhaupt mit mir ausgehen, so fertig, wie ich aussah?», scherze ich, während wir die Straße hinunterspazieren.

«Weil ich auf Frauen in Schlafanzügen stehe», antwortet er lächelnd. Sein Lächeln ist verschmitzt und strotzt vor Selbstvertrauen – oder ist es Arroganz? Plötzlich sehe ich den Abend viel lockerer. Ich mag Männer mit Sinn für Humor.

Wir unterhalten uns gut und lachen viel. Als wir wieder vor meiner Haustür stehen, bin ich ein bisschen beschwipst, und meine Gesichtsmuskeln tun weh vom vielen Lächeln. Ganz zart küsst er mich auf den Mund, und ehe ich michs versehe, knutschen wir wild herum. Er schmeckt nach Bier und Fruchtbonbons.

«Lädst du mich noch auf einen Kaffee zu dir ein?», fragt er, als wir uns schließlich voneinander lösen. Meine Knie sind butterweich. Ja? Nein? Ja? Nein? Ja? O Gott. Ich schüttele den Kopf. Ich weiß, dass ich sagte, ich will ein bisschen frivoler werden, aber gleichzeitig mag ich auf das ganze romantische Drumherum nicht verzichten. Wenn Greg *er* ist, dann soll es wirklich stimmen.

«Ich muss morgen früh raus.» Eine bessere Ausrede fällt mir nicht ein.

«Ich ruf dich an», antwortet er lächelnd und schlendert davon. Von der Türschwelle aus sehe ich ihm nach. Ich brauche meine ganze Willenskraft, um ihm nicht hinterherzurufen: «Vergiss, was ich gesagt habe. Komm zurück und küss mich, bis meine Lippen wund sind, wirf mich auf den Küchenfußboden und reiß mir mit den Zähnen die Kleider vom Leib. Bitte!!!» Nun ja, es ist schon ziemlich lange her, und vielleicht ist das meine letzte Chance, bevor ich wieder zur Jungfrau werde.

Beim Ausziehen merke ich, dass ich meinen Slip den ganzen Abend über falsch herum anhatte. Zum Glück habe ich Greg nicht mehr auf einen Kaffee hereingebeten. Nicht dass ich beim ersten Date gleich mit ihm geschlafen hätte ...

Nervös nehme ich den Hörer des Sugar-and-Spice-Telefons ab. Am anderen Ende fragt eine Frau, ob sie für einen Kindergeburtstag morgen Nachmittag achtundvierzig Feentörtchen bestellen könne.

«Ich weiß, das ist ziemlich kurzfristig, aber Sie würden mir damit wirklich sehr helfen», sagt sie entschuldigend.

«Mal sehen, was sich machen lässt.» Ich tue so, als würde ich mein nicht existentes, randvolles Bestellungsbuch durchblättern.

«Ja, ich glaube, das können wir einrichten», antworte ich, als täte ich ihr damit einen großen Gefallen. Oje, so komme ich nie in den Himmel. Wow! Ich habe eben meine erste Bestellung von einer komplett Fremden erhalten. Natürlich muss ich gleich Moo anrufen, die meine Begeisterung lautstark teilt.

«Das macht achtundvierzig mal fünfzig Pence ...?»

«Vierundzwanzig Pfund!», ruft Moo, und wir schreien beide wieder, als hätte ich eben im Lotto gewonnen. Viel ist es ja nicht, aber zumindest mal ein Anfang, und da jedes Feentörtchen in der Herstellung ungefähr zehn Pence kostet, ist die Gewinnmarge auch nicht übel.

«Aber was machst du wegen Mum?»

Mist verdammter! Vor lauter Aufregung habe ich völlig vergessen, dass wir morgen alle zu ihrem Geburtstag fahren wollten. Was bin ich nur für eine Tochter?

«Das wird ihr nicht gefallen!», spricht Moo meine Gedanken aus. «Ganz und gar nicht ...»

«Hmmm.» Mir graust bereits vor dem bevorstehenden Anruf. Aber Mum wird die Situation doch sicher verstehen?

«Egal. Erzähl mir lieber von deinem heißen Date. Wie ist es gelaufen? War er nett? Hast du ihn geküsst? Hast du mit ihm geschlafen? Nein, Bäro, mein Süßer, lass das ... Nein! Warte mal kurz ... Da bin ich wieder. Und will alles wissen», verlangt Moo.

«Es war sehr nett, er ist sehr nett, der Kuss war nett, und, nein, ich habe nicht mit ihm geschlafen.»

«Wann siehst du ihn wieder?»

«Keine Ahnung. Er hat gesagt, er meldet sich.» Ehrlich gesagt bin ich ein bisschen enttäuscht, dass er bisher noch nicht angerufen hat. Geduld, Maddy.

«Oh, das freut mich für dich. Ich muss jetzt Schluss machen, Bäro will unbedingt einen der Hasen umbringen. Aber halt mich auf dem Laufenden.»

Ich lege auf und brüte die nächsten zwanzig Minuten über dem Telefon, um den Mut aufzubringen, Mum anzurufen.

«Mum ...»

«Hallo, Liebes. An dich habe ich gerade gedacht. Ich habe nämlich ein paar Madeleines für morgen gebacken. Ich weiß noch, dass ich richtiggehend süchtig nach denen war, als ich mit dir schwanger war.» Ich fühle mich unendlich schlecht. Tief Luft holen und ...

«Mum ... ich kann morgen nicht kommen.» So, nun ist es raus. Am anderen Ende herrscht eiserne Stille. Kein gutes Zeichen, aber besser als wenn sie gleich aufgelegt hätte, was ich beinahe erwartet hätte. Ich versuche, das Schweigen mit meinen Erklärungen zu füllen.

«Ich habe eben meine erste Bestellung bekommen. Ist das zu fassen? Ich bin so aufgeregt. Sie wollen den Kuchen für morgen, und ich konnte natürlich nicht nein sagen. Nicht zu meiner ersten Bestellung, Mum. Das verstehst du doch, oder?»

«Du musst tun, was du für richtig hältst, Maddy», sagt sie gedehnt. An dieser Stelle sollte ich mich in eine Klinge stürzen.

«Du weißt genau, dass ich gerne bei dir wäre, Mum, aber ich muss das tun. Es ist für die Firma einfach zu wichtig.»

«Wenn das deine Prioritäten sind, bringe ich die Madeleines einfach Mrs. Darwin vorbei.» Sie klingt wie ein beleidigtes Kind.

«Moo und Ben werden bei dir sein», erinnere ich sie, während ich nebenher die ohnehin saubere Arbeitsfläche in der Küche mit einem Lappen abwische. Dadurch kann ich wenigstens nicht mit meinen Haaren rumspielen, bis ich kahl bin.

«Es wäre einfach schön gewesen, die ganze Familie um mich zu haben. Aber wenn du zu beschäftigt bist ...»

«Ich bin nicht zu beschäftigt. Ich habe nur das Gefühl, der Firma zuliebe dieses Opfer bringen zu müssen», erwidere ich lahm.

«Wie schon gesagt. Was immer du für richtig hältst, Maddy.» Dann legt sie auf. Na, das lief ja prima! Seit wann bin ich verantwortlich für ihr Glück? Komisch, dass sie nicht gesagt hat, zu Dads Geburtstagen hätte ich immer Zeit. Das kommt wahrscheinlich später. Sie wird dafür sorgen, dass die Schuldgefühle lange anhalten. Ich werde ihr einen Kuchen schicken und hoffen, dass sie mir früher oder später verzeiht.

Ich versuche, die Schuldgefühlwolke über meiner Küche durch das Backen der Feentörtchen zu verbannen, und bald kühlen vor mir auf dem Gitter achtundvierzig goldgelbe Schönheiten aus. Für die Zuckerglasur brauche ich länger als gewöhnlich, aber das hier ist der Wendepunkt, auf den ich so lange gewartet habe. Da soll das Ergebnis einfach perfekt sein. Während ich vorsichtig bunte Streusel und Schokotaler auf jedes Feentörtchen verteile, schaue ich ab und zu auf mein Handy, ob Greg mir eine SMS geschickt hat – Fehlanzeige! Er hat mich geküsst. Das muss doch bedeuten, dass er mich mag. Warum ruft er dann nicht an? Vielleicht hat er es sich anders überlegt? Ach, halt die Klappe, Maddy! Ich widme mich wieder den Feentörtchen und schelte mich selbst, dass ich mich wie ein Teenie verhalte. Dann esse ich die restliche Dekoration auf, bis auf die grünen Gummibärchen. Genau wie die grünen Weingummis, Bonbons und Fruchtpastillen finde ich sie absolut verzichtbar, und es gibt in jeder Packung zu viele davon.

Jetzt, wo ich endlich eine Lieferung zu erledigen habe, verwandelt sich mein verhasster Lieferwagen plötzlich in das tollste Gefährt auf Erden. Ich beschließe, dass ich einen Schriftzug auf den Seiten anbringen lassen muss: *Sugar and Spice – Ein Stück vom Glück* oder so ähnlich. Ich überreiche der freundlichen jungen Frau die Feentörtchen, als handle es sich um eine Kiste junger Welpen. Sie gibt mir im Gegenzug einen Scheck, lächelt und schließt die Tür. Einen Moment lang zögere ich, denn ich fühle mich wie eine junge Mutter, die ihren Schützlingen am liebsten das Händchen halten würde, um sicherzugehen, dass sie an ihrem ersten Schultag auch alle Erwartungen erfüllen. Doch ich widerstehe der Versuchung, nochmal zu klingeln und zu fragen, ob ich zusehen kann, wie die kleinen Küchlein gegessen werden. Mit meinem ersten Scheck auf dem Beifahrersitz fahre ich nach Hause. Dort erwarten mich zwei Nachrichten auf dem Anrufbeantworter: eine Bestellung für weitere Feentörtchen und eine von einer Reporterin der Lokalzeitung, die mich beim Maifest gesehen hat und ein Interview mit mir möchte. Ich schwebe wie auf Wolken. Geht es jetzt richtig los?

Heute die *Buckinghamshire Post*, morgen auf der Titelseite der *Vogue* – in einem Designerfetzen, von lauter leckeren, zartbunten Törtchen umgeben. Ich rufe die Reporterin zurück, und wir unterhalten uns über die Firma und das Maifest. Sie meint, Feentörtchen seien zur Zeit ja wirklich «in», angeblich steht sogar Sarah Jessica Parker darauf. Am liebsten würde ich antworten: «Ja, wir fliegen sie extra in einer rosafarbenen Tupperschüssel mit eingravierten Initialen im Deckel zu ihr nach New York», aber ich bin sicher, Ms. Parker hat Anwälte, die sie vor Leuten wie mir schützen. Also sage ich nur: «Hmmm ... wie interessant», denn wenn jemand ernsthaft glaubt, SJP mit ihrer Kleidergröße 34 würde Feentörtchen essen, dann leidet derjenige unter Wahnvorstellungen. Die schleckt bestimmt noch nicht mal den Guss ab.

Interview mit Graham Norton:

«Also, Süße, erzähl mir doch mal von der Vanillemuffin-Diät. Angeblich schwärmen bereits eine ganze Menge Stars davon», säuselt Graham, und ich frage mich, wann er wohl seine erste anzügliche Bemerkung fallenlässt.
«Ja, das ist schon sehr beeindruckend. Das Ganze war im Grunde eher ein Zufall, der wie eine Bombe eingeschlagen hat.»
«Woraus besteht denn die Diät? Aus jede Menge süßen Dingern? Klingt gut, finde ich.» Graham lacht.
«Es ist eigentlich ganz einfach. Man isst ein Feentörtchen um elf Uhr, dann nochmal eins um fünfzehn Uhr und abends die letzten beiden.»
«Toll. Aber was ist mit Sport?»
«Ach, den braucht man nicht. Es ist wirklich die ideale Art,

um abzunehmen. Einfach jede Menge Feentörtchen essen, und die Pfunde purzeln nur so.» Ich hole einen Teller unter meinem Stuhl hervor und biete ihm ein Törtchen an.
«Sarah Jessica Parker behauptet, dass sie damit wieder auf ihr Vorschwangerschaftsgewicht gekommen ist. Stimmt das?»
«Ja, Sarah hat das Ganze erst richtig ins Rollen gebracht. Wir planen momentan sogar zusammen ein Yoga-Video als Begleitung zum Buch. Wir haben eine neue Stellung namens ‹Das umgedrehte Törtchen› entwickelt.»
«So gefällt mir Yoga auch!» Lachend beißt Graham in sein Küchlein. «Köstlich», murmelt er mit vollem Mund.
«Bei Feentörtchen sind die Manieren schnell vergessen», flöte ich, und alle lachen.
«Schätzchen, darf ich dir noch sagen, dass du mit dieser Diät auf jeden Fall hinreißend aussiehst.»
«Vielen Dank.» Ich lächele. Das enganliegende Kleid, das SJP mir für diesen Anlass geliehen hat, passt tatsächlich wie angegossen.

Ein Lächeln und eine Runde rote Wangen

Juni

Heute Morgen blitzt mein Toaster einmal auf und geht dann für immer über den Toaster-Jordan. Ein Tag ohne mein Frühstücksritual könnte schwerwiegende Folgen haben – zu gut erinnere ich mich noch an den letzten toastlosen Morgen, als Mums Rührschüssel zu Bruch ging. Wie es scheint, habe ich in Bezug auf manche Dinge gewisse Zwänge entwickelt. Wie wird *er* wohl mit diesen kleinen Macken von mir umgehen? Vielleicht sollte ich ihm eine zu beachtende Gefahrenliste schreiben:

1. Frühstück ist für meine gute Laune unentbehrlich.
2. Öffentliche Toiletten gehören zu den Dingen, um die ich lieber einen großen Bogen mache. Sauberkeit im Bad ist ein Muss. Dir mag es vielleicht sauber erscheinen, aber ohne glänzende Armaturen und blitzblanke Flächen gerät mein Chi aus dem Gleichgewicht.
3. Fünfzehn Uhr ist Zeit für ein Stück Kuchen, ein Törtchen oder einen Scone. Da gibt es keine Diskussion. Früher ist zu nahe am Mittagessen und später zu dicht am Abendessen.
4. Stelle niemals die Anzahl an Schuhen und Handtaschen in meinem Schrank in Frage, denn sie sind alle wunderbar und haben ihre Daseinsberechtigung.

5. Einmal im Monat werde ich zum gefühlsduseligen, schlechtgelaunten Monster. Nimm's nicht persönlich.
6. Horrorfilme verursachen mir Albträume, und egal wie sehr ich dich liebe, ich werde sie nicht mit dir anschauen.
7. Ich werde auch nicht mit dir campen gehen. Siehe 2.)
8. Ich bin ein Kontrollfreak.
9. Ich bin sehr empfindlich und nehme Kommentare gern persönlich. Siehe 5.)
10. Bei Hunger und Kälte werde ich mürrisch und reizbar.
11. Ach, und ich habe eine Warze namens Waltraud, die mir überallhin folgt.

Wenn *ihn* das alles nicht abschreckt, dann tut es auch sonst so leicht nichts. Falls der Mistkerl andererseits gar nicht anruft, ist es so oder so egal. Warum hat Greg sich nicht gemeldet? Ich verstehe es einfach nicht und gehe den gemeinsamen Abend in Gedanken hundertmal durch, kann jedoch nichts finden, was ihn möglicherweise vergrault haben könnte. Vielleicht habe ich ein bisschen zu laut gelacht (was aber wirklich nur an meiner Nervosität lag) oder war nicht interessant genug. Und Waltraud habe ich ganz bestimmt nicht erwähnt. Was auch immer ich getan oder nicht getan habe, es hat gereicht, dass er mich nicht wiedersehen will. Vielleicht war er eben doch nicht mein Bananen-Pekannuss-Kuchen mit Schokoladenstückchen, oder falls doch, habe ich ihn vertrieben, bevor er überhaupt meine Gefahrenliste gesehen hat.

Kein Anruf plus kein Toast ist eine schlechte Kombination. Vom Hunger getrieben, finde ich ganz hinten im Schrank noch etwas Müsli. Vermutlich besser als nichts. In den Frauenzeitschriften heißt es immer, dass Hafer, Vollkorn und getrocknete Früchte dem Körper guttun; andererseits soll das für Darmspülungen auch gelten, und ich kann mir auch nicht vorstellen, dass ich denen viel abgewinnen könnte. Während ich versuche, mich durch mein gesundes Frühstück zu löffeln, tue ich nebenher etwas, das meinen Magen mindestens ebenso sehr in Aufruhr versetzt: Ich schaue mir meine Kontoauszüge an. Es sieht nicht gut aus: Achtundvierzig Feentörtchen reichen nicht, um den Kredit fürs Haus abzubezahlen, und meine Abfindung neigt sich auch dem Ende zu. Zwölftausend Pfund klangen damals nach ziemlich viel Geld, aber meine beachtliche Kreditkartenrechnung, der neue Herd, die Ausrüstung und das Auto haben ordentlich daran genagt. Die Hausratversicherung muss erneuert und die Firmenversicherung gezahlt werden. Allein zum Leben scheine ich im Monat £ 1500 zu verbrauchen. Vielleicht sollte ich statt Green & Black eine billigere Schokolade verwenden und normales Klopapier statt des extra weichen, an das ich mich so gewöhnt habe? So sollte es doch eigentlich wirklich nicht laufen. Ich bin ziemlich enttäuscht. Trotz weiterer Flyer-Aktionen, einer Anzeige im Lokalblatt, eines Mailings an alle Geschäfte und Firmen der Region und meines Stands beim Maifest werde ich nicht gerade mit Bestellungen überhäuft. Im Rahmen meiner Publicitykampagne habe ich Terry Wogan von Radio 2 sogar einen Whiskykuchen zum Geburtstag geschickt, obwohl der Schuss eher nach hinten losging. Es sei nur so viel gesagt: Vor Schreck habe ich mich beinahe an meinem Tee verschluckt, als Terry während seiner Sendung verkündete, der Kuchen sei ein bisschen trocken geraten. Auch wenn alle immer predigen, dass der Erfolg von Mundpropaganda abhängt und sich mit der Zeit einstellen wird, wünscht sich ein Teil von mir (der, der immer noch an den Weihnachtsmann glaubt), dass Sugar and Spice über Nacht erfolgreich wird. Nun, es bleibt mir wohl nichts anderes übrig, als mir einen zweiten Job zu suchen, um mich und die Firma über Wasser zu halten. Ich lasse mich doch jetzt nicht von etwas so Unwesentlichem wie Geld aufhalten!

Während ich Bewerbungsbögen für eine Reihe von Teilzeitjobs ausfülle, die wenig Zeit und Engagement zu fordern scheinen, rufe ich mir immer wieder in Erinnerung, dass ich meinen Traum lebe, dass man dafür Opfer bringen muss und dass Hochmut vor dem Fall kommt. Dann werde ich eben Kellnerin in einem Café oder Lagerarbeiterin bei Tesco, na und?

Als ich von der Post zurückkomme, wo ich meine Bewerbungen auf den Weg gebracht habe, erwartet mich eine Nachricht von der Vampirkönigin. Ihre Stimme auf meinem Anrufbeantworter klingt hell und freundlich, sodass ich sofort Verdacht schöpfe. O Gott, was, wenn ihnen ein Fehler unterlaufen ist und sie jetzt die Abfindung zurückfordern? Soll ich sie zurückrufen? Ich entscheide mich dagegen und widme mich stattdessen wieder der Infopost, die ich an alle größeren Zeitschriften schicken will. Außerdem muss ich für den Zeitungsfotografen, der in fünf Minuten hier sein soll, mein schönstes Lächeln üben. Sie wollen ein Foto zum Interview, das angeblich noch diese Woche erscheint.

Während der Fotograf mich dabei ablichtet, wie ich mit dümmlichem Grinsen im Gesicht so tue, als würde ich in einer leeren Schüssel Teig anrühren, geht meine Phantasie mit mir durch. Was, wenn Jessica gemerkt hat, dass Pharmagenica nicht ohne mich leben kann, und mir jede Menge Geld dafür bietet, als Beraterin einzusteigen? Das wäre genial. Aber könnte ich überhaupt wieder mit ihr arbeiten? Machen wir uns doch nichts vor, bei entsprechender Bezahlung könnte ich das natürlich! Bruno, der Fotograf, ein großer schlaksiger Kerl mit langem Pony und Grübchen, räuspert sich laut. Ich merke, dass er mich anstarrt.

«Entschuldigung, haben Sie etwas gesagt?», frage ich.

«Könnten Sie ein Stückchen weiter nach rechts gehen?», bittet er mich, und ich tue brav wie geheißen. Nervös befeuchte ich mir die Lippen, spiele an meinen Haaren herum und streiche meine Schürze glatt.

«Sie sehen gut aus. Entspannen Sie sich ... und jetzt wieder rühren.» Er schießt ein Bild nach dem anderen. «Backen Sie auch spezielle Themenkuchen? Mein Vater liebt Tennis. Wäre echt cool, so eine Torte mit Schläger und Ball drauf.»

«Nein, wir haben keine dekorierten Kuchen im Programm. Aber wir backen einen ausgezeichneten Whiskykuchen», schlage ich vor. Was haben die Leute nur alle mit diesen Modetorten? Warum muss jeder Kuchen zu einem speziellen Anlass einen künstlich gefärbten Überzug haben? Den pult doch sowieso jeder runter.

«Und was würde so ein Whiskykuchen dann kosten?»

«£ 14,95 plus £ 5,00 Porto, wenn es keine Lieferung im Ort ist.»

«Heilige Scheiße. Ist das nicht ein bisschen heftig?»

Ich runzele die Stirn, und er senkt die Kamera.

«Sie sind alle selbstgemacht, wir verwenden nur ausgewählte Bioprodukte, und die Kuchen sind ziemlich groß!», erkläre ich ihm säuerlich.

«Hatten Sie denn schon eine Menge Bestellungen?» Er packt seine Ausrüstung zusammen.

«Ja, das Feedback war wirklich überwältigend. Allein achtundvierzig Stück diesen Monat», sage ich stolz. Ist ja im Grunde nicht gelogen, ich habe nur verschwiegen, dass es sich um Feentörtchen handelte.

Sobald er weg ist, wähle ich Jessicas Nummer.

«Ah, Maddy, wie schön, von dir zu hören», säuselt sie. Ich merke, wie ich eine Gänsehaut kriege. Wir betreiben Smalltalk, sie erzählt, wie sehr ich vermisst werde (das kostet sie bestimmt viel Überwindung), und ich berichte vom Erfolg von Sugar and Spice, wobei ich etwas übertreibe, bis sie das Interesse verliert und direkt zum Thema kommt.

«Die Sache ist die, Maddy. Die Firma, die uns mit selbstgebackenen Keksen versorgen sollte, lässt uns hängen. Wir wollen nämlich jedem Arzt, der das Launch-Symposium besucht, einen Präsentkorb überreichen», erklärt sie mir. Am liebsten würde ich rufen: «WAS?! MEINST DU MEINEN LAUNCH? FÜR DEN ICH ÜBER ACHTZEHN MONATE LANG GEARBEITET HABE? DIESEN VERDAMMTEN LAUNCH?» Aber ich tue es natürlich nicht, weil mir dazu das Rückgrat fehlt.

«Ich weiß, es ist kurzfristig, aber wir brauchen dreißig Kuchen. Und Brian aus dem Medical Department meinte, dass du das vielleicht hinkriegst?»

«Der Launch ist in einer Woche», überlege ich laut. Einerseits würde ich gerne nein sagen. Möge euer Symposium ohne mich zum Desaster werden! Aber dann denke ich an meinen Kontostand und die Firma. Außerdem gefällt mir die Vorstellung, wie Jessica sich gerade garantiert in ihren Stilettos windet.

«Gut. Was für Kuchen braucht ihr?», frage ich.

«Eine Auswahl. Keine Ahnung, das überlasse ich dir.» Ich frage mich, ob Jessica diesen Satz schon jemals zuvor zu jemandem gesagt hat.

«Wäre es nicht besser, es wären alles die gleichen? Zitronenkuchen zum Beispiel. Du weißt doch, wie diese Krankenhausfachärzte sind. Wenn einer von ihnen einen Schokokuchen bekommt, proben sie gleich den Aufstand, weil sie glauben, derjenige wurde bevorzugt behandelt», gebe ich zu bedenken. Am anderen Ende der Leitung herrscht Stille, während sie meinen Einwand verdaut. Sie weiß genau, dass das stimmt, aber wird sie mir zustimmen können oder wie immer abwinken?

«Ja, natürlich, du hast absolut recht», sagt sie. Wow, noch ein rotes Kreuzchen im Kalender. Sie muss echt verzweifelt sein. «Ich sorge dafür, dass man dir die Details mailt.» Bestimmt spuckt die alte Hexe inzwischen Gift und Galle! Ahhh, Rache ... klein, aber so süß.

Mein Arbeitspensum für die kommende Woche sorgt dafür, dass ich durch die Gegend renne wie ein aufgescheuchtes Huhn. Es gibt so viel zu tun: Ich muss Schachteln vorbereiten, Etiketten drucken, Zutaten kaufen und abwiegen. Dazwischen schlüpfe ich rasch in meinen Hosenanzug, der seit zwei Monaten unberührt im Schrank hängt, und mache mich auf den Weg zu einem hochherrschaftlichen Anwesen namens Carriage House, das für Besucher geöffnet wurde. Man braucht dort eine Teilzeitkraft fürs Café und hat mich zum Vorstellungsgespräch eingeladen. Eine unerwartete Hitzewelle verschafft uns schon morgens um zehn dreißig Grad. Ich merke, dass ich unter meinem Jackett zu schwitzen beginne. Während ich langsam die Auffahrt hinauffahre und dabei versuche, Schlaglöchern und Pfauen auszuweichen – Letztere lassen sich von mir kaum beeindrucken –, habe ich das Gefühl, in eine Welt einzutauchen, in der Männer Kniebundhosen tragen und Frauen regelrecht über den Boden gleiten, weil ihre Füße unter mehreren Lagen Seide und Spitze verborgen bleiben. Vielleicht hätte ich besser in einer Kutsche mit einem kleinen Korb Leckereien und einem Empfehlungsbrief meiner Mutter vorfahren sollen. Beim Aussteigen versuche ich erfolglos, die Knitterfalten glatt zu streichen – ich sehe aus, wie ich mich fühle: leicht mitgenommen.

Das Gebäude vor mir wirkt jedoch ähnlich mitgenommen, obwohl man seine einstige Pracht noch erahnen kann. Trotz der abgeblätterten Farbe und dem abbröckelnden Mauerwerk hat es einen Teil seiner Schönheit bewahrt. Ich gehe an riesigen Terrakotta-Töpfen vorbei, die aussehen, als stünden sie seit Jahrhunderten hier, und deren üppige Blütenpracht sich farbenfroh bis über den Rand ergießt. Durch eine riesige Holztür betrete ich das Gebäude, in dem es trotz der steigenden Temperaturen draußen kühl und beklemmend still ist, wie in einem Mausoleum. Eine alte Dame, die wirkt, als sei sie mindestens hundertzehn, sieht von ihrem Tisch voller Broschüren und Faltblätter auf.

«Sie müssen Maddy sein.» Ich nicke und schüttle ihre dünne, knochige und mit braunen Flecken übersäte Hand. Beinahe erwarte ich, dass sie sich kalt wie der Tod anfühlt, doch ihr Händedruck ist warm, fest und eindeutig lebendig.

«Ich bin Lillian Bright, die Verwalterin von Carriage House. Sie sind zum Vorstellungsgespräch hier, richtig?»

Ich nicke verlegen und betrachte die Gesichter, die mir ringsherum aus den riesigen Ölgemälden entgegenschauen.

«Dann bringe ich Sie am besten zu Dot. Sie leitet das Café.» Lillian bedeutet mir, ihr zu folgen. Mit ihrer faltigen, papierdünnen Haut, dem schweren Tweedkostüm mit dicken Strümpfen, die an ihren Knöcheln Falten schlagen, und ihren zu kleinen Löckchen gedrehten, schneeweißen Haaren erinnert mich Lillian an einen kleinen, mit Kokosflocken überzogenen Pyramidenkuchen mit Kirsche obendrauf. Wir schreiten langsam durch riesige Räume voller antiker Möbel und Orientteppiche, wo es nach feuchtem

Putz, Holz und Bienenwachs riecht. Ich kann außerdem einen Hauch Lavendel und Mottenkugeln ausmachen, bin mir aber nicht sicher, ob das vielleicht Lillian ist. Die Atmosphäre erinnert mich an eine Kirche: kühl, dunkel und grabesstill, abgesehen vom Knarren der alten Holzböden. Ich komme mir vor wie in der BBC-Verfilmung eines Romans von Charles Dickens. Durch eine weitere große Holztür treten wir hinaus auf einen gepflasterten Innenhof, der von alten Backsteingebäuden umgeben ist, und betreten von dort das Café. Auf jedem der Kiefernholztische steht eine Plastikrose in einer kleinen Glasvase. An manchen sitzen Gäste, die Sandwiches oder Kuchen essen, doch die meisten der Tische sind leer.

Lillian führt mich zu einer kräftiggebauten Frau, die dabei ist, einen der Tische abzuräumen. Sie ist etwa so breit wie hoch, zieht ein missmutiges Gesicht und murmelt etwas wie «Sauerei». Lillian versucht hüstelnd ihre Aufmerksamkeit auf sich zu lenken, doch die Frau macht weiter, als seien wir gar nicht da. Offensichtlich ist Lillian daran gewöhnt, denn sie lächelt mich nachsichtig an, und wir warten geduldig, bis der Tisch leer ist. Als sich die Dame schließlich umdreht, stellt Lillian sie mir als Dot vor, bevor sie sich verabschiedet und verschwindet. Dots Gesicht gleicht einem Walnusskern, so rund und schrumpelig ist es. Durch ihr kurzes, graues, dauergewelltes Haar wirkt Dot alt und matronenhaft, obwohl ich sie auf höchstens Anfang sechzig schätze. Könnte mich aber auch täuschen. Ihre fleckige grüne Schürze spannt sich über einen dicken Bauch und großen Busen. Ihre Wangen mit den geplatzten Äderchen sind von der Anstrengung des Geschirreinsammelns gerötet. Ich lächele sie an, doch sie verzieht keine Miene. Stattdessen mustert sie meinen Hosenanzug mit sichtlichem Missfallen. Zu spät wird mir klar, dass dies das falsche Outfit für einen Job als Caféaushilfe ist. Alte Gewohnheiten wird man eben nicht so schnell los, und es kam mir absolut nicht in den Sinn, für ein Vorstellungsgespräch vielleicht overdressed zu sein.

«Hier entlang.» Sie bedeutet mir, ihr durch eine Tür mit Aufschrift «Personal» zu folgen. Wir kommen an zwei jungen Frauen beim Abwasch vorbei, die bei Dots Erscheinen sofort verstummen. Ein Mädchen macht gerade Sandwiches. Es gibt keine Klimaanlage, und die Hitze der beiden Großküchenbacköfen, die fast die ganze Wand einnehmen, ist unerträglich. Eine riesige Rührmaschine mit dem größten Knethaken, den ich je gesehen habe, rührt langsam in einer dunkelbraunen Masse. Im Vorbeigehen steigt mir der Geruch von Ingwer, Rübensirup und Kardamom in die Nase. Überall kühlen Teekuchen, Früchtebrot und Haferriegel auf Gittern aus. Dot öffnet die Tür zu einem kleinen Büro und zeigt auf einen Stuhl, auf dem sich Papierberge türmen. Ich platziere den Stapel auf dem Tisch voller Rechnungen, Rezepte und ausgedruckten E-Mails. Dann warte ich, während Dot meine Bewerbung sucht.

«Sie backen also Kuchen?», fragt sie vorwurfsvoll, als wäre das ähnlich schlimm, wie Drogen an Kinder zu verkaufen.

«Ja, ich habe meine eigene Firma.» Ich versuche, nicht allzu stolz und großspurig zu klingen.

«Ja, das steht hier. Aber wenn Sie doch Ihre eigene Firma haben, warum wollen Sie dann noch einen Job?» Ich wünschte, ich wüsste die Antwort auf diese Frage.

«Die Firma gibt es noch nicht lange, und bis sie richtig läuft, brauche ich ein kleines festes Einkommen, um meine Rechnungen zu bezahlen», sage ich so freundlich wie möglich. Dot mustert mich aufmerksam, und ich bin sicher, dass ihre Schweineäuglein Missfallen ausdrücken.

«Haben Sie Ihr Gesundheitszeugnis dabei?», fragt sie unwirsch.

«Ja.»

«Wann könnten Sie anfangen?» Dot steht auf und geht zur Tür, ohne mich anzuschauen.

«Im Prinzip sofort», antworte ich. Durch die geöffnete Tür strömt der Duft nach Gebackenem herein. Ich bekomme Hunger. Was gäbe ich jetzt für einen Haferriegel.

«Das heißt?» Dot runzelt die Stirn.

«Sofort», bestätige ich.

Sie nickt, ohne eine Miene zu verziehen. Dot ist ein Riesengugelhupf, ganz knubbelig und trocken, mit winzigen Rosinen als Augen, die mich misstrauisch anstarren. Ich frage mich, ob sie jemals in ihrem Leben gelächelt hat oder ob sie schon schlecht gelaunt auf die Welt kam. Sind dicke Leute nicht angeblich immer fröhlich? Ich habe mal gehört, dass Lachen einem beim Abnehmen helfen kann, wenn man die Muskeln im Bauch anspannt. Ob ich ihr das vorschlagen soll? Dann sehe ich wieder die tiefen Furchen um ihre Mundwinkel herum, die nur lebenslanger Griesgram einkerben kann. Hm, vielleicht besser nicht.

«Dann kommen Sie am Montag, halb neun, aber pünktlich. Kein Schmuck, keine Sandalen, kein Nagellack, und binden Sie Ihre Haare zusammen», bellt sie und watschelt davon, wobei der Stoff ihrer Hose über ihrem breiten Hintern spannt. Da stehe ich nun wie bestellt und nicht abgeholt. War's das schon? Heißt das, ich habe den Job? Das Mädchen mit den Sandwiches hat wohl meine Gedanken gelesen und lacht.

«Willkommen im Team», begrüßt sie mich und lacht wieder. Es ist ein helles Kinderlachen, wie kleine Glöckchen, und erinnert mich an die Fee Tinkerbell aus Peter Pan. Daheim angekommen, rufe ich Moo an, um ihr meine

Neuigkeiten zu berichten, doch natürlich weiß sie schon Bescheid. Gibt es denn in der Geisterwelt gar keine Überraschungen?

Die Temperatur in meiner Küche steigt parallel zur Außentemperatur. Demnächst habe ich meinen Siedepunkt erreicht. Widerwillig öffne ich die Backofentür, um eine weitere Ladung der insgesamt dreißig Zitronenkuchen herauszunehmen. Die Hitzewelle brennt mir beinahe die Augenbrauen weg und lässt meine Wimpern zu einem einzigen Mascara-Klumpen verschmelzen. Vor gar nicht allzu langer Zeit habe ich in eleganten Hosenanzügen in klimatisierten Büros gearbeitet, nun schwitze ich hier in Cargohosen plus Schürze und einem Haarnetz, das meiner Frisur seltsame Schmalzlocken verpasst. Hoffentlich klopft *er* nicht gerade jetzt an die Tür. Sonst müsste ich so tun, als sei ich jemand anders. Die Putzfrau oder eine Freundin, die sich ums Haus kümmert, während mein Alter Ego im Urlaub ist.

Ich kann es immer noch nicht ganz glauben. Bis vor kurzem beschränkten sich meine Backaufträge noch auf Fotoshootings und Proberezepte, nun renne ich ohne Sinn und Verstand durch meine Küche, weil ich nicht weiß, wie ich so viele Kuchen auf einmal produzieren soll. Verschlimmert wird dieser Zustand durch die Tatsache, dass sich meine ganzen Mühen langsam auszahlen und ich noch zwei weitere Bestellungen erhalten habe: von einem Geschäft, das meinen Flyer gesehen hat, und einer Frau, die auf dem Maifest war. An sich ist das ja wunderbar, aber die hätte ich letzte Woche brauchen können, als ich nichts zu tun hatte. Das sei alles gut, um langsam warm zu werden, meint Moo, und ich glaube ihr. Wirklich. Obwohl ich völlig am Ende bin, weil ich morgens um fünf aufstehe und erst nach Mitternacht ins Bett falle.

Als ich mir eine kurze Teepause auf meiner Bank im Garten gönne, muss ich feststellen, dass es sich trotz der permanenten Panik und Ermüdung gut anfühlt. Wirklich gut! Hier zu sitzen, während die Kuchendüfte aus der Küche in den Garten ziehen, Radiogedudel im Hintergrund und das Summen der Bienen um mich herum, macht mich seltsam glücklich. Zum ersten Mal in meinem Leben habe ich das Gefühl, die Sache im Griff zu haben. Nun ja, relativ gesehen, auch wenn das Chaos in meiner Küche auf den uneingeweihten Beobachter wahrscheinlich weniger kontrolliert wirkt. Zum Glück kann niemand die Berge schmutzigen Geschirrs, die Kuchen, die auf den Gittern abkühlen, und die Teigspuren auf allen Oberflächen sehen.

Die Sonne wärmt mein Gesicht, und die Luft ist erfüllt von Kindergelächter und Rasenmähergebrumm. Ich muss an die heißen, faulen Sommertage denken, die wir einst im Planschbecken verbracht haben. Mein Badeanzug war rosa mit lila Paisley-Muster und einer Goldkette um den Bauch. Wenn Dad, der viel zu groß für das kleine Becken war, sich mit hineinwarf, schwappte die Hälfte des Wassers über den Rand. Er brachte uns zum Quietschen, wenn er uns mit dem Gartenschlauch abspritzte oder uns eimerweise Wasser über den Kopf goss, während Charlie Brown, unsere Schildkröte, auf der Flucht vor der Nässe langsam durch den Garten kroch.

Meine Kindheitserinnerungen zwischen meinem fünften und achten Lebensjahr sind ganz besonders glücklich, weil sie sich auf einige süße, wunderbare Einzelerlebnisse konzentrieren: Kindergeburtstage, bei denen uns Dad laut und lärmend unterhielt, während Mum lächelnd im Hintergrund blieb. Die Hoffnung, beim Schokoladenauspackspiel als Letzte an der Reihe zu sein. Schließlich war es ja

MEIN Geburtstag. Hinten in Mums babyblauem Ford Anglia zu sitzen und zu Simon and Garfunkle oder den Carpenters mitzusingen – Crawfish pie, Jumba Layo oder wie auch immer der Song ging. Dad, der uns aus alten Brettern und Puppenwagenrädern ein Gokart gebaut hat. Schneller, schneller riefen wir gegen den Wind. Es war wie ein Traum. Rennauto, Raumschiff – wir konnten sein, was immer wir wollten, und Dad war der beste Pilot der Welt. Mit lautem Geheul, Lachen und manchmal Weinen sausten wir über die Wege, die sich um die Häuser der Sackgasse schlängelten, in der wir wohnten. Es gab Unfälle und Zusammenstöße, aufgeschürfte Knie und jede Menge Gekicher, als wir schnell davonrannten, weil wir irgendwelche preisgekrönten Blumen niedergemäht hatten. Manchmal spielten wir mit den anderen Familien Ball, aber wir drei wurden immer früher ins Bett geschickt als die anderen Kinder. In der Hoffnung, nicht entdeckt zu werden, beobachteten wir heimlich den Rest des Spiels, während der Himmel sich rosa verfärbte und der süße, schwere Duft der Levkojen durchs offene Fenster in unsere Nasen waberte.

Derweil blättere ich in der *Buckinghamshire Post* und genieße meine kurze Ruhepause, als ... O nein! Warum, o warum nur ist das Leben manchmal so entsetzlich grausam? Gerade hatte alles so einen schönen rosa Schimmer! «Firma aus der Nachbarschaft besitzt das Rezept zum Erfolg» lautet die Schlagzeile über einem Foto von mir, auf dem ich aussehe wie Draculas Tochter! Der Artikel ist gut, zwar ein paar falsche Zitate, wie erwartet, aber hoffentlich führt er zu mehr Bestellungen. Doch warum mussten sie dieses Foto aussuchen? Hätten sie es nicht ein wenig bearbeiten können? Bekümmert klappe ich die Zeitung zu, damit ich es nicht anschauen muss, und wende mich wieder meinen

Zitronenkuchen zu. Ich bin gerade bei der nächsten Ladung, als Freya anruft, um mir zum Artikel zu gratulieren. Vor lauter Beschwerden über die optische Demütigung rühre ich so heftig, dass ein Teigbatzen aus der Schüssel fliegt. Ich schaue mich um, kann aber nicht sehen, wo er gelandet ist.

«Bist du noch dran?», fragt Freya.

«Ja, tut mir leid. Du musst ein bisschen lauter sprechen, sonst kann ich dich beim Lärm des Rührgerätes nicht hören. Was hast du gesagt?» Ich versuche, mit einer Hand das Telefon und mit der anderen die Schüssel zu halten.

«Ich sagte, ich verstehe nicht, warum du dich so aufregst. Schließlich verkaufst du ja kein Make-up. Und die Kuchen sehen wirklich gut aus.» Falls sie mich damit aufmuntern will, hat sie danebengegriffen. Ja, die Kuchen sollten köstlich aussehen (und das tun sie), aber es wäre schon schön, wenn das auch für mich gelten würde. Ich hoffe nur, dass mich niemand erkennt. Als ich gerade das Telefon weglege, kommt eine SMS von James.

Nettes Foto, Süße!

Verpiss dich!, schreibe ich zurück. Er ruft sofort an, damit ich ihn lachen hören kann. Nachdem er meine miese Stimmung ausgekostet hat, versichert er mir, dass mir das Foto gar nicht ähnlich sieht. Das tröstet mich ein wenig.

«Ich hab neulich morgens an dich denken müssen. Terry Wogan hat Whiskykuchen gegessen und meinte, der sei ein bisschen trocken.»

«Ich weiß», antworte ich und überlege, ob ich ein Geständnis ablegen soll.

«Du solltest ihm einen von deinen schicken», schlägt James vor.

«Der war von mir!»

«Was meinst du?», fragt er verwirrt.

«Ich meine, dass der Mistkerl von dem Kuchen sprach,

den ich ihm geschickt habe. Ich hatte auf ein bisschen gute Publicity gehofft. Zum Glück hat er den Firmennamen nicht genannt.»

«Oh.» Ich kann deutlich hören, dass James sich wieder das Lachen verkneift. «Eher ungut also.»

«So ist es! Das war der letzte Kuchen, den Terry Wogan von mir bekommen hat.» Vor lauter Ärger flutscht mir die Zitrone aus der Hand und fällt in den Teig.

«Muss Schluss machen. Zitronenproblem.» Ich lege auf und fische das Biest mit einem Löffel aus der Schüssel. Vernünftigerweise sollte ich den Teig abwaschen, aber ich beschließe, das wäre Verschwendung, und schlecke ihn ab. Das Telefon klingelt wieder. Es ist Mac.

«Bist du das in der Zeitung?»

«Ja», gebe ich widerwillig zu.

«Meine Güte, Maddy, du siehst aus wie ein lebender Leichnam.»

«Ich weiß.» O Gott, ist das schrecklich.

«Die Kuchen hatten mehr Glück», bemerkt er liebenswürdigerweise, bevor er einen Lachanfall bekommt. Ich lache mit, weil ich sonst weinen würde. Jetzt wird Parkie mich bestimmt nie einladen.

«Ach übrigens, Terry Wogan hat neulich morgens in seiner Sendung Whiskykuchen gegessen und war nicht sonderlich begeistert. Du solltest ihm einen von deinen schicken.» Mein Lachen verwandelt sich beinahe in hysterisches Heulen.

Chris Moyles, Radio 1 Frühstücksradio Interview.

«Meine Freundin Maddy Brown ist hier!», ruft Chris ins Mikro, und alle im Studio klatschen.
«Der alte Mr. Wogan hat also nicht viel von Ihren Kuchen gehalten, als Sie damals anfingen, was?»
«Das stimmt in der Tat», bestätige ich.
«Und dann haben Sie mir einen geschickt, und ich war BEGEISTERT!», brüllt er. «Fast so sehr wie von der Bäckerin selbst.» Chris wirft mir einen anzüglichen Blick zu.
«Deshalb habe ich Ihnen heute auch einen Kuchen mitgebracht», sage ich und überreiche ihm einen Victoria-Sandwich-Kuchen, aus dem die Marmelade quillt.
«ICH LIEBE DIESE FRAU!», brüllt er wieder, bevor er einen Song von Oasis spielt und sich über ein Kuchenstück hermacht.
«Nun, Maddy, die Hauptattraktion beim Glastonbury-Festival dieses Jahr war das Sugar-and-Spice-Teezelt.»
«O ja, das hat großen Spaß gemacht. Wir waren auch beim V-Festival und haben im Sommer noch ein paar andere Stationen geplant. Ich bin sozusagen unersättlich!»
«Ich weiß, Babe ...»
«Chris», rüge ich ihn für seine Scherzchen.
«Und was ist dran am Gerücht, dass Sie den harten Mann Liam Gallagher von Oasis mit Ihren Kuchen gezähmt haben?»
«Liam und Noel konnten einfach nicht genug von meinem Zitronenkuchen kriegen. Das hat mich etwas überrascht, denn ich hätte gedacht, dass sie mehr auf Macho-Kuchen stehen.»
«Hey, Kuchen ist die neue Rock-'n'-Roll-Droge», verkündet Chris. «Und, gehen wir später noch zusammen was trinken?»
«Klar doch», sage ich und umarme ihn.

Etwas später ruft Moo an. «Ben hat mir eine Kopie des Zeitungsartikels gefaxt. Mann, siehst du schlecht aus!» Sie lacht.

«Vielen Dank auch.»

«Keine Ursache. Ich habe gute Neuigkeiten», meint Moo, und ich kann sie lächeln hören.

«Was denn?» Mit einer Hand einen Kuchen zu verpacken, ist nicht gerade einfach.

«Ich sage nur: Zeit für den Selbstbräuner», verkündet sie geheimnisvoll.

«Nun mach's nicht so spannend!»

«Er ist ganz in der Nähe.»

«Wie nah?» Ich gebe meine Verpackungsversuche auf. Das hier ist viel interessanter.

«Sehr nahe!» Moo klingt fast so aufgeregt wie ich.

«Sexy Unterwäsche?»

«Auf jeden Fall!», verkündet meine Schwester, und ich habe den restlichen Tag über ganz weiche Knie.

Als ich am nächsten Morgen aufstehe, muss ich feststellen, dass das Resultat meiner eiligen Selbstbräuneraktion nicht ganz ebenmäßig ausgefallen ist. Meine Oberarme sind nun orangerot an der Außenseite, was sich hübsch von der bleichen Unterseite abhebt. Ich werde wohl eine Weile langärmlige Shirts tragen. Heute Morgen habe ich jedoch keine Zeit, mir über so etwas den Kopf zu zerbrechen. Es ist mein erster Arbeitstag im Carriage House Café, und aus unerfindlichen Gründen bin ich total nervös. Dot hat sich seit der letzten Begegnung nicht in eine fröhliche, warmherzige ältere Dame verwandelt, die das Leben genießt. Stattdessen erklärt sie mir brüsk, was ich alles beachten muss und nicht tun darf. Unter anderem die Ohrringe tragen, die ich vergessen habe abzulegen.

Ich habe noch nie mehr als vier Kuchen gleichzeitig gebacken, geschweige denn zwölf. Amy, die sich als Dots rechte Hand herausstellt, bemerkt nichts von meiner Panik und geht davon aus, dass ich weiß, was ich tue. Also kämpfe ich mit der riesigen Rührmaschine, verzähle mich bei den Eiern, und statt die Butter in der Mikrowelle nur leicht zu erwärmen, verwandele ich sie in eine gelbe Flüssigkeit. Amy beobachtet mich aus dem Augenwinkel, und ich kann ihre Gedanken förmlich lesen: ha! Du hast also deine eigene Backfirma, Fräulein Wichtig, aber in Wirklichkeit hast du keine Ahnung, was? Die Dinge verschlimmern sich, als Dot mir einen Zettel reicht und mir befielt, mich um die darauf vermerkte Mittagsbestellung für ein Meeting zu kümmern. Die Handschrift ist so unleserlich, dass ich nichts davon entziffern kann. Könnte genauso gut ein Geheimcode sein. Amy deutet auf eine Nummer oben auf der Liste.

«Sprich am besten mit Matthew Tennant. Er kümmert sich um das Restaurationsprojekt», meint sie und verschwindet. Also zücke ich mein Handy. Der Mann am anderen Ende klingt jung, gar nicht wie der steife ältere Herr, den ich erwartet hatte.

«Ihre Mittagessensbestellung für heute – könnten Sie die kurz mit mir durchgehen?», frage ich.

«Alles wie üblich», kriege ich zur Antwort.

«Was ist denn üblich?»

«Ach, Sie wissen schon, ein paar belegte Brote, Chips und Obst. Wie immer.» Er klingt, als sollte ich Bescheid wissen. Dot will ich aber auf keinen Fall fragen.

«Tut mir leid, aber ich bin neu hier und habe keine Ahnung, was das Übliche ist», erkläre ich hilflos.

«Oh, äh ... ich ehrlich gesagt auch nicht. Wissen Sie was ... – Entschuldigung, ich habe Ihren Namen gar nicht verstanden?»

«Maddy.»

«Maddy. Fragen Sie am besten Tilly. Die ist nett und wird Ihnen helfen. Mir kann man da nicht trauen», meint er lachend. Er klingt nett, und nach Dot und der missmutigen Amy bin ich dankbar für eine freundliche Stimme.

«Danke», antworte ich.

«Aber vergessen Sie die Jaffakekse nicht», ruft er noch, als ich gerade auflegen will.

«Jaffakekse?» Ich mache eine Notiz auf meinem Block.

«Kekse mit Orangenmarmelade und Schokolade.»

«Danke, ich weiß schon, was Jaffakekse sind!»

«Sorry», meint er, und es tut mir leid, dass ich ihn so angeschnauzt habe.

«Sie sprechen mit dem größten Jaffakeksfan überhaupt», erkläre ich lachend.

«Mit Verlaub glaube ich, dass dieser Titel mir gebührt, obwohl die Orangenpralinen von Quality Street dicht danach auf dem zweiten Platz folgen.»

«Dann sollte ich mir wohl nie eine Packung davon mit Ihnen teilen. Und was ist mit Schoko-Orangen-Kuchen?»

«Nein, das ist ja das Seltsame. Schokokuchen muss rein sein. Mit hochwertiger Schokolade in rauen Mengen.» Ich habe den Eindruck, dass dieser Mann mir möglicherweise bei der Suche nach dem ultimativen Schokoladenkuchen helfen könnte. Der, den ich für *ihn* backen werde. Ich könnte Mr. Tennant als Tester missbrauchen. Da ich in diesem Moment merke, wie Dot mich beobachtet, verabschiede ich mich rasch und mache mich auf die Suche nach Tilly. Sie arbeitet hinter der Kasse und erklärt mir, was ich wissen muss. Obwohl ich Ewigkeiten brauche, um alle Zutaten zu finden, stelle ich Matthew Tennants Bestellung rechtzeitig fertig. Ob alles so stimmt, weiß ich jedoch nicht so genau. Mein Gott, selbst so einfache Dinge wie belegte Brötchen sind inzwischen zur Bewährungsprobe geworden. Völlig erledigt komme ich abends nach Hause und habe für nichts mehr Energie, schon gar nicht dazu, mir etwas zu kochen. Nach einem Glas Wein mit Toast falle ich um halb zehn ins Bett. Um kurz vor halb elf werde ich von meinem Handy geweckt, das ich vergessen habe auszuschalten. Es ist eine SMS vom verschollenen Greg.

Hallo! Wie geht's? Lust, mal wieder was trinken zu gehen?

Ja! Ja! Ja! Natürlich kann ich ihm das nicht so überschwänglich beantworten. Schließlich kann er nicht erwarten, dass ich sofort Gewehr bei Fuß stehe! Nein! Ich bin nicht so leicht zu haben – ich werde morgen antworten. Aber Moo hat gesagt, *er* sei ganz in der Nähe. Nach zehn Minuten halte ich es nicht länger aus und tippe: *Ja.*

Mein zweiter Tag im Café beginnt etwas weniger stressig, denn ich soll zu meiner großen Erleichterung einfach nur die Tische abräumen. Da kann ja nichts schiefgehen. Kein verdorbener Kuchenteig und keine verzögerten Abläufe. Sogar ich kann Tische abräumen, und, noch viel wichtiger, ich bin nicht Dots ständigen Launen ausgesetzt. Die Arbeit ist relativ einfach, bis eine Busladung amerikanischer Touristen eintrifft und sämtliche Kuchen auf der Karte sowie dreihundert Dosen Diet Coke verputzt. Eine Dame beschwert sich, dass nicht genug Guss auf dem Victoria-Sandwich-Kuchen sei, und will wissen, ob der irgendwie mit Königin Victoria zu tun habe. Nein, ruft Kailey, eines der jungen Mädchen hinter der Kasse, der sei nach Victoria Beckham benannt. Ich beschließe, diese Unterhaltung zu ignorieren und stattdessen schnell die restlichen Tische zu säubern, bevor eine Gruppe Damen vom Women's Institute eintrifft. Da mir niemand hilft, bin ich bald ganz erschöpft und verschwitzt. Wie sehr ich mich nach meinen Flipflops sehne, denn meine Füße schwellen in den festen Schuhen immer weiter an. Nicht zum ersten Mal heute frage ich mich, was ich hier eigentlich mache. Innerhalb von zwei Monaten bin ich von der Marketing-Beauftragten eines internationalen Pharmakonzerns mit einem Budget von einer halben Million Pfund zur Café-Hilfskraft abgestiegen. Das ist nur ein Mittel zum Zweck, bete ich wie ein Mantra vor mich hin. Bald läuft meine eigene Firma richtig, und die Arbeit hier wird nur eine entfernte Erinnerung sein.

Als ich das letzte Tablett zum Geschirrwagen trage, verwandelt sich der Fußboden plötzlich in eine Rutsche, auf der ich den Halt verliere und nach vorne stolpere. Aus unerfindlichen Gründen habe ich das Gefühl, unbedingt das Tablett festhalten zu müssen – trotz der Gefahr, dann voll aufs Gesicht zu fallen. Ich gewinne mein Gleichgewicht wieder, doch leider rutscht einer der Teller zu Boden und geht dort zu Bruch, während das übrig gebliebene Stück Schokotorte darauf durch die Luft geschleudert wird. Das schokoladige Flugobjekt landet auf dem Nachbartisch, bei einem Pärchen. Seltsamerweise wird sie verschont, während er alles abbekommt. Und wer erhält den ersten Preis für den schockiertesten Gesichtsausdruck? Ich natürlich.

Ich stürme auf die beiden zu, entschuldige mich mindestens dreißigmal und versuche, den Mann mit meinem Lappen sauber zu wischen. Oh, warum musste es ausgerechnet Schokoladentorte sein? Warum nicht ein Marmor- oder Zitronenkuchen? Dann würde es wenigstens nicht ganz so schlimm aussehen. Ich bin absolut außer mir und rubbele unter zahllosen Entschuldigungen immer weiter, obwohl er mir versichert, es sei alles in Ordnung. Ich muss nicht in den Spiegel sehen, um zu wissen, dass ich knallrot angelaufen bin, denn meine glühenden Wangen verraten alles. Er ist wirklich sehr freundlich und lacht sogar. Sein interessantes, feingeschnittenes Gesicht leuchtet auf, wenn er lacht, was mich nur noch mehr zum Erröten bringt. Warum konnte er kein alter, bärtiger Herr sein?

«Sie sollten jetzt meine Hose besser in Ruhe lassen, sonst fange ich womöglich noch an, Gefallen daran zu finden, und dann werden die Leute über uns reden», scherzt er und sieht mich mit seinen blauen Augen an, in denen sich der helle Sommerhimmel spiegelt. Sie funkeln schelmisch. Verflixt nochmal, Maddy, konzentrier dich auf seine Hose! Nein, nein, nicht seine Hose. Lieber Gott, bitte hol mich hier raus, und ich verspreche, den Rest meines Lebens nur Gutes zu tun.

Gott erscheint in Form von Dot, die mich bellend in die Küche schickt. Während ich mich mit hängendem Kopf davonschleiche, höre ich noch, wie der Gast zu ihr sagt, es sei nicht schlimm und sie solle nicht so streng mit mir sein. Ich fürchte jedoch, dafür ist es zu spät. Wortlos, jedoch mit einem Blick, der Bände spricht, ordnet Dot mich für den Rest des Tages zum Geschirrspülen ab. So viel zum Thema lockerer Teilzeitjob. Das hier ist ja die Hölle.

«Wie läuft's?», fragt mich Lou, als ich sie abends anrufe.

«Diese ganze ‹Lebe-deinen-Traum›-Geschichte? Ist nicht so toll, wie immer behauptet wird.» Seufzend erzähle ich ihr vom Torten-Zwischenfall. Sie lacht fast so herzlich wie Moo vor ihr.

«Du sollst doch die Männer mit Schokokuchen anlocken und sie nicht damit bewerfen.»

«Ich weiß. Und dass er so nett war, hat die Sache nur noch schlimmer gemacht.

«Kopf hoch, Süße. Es dauert nicht mehr lang. Wenn wir schon von Köpfen sprechen, ich plane gerade einen kleinen Wellness-Tag. Hast du Lust mitzukommen?»

«Schrecklich gerne.» Beim Gedanken an eine entspannende Aromaöl-Behandlung sacken meine Schultern nach unten. «Ich könnte jetzt wirklich gut eine Massage brauchen, aber im Augenblick kann ich's mir nicht leisten.» Ich massiere mir mit einer Hand den Nacken. In Momenten wie diesem wünsche ich mir fast mein altes Leben zurück.

«Bist du sicher? Denk doch mal dran, was der viele Abwasch mit deinen armen Händen macht. Deine Haut ist doch bestimmt schon ganz trocken von der vielen Backofenhitze und faltig vom Stirnrunzeln. Da ist statt Verführung vorzeitige Alterung vorprogrammiert!»

«Vielen Dank für die aufbauenden Worte.» Ich gehe hinüber ins Badezimmer, um meine Augen im Spiegel zu betrachten. Ich könnte schwören, dass ein paar der Fältchen heute Morgen noch nicht da waren, und gefunkelt haben meine Augen früher auch mehr. Meine Haut wirkt fahl und leblos. Und ist es Einbildung, oder haben sich meine Sommersprossen tatsächlich in Altersflecken verwandelt?

«Als dein persönlicher Liebesgott ist es meine Aufgabe, auf dein Äußeres zu achten. Du wirst nämlich mehr als einen Schokokuchen brauchen, um den perfekten Mann zu angeln, wenn du aussiehst wie neunzig. Da musst du dann wohl Tranquilizer in den Teig schmuggeln oder so», witzelt Lou. Ich beuge mich noch näher zum Spiegel. Vielleicht hat sie recht, und diese ganze Schufterei fordert ihren Tribut. Bald werde ich bei einer dieser Fernsehshows auftreten, wo sie einen vor laufender Kamera liften.

Stopp! Weg vom Spiegel. Das endet bloß in Tränen.

«Danke dir. Ich bin froh, dass ich angerufen habe. Jetzt geht's mir schon viel besser.» Ich versuche nicht an meinen bevorstehenden Geburtstag zu denken.

«Aber bestimmt freust du dich zu hören, dass noch nicht alle Hoffnung verloren ist. Ich treffe mich wieder mit Greg», füge ich nach einer kurzen Pause hinzu.

«Oh, wie aufregend. Ich dachte, der sei von der Bildfläche verschwunden. Was ziehst du an?»

«Keine Ahnung.»

«Ich bring dir ein paar Sachen vorbei.»

«Mach dir keine Mühe, ich werd schon was finden.»

«Nein, ich bestehe darauf. Da ist auf dich kein Verlass.» Vermutlich hat Lou nicht so unrecht. Vielleicht sollte ich mir einen Push-up-BH zulegen.

Am nächsten Morgen stehe ich wieder brav am Spülbecken, als Tilly mir einen Haferriegel bringt.

«Ich dachte, du könntest nach gestern vielleicht ein bisschen Aufmunterung vertragen», sagt sie, und ich bin dankbar für ihr Mitgefühl. Rasch sehe ich mich nach Dot um, doch als Tilly mir versichert, die sei in ihrem Büro, beiße ich gierig ein Stück ab. Die klebrige Süße hebt meine Laune sofort. Tilly lacht beglückt und klatscht warnend in die Hände, als Dot den Kopf aus ihrem Büro streckt. Schnell stopfe ich mir den Rest in den Mund und versuche, vor lauter hastigem Schlucken nicht zu ersticken. Mit ihren blonden Haaren und der zierlichen Statur einer Balletttänzerin gleicht Tilly einem Zitronentörtchen mit Goldstaub auf weißem Zuckerguss. Leicht und luftig wirbelt sie beim Sprechen in ihren Ballerinas herum, bis sie plötzlich verschwunden ist. Fast glaube ich, im Hintergrund das Glöckchenklingen eines Zauberstabs zu hören.

Nach sechs Stunden Abwasch ist mein Wille gebrochen wie der von Steve McQueen in *Gesprengte Ketten*. Auch Dot hat wohl das Gefühl, ich hätte lange genug in Einzelhaft geschuftet.

«Tilly braucht Hilfe bei den Scones. Meinen Sie, das kriegen Sie hin, ohne weitere Katastrophen zu verursachen?» Sie wartet meine Antwort gar nicht erst ab.

Tilly und ich arbeiten gut zusammen, während sie redet und ich zuhöre. Nach einer Stunde weiß ich alles über die Belegschaft sowie ihre letzten vier gescheiterten Affären. Wie es scheint, hat Tilly nicht viel Glück in Liebesdingen, denn keine ihrer Beziehungen hielt länger als ein halbes Jahr. Davon lässt sie sich jedoch nicht entmutigen. Genau wie ich hat sie Ordner voller Zeitungsausschnitte, doch im Gegensatz zu mir sammelt sie keine Hotel- oder Geschenktipps, sondern Ideen für die Märchenhochzeit, die sie plant. Es fehlt nur noch der Bräutigam. Ihr Lachen ist ansteckend, und sie lacht viel, obwohl sie scheinbar dauernd Liebeskummer hat. Man muss eine Menge Frösche küssen, bevor der Prinz dabei ist, versichert sie mir. Ich habe allerdings den Eindruck, dass ihre Froschsammlung inzwischen das akzeptable Maß der meisten Leute übersteigt.

Unser Geschnatter findet ein jähes Ende, als Tilly zur Tee-Rushhour zum Bedienen abgeordnet wird und ich mit den Scones allein zurückbleibe. Wo, hat sie gesagt, sind die Ausstechförmchen? Und welche Größe soll ich verwenden? Mann, ob ich das alles je lerne? Wer hätte gedacht, dass die Arbeit in einem Café so kompliziert ist. Völlig in Gedanken versunken, zucke ich erschrocken zusammen, als plötzlich hinter mir jemand hustet. Natürlich denke ich, es sei Dot. Der Schuldige lehnt an der Wand und beobachtet mich aufmerksam mit einem verschmitzten Lächeln auf den Lippen.

«Hi. Ich bin Matthew Tennant. Wir haben neulich telefoniert», sagt er. Da ich ihn mit offenem Mund anstarre, interpretiert er mein Schweigen wohl als Unverständnis.

«Ich wollte mich für unser Mittagessen bedanken. Es war perfekt. Ziemlich viel Ei, aber das ist in Ordnung, ich mag Ei.»

Ich kann kaum zuhören, denn in meinen Ohren rauscht

es, und ich spüre, wie Tomatenröte mein Gesicht überzieht.

«Aber wenn ich das gewusst hätte, hätte ich mich ja gestern schon bedanken können.» Sein Lächeln wird breiter. Nein! Nein! Nein! Matthew Tennant und das Opfer meines gestrigen Kuchenmissgeschicks sind ein und dieselbe Person. Er ist groß, bestimmt knapp eins neunzig, und sieht noch besser aus, als ich in Erinnerung habe. Seine Augen sind wirklich himmelblau und funkeln belustigt, was die Sache weiter verschlimmert. Unendlich verschlimmert.

Da ich prompt noch röter werde, verberge ich mein Gesicht in den Händen und murmele eine weitere Entschuldigung. Als ich schließlich aufsehe, lächelt er mich immer noch an. Vor Scham würde ich am liebsten im Boden versinken. Rettung naht wieder mal in Form von Dot, die ihn mit strenger Miene glucksend nach draußen scheucht wie eine Mutterhenne ihr streunendes Küken, sodass ich mich wieder meinen Scones zuwenden kann. Völlig benebelt setze ich meine Suche nach der richtigen Ausstechform fort. Ich wähle natürlich die falsche.

Zu Hause angekommen, bin ich einfach nur müde und fertig. Die Hoffnung auf ein belebendes Bad und ein Glas Wein wird jedoch vom Anrufbeantworter zunichtegemacht, der mir eine weitere Zitronenkuchenbestellung mitteilt. Ich stöhne. Von Zitronenkuchen hatte ich wirklich genug, aber Bestellungen sind gut fürs Geschäft, also ziehe ich meine Schürze an und suche die Zutaten zusammen. Der Geruch nach Zitrone weckt Erinnerungen an Italienurlaube und Abende mit süßem, dickflüssigem Limoncello-Likör. Wie immer sieht die Welt beim Backen ganz anders aus. Während ich so vor mich hin rühre, vergesse ich Matthew Tennant, zumindest fast, und die traumatischen Erlebnisse der letzten Tage. Ich beschließe, einen zweiten Kuchen zu machen, um Greg damit zu überraschen. Ich will die Sache behutsam angehen, und dazu eignet sich Zitrone bestens. Die Schokolade kommt dann später.

Greg entführt mich zum Inder und erwähnt mit keiner Silbe, warum er sich nach unserem letzten Treffen so lange nicht gemeldet hat. Zwar würde ich ihn gerne fragen, aber ich halte mich zurück und stopfe mich stattdessen mit Papadams voll. Bestimmt hat er seine Gründe, und solange mein Mund voll ist, komme ich schon nicht in Versuchung, Fragen zu stellen, deren Antworten ich nicht unbedingt hören will. Vielleicht ist er einfach nicht sonderlich an mir interessiert, oder er will sich Zeit lassen. Ein bisschen enttäuscht bin ich trotzdem. So hatte ich mir das mit *ihm* nicht vorgestellt. Vielleicht erwarte ich ja auch zu viel. Wir reden über seinen Job als Software-Berater (er passt gar nicht ins typische Computer-Freak-Klischee. Er kann mir sogar in die Augen schauen) und über Sugar and Spice. Er bringt mich zum Lachen, das gefällt mir, und ich merke, wie ich mehr und mehr auftaue. So sehr, dass ich die Frage des Kellners nach Kaffee verneine. Auf dem Weg zu meiner Wohnung freue ich mich bereits auf die Küsse, die mich sicher erwarten.

«Ich habe dir einen Zitronenkuchen gebacken.» Ich reiche ihm eine Scheibe zusammen mit dem Kaffee. Als Antwort lächelt er und küsst mich zart, bevor er den ersten Bissen nimmt.

«Mhmmm, lecker.» Er beißt gleich noch ein Stück ab, während ich triumphierend grinse und denke, dass sein Kuss auch nicht übel war. Ich klopfe mir innerlich auf die Schulter, denn er verputzt ruckzuck das ganze Stück. Ich habe vielleicht keinen Busen zum Niederknien und auch keine Beine bis unter die Achseln, aber das mache ich mit einer Scheibe köstlichen und gesunden Backwerks locker wett. Sein Handy klingelt, doch er schaltet es zum Glück aus, denn heute Abend soll uns nichts stören. Widerstrebend entschuldige ich mich kurz, denn ich muss plötzlich ganz dringend pinkeln (wahrscheinlich die ganze Aufregung) und überlasse ihn sich selbst. Bei meiner Rückkehr tippt er wie wild eine SMS, doch als er mich kommen hört, unterbricht er schnell. Der schuldbewusste Ausdruck auf seinem Gesicht sagt alles. Glockengeläut schrillt in meinem Ohr – Alarmglocken, nicht Hochzeitsglocken.

«Greg, hast du eine Freundin?», rutscht es mir heraus. Ich weiß nicht, warum ich nicht schon früher gefragt habe. Wahrscheinlich bin ich einfach davon ausgegangen, dass das nicht sein kann. Er schaut mich geknickt an wie ein kleiner Junge, den man beim Klauen erwischt hat, und nickt schuldbewusst.

«Warum bist du dann hier?» Plötzlich ist mir ein bisschen schlecht.

«Weil ich dich mag», antwortet er, als sei das völlig offensichtlich. Er steht vom Sofa auf und kommt auf mich zu.

In meinem Hirn arbeitet es auf Hochtouren, während ich versuche, diese neue Information zu verarbeiten, die meine rosarote Welt von gerade eben in nachtschwarz verwandelt hat. Deshalb hat er also die ganze Zeit nicht angerufen. Mein Gott, war ich dumm! Als er mein Gesicht in beide Hände nimmt, suche ich in seinen Augen nach Antworten, aber da steht nichts außer seiner Annahme, diesen kleinen Missstand wegküssen zu können. Er zieht mich an sich, doch ich befreie mich aus seiner Umarmung, bevor seine Lippen meine berühren.

«Ich glaube, du gehst jetzt besser», sage ich leise.

«Bist du sicher?» Ich nicke.

In der Tür hält er inne, als würde ich vielleicht noch meine Meinung ändern.

«Du bist sauer auf mich.» Das ist so offensichtlich, dass ich ihm gerne eine Ohrfeige verpassen würde.

«Nein, nur enttäuscht.» Ich will, dass er geht.

«Kriege ich meinen Kuchen?» Er zeigt auf den Zitronenkuchen in der Küche.

Er will den Kuchen!!

«Vergiss es!» Ich schlage ihm die Tür vor der Nase zu.

wir frühstücken, ruft Ben mich auf dem Handy an, um zu fragen, ob alles in Ordnung ist, und die Checkliste für den Tag durchzugehen. Ich versuche ihm klarzumachen, dass ich die Dinge unter Kontrolle habe und dass ja auch Moo hier ist, falls ich unter den Anforderungen zusammenbrechen sollte. Mein Sarkasmus in dieser letzten Bemerkung entgeht ihm völlig.

Frisch gestärkt bauen wir unseren Stand auf. Kaum sind wir fertig und bewundern unser Werk, da schickt man uns woandershin – angeblich hatte der Blumenmann schon immer diesen Platz. Also ziehen wir in eine dunkle Ecke bei den Toiletten um, die keiner von uns gefällt, aber als Neulinge müssen wir wohl gute Miene zum bösen Spiel machen. Die Veranstaltung findet rund um eine Gruppe umgebauter Bauernhäuser statt, in denen ein Café und ein Holzmöbelgeschäft untergebracht sind. Wir sind etwa zwanzig Stände, darunter einer mit Biogemüse und -obst, der bereits erwähnte Blumenverkäufer, jemand, der Holzofenbrot und selbstgepressten Apfelsaft verkauft, ein Pflanzenstand und einer mit alten Haus- und Gartengerätschaften.

Während wir auf die erhofften Besuchermassen warten, schlendere ich zwischen den anderen Ständen herum und unterhalte mich schließlich mit dem Biobauern über seine Auslagen. Seine perfekt arrangierten Waren, unter deren Gewicht sich der Tisch biegt, erinnern an einen mittelalterlichen Wandteppich aus Rot, Grün und Orange, vor dem sich der helle Blumenkohl und die weißen Lauchstangen abheben. Es riecht nach Erde und Regen, leicht pfeffrig, wie ein Garten nach einem Gewitter. Als ich erwähne, dass er wohl heimlich künstlerische Ambitionen habe, wird er rot. Moo zieht mich später auf, ich hätte nun wohl einen Verehrer, was ich sehr bezweifle. Trotzdem tut es meinem Ego nach dem kleinen Greg-Fiasko gut, und zu ein paar geschenkten, besonders aromatischen Erdbeeren sagt man auch nicht nein.

«Vielleicht ist das ja Mr. Right», neckt mich Moo.

«Nett, aber nicht mein Typ», widerspreche ich und lächele den Biobauern an, der schüchtern seine Auberginen poliert.

«Es würde dir nie an frischem Obst und Gemüse mangeln.»

«Ich werd's mir merken. Wie geht's dir eigentlich?», will ich wissen. Moo lächelt mich mit jenem verträumten Gesichtsausdruck an wie jemand, der frisch verliebt ist.

«Gut. Bäro hat jetzt noch ein paar Zähne mehr, und er ist so lustig. Bob kommt nachher mit ihm vorbei, dann wirst du's selber sehen.»

«Wird es denn langsam einfacher?» Sie wirkt immer noch blass. Die alte Moo mit ihren farbenfrohen Kleidern, dem auffälligen Schmuck und den verzierten Haarspangen trägt nun hauptsächlich Schwarz und bindet sich die Haare zum Pferdeschwanz zurück. Sie sieht auf gedämpfte und fast durchschnittliche Art gut aus, aber irgendwie vermisse ich ihr Schillern.

«Ich bin immer noch müde, übergewichtig und voller Schuldgefühle, dass ich arbeiten gehe. Zum ersten Mal in meinem Leben bin ich unsicher. Ich behaupte nicht – außer Freya gegenüber natürlich –, dass es ein Kinderspiel ist, aber sobald ich meinen Sohn ansehe und er mich anlächelt, ist die Welt in Ordnung. Dann juckt es mich auch nicht mehr, dass ich in Größe 38 nicht mehr hineinpasse.» Sie lächelt wieder, und ich nehme sie spontan in den Arm.

«Du siehst hinreißend aus wie immer.»

«Sagt Bob auch, der Gute. Ah, wenn man vom Teufel spricht.»

Moo winkt und begrüßt ihre beiden Männer, die sie freudig umarmen. Ich gestehe, dass ich ein klitzekleines bisschen neidisch bin, wie ich die drei so beobachte. Ich will auch gedrückt werden! Freiwillige vor! Es gibt auch Kuchen umsonst! Während ich noch vor mich hin schmolle und überlege, mich dem Gemüsebauern an den Hals zu werfen, bringt Moo mir meinen Neffen. Ich drücke ihn fest an mich und vergrabe die Nase in seinen babyweichen Haaren. Es fühlt sich an wie ein Maulwurfskopf. Nicht dass ich viel Erfahrung darin hätte, Maulwürfe zu streicheln, aber so stelle ich es mir vor. Bald werden ihm meine Zärtlichkeiten lästig. Er ist genauso ruhelos wie seine Mutter, der er mit seinen großen Kulleraugen und den langen Wimpern von Tag zu Tag ähnlicher sieht. Ein schnuckeliges Baby lockt sofort die Leute an, sodass ich ihn hemmungslos dazu benutze, zwei Damen zum Kuchentesten zu überreden. Das Geschäft geht schleppend voran, weil viele probieren, aber wenige kaufen. Da ich Angst habe, auf Resten sitzenzubleiben, schneide ich die verbleibenden Kuchen auf. Während Moo und Bob die Stellung halten, ziehe ich eine Stunde lang mit Kuchenstücken und Flyern durch die Stadt. Nachdem ich die Straßen mit meinem nettesten Lächeln und Verkaufstalk abgeklappert habe, kehre ich müde und hungrig zum Stand zurück, wo Moo und Bob schon alles zusammengepackt haben.

«Wie erfolgreich waren wir?», frage ich erwartungsvoll.

«Hm ... so lala. Du hast insgesamt siebenundachtzig Pfund und drei Schalen Erdbeeren eingenommen.»

«Erdbeeren?»

«Ich habe mit dem Gemüsebauern Naturalien getauscht.»

«Na ja, zusammen mit dem Auftrag von Pharmagenica ist das zumindest mal ein Anfang. Und jeder fängt mal klein an. Jedenfalls war's eine gute Erfahrung.» Ich versuche munterer zu klingen, als mir zumute ist. «Vor ein paar Monaten war ich mir schließlich noch nicht mal sicher, ob ich mit Kuchen auch nur sieben Pfund verdienen könnte, von siebenundachtzig ganz zu schweigen! Lasst uns mit einer Tasse Tee feiern und das Café unter die Lupe nehmen.»

Wie immer brauchen wir viel zu lange, um aus der großen Auswahl an Selbstgebackenem etwas auszusuchen. Ich entscheide mich für ein Rosinenbrötchen mit hausgemachter Himbeermarmelade, Moo und Bob jeweils für ein großes Stück Victoria-Sandwich-Kuchen. Während wir munter futtern, unterziehen Moo und ich alles unserem üblichen Bewertungsverfahren. Doch wir finden beide wenig zu beanstanden. Warum wir nicht einfach selbst ein Café aufmachen, fragt Bob uns lachend.

«Und wann sollte ich dafür noch Zeit finden zwischen der Arbeit, dem Haushalt, dir und deinem Sohn?» Moos Augen blitzen. Als Antwort drückt Bob ihr einen Kuss auf die Lippen und vertreibt damit sofort ihren Ärger. Dann wendet Moo sich allerdings mit ernster Miene an mich.

«Aber du könntest es, Maddy.»

Ich muss zugeben, dass ich in letzter Zeit selber bereits darüber nachgedacht habe. Seit meiner Arbeit im Carriage House weiß ich genau, was mir nicht gefällt, aber dieses kleine Café hier ist wunderbar. Die Vorstellung eines hippen, gemütlichen Cafés, wo die Leute sich zum Kaffeetrinken, Teetrinken, Kuchenessen, Reden, Entspannen und Lesen treffen können, hat mir schon immer gefallen. In meinen Träumen ähnelt es ein bisschen dem Central Perk in *Friends* – natürlich sehe ich Jennifer Aniston verblüffend ähnlich und habe jede Menge schöne, lustige Kumpels und einen Freund, der mich wie Chandler zum Lachen bringt.

Wir unterhalten uns darüber, durch was sich mein kleines Café von allen anderen unterscheiden würde: gemütliche alte Sessel, frische Gartenblumen auf jedem Tisch, Secondhandbücher und Zeitschriften zum Lesen und natürlich jede Menge selbstgebackene Kuchen und Torten, die auf Porzellan-Einzelstücken vom Flohmarkt präsentiert werden. Traditioneller englischer Nachmittagstee um drei sollte natürlich auf jeden Fall auf dem Programm stehen. Ein bisschen wie im Ritz mit einem Kuchenständer voller kleiner Törtchen, Parfaits und Scones. Ich werde bereits beim Gedanken daran ganz aufgeregt. Vielleicht sollte ich mir das ja ernsthaft überlegen? Hm ... da muss ich wohl zuerst im Lotto gewinnen.

Während wir uns unterhalten, hat sich Bäro die Hälfte meines Rosinenbrötchens und das weiche Innere von Moos Kuchen geschnappt. Begeistert spielt er mit seinen Fingern, die nun so herrlich aneinanderkleben. Ich werde mit einem marmeladigen Handabdruck auf meinem T-Shirt und einem klebrigen Kuss belohnt, bevor ich mich auf den Heimweg mache. Der träumerische Gedanke an ein Sugar and Spice Café geht mir nicht mehr aus dem Kopf. Meine Frisur sitzt so perfekt wie Rachels.

Interview mit Parkie:

«Nun, Maddy seit unserer letzten Unterhaltung haben Sie meines Wissens zwei weitere Cafés eröffnet, eines in London und eines in New York?»
«Ja, ich bin selbst überrascht, wie schnell sich die Dinge entwickelt haben. Manchmal muss ich mich kneifen, um zu testen, ob ich nicht vielleicht doch träume.»
«Mögen Sie Feentörtchen, Gwyneth?», fragt Michael Ms. Paltrow, die in graziöser Pose neben mir sitzt. Gespannt warte ich auf ihre Antwort. Begeistert erzählt sie, dass sie

absolut nicht genug davon kriegen kann, obwohl wir beide wissen, dass ihre makrobiotische Diät Feentörtchen streng verbietet.

«Welche Nischen kann Sugar and Spice denn jetzt noch erobern?»

«Michael, um ehrlich zu sein, frage ich mich das selbst manchmal. Immer wieder denke ich, ich müsste jetzt mal Pause machen, doch dann passiert wieder irgendetwas Spannendes. Momentan arbeiten wir mit Jo Malone an einer Kollektion Raumdüfte, die frischgebackenem Kuchen nachempfunden sind, sowie an einer Hautcreme, die auf unserem Muffinteigrezept basiert. Es ist alles sehr aufregend.»

Ich werfe mein frischgesträhntes Haar nach hinten. Gwyneth hat mich schon nach der Nummer meines Friseurs gefragt, und sie sieht in der Tat so aus, als könnte ein Besuch dort nicht schaden.

Trotz meiner ganzen Bemühungen hat Sugar and Spice die Welt noch nicht im Sturm erobert. Allerdings tröpfeln inzwischen regelmäßig Bestellungen ein, was besser ist als Nichts und mich an meinen Café-freien Tagen beschäftigt. Dieser positive Zustand wird lediglich von Pharmagenicas schlechter Zahlungsmoral getrübt. Obwohl ich nur ungern mit ihr sprechen will, habe ich meinen Stolz hinuntergeschluckt und der Vampirkönigin einige Nachrichten hinterlassen, da die dreißig Zitronenkuchen immer noch nicht bezahlt wurden. Wie bereits erwartet, hat sie mich bisher nicht zurückgerufen. Durch die Zutateneinkäufe und Lieferkosten herrscht auf dem Firmenkonto Ebbe. Ich versuche, mich von der Tatsache, dass ich meine Notration bereits verbraucht habe, nicht beunruhigen zu lassen. Wenigstens läuft es im Café etwas besser, da ich mich langsam an Dots Anforderungen gewöhnt habe. Wie jemand so grummelig und fast schon unverschämt zu den Leuten sein kann, geht mir allerdings immer noch nicht in den Kopf. Scheinbar kann sie nicht nur mich nicht leiden; Gästen ergeht es nicht viel besser, und falls diese das Pech haben, von ihr bedient zu werden, ernten sie solch böse Blicke, als hätten sie nicht einen Earl Grey Tee, sondern Gott weiß was bestellt. Und gnade dem, der nach einer Vegetariervariante des Mittagsmenüs fragt.

Heute jedoch fällt mir die Arbeit schwer, weil ich in Gedanken weit weg bin. Genau heute vor einem Jahr habe ich das Baby verloren, und sosehr ich mich auch bemühe, es als Tag wie jeden anderen zu sehen, hängen meine Gefühle wie eine dunkle Wolke über mir. Die unerträgliche Hitze in der Küche tut ihr Übriges, um meine ohnehin mageren Energien weiter zu schwächen. Selbst Tillys Fröhlichkeit prallt an mir ab, ich höre ihrem Bericht über die jüngsten Chris-Entwicklungen kaum zu. Chris ist der Kerl, der wie einer in *Eastenders* aussieht. Oder war das Tod? Nein, Tod ist der halb-professionelle Fußballer. Chris ruft sie scheinbar nie an, lädt sie nie in seine Wohnung ein und weigert sich, sie donnerstags, freitags und samstags zu treffen. Chris klingt nach einem miesen Hund, aber Tilly will zum Glück keine Ratschläge, sondern nur ein gelegentliches Nicken als Zeichen meiner Aufmerksamkeit. Als Dot mir um halb drei schließlich eine Mittagspause zugesteht, beschließe ich, zu einer Runde Trübsalblasen in den Garten zu flüchten. Der helle Sonnenschein weckt sofort meine Sinne, und der Duft der Linden reinigt meine Geschmacksnerven von Küchengerüchen. Gierig sauge ich den Honiggeruch der Schmetterlingssträucher ein, während die Sonnenstrahlen kitzelnd meine Haut streicheln. Ich schließe still die Augen. Am liebsten würde ich mich einfach ins Gras fallen lassen und schlafen. Heute will ich nur schlafen. Heute will ich vergessen und mich in der Schönheit der Fuchsien, wilden Rosen und tiefhängenden Bäume verlieren, die nach Äpfeln nach einem Sommerregen duften.

«Schön, nicht wahr?», unterbricht eine Stimme meine Tagträume. Als ich mich umdrehe, entdecke ich Matthew Tennant, der es sich mit Thermosflasche und Zeitung gemütlich gemacht hat. Sein Stift schwebt über der Seite mit einem halbfertigen Kreuzworträtsel. Ich überwinde meinen kleinen Schrecken schnell und sogar, ohne rot zu werden.

«Hallo. Ich habe Sie gar nicht gesehen», sage ich und halte meine Hand schützend über die Augen.

«Sie waren mit den Gedanken ganz woanders.» Er lächelt. Es ist ein nettes Lächeln. Er sieht zwar nicht so umwerfend gut aus wie Dobby Dingsbums, aber er hat etwas an sich, das einen zweimal hinschauen lässt. Sein Gesicht leuchtet auf, wenn er lächelt. Die hellbraunen, fast blonden Haare trägt er kurz, was seine hohen Wangenknochen betont, auf die jede Frau neidisch wäre. An seinen gebräunten, muskulösen Armen kleben Reste weißen Baustaubs.

«Tut mir leid wegen neulich», sage ich zögernd. Einerseits will ich nicht wieder davon anfangen, andererseits gehört es wohl zu den Dingen, die man nicht einfach unter den Teppich kehren kann.

«Kein Problem. Ich mochte diese Hose sowieso nie. Ach, und ich habe ganz vergessen, mich für die Jaffakekse zu bedanken.» Er scheint gerne zu lachen. Mir gefallen die kleinen Lachfältchen, die dabei rund um seine Augen entstehen. So sieht ein richtiger Mann aus, kein grüner Junge. Jemand, der das Leben auskostet. Der Gedanke bringt mich zum Lächeln.

«Sind Sie gut im Kreuzworträtseln?», fragt er.

Ich schüttele den Kopf, denn das ist in der Tat nicht eine

meiner Stärken. Wie gerne würde ich mega-intelligent wirken, doch Fehlanzeige. Trotzdem hält er mir die Zeitung hin.

«Sechs Buchstaben, beginnt mit einem D. Flüssigkeit entziehen?»

Nun ist meine Neugier geweckt, und ich setze mich neben ihn, um mir das Kreuzworträtsel genauer anzusehen. Er riecht nach Steinen und Gips. Leider lässt der Geistesblitz wie befürchtet auf sich warten.

«Jaffakeks?» Er holt eine Minipackung aus seiner Jackentasche und reicht sie mir. «Wussten Sie, dass manchmal sieben statt nur sechs in einer Packung sind?», fragt er. Erwartungsvoll reiße ich die Lasche auf.

«Nur sechs», stelle ich fest. «Ich bringe Ihnen wohl kein Glück.»

«Na, dann werde ich keine Kekse mehr an Sie verschwenden», meint er und schenkt mir eine Tasse Tee aus seiner Thermoskanne ein.

«Wie geht's drinnen im Café?», erkundigt er sich.

«Nicht so toll. Ich glaube, Dot ist von mir enttäuscht.» Meine Ehrlichkeit einem fast Fremden gegenüber überrascht mich.

«Machen Sie sich keine Gedanken wegen Dot, die ist von allen enttäuscht. Nehmen Sie's einfach nicht persönlich.» Er streckt sich, wobei sein T-Shirt nach oben rutscht und einen Streifen flachen, gebräunten Bauch freigibt. Ich würde gerne hinfassen. Mir ist scheinbar die Sonne zu Kopf gestiegen! Ich hatte wohl schon zu lange keinen Kontakt mehr mit dem anderen Geschlecht. Ich meine, er ist nett und ja, irgendwie sexy, aber gar nicht mein Typ, und ich bin nicht interessiert. Na gut, er ist sehr sexy. Aber trotzdem. Vermutlich hat er sowieso eine Freundin! Ich stehe auf und habe es plötzlich eilig, in die Küche zurückzukommen.

«Nett, Sie wieder zu sehen, Matthew, und danke für Tee und Kekse. Genau das habe ich gebraucht», sage ich, denn es stimmt. In seiner Gesellschaft habe ich nicht an all die Dinge gedacht, die ich den ganzen Tag schon vergessen wollte.

«Nennen Sie mich doch Matt», ruft er mir hinterher, als ich wieder zu meinen Datteln zurückmarschiere.

Abends rufen mich sowohl Lou als auch Mum und Moo an, um sich nach mir zu erkundigen. Ben ruft gleich zweimal an, um mit mir über die Firma zu sprechen, aber ich weiß, dass es nur ein Vorwand ist, weil er sich Sorgen um mich macht. Ich versichere allen mit fröhlicher Stimme, dass es mir gutgeht, trinke eine halbe Flasche Wein und lasse mich ins Bett fallen. Dann greife ich zum Telefon und wähle James' Nummer, doch bevor es läutet, lege ich wieder auf. Hat er dran gedacht? Vermutlich nicht. Er meinte damals, er hätte das Gefühl, gar nicht richtig etwas damit zu tun zu haben. Es schien ihm irgendwie surreal, als würde es jemand anderem passieren. Dabei ging es mir doch genauso! Wie könnte ich ihm vorwerfen, es vergessen zu haben – wer will sich an so etwas schon gerne erinnern?

Ich träume von einem kleinen Jungen, der am Ende meines Bettes sitzt und mich anlächelt. Ich habe keine Angst, denn ich weiß, wer er ist. Ich lächele zurück, da ist er auch schon verschwunden. Ich öffne den Mund, um ihn zurückzurufen, doch sosehr ich mich auch bemühe, es kommt kein Laut über meine Lippen. Er ist weg. Als ich im dunklen, stillen Zimmer aufwache, versuche ich immer noch zu rufen, und all die Erinnerungen, die ich den Tag über zum Teil verdrängt habe, überrollen mich:

Als ich in der Notaufnahme ankomme, winkt man mich in ein kleines Zimmer. Ich versuche, an nichts zu denken, während ich untersucht, angepiekst, an einen Tropf angeschlossen und verschiedenen Tests unterzogen werde. Die Medikamente betäuben den schlimmsten Schmerz, und so liege ich mit leerem Kopf auf dem unbequemsten Bett der Welt. Vielleicht kommt das vom Morphium, aber ich bin dankbar für die Taubheit. Ich habe mit der Welt und den Stationsgeräuschen um mich herum nichts zu tun, die durch den Vorhang rund um mein Bett dringen. Ein anderer Patient brüllt, die Krankenschwestern wollten ihn entführen. Er will einen Anwalt, seine Freiheit, eine verdammte Zigarette. In einem anderen Leben wäre das vermutlich witzig gewesen, doch heute tut er mir einfach nur leid, denn bestimmt hat er genauso Angst wie ich. Hier liege ich und dämmere an einem dunklen, gefühllosen Ort vor mich hin, bis die Schwester kommt und verkündet, dass sie das Zimmer brauchen. Sie schieben mich auf den Gang hinaus, bis mein Tropf vollends durchgelaufen ist. Dort schwebe ich über meinem Körper und beobachte die emsige Betriebsamkeit um mich herum. Diane, die nette Schwester mit dem freundlichen Gesicht, fragt mich, ob alles in Ordnung ist. Ich nicke bloß, weil ich Angst habe, zu schreien und nicht mehr aufzuhören, falls ich den Mund aufmache. Ben taucht auf und lauscht den Anweisungen der Schwester bezüglich Schmerzmittel und Nachbehandlung. Dann führt er mich zum Auto. Die hochschwangere Freya ist zu Hause geblieben, und ich merke, dass er nicht genau weiß, was er tun oder sagen soll. Müde vom Schmerz, versichere ich ihm, dass ich gut allein klarkomme, und so bettet er mich mit einer Decke aufs Sofa. Ich möchte, dass alles aufhört, und versuche zu schlafen, doch mein Körper hat andere Pläne. So liege ich wach und bete darum, der Schmerz möge nachlassen. Danach ziehe ich für eine Weile zu Mum, die redet, wenn mir danach zumute ist, und mich, wenn nötig, auch in Ruhe lässt. Nebenher sorgt sie dafür, dass ich mehr als dreitausend Kalorien am Tag zu mir nehme. Unter der Dusche betrachte ich meinen flachen Körper. Für kurze Zeit konnte man mir ansehen, dass ich ein wunderbares Geheimnis in mir barg. Mein Busen war gewachsen, und Bauch und Hüfte hatten sich bereits der neuen Situation angepasst. Doch das alles ist jetzt verschwunden. Ich bin nicht nur körperlich, sondern auch geistig geschrumpft, und mein Gesicht gleicht dem eines Kindes, dem man etwas Wertvolles weggenommen hat. Ich wache auf und will doch nur schlafen. Wie in einem Nebel ziehen die Tage vorbei. Ich habe das Gefühl zu ertrinken. Mum sagt, ich soll dem einfach eine Weile nachgeben, denn je mehr ich mich dagegen wehre, desto schlimmer wird es. Sie verspricht mir, dass es besser wird. Natürlich hatte sie recht. Haben Mütter immer.

Ich fahre anlässlich der Bärentaufe zu Moo und mache mir Sorgen, dass ich weinen und meine sorgfältig aufgetragene Wimperntusche verschmieren könnte. Das emotionale Chaos der letzten Tage hat selbst mich überrascht. Ich dachte, ich käme damit zurecht, aber ich fühle mich wie ein Fluss der Gefühle, der kurz davor ist, über die Ufer zu treten. Der gestrige Brief von der Bank hat sein Übriges getan. Der Inhalt war eindeutig: Zahlen Sie auf Ihr Konto ein, oder wir werden alle Buchungen stoppen. Das heißt, falls ich in den nächsten Tagen Bestellungen erhalte, habe ich ein Problem. Ich war stets davon ausgegangen, pünktlich bezahlt zu werden, und nun kann ich meine Ausgaben nicht mehr decken. Warum habe ich nicht auf Vorkasse bestanden? Weil ich eine dumme Anfängerin bin, darum. Viel zu naiv und vertrauensselig für die harte Geschäftswelt. Wie konnte ich nur glauben, das schaffen zu können?

Da es mir nicht gelingt, die schwarze Wolke und das Gefühl der Zerbrechlichkeit zu vertreiben, erreiche ich den Tränen nahe mein Ziel. Mum begrüßt mich mit einer festen Umarmung (sie hat mir inzwischen die Sache mit ihrem Geburtstag verziehen, wenn auch nur haarscharf), und Moo behandelt mich wie einen emotionalen Krüppel, was sich gut anfühlt, aber es noch schwieriger macht, nicht zu weinen. Dabei will ich doch auf keinen Fall, dass sie sich heute Sorgen um mich macht. Lächelnd versichere ich ihr, dass alles in Ordnung ist, und halte ihr den Kuchen unter die Nase, den ich für Bäro gebacken habe. Durch meine Großzügigkeit in Sachen Zuckerguss benehmen sich die Bärenfiguren darauf wie Skifahrer: Sie rutschen seitlich ab, als wollten sie abspringen und einen dreifachen Salto schlagen. Oder, wie Bob meint, als wollten sie sich umbringen.

Es ist ein traumhafter Sommertag, und alle sitzen draußen auf den verschiedenen Gartenstühlen, die Nachbarn für diesen Zweck ausgeliehen haben. Der Küchentisch biegt sich unter dem Gewicht von allerlei Salaten, Quiches, Kartoffeln, Käse, Ananasspießchen, Oliven und Brot. Moos Freundinnen vom Geburtsvorbereitungskurs trudeln mit ihren Kindern im Schlepptau ein, und ich bin nicht sicher, ob ich jemals zuvor so viele Babys auf einem Haufen gesehen habe. Da ich hier die Einzige ohne Nachwuchs unter den fünfzig Anwesenden bin, versuche ich, mich durch das Reichen von Getränken, Stühlen, Feuchtigkeitstüchern, Küchenkrepp und Wurstbrötchen nützlich zu machen. Der Geräuschpegel ist enorm. Während sich die Männer um Bob und den Grill scharen, kämpfen die Mütter um die Fütterungsplätze. Es kommt mir ein bisschen vor wie Reise nach Jerusalem, wie sich alle sechs

Mütter gleichzeitig auf fünf Stühlen niederlassen, ihre Babys als Abstandshalter fest an die Brust gepresst. Moo betritt das Zimmer und muss über meinen verwirrten Gesichtsausdruck lachen. Ich habe wirklich Angst, zu Tode getrampelt zu werden.

«Mum sucht dich.» Zur Abwechslung bin ich für diese Nachricht wirklich dankbar und flüchte hinaus in den Garten.

Dad, Susan und Mum schaffen es, einander für den Großteil des Tages aus dem Weg zu gehen, obwohl das hauptsächlich mein Verdienst ist, denn ich manövriere Mum jedes Mal in ein anderes Zimmer, wenn Dad in Sichtweite kommt. Mum weigert sich aufs heftigste, die gleiche Luft wie «diese Frau» zu atmen, und da Moo und Ben mit den Kindern beschäftigt sind, bleibt es wie immer mir überlassen, den Frieden zu wahren. Heute bin ich dazu jedoch nicht in der Stimmung und werde ziemlich ungeduldig, wenn die drei sich trotz meiner Bemühungen doch begegnen. Mum versprüht Giftpfeile, während Dad so tut, als existiere sie nicht, und Susan ihn auf eine Art begurrt, die jedem in einem Umkreis von fünfzig Meilen signalisiert, wer hier jetzt das Sagen hat. Ich komme mir vor wie damals im Sandkasten und würde am liebsten schreien. Ist es denn so viel verlangt, sich zusammenzureißen und ein wenig höflichen Smalltalk zu betreiben? Ich würde ihnen gerne sagen, werdet endlich erwachsen! Ich würde sie gerne daran erinnern, dass sie sich einst geliebt, ja sogar gemocht haben, dass sie im Zuge dessen drei Kinder miteinander produziert haben – oder zumindest zwei, falls Ben recht hat und ich adoptiert bin.

Mum klebt wie eine Klette an mir, was mir normalerweise nichts ausmacht, schließlich müssen wir Singlefrauen zusammenhalten. Heute habe ich jedoch weder Kraft noch Willen, sie aufzubauen, weil ich selber kaum über die Runden komme. Das Einzige, was mich davon abhält, das Weite zu suchen, sind die grinsenden Gesichter von Bäro und seiner neuen besten Freundin, der Prinzessin. Die beiden sind fasziniert voneinander, und mit dem Rest der Familie beobachte ich entzückt, wie sie sich in einem fremden Dialekt unterhalten. Es ist besser als Fernsehen, was mich ernsthaft darüber nachgrübeln lässt, was wir eigentlich getan haben, bevor die beiden auf der Welt waren. Haben wir uns unterhalten? Worüber haben wir uns unterhalten? Ich kann mich beim besten Willen nicht erinnern.

Nach der Zeremonie, die mich zum Weinen bringt, improvisiert Bob eine Zaubershow für die Kinder, und ich überlasse Mum Freyas Obhut, um mich eine Weile abzuseilen. Ich setze mich auf eine entlegene Bank ganz hinten im Garten, schlucke ein paar Tabletten gegen den heftigen Kopfschmerz und schließe die Augen. Eine warme Brise streichelt mein Gesicht, während ich versuche, alle dunklen Gedanken aus meinem Kopf zu verbannen. Meine Ruhepause ist jedoch nur von kurzer Dauer. Danielle, eine Freundin aus Moos Geburtsvorbereitungskurs, ruft lautstark nach ihrer Tochter, woraufhin sämtliches Getier in einem Umkreis von fünf Meilen in Deckung geht. Bitte, bitte, jemand möge die Lautstärke runterdrehen. Meine Versuche, Danielle zu ignorieren, scheitern kläglich, sodass ich schließlich widerwillig die Augen öffne, weil ihr großbusiger Körper mir das Sonnenlicht nimmt.

«Ist das nicht wunderbar?», dröhnt sie, und ich nicke zustimmend.

«Es ist so schön, wie die Kinder alle zusammen spielen. Ich kann gar nicht glauben, dass sie fast ein Jahr alt sind.»

Sie schnappt sich ihre eigene kleine blondgelockte Tochter und bringt sie zum Lachen.

«Hast du auch Kinder?», will sie wissen, und ich schüttele den Kopf. Ohne praktisches Wissen über Zahnen und ähnliche Dinge werde ich als Gesprächspartnerin für frischgebackene Mütter meist schnell uninteressant. Danielle beschließt jedoch leider, sich dem Trend zu widersetzen.

«Na, ich dachte auch immer, ich will keine. Ich war die totale Karrierefrau, bis dieser kleine Unfall hier passiert ist und meine Welt auf den Kopf gestellt hat. Ich kann mir gar nicht vorstellen, wie leer und oberflächlich mein Leben vorher gewesen sein muss.»

Ich nicke, wohl wissend, dass ich mich um eine Erwiderung bemühen sollte, aber außer «verpiss dich» fällt mir nichts ein.

Plötzlich steckt Danielle ihre Finger hinten in die Windel ihrer kleinen Tochter. «Hm, hab ich's mir doch gedacht. Da muss jemand frisch gewickelt werden.»

Automatisch reiche ich ihr ein feuchtes Tuch aus der Packung, die ich schon den ganzen Tag mit mir herumtrage, und versuche, nicht an Danielles lange Fingernägel zu denken. Nachdem die beiden abgezogen sind, sitze ich noch eine Weile mit geschlossenen Augen da und lausche den Geräuschen hungriger Babys, der Prinzessin, die vor Freude quietscht, weil Ben sie in einem Plastikauto durch die Gegend schiebt, und Gelächter, weil eines von Bobs weißen Kaninchen sich davonmachen will. Mir ist schon wieder zum Heulen – wer hätte es gedacht! Ich muss echt dieses Selbstmitleid abstellen. Es ist schon ein ganzes Jahr her.

«Alles in Ordnung, Schwesterchen?»

Ich öffne meine Augen. Ich habe nicht bemerkt, dass Ben sich neben mich gesetzt hat.

«Ja, geht schon.» Ich versuche, überzeugend zu klingen.

«Moo hat mir erzählt, dass du Finanzsorgen hast und überlegst, die Firma aufzugeben?»

«Mhm. Meine alte Hexenchefin hat es bisher nicht für nötig gehalten, mich für die große Lieferung von neulich zu bezahlen, und meine Bank wird ungeduldig. Mir ist klar geworden, dass ich dieses ganze Business-Zeug einfach nicht beherrsche. Und vielleicht sollte ich loslassen, bevor ich mich richtig in Schwierigkeiten bringe.»

«Man kann nicht alles können, Maddy. Deshalb stellen die Leute Buchhalter und Finanzberater an. Du glaubst, du müsstest alles meistern, aber das ist unmöglich. Ich könnte nie im Leben einen Kuchen backen, aber ich habe einen guten Riecher, wenn es um Geschäfte geht.» Ben schüttelt den Kopf, während ich zu Boden sehe und mit meiner Schuhspitze im Staub wühle.

«Schau her, warum lässt du dir nicht von mir über die Runden helfen, bis sie gezahlt haben. Einfach nur, um den Druck ein bisschen zu mildern?», schlägt er mit sanfter, beruhigender Stimme vor. Ich drücke seine Hand.

«Das ist sehr lieb, aber nein danke. Eine vorübergehende Finanzspritze wird meine Probleme nicht lösen. Ich muss mir darüber klar werden, was ich tun will, und es ist nicht deine Aufgabe, das für mich zu regeln.» Ich ringe mir ein Lächeln ab. Seine Freundlichkeit macht mich nur noch trauriger.

«Es wäre einfach eine Schande, wenn du jetzt aufgeben würdest», meint Ben und winkt Freya zu, die aus dem Haus gekommen ist.

«Geh schon und hilf Freya mit eurem Töchterchen. Ich komme gleich nach», dränge ich ihn. Er wuschelt mir durch die Haare, was ja an sich eine liebe Geste ist, hätte ich nicht heute Morgen Stunden damit verbracht, mir einen Zickzack-Scheitel zu ziehen. Nachdem er weg ist, bleibe ich noch ein paar Minuten sitzen. Dann hole ich tief Luft.

Okay, Maddy Brown, du gehst jetzt wieder rein und lächelst. Am Ende des Tages tut mir der Kiefer weh.

Zu Hause erwarten mich zwei Briefe: eine Mahnung von der Lieferfirma für ihre letzte Rechnung und einer vom Großhändler, der mir mitteilt, dass ich als neue Firma bei ihnen keinen Kredit bekomme. Während der ersten sechs Monate müssen alle Waren im Voraus bezahlt werden. Was? Wie denn, wenn ich kein Geld habe? O Gott, was für ein Schlamassel. Ich sehe keinen Ausweg aus meiner misslichen Lage, und mein Magen krampft sich unangenehm zusammen. Ich sollte all dem einfach den Rücken kehren, mir einen normalen, eklig gut bezahlten Job suchen und aufhören, in meiner kleinen Traumwelt zu leben.

«Er war so süß, und ich weiß, ich hätte es nicht sollen, aber ich konnte einfach nicht widerstehen», erzählt Tilly mir atemlos, während wir versuchen, die wachsende Besucherschar abzufertigen. Immer wieder stehen wir uns im Weg, während wir emsig Teekannen füllen und Kuchen aufschneiden.

«Wir haben zu David Gray getanzt, und er hat mir gesagt, ich sei hinreißend. Und wie er geküsst hat ... ich sag dir, ich hätte ihn beinahe angesprungen.»

Eine ältere Dame, die unfreiwillig Zeugin dieses Wortwechsels wird, zieht missbilligend die Augenbrauen hoch, und ich lächele sie entschuldigend an. Tilly lässt sich davon jedoch nicht beeindrucken und erzählt mir munter weiter, wie es dazu kam, dass sie ihm versprochen hat, nächstes Wochenende schon wieder hundertfünfzig Meilen zu fahren, um ihn zu sehen.

«Aber was ist mit Chris?» Ich kann diesen jüngsten Entwicklungen nicht ganz folgen.

«Ach, er war nicht der Richtige für mich», meint sie ganz pragmatisch. Das kommt ein wenig überraschend, denn vor einer Woche sprach sie noch davon, was sie bei der Hochzeitsfeier essen und wie ihre gemeinsamen Kinder aussehen würden. Die Schlange wird schließlich kürzer, sodass ich mich endlich mit einem mickrigen Brötchen in eine Ecke des Cafés zurückziehen kann. Ich nehme einen Bissen, aber eigentlich habe ich gar keinen Appetit. Meine schlechte Laune hat sich nicht verzogen, und ich mache mir über alles Sorgen, vor allem den Mangel an Bestellungen. Meine Einnahmen reichen immer noch nicht, um meine Schulden fürs Haus abzubezahlen, und erst heute Morgen erhielt ich einen weiteren Brief meiner Bank, dass ich nach wie vor den vereinbarten Kreditrahmen überzogen habe. Die Buchhaltung von Pharmagenica wartet angeblich immer noch auf die Unterschrift der Vampirkönigin, die sich weigert, mich zurückzurufen. Ich hätte es wirklich besser wissen müssen. Ich bin kurz davor, alles hinzuschmeißen und in mein Hamsterrad zurückzukehren. Ich hatte mich so stark und zuversichtlich gefühlt, für meinen Traum zu kämpfen, doch die vergangene Woche hat mich wieder in ein Meer der Unsicherheit gestürzt. Das altbekannte Teufelchen namens Selbstzweifel attackiert mich mit seinem Speer. Mir ist zum Heulen zumute.

«Sie sehen irgendwie traurig aus, wie Sie da so sitzen. Deshalb habe ich beschlossen, Ihnen ein Stück Möhrenkuchen zu bringen, um Sie aufzuheitern», sagt eine Stimme. Vor mir steht Matt mit zwei Stück Kuchen. Mir ist zwar nicht wirklich nach Gesellschaft, da ich lieber in Mitleid baden würde, aber ich ringe mir ein müdes Lächeln ab. Er setzt sich und schiebt mir einen Kuchen hin.

«Alles in Ordnung?», erkundigt er sich, bevor er sich über seinen Kuchen hermacht. Mir gefällt, dass er trotz des klebrigen Gusses keine Gabel verwendet.

«Ja, bestens», lüge ich und beobachte, wie der Zucker an seinen Fingern kleben bleibt. Er genießt offensichtlich in vollen Zügen, denn seine Augen funkeln wie die eines Kindes.

«Ach übrigens, das Wort war ‹dörren›.» Er nimmt einen weiteren Bissen.

Man kann mir mein Unverständnis wohl an der Stirn ablesen, denn er lächelt mich nachsichtig an.

«Das Kreuzworträtsel?»

«Ahhh.» Jetzt erinnere ich mich. «Warum ist mir das nicht eingefallen?»

«Nun sagen Sie schon, warum die Trauermiene?»

«Ist eine lange Geschichte», versuche ich ihn abzuwimmeln.

«Muss schlimm sein. Sie haben Ihren Kuchen noch nicht mal angerührt. Vielleicht hilft es ja, darüber zu reden?», schlägt er vor. Ich schüttele den Kopf in der Hoffnung, dass er aufgibt und Leine zieht. Er isst jedoch seelenruhig weiter und lässt sich von meinem Schweigen nicht aus der Ruhe bringen. So sitzen wir einige Minuten stumm da, bis mir klar wird, dass er nicht vorhat zu gehen. Also schaue ich eine halbe Ewigkeit peinlich berührt aus dem Fenster und fange aus unerfindlichen Gründen irgendwann an zu reden. Keine Ahnung, ob es daran liegt, dass er ein Fremder ist, oder weil ich einfach nur die Stille füllen will. Vielleicht sind es auch seine freundlichen Augen. Jedenfalls erzähle ich ihm alles. Von der Firma, von meiner Angst vor der Zukunft, dem Gedanken, einfach aufzugeben und in mein altes Leben zurückzukehren, von der Fehlgeburt, der Taufe und dass mir die letzten Tage einfach nur zum Heulen zumute ist. Er hört aufmerksam zu, und als ich fertig bin, zeigt er auf meinen unberührten Kuchen.

«Wollen Sie den noch essen?» Als ich meinen Kopf schüttle, zieht er den Teller zu sich rüber. Ich bin mir nicht sicher, ob er mir überhaupt zugehört hat.

«Sicher?», fragt er noch einmal und beißt dann hinein. «Also, ich bin ja kein Experte, aber vielleicht haben die Erinnerungen an die Fehlgeburt und die Taufe Ihres Neffen eine Kette von Gefühlen in Ihnen ausgelöst, wie ein Domino-Effekt. Sie fühlen sich in eine Zeit zurückversetzt, an die Sie nicht mehr denken wollen, und das verunsichert Sie. Also stellen Sie alles in Frage, einschließlich der Firma. Und die aktuellen Geldsorgen haben da wahrscheinlich ihr Übriges dazu beigetragen.»

«Hm, scheint so.» Seine Stimme tut gut.

«Das ist völlig normal, Teil des Trauerprozesses. Sie müssen da leider durch. So zu tun, als sei es nicht passiert, wäre auf lange Sicht viel schädlicher. Und, Maddy ...»

Ich studiere die Tischplatte, weil ich ihm nicht in die Augen sehen kann. Ich habe Angst, dass er sonst die Abgründe meiner Seele erblicken könnte.

«Bei diesen Dingen gibt es kein Zeitlimit. An etwas, das solch tiefgreifende Auswirkungen auf Sie hatte, *sollten* Sie sich sogar erinnern.»

Ich nicke, knete meine Serviette und schlucke trocken.

«Aber machen Sie nicht den Fehler, es mit der Frage zu verwechseln, ob Sie das mit der Firma hinkriegen. Nehmen Sie's positiv, als Erinnerung, wie viel Sie in einem Jahr schon geschafft haben.» Er schiebt den letzten Bissen Kuchen auf die Gabel und hält sie mir hin.

«Und jetzt machen Sie den Mund auf und essen das», meint er lachend. Ich gehorche wie ein braves Kind. Es fällt mir schwer, unter seinem lächelnden Blick mich weder zu verschlucken noch rot zu werden.

«Sie wirken so weise.» Ich frage mich, wie jemand so Junges bereits die Weisheit besitzt, die normalerweise erst mit dem Alter kommt. Er kann nicht viel älter sein als ich.

«Hm, da wäre ich mir nicht so sicher. Aber manchmal kann man die Dinge von außen klarer sehen.» Sein Lächeln erreicht seine Augen. Heute haben sie die Farbe des Meeres nach einem Sturm.

«Dieser Möhrenkuchen war ganz akzeptabel, aber ohne den cremigen Überzug wäre er noch besser gewesen», meint er naserümpfend.

«Ich kenne ein Rezept ohne Guss. Ich backe Ihnen einen», schlage ich vor und schaue schnell wieder auf meine Serviette, die ich in hundert Fetzen gerissen habe. Plötzlich packt mich Schüchternheit in der Gesellschaft dieses Menschen, den ich kaum kenne, aber der nun fast alles über mich weiß.

«Klingt gut. Ich sollte wohl besser wieder an die Arbeit.» Er steht auf.

«Und machen Sie sich keine Sorgen, Maddy. Alles wird gut.»

Die ganze Woche warte ich bereits darauf, dass jemand das zu mir sagt. Mein Lächeln kommt von Herzen, als ich ihm hinterherschaue.

Ich bekomme eine SMS: ‹Wort mit 8 Buchstaben, zweiter ein X. Erlesen?›

‹Exquisit?›, schreibe ich zurück

‹Wow›, kommt fast umgehend zurück. ‹Bin schwer beeindruckt. Sie können backen & haben Fremdwörter drauf.›

Ich finde ihn schließlich in einem von einer Mauer umgebenen Teil des Gartens, wo er sich über den alten, halb maroden Swimmingpool beugt. Nach Jahren der Vernachlässigung sind die alten Mosaikfliesen entlang der Ränder und Stufen zersprungen und ausgebleicht. Einst saßen hier die Damen mit ihren Limonadengläsern und fächelten sich Luft zu, doch inzwischen ist dieser abgelegene Bereich des Gartens für die Öffentlichkeit nicht mehr zugänglich. Wohl aus Angst, jemand könnte über die schiefen Steinplatten stolpern und hineinfallen. Als Verantwortlicher für das umfangreiche Sanierungsprojekt des Hauses samt Anlagen hat Matt mit seinem Zwei-Mann-Team eine beachtliche Aufgabe vor sich. Vorsichtig kratzt er die Wetterpatina von einer Nymphenstatue, deren Röcke sich bei ihrem Sprung über ein unsichtbares Seerosenblatt bauschen. Er singt einen Song der Red Hot Chili Peppers mit, der im Radio läuft, und zuckt erschrocken zusammen, als er mich entdeckt. Sein Lächeln verursacht mir einen Moment lang weiche Knie. Nun krieg dich mal wieder ein, Maddy! Nur weil irgendein Kerl dir ein paar nette Sachen sagt, bist du gleich hin und weg. Wahrscheinlich hast du ihm nur leidgetan.

«Hallo, schöne Frau. Es freut mich, Sie wieder lächeln zu sehen.» Bei diesen Worten steht er auf und klopft sich den Staub vom T-Shirt. Wow, schöne Frau? Ich glaube, das hat noch nie jemand zu mir gesagt. Alter Charmeur.

«Mir geht's auch viel besser. Ich wollte mich bei Ihnen für neulich bedanken, dass Sie mir so geduldig zugehört haben. Deshalb habe ich Ihnen wie versprochen einen Möhrenkuchen gebacken.»

Ich überreiche ihm die Kuchenschachtel, die er begeistert öffnet und so den Duft nach Muskat, Zimt und Orange frei lässt. Der Geruch erinnert mich immer daran, wie ich Mum früher geholfen habe, Orangen mit Nelken zu spicken, rote Bänder um Zimtstangen für die Schale mit der Weihnachtsdeko zu binden und den Weihnachtskuchen zu backen. Die Kirschen hatten die gleiche Farbe wie ihre Wangen.

«Sie müssen sich nicht bedanken. Manchmal ist es einfacher, mit jemandem zu reden, der nicht direkt etwas mit einem zu tun hat.» Er steckt die Nase in die Kuchenschachtel. «Mhmm, das riecht köstlich. Die Mädchen werden begeistert sein.» Mein Herz setzt einen winzigen Schlag aus.

«Die Mädchen?», frage ich verwirrt.

«Meine Töchter, Charlotte und Georgie», antwortet er fast ein wenig schüchtern.

«Ich wusste nicht, dass Sie Kinder haben.» Woher auch. Er muss verheiratet sein. Wie konnte ich nur annehmen, dass er es nicht ist? Egal. Er ist nur ein Freund. Mein neuer Freund. Die Tatsache, dass ich ihn attraktiv finde, hat keinerlei Bedeutung!

«Charlotte ist acht und Georgie sechs», erzählt er mir stolz, und einen Moment lang befürchte ich, dass er mir gleich ein Foto von seiner Familie zeigt. Tut er zum Glück nicht, auch wenn ich nicht ganz kapiere, warum ich damit ein Problem gehabt hätte. Die Gefühle, die seine Enthüllung in mir ausgelöst haben, verwirren mich. Der Hauch von Enttäuschung reicht, damit ich mich unwohl fühle. Also verabschiede ich mich mit der Entschuldigung, ich müsse in die Küche zurück. Während ich Tilly mit einer Ladung Rosinenkuchen helfe, kann ich meine Neugier gerade mal fünf Minuten im Zaum halten. Dann erwähne ich beiläufig, ich hätte gar nicht gewusst, dass Matt verheiratet sei. Tilly grinst, und prompt werde ich ein bisschen rot.

«Ist er nicht», sagt sie. «Seine Frau ist vor ein paar Jahren gestorben.»

«Oh, wie traurig.» Kein Wunder, dass er neulich so mitfühlend war, als ich ihm meine Sorgen ausgebreitet habe. Sofort komme ich mir schlecht vor, dass ich wegen solcher

Kleinigkeiten rumgejammert habe, wo er doch etwas viel Schlimmeres durchgemacht haben muss.

«Er betet seine Töchter an. Ich glaube nicht, dass er viel rauskommt. Schade eigentlich. Schließlich ist er noch jung.»

«Hm», antworte ich. Nun stecke ich in der Zwickmühle. Einerseits macht es mich traurig zu hören, dass jemand in meinem Alter gestorben ist und zwei Kinder hinterlassen hat. Andererseits bin ich ein bisschen erleichtert, weil Matt dadurch nicht verheiratet ist. Bin ich ein schlechter Mensch?

«Ihr zwei scheint euch gut zu verstehen», meint Tilly grinsend.

«Er ist ein netter Kerl.» Ich weiche ihrem Blick aus.

«Nur nett? Nicht auch sexy?»

«Nein, nur nett.» Lachend bewerfe ich sie mit Mehl.

Am nächsten Tag bin ich in Versuchung, ihm eine SMS zu schicken, aber mir fällt nichts ein. Stattdessen ertappe ich mich dabei, wie ich auf dem Heimweg quer durch den Garten Richtung Swimmingpool spaziere. Plötzlich bin ich ganz nervös, als ich das große, hellblau gestrichene Tor in der Mauer erreiche. Verdammt nochmal, Maddy, sag einfach freundlich Hallo. Was ist schon dabei? Er ist bloß ein Freund, genau wie Mac. Ich drücke die schwere, gusseiserne Klinke herunter und trete hindurch. Als ich näher komme, dreht er sich um, und zu meiner großen Erleichterung lächelt er bei meinem Anblick, als würde er sich wirklich freuen, mich zu sehen.

«Hallo, was für eine schöne Überraschung. Ich dachte schon, ich habe Sie irgendwie gekränkt, so schnell wie Sie gestern verschwunden sind.» Er klopft einladend neben sich aufs Gras.

«Nein, ich musste einfach nur zurück», schwindele ich. Er nickt verständnisvoll, während ich mich neben ihn setze und schüchtern an meinen Haaren rumspiele.

«Ihr Möhrenkuchen ist übrigens wunderbar. Ich habe mir sogar heute ein Stück davon mitgebracht.» Er holt ein in Alufolie gewickeltes Päckchen aus seinem Rucksack. Dann bricht er ein Stück vom Kuchen ab und reicht es mir.

«Die Mädchen waren schwer beeindruckt ... Meine Frau, eigentlich meine Ex-Frau, ist vor ein paar Jahren gestorben, und ich bin kein sonderlich guter Koch. Ich glaube, das fehlt ihnen ...» Er hat den Blick auf die Felder hinterm Anwesen gerichtet. Ein Schatten der Traurigkeit huscht über sein Gesicht, und ich würde ihn gerne berühren.

«Das muss ziemlich schwer für Sie sein?»

«Die Großeltern helfen viel mit, indem sie die Mädchen in den Ferien und nach der Schule zu sich nehmen. Aber ja, manchmal ist es schwierig. Sie vermissen ihre Mutter.» Er dreht sich zu mir um und lächelt wieder jenes Lächeln, bei dem ich nicht anders kann als zurückzulächeln, und im Nu ist die Traurigkeit wieder verschwunden. Ich würde ihn gerne fragen, ob er seine Frau auch vermisst, aber stattdessen erkundige ich mich nach seiner Familie. Begeistert erzählt er mir von seiner Schwester Geraldine, einer Lehrerin, die mit ihrer Partnerin Sharon zusammenlebt, seiner Mutter, die als ehemalige Professorin sich nun fürs Fraueninstitut engagiert, und seinem Vater, der einst Tischler war. Beide sind Mitte sechzig und wohnen ganz in der Nähe.

«Als Lynette gestorben ist, war meine Mutter mein Rettungsanker, und die Mädchen beten sie an.» Er sieht mich an, und unsere Blicke begegnen sich. Die Zeit scheint für den Bruchteil einer Sekunde stillzustehen. Schnell schlage ich die Augen nieder und klopfe ein unsichtbares Staubkörnchen von meiner Hose. Ich bin froh, als der Moment vorbei ist und er mich nach meiner Familie fragt. Er amüsiert sich über meine Verjüngungspläne für Mum, interessiert sich für meine Beziehung zu Dad, versteht Bens Bedürfnis, uns zu beschützen – scheinbar ist das so eine genetische Männersache – und lacht über meine Geschichten von Bäro und der Prinzessin. Ich sollte eigentlich zu Hause Kuchen backen, aber stattdessen zögere ich den Abschied hinaus, indem ich mich nach seiner Arbeit erkundige. Er erzählt mir, dass er zu Schulzeiten auf einer Romreise seine Begeisterung für Architektur und Bildhauerei entdeckt hat, wie er dann die Schule verlassen und nach einem Kunstgeschichtsstudium eine fünfjährige Lehre als Steinmetz absolviert hat. Er sprüht förmlich vor Leben und Wissen, als er mir vom speziellen Helmdon-Stein erzählt und wie dieser das Licht einfängt, von seinem besonderen Liebling, dem dunklen neolithischen Thornborough Monument mit den wunderbaren beige-grauen Streifen, und ich lausche gebannt seiner Stimme. Vom betörenden Duft der alten Rosen bin ich fast ein wenig betrunken. Er vermischt sich noch mit einem anderen Geruch, ähnlich der würzigen Wärme des Möhrenkuchens, aber stärker. Erst kurz bevor ich aufstehe, begreife ich, was es ist: der Geruch nach Staub und Sandstein, nach Zitrus und warmer Haut. Ich atme ihn tief ein, und mir wird leicht schwindelig.

Nur widerwillig mache ich mich auf den Heimweg, wo mich drei Bestellungen auf dem Anrufbeantworter erwarten. Also ziehe ich meine Schürze über und mache mich singend an die beiden Whisky-Kuchen und den Earl-Grey-Teekuchen. Alle trüben Gedanken sind verbannt, und lächelnd stelle ich fest, dass die Sonne draußen ein bisschen heller lacht, meine Kuchen besonders leicht und luftig sind und sogar meine Singerei nicht übel ist. Plötzlich habe ich Lust, noch ein weiteres Rezept aus meiner «Schokoladenkuchen zum Verführen»-Liste auszuprobieren. Während sich der Kuchen im Ofen in die hoffentlich unwiderstehlichste Versuchung der süßesten Art verwandelt, bin ich so glücklich wie seit Wochen nicht mehr. Ich rufe Ben an.

«Ben, ich frage mich, ob ich einen Termin mit der Bank ausmachen soll», teile ich ihm meine Überlegungen mit.

«Nicht nötig. Der Scheck ist unterwegs.» Er spricht in Rätseln.

«Was soll das heißen?»

«Ich habe heute als dein Businesspartner der Vampirkönigin einen kleinen Besuch abgestattet und ihr mir Rechtsfolgen gedroht, wenn sie nicht langsam in die Pötte kommt.» Ich höre deutlich den Triumph in seiner Stimme.

«Aber ... mein Businesspartner? Was ... was hat sie denn gesagt?», stammele ich, während sich in meinem Kopf tausend unbeantwortete Fragen formen.

«Tyrannen wie sie können meiner Erfahrung nach nicht gut mit Konfrontation umgehen. Also dachte ich, schau ich mal bei ihr vorbei. Ich habe ihr unmissverständlich klargemacht, dass ich ihr umgehend den Anwalt an den Hals hetzen werde. Zur Sicherheit habe ich den Namen einer großen Londoner Kanzlei fallenlassen, die dafür bekannt ist, selbst die mächtigsten Firmen in die Knie zu zwingen. Sie war Wachs in meinen Händen und rief noch während meines Besuches in der Buchhaltung an.»

Ich kann mir gut vorstellen, wie Ben im Hugo-Boss-Anzug mit seinen eins neunzig und dem stahlharten Blick sie entwaffnet hat. O wie gerne hätte ich da Mäuschen gespielt! Erleichterung durchflutet mich, aber auch noch ein anderes Gefühl. Wieder mal hat Ben für mich den Ritter in der glänzenden Rüstung gespielt, und ich fühle mich um die Chance betrogen, die Sache selbst zu regeln, den Kampf gegen die Vampirkönigin zu gewinnen und nebenbei die Welt zu retten. Hätte ich überhaupt etwas unternommen? Hätte ich etwas ausrichten können? Nun werde ich es nie erfahren.

«Danke. Das hättest du nicht tun müssen, aber trotzdem danke.» Ich versuche, mir mein Gefühl der Enttäuschung nicht anmerken zu lassen. «Du bist wie immer mein Held.»

«Irgendjemand muss ja die Rolle übernehmen.»

«Scheint so.» Und warum? Weil *er* sich immer noch nicht blicken lässt!! Wenn *er* jetzt vor der Tür stünde, würde ich ihn zum Teufel jagen. Es ist zu spät, verdammt nochmal. Scheißkerl!

So, genug geflucht für heute. Ich fühle mich schon besser. Mein Handy meldet piepsend den Empfang einer SMS.

«Mache mich gerade übers letzte Stück Möhrenkuchen her. Köstlich. Danke.»

Mhmmm ... nun fühle ich mich noch besser.

Fabelhafter Möhrenkuchen

Die meisten Möhrenkuchen haben eine dicke Cremeschicht oben drauf, aber ich mag dieses Rezept hier viel lieber, weil der Guss nicht vom warmen, würzigen Aroma des eigentlichen Kuchens ablenkt. Es beinhaltet außerdem Olivenöl und Rosinen, wodurch das Ergebnis relativ gesund wird. Sofern das bei Kuchen möglich ist.

175 g weicher Rohrzucker
175 ml Sonnenblumenöl
3 große Eier
140 g geraspelte Möhren
100 g Rosinen
abgeriebene Schale einer großen Orange
175 g Mehl
1 ½ TL Backpulver
1 TL Backsoda (Natriumbikarbonat)
1 TL Zimtpulver
½ TL Muskat
für den Guss:
175 g Puderzucker
1–2 EL Orangensaft

Zubereitung
Den Backofen auf 180 °C (Umluft 160 °C, Gas Stufe 4) vorheizen.
Eine Springform mit 24 cm Durchmesser fetten und mit Backpapier auslegen.
Zucker und Öl miteinander verrühren, bis eine geschmeidige Masse entsteht.
Eier zugeben und leicht vermischen.

Die geraspelten Möhren, Rosinen und Orangenschale dazugeben.
Mehl, Backsoda und Gewürze zur Mischung sieben und vorsichtig unterrühren.
Teig in die Form füllen und 40-45 Minuten backen, bis sich der Kuchen oben in der Mitte fest anfühlt und auf Druck leicht nachgibt – keine Sorge, falls er ein bisschen länger braucht.
5 Minuten lang in der Form auskühlen lassen, dann auf ein Kuchengitter stürzen.
Puderzucker und Orangensaft zu einer cremigen Masse verrühren und den erkalteten Kuchen damit beträufeln oder bestreichen.

....

Einen Kuss – bei Bedarf gerne auch mehr

August

Guten Morgen. Wie geht's? Die SMS kommt, als ich gerade meine Schürze umbinde. Ich bin freudig überrascht. Kurz darauf kommt eine zweite Nachricht.

9 Buchstaben, dritter ein S. Etwas beseitigen oder entfernen?

Loeschen, schlage ich vor.

Das sind aber 8?

Ja und?

Wie's aussieht, ist die Glückssträhne wohl schon vorbei. x

Mhmm ... x ... die Abkürzung für einen Kuss. Nun interpretier da ja nicht zu viel rein, Maddy. Das ist nur freundschaftlich gemeint. Gut, etwas beseitigen oder entfernen?

Ausmerzen!

Wow, genial!

Eine Entschuldigung wäre wohl angebracht.

Sorry.

Bisschen mager ...

Bitte verzeih, o Weise?

Schon besser ...

Bitte verzeih, o weise Schöne, die mein Tagwerk erhellt.

Viel besser. Lächelnd stelle ich den Thesaurus zurück in Dots Büro. Zum Glück ist sie heute nicht da und die Stimmung in der Küche entsprechend entspannt, obwohl Amy sich bemüht, für Ruhe und Ordnung zu sorgen. Matt und ich schicken uns den ganzen Tag SMS hin und her, und ich komme mir wieder vor wie mit sechzehn.

Ich fange an, mich auf meine regelmäßigen Gutenmorgen-SMS zu freuen. Als heute keine kommt, irritiert mich das ziemlich. Diese Tatsache wiederum irritiert mich ganz extrem. Im Café herrscht Hochbetrieb, sodass ich keine Zeit habe, darüber nachzudenken, aber ich schaffe es trotzdem, jedes Mal zur vollen Stunde einen Blick auf mein Handy zu werfen. Seit wann ist ein «Guten Morgen» so wichtig? Nachmittags um drei bin ich recht geknickt. Nun stell dich nicht so an, schimpfe ich mit mir selbst.

«Ich will ja nichts von ihm. Und selbst wenn doch, was nicht stimmt, ist es nur eine vorübergehende Schwärmerei, weil er nett zu mir war», murmele ich vor mich hin, während ich Eier in eine Schüssel schlage.

«Sie müssen mehr unter Leute, wenn Sie jetzt schon mit sich selber reden», sagt eine Stimme hinter mir. Matt. Ich drehe mich um und erwidere errötend sein Lächeln. Ich wünschte, ich sähe ein bisschen glamouröser aus. Mit meiner unschön bekleckerten Schürze, den derben Schuhen und streng zurückgebundenen Haaren kann man mich wohl kaum als atemberaubend bezeichnen.

«Wann sind Sie heute fertig?»

«Um vier», antworte ich und tue so, als wäre Aussehen nicht wichtig. Dabei ist er heute besonders nett anzuschauen mit seinen Brownstone Boots, den abgewetzten, staubigen Levi's und einem verwaschenen blauen T-Shirt mit Kalkflecken, das schon bessere Zeiten gesehen hat, aber seinen langen schlanken Oberkörper appetitlich zur Geltung bringt. Ich ertappe mich bei der Überlegung, wie er wohl im Hemd aussehen würde. Ehrlich gesagt gefällt er mir aber genau so sehr gut. Er wirkt auf Reiß-mir-die-Kleider-vom-Leib-Art sehr sexy. O Gott, das muss die Hitze sein!

«Ich wollte schon früher vorbeischauen, aber ich war den ganzen Tag in einem Projektmeeting wegen Fördergeldern. Treffen wir uns kurz nach vier am Pavillon? Ich habe etwas für Sie.» Weil er ein bisschen unsicher wirkt, nicke ich rasch. Ein Lächeln lässt sein Gesicht erstrahlen und veranlasst mein Herz zu einem kleinen Hüpfer. Als er weg ist, renne ich zu Tilly und umarme sie. Da sie selbst die Leute regelmäßig umarmt, stellt sie keine dummen Fragen nach dem Grund.

Matt wartet in einem abgelegenen, von Linden umgebenen Teil des Gartens auf den Steinstufen des Pavillons. Seine Haltung ist ganz entspannt, wie er sich so rücklings mit den Ellbogen auf die nächste Stufe stützt, ein Bein angewinkelt, das andere ausgestreckt. Es handelt sich nicht um eine «schau an, wie schön ich bin»-Pose, sondern er scheint sich einfach in seinem Körper sehr wohl zu fühlen. Alles, was er tut, strahlt ruhige Sicherheit aus. Als er mich entdeckt, nimmt er seinen Bauhelm ab und fährt sich mit der Hand durch die Haare, was die Muskeln in seinen Armen spielen lässt. Ganz ruhig, Maddy! Der Pavillon ähnelt einem winzigen griechischen Tempel, doch das Renovierungsgerüst verdeckt den größten Teil davon. Matt erzählt, dass es vor dreihundert Jahren als Musik- und Lesezimmer für die Damen des Hauses genutzt wurde. In wenigen Sätzen fasst er die Geschichte von Carriage House und seinen Gärten zusammen. Mhm, ich mag Männer, die etwas zu sagen haben. Ich krame ein paar Weihnachtsplätzchen hervor, die ich heute für die Mädels mitgebracht habe, um sie als mögliche Sugar-and-Spice-Sortimentserweiterung für Weihnachten zu testen. Das kommt einem mitten im Sommer ein bisschen komisch vor, aber ich versuche eben, vorauszuplanen. Ich vertraue nämlich darauf, dass Weihnachten ziemlich arbeitsintensiv wird. Matt löst vorsichtig die obere Lage eines Spitzbuben und isst diese zuerst, bevor er sich den Rest am Stück in den Mund schiebt. Ben wäre beeindruckt.

Dabei macht er jede Menge Mhmmmm-Geräusche. Nach zwanzig gemeinsamen Jahren würde mich das vermutlich aufregen, aber jetzt finde ich es absolut liebenswert. Er bittet um Nachschub, und ich ertappe mich dabei, wie ich seine höchst küssenswerten Lippen bewundere, während er ein weiteres Plätzchen verspeist. Er gleicht einer Zeichnung von Michelangelo: jeder Muskel, jede Sehne mit höchster Genauigkeit in Kohle festgehalten, die großen Hände, die leicht römische Nase, hohe Wangenknochen und der volle, sinnliche, fast schon weibliche Mund. Ich möchte meine Augen schließen und seine Züge wie eine Blinde mit den Fingern abtasten. Schnell verscheuche ich das Bild. Was ist denn nur los mit mir? Entweder leide ich unter einem Sonnenstich, oder ich habe mir was eingefangen: Schmachteritis. Nachdem er sich den Zucker von den Fingern geleckt hat, steht er auf und kommt dann mit einem Blatt Papier aus dem Pavillon zurück. Er überreicht es mir mit schüchternem Grinsen.

«Das ist von den Mädchen, als Dankeschön für den Kuchen.» Matt steht da wie ein schüchterner Schuljunge, der von einem Bein aufs andere tritt. Mir wird klar, dass sein übliches Selbstvertrauen wie weggeblasen ist, wenn es um seine Töchter geht. Ich betrachte das Gemälde einer seltsam geformten Fee mit rosafarbenem Glitzerkleid, unter dem die Namen der Mädchen und ihr Alter stehen. Lächelnd sehe ich zu ihm auf. Er fährt sich verlegen mit der Hand durchs Haar und studiert aufmerksam seine Schuhspitzen.

«Sie können's gerne wegwerfen, aber die beiden haben darauf bestanden, etwas für Sie zu basteln.» Er setzt sich wieder.

«Es ist wunderschön!», versichere ich ihm, und wir hocken eine Weile schweigend nebeneinander.

«Es muss schwer für Sie gewesen sein, Ihre Frau zu verlieren und plötzlich ein alleinerziehender Vater zu sein», sage ich vorsichtig.

«Ja, ich gebe zu, die ersten paar Jahre war's hart, aber das mit dem Alleinerziehen macht mir nichts aus. Es ist viel besser als vorher. Das war wirklich hart. Lynette hat mich ein Jahr vor ihrem Tod wegen eines anderen verlassen, und ich durfte die Mädchen nur am Wochenende sehen. Das hat die beiden furchtbar durcheinandergebracht. Denn kaum hatten wir uns wieder aneinander gewöhnt, musste ich sie wieder zurückbringen. Das war schrecklich!»

Ich muss an meine eigene Kindheit denken, als wir jeden zweiten Sonntag bei Dad und Susan verbrachten. Mum ließ uns nur widerstrebend ziehen und putzte uns immer in unseren besten Kleidern heraus. Es war jedes Mal die reine Katastrophe, weil Susan sich zu sehr bemühte, während Dad uns behandelte, als seien wir Außerirdische, mit denen er nichts anfangen konnte. Wir wiederum hatten Mum versprochen, uns gut zu benehmen. Manchmal mussten wir auch noch Susans Tochter Leanne aushalten, eine schreckliche, verwöhnte Göre, die immer die neuste Barbie hatte, gerne mal log und mit Vorliebe ihre Nasenpopel an meinem Pulli abwischte. Während ich davon träumte, wie Cherry beim Vortanzen für *Top of the Pops* ausgewählt zu werden, ging Leanne zum Ballettunterricht und bestand darauf, uns ihre Künste zum Applaus von Dad und Susan vorzuführen. Dazu kamen auch noch die enormen Schuldgefühle zu wissen, dass Mum alleine und traurig zu

Hause saß. Wir fühlten uns wie kleine Streikbrecher, die ihre Plakate niedergelegt hatten, um stattdessen im Golfclub feine Dinge zu essen, gepflegte Konversation zu betreiben und daran zu denken, die Ellbogen nicht auf den Tisch zu legen. Die Behaglichkeit unserer frühen Kindheit war fort, die Schmusestunden und das entspannte Lachen verschwunden. Selbst die riesigen Eisbecher, die Dad uns immer bestellte, konnten das nicht wettmachen.

«Dann waren Sie und Lynette gar nicht mehr zusammen, als sie starb?», hake ich ein wenig verwirrt nach.

«Nein. Kurz nachdem wir uns kennenlernten, wurde sie mit Charlotte schwanger. Wir heirateten, was wir vermutlich sonst nicht getan hätten. Verstehen Sie mich nicht falsch, am Anfang lief's echt gut, aber irgendwann gab es nur noch Streit. Nachdem sie mich verlassen hat, haben wir ein Jahr lang nicht miteinander gesprochen. Dann kam die Diagnose Brustkrebs. Angeblich hatte sie einen Knoten ignoriert, und als sie ihn schließlich fanden, hatte der Krebs bereits ihre Lymphe befallen. Es ging alles ganz schnell. Man hört ja immer von Frauen, die jahrelang dagegen kämpfen, aber Lynette hatte eine ziemlich aggressive Variante, und innerhalb eines Jahres war sie tot. Das war für uns alle ein Schock, vor allem für die Mädchen. Sie konnten einfach nicht begreifen, wie jemand so plötzlich verschwinden kann. Und dann auch noch der Umzug zu mir.» Die Stimme droht ihm zu versagen, und ich frage mich, wie er es geschafft hat, trotz einer solch schlimmen Zeit immer noch dermaßen optimistisch zu bleiben.

«Jedenfalls geht es ihnen jetzt wieder gut.» Er erzählt mir von ihren Schwimmstunden mit seiner Schwiegermutter, Georgies Vorliebe für barbierosa und dass Charlotte die Popband McFly für sich entdeckt hat. Seine Geschichten bringen mich zum Lachen, und ich kann nicht umhin, mich zu fragen, ob die beiden je erfahren werden, wie sehr ihr Vater sie anbetet. Vielleicht erkennen sie es aber auch daran, wie er ihnen morgens Frühstück macht und dass er abends da ist, um ihnen einen Gutenachtkuss zu geben. Ob mein eigener Vater wohl je so von mir gesprochen hat? Hat er mich einst vergöttert und über mich gesprochen wie ein Verliebter? Darf ich auf zwei andere Frauen unter zehn eifersüchtig sein?

Das Wetter schlägt über Nacht von heiß auf dämpfig mit Gewittern um. Keines von beiden ist gut zum Backen, vor allem da acht Kuchen auf meiner Liste stehen, bevor ich zum Friseur und ins Bräunungsstudio muss. Ich habe nämlich plötzlich das Bedürfnis, möglichst gut auszusehen. In atemberaubender Geschwindigkeit fabriziere ich meine Kuchen und bringe fünf davon, deren Bestimmungsort nicht im Umkreis liegt, gerade noch rechtzeitig beim Lieferservice vorbei. Der Einkauf und die drei Lieferungen vor Ort müssen bis später warten. Mit fünfzehnminütiger Verspätung betrete ich hechelnd den Friseursalon. Marco, mein Stylist, ein ziemlich zickiger Italiener, der mir seit Jahren die Haare schneidet, wackelt rügend mit dem Zeigefinger und nennt mich ein schlimmes Mädchen.

«Wie stehen die Chancen, dass du mich in Kylie verwandeln kannst?», frage ich ihn atemlos. Er reißt die Arme in die Luft.

«Daaarling, an Schenkeln und Hintern ich kann nix ändern, aber an den Haaren, da schon.»

Großartig!

Etwas später stehe ich splitterfasernackt mit gegrätschten Beinen und ausgestreckten Armen in einer Kabine, während ein junges Mädchen mich mit Selbstbräuner einschmiert. Wenn ich schon keinen Urlaub mache, dann will ich wenigstens so tun, als sei ich am Strand gewesen. Außerdem macht braune Haut gleich viel schlanker. Während sie ordentlich Schmotze aufträgt, plappert sie unentwegt über ihren geplanten Ibiza-Trip. Angeblich benutzen alle Stars dieses spezielle Bräunungsprodukt. Es fühlt sich kalt und schleimig an, und die ganze Situation ist mir ziemlich unangenehm. Mühsam versuche ich, nicht an all das zu denken, was ich eigentlich tun sollte, oder daran, wie sehr meine Schenkel und mein Hintern schwabbeln, als sie die Creme einmassiert. Stattdessen rede ich mir ein, dass ich dringend eine Backpause brauche und mir auch mal was Gutes tun muss.

«Sie haben in den nächsten Stunden nichts vor, oder?», fragt mich das Mädchen, und ich verneine. Leider wartet da kein hinreißender Mann mit Flugtickets in die Karibik, wo ich in einem winzigen Bikini meine neue Bräune vorführen könnte. Was genau tue ich dann eigentlich hier? Für wen tue ich das? Für mich! Und für Mr. Right, wenn er endlich kommt ... und für Matt, wenn er mir die Kleider vom Leib reißen will, nachdem er meinen perfekten Schokoladenkuchen probiert hat? Nun, es spricht nichts dagegen, mich abzulenken, während ich auf jenen fernen Mann meiner Träume warte.

«Es fühlt sich jetzt vielleicht ein bisschen komisch an, aber Sie dürfen das die nächsten vier Stunden auf keinen Fall abwaschen», erklärt mir die Kosmetikerin, und ich nicke brav. Bevor ich gehe, werfe ich noch einen Blick in den Spiegel. Zu meinem großen Entsetzen gleiche ich jedoch keiner gebräunten Göttin, sondern sehe aus, als hätte man mich in geschmolzene Schokolade getaucht. Meine Shorts und das kurze, ärmellose Top verbergen die klebrige Lotion kaum. Und mein Gesicht! O Gott, mein Gesicht! Ich starre mir aus weißumringten Augen entgegen. Als hätte ich eine braune Schlammmaske im Gesicht!

«So kann ich doch nicht unter die Leute!», quieke ich. «Sind Sie sicher, dass es so ... so auffällig sein soll?» Panik steigt in mir auf. Ich kann mich nicht daran erinnern, dass ich beim letzten Mal eine solch öffentliche Peinlichkeit durchleben musste, aber das war vor meiner Hochzeit, und ganz offensichtlich haben sich die Dinge seither verändert. Wenn ich das gewusst hätte, hätte ich eine Schirmmütze, ein langärmliges Shirt, lange Hosen und eine Sonnenbrille mitgebracht. Das junge Mädchen scheint verunsichert und versucht, die Creme in meinem Gesicht etwas mehr zu verwischen. Doch ich bin immer noch dunkelbraun.

«Nach vier Stunden geht das unter der Dusche alles ab. Aber wenn Sie jetzt daran herumreiben, wird's nur fleckig», erklärt sie mir. Ich weiß, dass sie vermutlich recht hat, aber was für ein Anblick! Bei jemand anderem fände ich es wahrscheinlich lustig. Also eile ich, ohne nach rechts und links zu schauen, so schnell wie möglich zur anonymen Sicherheitszone meines Autos. Hektisch suche ich nach meinen Autoschlüsseln. Meine Erleichterung, vor neugierigen Blicken geschützt zu sein, verwandelt sich jedoch sofort in Verzweiflung, als ich die drei noch auszuliefernden Kuchen entdecke. Scheiße! Die hatte ich ganz vergessen. Natürlich bleibt mir keine Zeit mehr, mich zu Hause umzuziehen. Oberscheiße!

Ich versuche, den entsetzten, bis amüsierten Blicken meiner Kunden mit Lächeln zu begegnen, während ich meine Ware ausliefere. Eine Dame hat vollstes Verständnis für meine Erklärung, eine schlägt mir die Tür vor der Nase zu, weil sie denkt, ich sei irgend so eine Verrückte, die man frisch aus der Anstalt entlassen hat, und ein junger Bursche krümmt sich vor Lachen, weil er mich für einen seltsamen Geburtstagsgag hält. Die Lage verschlimmert sich im Supermarkt, wo ich versuche, in Windeseile und mit gesenktem Kopf die dringend benötigten Backzutaten an mich zu raffen. Prompt stoße ich mit jemandem zusammen. Entschuldigungen murmelnd blicke ich auf. Vor mir steht James und starrt mich mit einer Mischung aus Horror und Belustigung an.

«Maddy?», fragt er leicht verunsichert. Eine Sekunde lang bin ich versucht zu lügen. Doch mein gesunder Menschenverstand siegt. Man kann sich seinem Exmann gegenüber nicht wirklich als jemand anderes ausgeben und dann noch auf Erfolg hoffen.

«Hi. Ich war gerade im Bräunungsstudio», sage ich schnell, als ich die bildschöne Blondine an seiner Seite bemerke. Die verbeißt sich offensichtlich mühsam das Lachen. Na toll!

«Das ist Sarah», stellt James vor. «Sarah, das hier ist Maddy, meine ... Exfrau.» Selbst James, Mister Total-Entspannt-Nichts-Bringt-Mich-Aus-Der-Ruhe!, ist es peinlich, das zugeben zu müssen.

«Nett, dich kennenzulernen, muss los», murmele ich und renne zur Kasse. Wenigstens überdeckt das Braun meine knallrote Birne.

Zum Glück hatte die Kosmetikerin recht, und am nächsten Morgen erscheine ich golden glänzend im Café. Meine neue Kylie-Frisur musste ich ja leider mit einem Stirnband zurückbinden. Seit der hektischen Phase der Pharmagenica-Bestellung kriege ich den Teilzeitjob parallel zur Firma ganz gut auf die Reihe. Trotzdem würde ich mich natürlich freuen, wenn die Bestellungen nicht nur langsam eintröpfeln würden. Andererseits ist Urlaubszeit, und ich habe in meinem Businessplan deshalb ja extra ruhigere Zeiten eingeplant.

Sogar Dot ist heute fast liebenswürdig und beantwortet meine Fragen nach Kuchenproduktion im großen Stil, den Vorzügen diverser Großhändler und der Logistik des Café-Managements mit fast schon an Begeisterung grenzender Bereitwilligkeit. Stolz schöpft sie aus ihrer jahrelangen Erfahrung in der Branche. Man könnte fast den Eindruck gewinnen, sie würde versuchen mir zu helfen. Und ich könnte schwören, ein winziges Lächeln auf ihren Lippen erspäht zu haben, als sie mir Kopien ihrer bibelgleichen Rezeptsammlung anbot. Weil ihr Rat und ihr Wissen Gold wert sind, kaufe ich ihr einen dicken Blumenstrauß, um mich zu bedanken. Dafür ernte ich prompt Schelte und werde zum Abwasch abkommandiert, damit ich ja nicht auf die Idee komme, sie könnte mich mögen. Während meiner Pausen mache ich mir nun Notizen und entwerfe einen groben Businessplan für mein Traum-Café. Ich ertappe mich immer öfter bei Gedankenspielen: Alle würden geblümte Schürzen tragen, zusammengewürfeltes Geschirr, bunte Feentörtchen und Törtchen, auf hohe, alte Glasständer getürmt ... Mhmmm. Außerdem freue ich mich auf die Anrufe und darauffolgenden kleinen Spaziergänge mit Matt. Am Telefon flirten und lachen wir, doch von Angesicht zu Angesicht werden wir plötzlich beide vorsichtig und schleichen wie zwei schüchterne Teenies umeinander herum. Wenn mein Magen bei seinem Anblick einen kleinen Purzelbaum schlägt, muss ich mich immer daran erinnern, dass wir bloß Freunde sind. Außerdem schleppt er ja auch viel zu viel Gepäck mit sich herum, was wieder mal typisch ist. Aber daran kann ich wohl nicht viel ändern. Vermutlich wird Mr. Right vor der Tür stehen, wenn er so weit ist, und wir werden Matt zur Hochzeit einladen.

Tilly kommt und bewundert meine frische Bräune, bevor sie plötzlich in Tränen ausbricht. Schnell ziehe ich sie auf die Seite, damit sie mir ihren jüngsten Liebeskummer erzählen kann. Wie es scheint, hat Don, ihre Hochzeitsbekanntschaft, zugegeben, dass er bereits eine Freundin hat.

«Ich kann nicht fassen, dass ich so dumm war», heult sie laut, was sofort Dot auf den Plan ruft. Als ich der die Situation erkläre, schüttelt sie nur missbilligend den Kopf und weist mich an, Tilly aus der Küche zu schaffen, bis sie sich beruhigt hat.

«Ich will keine aufgeweichten Rosinenbrötchen.» Mit diesen Worten zieht Dot ab. Ich schnappe mir zwei Stück Kuchen und eine Kanne Tee. Damit setzen wir uns in eine Ecke des Cafés, und ich lausche Tillys Geschichte, wie sie drei Stunden gefahren ist, um den «Idioten» zu überraschen, der gar nicht begeistert schien und sie nicht reinlassen wollte, während drinnen eine Frauenstimme nach ihm rief. Ich dränge sie, doch ihren Kuchen zu essen, doch selbst das tröstet sie nicht. Als die Schluchzer schließlich nachgelassen haben, erklärt sie mir, dass sie wegen Männern keine Träne mehr vergießen wird, und wechselt das Thema. Sie sieht mich aus ihren türkisgrünen Augen an, die noch ganz feucht sind, und fragt mich nach Matt. Ich versichere ihr jedoch, dass wir nur Freunde sind.

«Er bringt mich zum Lachen, aber das tun viele Leute. Punkt.» Ich steche meine Gabel in ein Stück minderwertige Schokotorte. Als ich mir gerade einen großen Brocken davon in den Mund schiebe, taucht Matt auf. Sofort verschlucke ich mich. Während ich mich verzweifelt bemühe, die Krümel nicht quer über den Tisch zu prusten, klopft er mir freundlich auf den Rücken, womit die Demütigung perfekt wäre. Mit hochrotem Kopf scheuche ich ihn weg und schlucke hastig beim Versuch, nicht zu ersticken. Er bringt mir ein Glas Wasser, das ich dankbar trinke, während er sich einen Stuhl an unseren Tisch zieht. Mein offensichtliches Unbehagen macht Tilly zuerst wohl Sorgen, aber bald erzählt sie Matt munter ihre ‹Trauzeugen-Arsch›-Geschichte. Ich bin froh über die Gelegenheit, mich wieder zu sammeln, aber am liebsten würde ich mich in Luft auflösen. Warum kann ich nicht ein einziges Mal cool, beherrscht und absolut hinreißend sein? Nur ein einziges Mal! Matt nimmt mir sanft die Gabel aus der Hand, und die Berührung mit seiner Haut ist wie ein winziger elektrischer Schock.

«Darf ich?», fragt er, und ich nicke stumm.

Er sticht sich ein Stück von meinem Kuchen ab und schiebt es in den Mund, woraufhin Tilly die Augenbrauen hochzieht und ich schnell wegsehe.

«Alles in Ordnung?», fragt er, und ich nicke stumm. «Hier.» Er spießt den letzten Bissen auf und hält ihn mir hin. «Das ist deins.»

Gehorsam öffne ich den Mund. Mir mit jemandem ein Stück Kuchen zu teilen, der mich dazu noch damit füttert, fühlt sich an, wie in aller Öffentlichkeit ausgezogen zu werden. Ich weiß, dass Tilly mir nun niemals glauben wird, dass zwischen uns nichts läuft.

«Mhmm, Schokokuchen mag ich am liebsten, aber ich habe das Gefühl, dass deiner um Längen besser ist», meint er und steht auf. Vorsichtig sehe ich Tilly an. Mir ist immer noch ganz schwindelig von so viel Intimität.

Sechsunddreißig! Mein Gott, das klingt so alt und ist der Vierzig für meinen Geschmack viel zu nahe. Egal, heute ist mein Geburtstag, und wenn ich zwei Dinge im Leben liebe, dann sind es Geburtstage und Weihnachten. Moo bringt mir einen himmlisch aussehenden Himbeer-Blaubeer-

Limettenkuchen voller rubinroter, blauvioletter und smaragdgrüner Früchte und einer silbernen Kerze. Wir widerstehen der Versuchung, den Kuchen gleich anzuschneiden, weil wir heute flache Bäuche brauchen. Nachdem ich neulich so rumgejammert habe, weil ich Lous Wellnessaktion absagen musste, schenkt Moo mir heute einen Tag im Sanctuary Spa. Wir machen uns also auf den Weg zum Verwöhnprogramm – für uns beide ein seltener Luxus dieser Tage.

Obwohl sie immer noch blass und müde wirkt, lässt sich die alte Moo wieder erahnen: Zum Beispiel hat sie ihren schwarzen Schlabberlook der letzten Monate gegen eine weiße Bluse, eine weite, beigefarbene Leinenhose und eine Kette aus großen Holzperlen eingetauscht. Was an mir plump wirken würde, sieht bei ihr nach schickem Safari-Style aus. Vielleicht machen die drei Zentimeter mehr ja den entscheidenden Unterschied. Ich schlüpfe in meine bewährten Seven Jeans, von denen ich mir kein neues Paar leisten kann, ein H&M-Shirt im Vintage Look und meine Lieblingssandalen. Neben meiner Schwester fühle ich mich auch so noch leicht verlottert, aber mehr gibt mein Kleiderschrank momentan einfach nicht her. Er ist vollgestopft mit Bürooutfits von früher und Jeans fürs Wochenende, aber wenig dazwischen. Moo versichert mir, dass ich mich nicht mehr umziehen muss, und wir ziehen wie zwei aufgeregte Schulmädchen zum Tagesausflug los. Moo kann ähnlich tollpatschig sein wie ich: Bereits nach fünf Minuten im Zug verschüttet sie Kaffee über ihre helle Hose. Als wir gerade noch ein bisschen zu laut lachen, was die Pendler missbilligend aufschauen lässt, klingelt mein Handy. Am anderen Ende singt Matt Happy Birthday. Ich muss so sehr grinsen, dass meine Backen weh tun.

«Wer war denn das?», will Moo wissen, als mein Gesicht sich mit der obligatorischen Röte überzieht.

«Ach, nur jemand von der Arbeit», erwidere ich so locker wie nur möglich. Innerlich jubiliere ich.

Wir spazieren durch den Covent Garden voller shoppingwütiger Londoner Richtung Wellnesstempel. Links und rechts ziehen die Geschäftsleute an uns vorbei, die alles hektisch und schnell tun. Doch als sich die Türen hinter uns schließen, ist die Welt draußen vergessen, denn wir betreten eine Oase der Stille. Das Plätschern von Wasser ist zu hören, und ringsherum suchen Frauen in weißen Bademänteln nach jener geheimnisvollen Behandlung, durch die sie sich verschönert fühlen. Wir benehmen uns wie die Landpomeranzen und stören gleich mal alle mit unserem aufgeregten Gekicher im Umkleideraum. Unser erstes Highlight ist die Schaukel überm Pool, die angeblich durch Joan Collins in *The Bitch* berühmt wurde. Moo holt ordentlich Schwung und provoziert damit nicht nur eine beachtliche Flutwelle, sondern auch beängstigend viele böse Blicke. Wir lachen wie ungezogene Kinder und machen's gleich nochmal. Das liebe ich so an Moo. Mit ihr an meiner Seite kann ich den Leuten in die Augen sehen, und mir ist völlig schnuppe, was sie denken. Mit ihr traue ich mich, das Leben bis zum Letzten auszukosten und der Welt nebenher noch die Zunge rauszustrecken. Ich bin froh, die alte Moo aufblitzen zu sehen, und ich habe das Gefühl, so ein Frauentag mit mir war genau das, was sie gebraucht hat. Dann machen wir uns auf den Weg zu unseren Treatments. Ich habe eine Gesichtsbehandlung gebucht und Moo eine Massage. Während die beruhigende Musik mich davonträgt, entspanne ich völlig und denke an eine gewisse Person.

«Wow, das war super», schwärme ich Moo hinterher vor. Sie hingegen wirkt ein bisschen aufgewühlt und verstört, als sie meinen Arm nimmt und mich in eine ruhige Ecke zieht.

«Was ist denn los?», frage ich beunruhigt.

«Es war himmlisch», erklärt sie, und ich seufze erleichtert auf.

«Abgesehen von einem kleinen Malheur, als die Masseuse so fest auf meinen Bauch gedrückt hat.»

«Du hast doch nicht etwa?»

«Doch. Ich habe GEFURZT! Und zwar richtig laut!» Moos Geständnis hallt hörbar von den gekachelten Wänden wider, woraufhin die Stirnrunzelbrigade erneut voller Empörung schnaubt. Wir lachen prustend los und können nicht mehr damit aufhören, bis uns die Tränen über die Backen laufen und die Bäuche weh tun.

«Ich weiß, dass die Masseuse es mitgekriegt hat. Wie hätte sie es auch überhören können. Und dann habe ich mir die nächsten fünf Minuten überlegt, ob ich ‹Ups, pardon, der ist mir entwischt› sagen soll oder einfach so tun soll, als sei nichts passiert.»

«Und was hast du gemacht?» Ich trockne mir die Augen mit einem Handtuchzipfel.

«Bis ich entschieden hatte, den Mund aufzumachen, war der Moment vorbei, und so habe ich mich den Rest der Massage über nur noch geschämt», meint Moo kopfschüttelnd. «Ich kann mich hier nie wieder blicken lassen!»

Mein einziges Malheur ist Waltraud die Warze, die partout nicht zu Hause bleiben wollte. Bei meiner Pediküre behandelt mich die Kosmetikerin wie eine Aussätzige. Sie besteht darauf, mich nur mit Gummihandschuhen anzufassen, als hätte ich Lepra, und als ich sie frage, ob sie lieber eine lange Zange hätte, lacht sie nicht mal. Offensichtlich ist sie wenig erfreut, dass ich einen nicht zahlenden Gast mitgebracht habe. Schließlich machen wir uns recht beschwingt auf den Heimweg. Das Sanctuary Spa ist vermutlich froh, uns los zu sein. Doch bevor wir Euston Station erreichen, besteht

Moo auf eine Runde Shopping, und so erfreuen wir Top Shop in der Oxford Street mit unserem Besuch. Während wir die bohnenstangendünnen Achtzehnjährigen um uns herum ignorieren, schlendern wir völlig relaxed durch den Laden, denn wir sind überzeugt, bezaubernd auszusehen. Als ich mich gerade in ein besonders hübsches Sommerkleid verliebe, piepst mein Handy.

Hoffe, du hast einen schönen Tag.

Und dann eine zweite SMS.

Hab vorhin was vergessen. Deinen Geburtstagskuss: X

Ein Kuss? Ich widerstehe der Versuchung, einen Kuss zurückzuschicken, und begnüge mich mit einem zurückhaltenden Dankeschön. Zehn Minuten lang schicken wir SMS hin und her, wobei ich das Kleid bald völlig vergesse, weil Matt mich zum Lachen bringt und ich grinse wie eine Bekloppte. Ich komme mir wieder vor wie sechzehn, nicht sechsunddreißig. Und das gefällt mir sehr gut.

Schließlich mache ich mich verwundert auf die Suche nach Moo, die mich eigentlich längst gelangweilt aus dem Laden hätte zerren müssen. Einen Moment lang befürchte ich, sie könnte mal wieder einfach abgehauen oder, schlimmer, von einer Londoner Frauenhandelsgang gekidnappt worden sein. Dann entdecke ich sie jedoch an der Kasse, wo sie gerade ihre Kreditkarte gegen eine große Tüte voller Make-up Schätze Marke Chanel tauscht. Mit unterschiedlichem Lidschatten auf den Augen und glänzenden Lippen, die aussehen, als hätte sie jemand mit Honig beschmiert, grinst sie mich an. Wie's aussieht, hat sie mich kein bisschen vermisst.

Müde, aber glücklich kommen wir bei mir zu Hause an. Und nach einem gemütlichen Abend mit Ben und Freya und Unmengen indischen Essens, gefolgt von dicken Kuchenstücken zu Wein und Sekt, stolpern wir schließlich kichernd durch die Dunkelheit zurück. Wie immer kriegt Moo das Bett, doch diesmal verstöpsele ich meine Luftmatratze sorgfältig. Während unsere Mägen sich grummelnd über das viele Essen beklagen, lassen wir lachend den Tag Revue passieren.

«Ich hatte so viel Spaß heute. Ich habe ganz vergessen, wie es ist, sich was Gutes zu tun», sagt Moo verträumt.

So liegen wir nebeneinander, jede in ihre eigenen Gedanken versunken. Ähnlich wie Silvester regen auch Geburtstage zum Nachdenken an. Ich zum Beispiel muss feststellen, dass das Leben jetzt ganz anders ist, als ich es mir vorgestellt habe. Ich hatte immer gedacht, ich würde mit sechsunddreißig verheiratet sein, meine Karriere und eine Handvoll Kinder meistern und gemütlich in meinem hübschen kleinen Cottage wohnen. Stattdessen verdiene ich mir hier meinen Lebensunterhalt mit Kuchenbacken, fühle mich wie ein Teenager und schicke SMS wie einer.

«Und, ist Mr. Right schon aufgetaucht?», erklingt plötzlich Moos Stimme aus der Dunkelheit. Ich dachte, sie sei eingeschlafen.

«Nö.» Ich lege mich anders hin. Ich könnte schwören, dass der Matratze wieder die Luft ausgeht und ich morgen auf dem harten Fußboden aufwache, aber ich bin zu betrunken, um nachzusehen.

«Kein dunkler oder schottischer Kerl?»

«Nö.»

«Zwei Kinder?»

Ich antworte nicht, denn ich hatte Alices Weissagung noch gar nicht mit der Tatsache in Verbindung gebracht, dass Matt zwei Kinder hat. Bis jetzt. Das ist doch sicher nur ein Zufall. Wenn ich mich recht erinnere, war sie diesbezüglich sowieso eher vage. Na gut, er ist sexy und klug, sensibel und witzig, und ja, ich freue mich darauf, ihn zu sehen, aber ... er ist nicht Mr. Right! Mit *ihm* sollte es Liebe auf den ersten Blick und große Romantik sein. Das hier ist nur eine nette Freundschaft mit kleinem Flirt. Zum Glück fällt Moo mein Schweigen nicht auf.

«Ich versteh das nicht. Ich war mir so sicher, dass er in der Nähe ist», klagt sie. «Was ich dir übrigens vorhin schon sagen wollte, du strahlst gerade irgendwie so von innen heraus.»

«Geschummelte Bräune», erwidere ich lachend.

«Und du warst beim Friseur.»

«War auch wirklich nötig», behaupte ich, obwohl wir beide wissen, dass das ein wenig geschwindelt ist.

«Bist du sicher, dass du *ihm* vielleicht nicht doch schon begegnet bist?» Moo lässt nicht locker, und ich fürchte fast, sie könnte mir gleich mit einer Taschenlampe in die Augen leuchten.

«Ganz sicher.» Moo schnaubt, und ich lache.

Wir wachen spät und leicht verkatert auf. Wie wir so da sitzen, still unseren Tee trinken, Toast mümmeln und auf die ersten Lebensgeister warten, wirkt Moo, als würde sie über etwas nachgrübeln. Ich bin gespannt, was da jetzt gleich kommt. Plötzlich durchbohrt sie mich mit glühenden Blicken – so viel Energie hätte ich vor dem Mittagessen keiner von uns zugetraut. Gelähmt wie ein Kaninchen im Scheinwerferlicht, sitze ich da.

«Und wer genau hat dir da gestern Happy Birthday vorgesungen?»

Ehe ich michs versehe, erzähle ich ihr die ganze Geschichte: von der Sandwich-Bestellung, dem Tortendesaster, den Gutenmorgen-SMS, dass wir uns regelmäßig zu Spaziergängen treffen und wie er mich zum Lachen bringt.

Dabei versichere ich ihr jedoch die ganze Zeit, dass er nicht Mr. Right ist.

«Wir sind nur Freunde. Da wird nichts laufen, und ich will es auch gar nicht. Er schleppt zu viele Altlasten mit sich herum, Moo. Ich als Stiefmutter? Kann ich mir nicht vorstellen. So hatte ich das nicht geplant.»

«Aber es ist machbar.» Moo lächelt ihr Wusste-ichs-doch-Lächeln.

«Egal, wir haben uns ja noch nicht mal geküsst», sage ich und bin selbst überrascht, wie enttäuscht ich klinge.

«Aber du würdest gerne!»

«Nein!»

«Also doch!»

Als ich gerade die frischgebackenen Kuchen einpacke, piepst mein Handy.

«Ein wunderschöner Morgen! Biete Kaffee.»

Ich rechne blitzschnell nach. Wenn ich mich beeile, kann ich die Bestellungen beim Lieferservice abgeben und dann noch ein halbes Stündchen mit ihm verbringen, bevor meine Schicht anfängt. Gestern war Sugar and Spice-Tag, und obwohl ich vollauf damit beschäftigt war, sechs Kuchen zu backen, die Ökoläden und Feinkostgeschäfte von meinem noch abzuklärenden Weihnachtssortiment zu überzeugen und meinen Papierkram aufzuarbeiten, habe ich unser tägliches Gartengespräch vermisst. Ich fahre wie der Henker, besprühe mich nebenher mit Parfüm und trage Lippenstift auf. Reichlich nervös erreiche ich Carriage House, wo ich dann betont lässig durch die Anlagen spaziere, bis ich ihn unter einem Tulpenbaum finde. Er hat seinen Mantel als Decke ausgebreitet und reicht mir eine Tasse dampfenden Kaffee. Das Gebräu ist stark und gut und leicht bitter. Zufrieden schlinge ich die Arme um die Knie.

«Du hattest recht, es ist ein wunderschöner Morgen.» Ich lausche der Stille.

«Stimmt.»

So sitzen wir schweigend nebeneinander und schauen hinaus auf den Morgennebel, der über dem Teich schwebt.

«Was ist dein Lieblingsort?»

«Das Meer. Es gibt einfach nichts Besseres – egal wo auf der Welt – als frühmorgens den Strand entlangzuspazieren, mit nichts als dem Rauschen der Wellen als Begleitung.»

«Mhmm, stimmt.» Matt dreht sich lächelnd zu mir. Ich lächele zurück, und plötzlich küssen wir uns ganz leicht und zart. Seine Lippen sind weich, und er schmeckt nach Zahncreme und Kaffee. Als wir uns schließlich voneinander lösen und uns ansehen, scheint er so überrascht wie ich. Dann lachen wir beide, als sei uns peinlich, was da eben passiert ist. Um uns nicht anschauen zu müssen, betrachten wir angestrengt unsere Schuhe, das Gras, eine Libelle, egal was. Das Herz klopft mir bis zum Hals, und das Schweigen scheint mir unerträglich.

«Hättest du Lust, bald mal einen Tag ans Meer zu fahren?», fragt Matt schließlich und sieht mich dabei an.

«Sehr gern.» Ich versuche, mir meine Begeisterung nicht allzu sehr anmerken zu lassen. Bestimmt hört die ganze Welt, wie ich innerlich jubiliere.

«Prima, dann organisiere ich das. Aber hier hab ich noch was für dich.» Er greift in seinen Rucksack und überreicht mir eine Tüte Malteser. «Für später.»

«Malteser und später? Wie soll das denn funktionieren?», frage ich und reiße die Tüte auf. Wie wir so da sitzen und Schokobonbons futtern, frage ich mich, ob ich den Kuss nur geträumt habe, und falls nicht, ob er ihn jetzt bereut, beziehungsweise ob ich ihn bereue.

Als ich schließlich aufstehe, weil ich ohnehin schon zu

spät dran bin, taucht die Morgensonne alles in ihr orangegelbes Licht. Den restlichen Tag tanze ich durch die Küche, gehe allen mit meinem falschen Gesang auf die Nerven und vergesse, die Haferriegel aus dem Ofen zu holen. Sogar Dots wütende Schimpftirade, mit der sie mich zum Tischeabräumen abkommandiert, kann mir nichts anhaben, denn ich schwebe auf meiner eigenen kleinen rosa Wolke. Wieder und immer wieder spiele ich in Gedanken den Moment durch, in dem Matthew Tennant mich geküsst hat.

Das Einzige, was mein Hochgefühl zu trüben droht, ist die Tatsache, dass besagter Mr. Tennant sich ein wenig rar macht und mir seit dem Großen Kuss keine einzige SMS geschickt hat. Die möglichen Gründe für seine mangelnde Kommunikation sind endlos und reichen von überdurchschnittlich viel Arbeit über Zeit, die er braucht, um sich an diese jüngsten Entwicklungen in unsrer Beziehung zu gewöhnen, bis hin zu dem Wunsch, es sei nie passiert. Bis abends haben die bösen Stimmen in meinem Kopf gewonnen und mich überzeugt, dass es gar nicht gut aussieht, weil das Ganze ein dummer Fehler war, und dass Matt es mächtig bereut. Nachdem ich jedes mögliche Szenario in Gedanken durchgekaut habe, lege ich mich ins Bett und bin wütend auf mich selbst, dass ich mich in diese Situation gebracht habe. Es war bloß ein Kuss, Herrgott nochmal. Er hat sich wahrscheinlich noch nicht mal groß was dabei gedacht ... Einer jener blöden Momente. Hoffentlich können wir beide so tun, als sei er nie passiert. Genau. Morgen machen wir einfach ganz normal weiter wie bisher, und falls er die Sache anspricht, werde ich sagen, dass mir das genauso peinlich ist wie ihm und wir das einfach vergessen sollten.

Als ich am nächsten Morgen gerade aus der Dusche steige, klingelt es an der Tür. Erschrocken schnappe ich mir meinen Bademantel und stoße mir dabei den Zeh an einem Badezimmerregal aus Chrom und Glas, das einen Stapel sorgfältig gefalteter, farblich aufeinander abgestimmter Handtücher beheimatet. Die sind nicht für den Gebrauch bestimmt, aber geben meinem kleinen Bad den Anschein, als sei es frisch den *Elle Décor*-Seiten entsprungen. Den Lieferservice erwarte ich doch erst in einer Stunde. Mit tropfenden Haaren humpele ich zur Tür, im Arm die vier Schachteln mit drei Victoria Sandwich und einem Zitronenkuchen. Bis halb zwölf habe ich gestern Abend gebacken und bin um fünf schon wieder aufgestanden, um sie für ihre Reise zu einer Londoner Anwaltsfirma vorzubereiten. Die Schachteln unters Kinn geklemmt, öffne ich mit meiner freien Hand blind die Haustür, wo mir ein «Guten Morgen» entgegenklingt. Die Stimme gehört jedoch nicht Derek, dem Lieferanten. Vorsichtig schiele ich an den Schachteln vorbei und würde am liebsten sofort wieder nach drinnen rennen und die Tür zuschlagen, denn da draußen steht Matt und grinst bis über beide Backen.

«Darf ich reinkommen?» Der Sprache nicht mächtig, nicke ich. Als er an mir vorbei das Haus betritt, kann ich an nichts anderes denken als an meine nassen, verwuschelten Haare, den alten Bademantel und mein völlig ungeschminktes Gesicht. Ich versuche, mich hinter den Kuchenschachteln zu verstecken, doch Matt hat andere Pläne.

«Gib her, ich helf dir.» Vorsichtig nimmt er mir meine Ladung ab, um mich damit in meiner vollen Schönheit zu enthüllen. Das Leben ist manchmal so verdammt unfair.

«Magst du eine Tasse Tee?», murmele ich und kann ihm dabei nicht in die Augen sehen.

«Nein danke, ich bin auf dem Weg zur Arbeit.» Ich kann

das Lächeln in seiner Stimme hören. Ich schaue überallhin, bloß nicht zu ihm, während die unausgesprochene Frage, was er um sieben Uhr morgens hier will, in der Luft hängt. Sag was, Maddy. Damit er's nicht tun muss. Sag ihm, dass das ein Ausrutscher war und dass du hoffst, ihr könnt Freunde bleiben. Sag ihm ... Doch die Verbindung von meinem Hirn zur Zunge scheint gestört, denn stattdessen rede ich wie ein Wasserfall über lauter Dinge, die überhaupt nichts miteinander zu tun haben. Ich erzähle vom Lieferanten, von Kuchen, vom Wetter, dass die Firma meine ganze Zeit in Anspruch nimmt, dass ich eine Verabredung heute Abend absagen musste, weil ich so beschäftigt bin. Wo kam denn diese kleine Schwindelei plötzlich her? Auf einmal steht er ganz dicht vor mir, was mein Geplapper noch aufs Zehnfache beschleunigt und mir unausweichlich das Blut ins Gesicht treibt. Ohnehin ein Wunder, dass das so lange gebraucht hat.

«Ich wollte dich gestern anrufen, aber es gab da einen kleinen Notfall», unterbricht er mich, und ich bin endlich still.

«Charlotte hat sich in der Schule das Schlüsselbein gebrochen, und ich musste schnell nach Hause fahren, um sie ins Krankenhaus zu bringen.»

«O Gott, geht's ihr gut?», frage ich entsetzt.

«Ja, sie ist eine tapfere kleine Dame. Aber es war zuerst mal alles ziemlich hektisch und beängstigend. Jedenfalls durfte ich mein Telefon dort nicht benutzen, und als wir wieder heimkamen, war's schon ziemlich spät. Da musste ich den Mädchen Abendessen machen, sie baden und ins Bett bringen. Charlotte wollte natürlich ewig nicht einschlafen.»

«Die Arme.» Ich wickele meinen Bademantel so fest um mich, dass er mir fast die Luft abquetscht.

«Ich war bis elf abends beschäftigt, und das fand ich ein bisschen zu spät, um noch anzurufen. Ich wollte nur sehen, ob alles in Ordnung ist, und ich wollte nicht, dass du denkst, ich ...» Matt studiert angestrengt seine Schuhe, bevor er ganz leise fortfährt: «Dass ich nicht ...»

Es herrscht ein unangenehmes Schweigen, während ich darauf warte, dass er seinen Satz fertig macht. So hatte ich das nun wirklich nicht geplant.

«Du hattest ein Date?», fragt er plötzlich. O Shit, das hatte ich schon wieder vergessen.

«Ach, das war nicht wirklich ein Date, eher ein Gefallen für einen Freund. Du weißt ja, wie das ist», sage ich vage und wedele mit den Händen durch die Luft, wie um es alles zu vertreiben.

«Darf ich dich nochmal küssen?»

«Was?» Obwohl ich ihn genau gehört habe, rede ich mir seltsamerweise ein, dass mir meine Phantasie etwas vorgaukelt.

«Darf ich dich küssen?»

Doch, er hat's wirklich gesagt.

«Ja», antworte ich schwach. Ja???!!!

Der nächste Augenblick ist absolut perfekt. Wie wenn zwei Welten aufeinandertreffen, Feuerwerkskörper vor dem Nachthimmel explodieren, die Engel singen, einem bunte Farbkreise vor den Augen tanzen und man dieses kribbelige Gefühl im Magen hat. Man würde sich am liebsten völlig diesen himmlischen Gefühlen hingeben, die das ganze Wesen erfasst haben. Meine Knie werden weich, und Matt hält mich fest, als ich wegzurutschen drohe. Als wir uns schließlich voneinander lösen, um Luft zu schnappen, kann ich nichts anderes sagen als «Wow!».

«Heißt das, unsere Ausflugspläne ans Meer stehen noch?»

Ich nicke, woraufhin Matt sein wunderbares Lächeln lächelt, das schelmische, bei dem seine Augen funkeln. Dann drückt er mir einen Kuss auf die Nasenspitze.

«Hab einen schönen Tag», sagt er und geht zur Tür. Ich bin unfähig, mich zu rühren, und fest davon überzeugt, in Ohnmacht zu fallen, sobald er weg ist. Er dreht sich zu mir um.

«Du siehst übrigens bezaubernd aus.» Mit diesen Worten schließt er die Tür hinter sich, während ich atemlos nach Luft schnappe.

Den Rest des Tages versuche ich mühsam, mich auf Zutatenetiketten und Vorratsbestellungen zu konzentrieren, Feentörtchen für einen Junggesellinnenabschied sowie zwei Zitronenkuchen zu backen, einen für ein neugeborenes Baby und einen für den Geburtstag einer alten Dame. Ab und zu macht meine Konzentration sich plötzlich aus dem Staub, und ich starre minutenlang aus dem Fenster, den Kopf voller wunderbar hinreißender, unanständiger Gedanken an Matt. Die Empfänger meiner heutigen Backwerke können nicht wissen, dass ich die Zugabe von Liebe und Küssen bei jedem verdoppelt habe. Ehrlich gesagt wundert es mich, dass die Kuchen nicht von harfespielenden Engelchen begleitet aus dem Ofen schweben, so luftig leicht müssten sie sein.

Matt liebt den Geruch von Mince-Pie-Füllung und öffnet ein Glas der Früchtemischung, um die betörende Süße einzuatmen. Mince Pies gibt es in England traditionell zu Weihnachten. Die kleinen Mürbteigschälchen werden vor dem Backen mit einer Mischung aus mit Gewürzen eingekochtem Trockenobst gefüllt.

Ich wiederum liebe Matts Geruch. Es ist ein erdiger Duft nach Kalkstein, Seife und Haut, und ich spüre deutlich, wie meine Pheromone verrückt spielen, als er mich umarmt und ein Stück hochhebt.

«Bereit fürs Meer?», fragt er und bedeckt meine Wange mit kleinen Küssen.

«Mhmm.» Wie ist das alles nur passiert? Eben sind wir noch wie schüchterne Schulkinder umeinander herumgeschlichen, und jetzt? Jetzt können wir kaum die Finger vom anderen lassen. Seine Küsse sind wie Schaumgebäck, das auf der Zunge zergeht, voller winziger, saftig-süßer Erdbeeren, wie das luftigste aller Mousse au Chocolats und die weiche Mitte eines Donut, die man mit der Zunge erspüren kann. Ich bin auf köstliche Art süchtig danach und kann einfach nicht genug von ihm kriegen. Bald sind wir dabei, uns vorsichtig gegenseitig auszuziehen. Vor diesem Teil hatte ich mich ein wenig gefürchtet, aber seltsamerweise ist es kein Problem, obwohl ich ein stummes Dankgebet an den Gott der Selbstbräuner schicke und zum Glück meine schärfste Unterwäsche trage (nun ja ... man sollte immer auf alles vorbereitet sein!). Ich kann es kaum erwarten, seine Haut auf meiner zu spüren, als wir zusammen nach oben stolpern. Dieses leidenschaftliche Gefühl hält jedoch nicht lange an, denn plötzlich werde ich nervös und unsicher.

«Hey, wir können hier aufhören, wenn es sich nicht richtig anfühlt. Wir haben doch keine Eile», flüstert Matt zärtlich und streicht mir eine Haarsträhne aus dem Gesicht.

Keine Eile? Natürlich habe ich's eilig – noch nie in meinem Leben wollte ich etwas so sehr. Meine zittrigen Nerven lassen sich durch eines seiner wunderbaren Lächeln sofort beruhigen. Oh, wie ich sein Lächeln liebe!

Wie wir da so mit ineinander verknoteten Gliedmaßen in meinem Bett liegen und an die Decke schauen, fühle ich mich wie beschwipst.

«Wir könnten ja auch ein anderes Mal ans Meer fahren?», schlage ich vor, denn ich mag mich noch nicht von der Berührung seiner Haut trennen. Draußen ist es heiß und in meinem Schlafzimmer noch viel heißer. Winzige Schweißperlen glitzern auf seinem in der Tat extrem appetitlichen Körper. Ich spüre die Hitze seines Atems am Hals, als er mich dort küsst.

«Schlagen Sie etwa vor, den ganzen Tag im Bett zu verbringen, Miss Brown?», neckt mich Matt. Er stützt den Kopf in die Hand und sieht mich an.

«Scheint so?» Plötzlich bin ich mir nicht sicher, ob ich das hätte sagen sollen. Ich fahre mit dem Finger seinen Bauch entlang. Er erschaudert.

«Das hatte ich gehofft», meint er lachend und küsst mich wieder. Das Sugar and Spice-Telefon klingelt im Hintergrund, und so gerne ich es auch ignorieren würde, weiß ich doch, dass ich mir das nicht leisten kann.

«Ich lauf dir nicht weg.» Matt hat wohl mein Dilemma bemerkt. Mit einem leicht schiefen Grinsen klettere ich aus dem Bett und laufe rüber ins Arbeitszimmer. Während ich die Bestellung für einen Whisky Kuchen entgegennehme, überlege ich die ganz Zeit, ob wohl mein Hintern arg geschwabbelt hat, als ich zum Telefon gerannt bin.

Später überkommt uns doch der Hunger. Ich breite eine Picknickdecke auf dem schmalen Rasenstück in meinem Garten aus und füttere Matt mit dem restlichen Himbeer-Blaubeer-Limettenkuchen von meinem Geburtstag.

«Schade, dass es kein Schokokuchen ist. War trotzdem köstlich, kannst du deiner Schwester ausrichten», meint er, während wir uns auf dem Rücken liegend wie die Katzen in der Sonne räkeln.

«Ich backe dir einen Schokoladenkuchen», verspreche ich, obwohl ich mir nicht sicher bin, ob ich das perfekte

Rezept bereits gefunden habe. Der Kuchen, der ihn dazu bringt, sich unsterblich in mich zu verlieben. Ich beobachte die dünnen Wolkenfetzen am azurblauen Himmel, zwischen die ein Flugzeug einen weißen Streifen malt. Es riecht nach gemähtem Gras, während die Bienen emsig ums duftende Geißblatt brummen und das Radiogedudel meiner Nachbarn zum Soundtrack unseres ganz privaten romantischen Schauplatzes wird. Matt summt eine Melodie, die ich nicht wiedererkenne. Ich mag, wenn er singt. Es bedeutet, dass er glücklich ist.

«Smashing Pumpkins», antwortet er auf meine Frage nach dem Song. Arg viel schlauer bin ich jetzt aber auch nicht. Egal, es klingt schön, und ich schließe die Augen, als er mit dem Finger die Venen in meinem Arm nachfährt. Dann springt er plötzlich auf. «O Gott, ist es schon so spät? Also wirklich, Matthew Hamish Tennant, du kannst hier nicht den ganzen Tag herumliegen und dich mit einer schönen, sexbesessenen Frau amüsieren.»

«Was hast du gesagt?» Ich setze mich auf. Matts Züge verdüstern sich.

«Schöne, sexbesessene Frau?», wiederholt er kleinlaut.

«Nein. Dein Name?» Ich kann die Besorgnis in meiner Stimme nicht verbergen.

«Matthew Hamish Tennant.»

«Hamish?» Aus meinem Mund klingt es wie der Name eines Mörders.

«Na, *so* schlimm ist er nun auch wieder nicht. Viele coole Leute haben seltsame zweite Namen. Kurt Cobains zweiter Vorname war Donald.» Matt beißt sich auf die Lippe und fährt sich mit der Hand durchs Haar. Noch vor fünf Minuten hätte das als Auslöser gereicht, um ihn wieder anzuspringen und ihm die Jeans vom Leib zu reißen. Stattdessen kann ich nun an nichts anderes denken als Alices

Weissagung. Die Worte «dunkler Teint oder schottisch» tanzen vor meinen Augen, verlockend und erschreckend.

«Du hast mir gar nicht gesagt, dass du Schotte bist!», werfe ich ihm vor, woraufhin er die Augen aufreißt wie ein kleiner ängstlicher Junge.

«Bin ich auch nicht. Angeblich wollte meine Mutter mich mit erstem Namen so nennen, aber Dad hat zum Glück Widerspruch eingelegt. Sie ging als Kind gerne in den schottischen Highlands wandern. Ich glaube ja, dass ihre erste große Liebe so hieß. Warum sonst sollte man seinen Sohn mit einem solchen Namen strafen?» Er lacht, aber ich kann sehen, dass ich ihn verunsichert habe.

«Ist alles in Ordnung?» Mir wird klar, dass ich auf ihn wirken muss wie eine Verrückte, die vergessen hat, ihre Medizin zu nehmen. Ich verscheuche das Bild von Alice im Kerzenschein und lächele ihn an. Das ist doch albern. Es muss noch lange nicht heißen, dass Matt *derjenige* ist. Mit einem Kuss versichere ich ihm, dass alles in bester Ordnung ist.

«Ich muss trotzdem los und die Mädchen abholen.» Er steht auf. Einen Moment lang hatte ich diesen Teil seines Lebens vergessen, und das Bild, mich mit einer Flasche Wein neben ihn aufs Sofa zu kuscheln, wird vom kalten Wind der Realität weggepustet. Ich bin enttäuscht, versuche aber, es nicht zu zeigen, als er mich auf dem Weg zur Tür hundertmal küsst.

«Wo wir schon von den Mädchen sprechen – ich habe vergessen, dich um einen Gefallen zu bitten. Keine Ahnung, warum, ich wurde wohl abgelenkt.» Grinsend zieht Matt mich an sich, um mich ein weiteres Mal zu küssen. Widerwillig löse ich mich von ihm.

«Einen Gefallen?»

«Ach ja, genau. Siehst du, schon wieder abgelenkt. Meine

Mutter und die Mädchen machen im Oktober bei so einer Spendenaktion zugunsten der Brustkrebsforschung mit. Das tun sie jedes Jahr, und ich habe mir überlegt, dass es vielleicht schön wäre, wenn sie in der Schule Kuchen verkaufen könnten. Würdest du mir dein Muffinrezept verraten?»

«Noch besser: Ich werde welche backen.» Ich bin froh, etwas tun zu können.

«Ich hatte gehofft, dass du das sagst. Mir war jedoch nicht klar, dass ich dazu erst mit dir schlafen muss ... Ich mag mir gar nicht ausmalen, was ich für einen Schokokuchen tun müsste.»

«Mehr vom selben reicht schon», erkläre ich in der Hoffnung, dass es das geben wird. Was, wenn es sich um eine einmalige Sache gehandelt hat?

«Ich mag nicht gehen.» Matt bleibt in der Tür stehen.

«Mir geht's ähnlich.» Ich bin erleichtert, mit meinen Gefühlen scheinbar nicht allein zu sein.

«Sehen wir uns morgen?»

«Auf jeden Fall», verspreche ich ihm. Nachdem er weg ist, lehne ich mich gegen die Tür, schließe die Augen und durchlebe noch einmal die Gefühle der vergangenen Stunden. Fröstelnd wickele ich mich fest in die Strickjacke, die ich der Nachbarn zuliebe angezogen habe, und gehe in die Küche. Was um alles in der Welt mache ich denn da? Was ist aus «Nein, das mit Matt ist keine gute Idee» geworden? Er war doch gar nicht mein Typ und schleppt auch viel zu viele Altlasten mit sich herum. Ein paar Küsse, und schon schmelze ich dahin. Ich muss mich wirklich mehr anstrengen! So ganz allein in meiner Küche fühle ich mich plötzlich ein wenig verloren. Eine Tasse Tee, oder was Stärkeres? Obwohl es erst halb fünf ist, hole ich mir eine Flasche Weißwein aus dem Kühlschrank und schenke mir ein Glas ein.

Nach dem besten Nachtschlaf seit Ewigkeiten werde ich am nächsten Morgen im Café von allen Seiten mit Fragen zu meinem Ausflug ans Meer beschossen, einschließlich einer höhnischen Bemerkung von Dot. Die Einzige, der ich von meiner Verabredung mit Matt erzählt habe, war Tilly; nun weiß scheinbar die ganze Belegschaft Bescheid. Ich versuche, den Fragen mit sämtlichen mehrdeutigen Antworten auszuweichen, die mir einfallen, und würde Tilly gerne den Hals umdrehen. Die ist jedoch nirgends zu entdecken. Während ich mich an den Mürbteig für Shortbread mache, merke ich plötzlich, dass ich Matts geheimnisvolle Melodie von gestern summe.

«Wie schön zu hören, wenn jemand mit Freude an der Arbeit ist», unterbricht Lillians Stimme meine Tagträumereien.

«Wie geht es Ihnen, meine Liebe?», erkundigt sie sich. Sie wirft einen Blick in die Teigschüssel, deren Inhalt ich gerade auf sechs Backformen verteilt habe, bevor sie zu meiner großen Überraschung mit dem Finger innen am Rand entlangfährt und ihn dann geräuschvoll abschleckt.

«Lillian, ich habe mir gedacht ...» Und zwar gerade jetzt erst, während ich hier neben ihr stehe!

«Ja, Liebes?», fragt sie erwartungsvoll. Ich traue mich nicht, ihr zu sagen, dass Teig in den weißen Härchen über ihrer Oberlippe klebt. Es sieht aus wie ein kleiner Sahnebart.

«Ich habe mir gedacht, es wäre doch nett, wenn wir im Pavillon eine kleine Teeparty veranstalten würden.»

«Oh, was für eine wunderbare Idee. Ich liebe Teegesellschaften.» Begeistert klatscht sie in die Hände. Plötzlich sehe ich Tilly in fünfzig Jahren vor mir.

«Ich habe mir überlegt, vielleicht im Oktober, dem Brustkrebs-Monat. Als Motto könnten wir das symbolische

Rosa dieser Aktion nehmen. Die Rosa Teegesellschaft.» Ich denke an Matt und seine Töchter. «Und wir könnten die ganzen Damen der umliegenden Dörfer einladen. Dadurch würden sie das Haus und die Gärten sehen und dann ihren Freundinnen davon erzählen. Wir könnten das Ganze für einen guten Zweck veranstalten. Für die Brustkrebs-Hilfe zum Beispiel? Ich würde die Kuchen beisteuern. Natürlich in Rosa.» Ich rede so schnell, dass ich selbst nicht genau weiß, wo das alles herkommt, aber je mehr ich rede, desto begeisterter bin ich von meinem spontanen Einfall. «Wir könnten rosa Kleider anziehen und Rosésekt servieren ... und ...»

«Was für eine schöne Idee. Ich werde mich mal erkundigen und Ihnen dann Bescheid sagen.» Lillian steckt den Finger noch einmal in die Teigschüssel.

«Dann gefällt es Ihnen also hier?», erkundigt sie sich.

«Ja, sehr.»

«Sie haben jedenfalls dieses gewisse Funkeln in den Augen. Die Arbeit liegt Ihnen offensichtlich.» Ich merke, wie ich unter ihrem Blick erröte. Steht mir denn auf die Stirn geschrieben, dass ich mir gestern bei einem im Grunde ersten richtigen Date in wilder, unerwarteter Leidenschaft die Kleider vom Leib gerissen habe? Die Antwort wird mir durch das Erscheinen einer leicht zerzausten, aber höchst aufgedrehten Tilly erspart.

«Ich bin verliebt», singt sie, schnappt sich meine Hand und wirbelt mich herum.

«Ich bin verliebt», quietscht sie wieder, während wir durch die Küche tanzen.

«Wieder mal», meint Dot nur trocken. Sie reicht Tilly eine Schürze und befiehlt ihr, sich um die Kartoffel-Lauch-Suppe zu kümmern.

«Danke», rufe ich Lillian hierher. Ganz offensichtlich

hat der plötzliche Tumult sie verwirrt. Während Tilly gedankenverloren Kartoffeln würfelt, erzählt sie mir alles über Tom, den neuen Mann in ihrem Leben. Dann bricht sie plötzlich mitten im Satz ab. «Da labere ich hier in einem fort und habe ganz vergessen, dich nach eurem Ausflug ans Meer zu fragen. Wie war's?»

«Wir sind nicht gefahren», gestehe ich, woraufhin sie sofort parat steht, um mich zu trösten.

«O nein, Maddy, was ist denn passiert?» Sie umarmt mich voller Mitleid. Mit leicht schlechtem Gewissen flüstere ich ihr den Grund ins Ohr. Ihr Schrei ist ohrenbetäubend. Prompt lässt Amy eine Salatschüssel fallen, woraufhin Dot, den Pfannenheber schwingend, in die Küche gestürmt kommt.

«Tilly, Sie werden für immer Gemüse klein schneiden, wenn diese Suppe nicht in fünf Minuten fertig ist.» Dann zeigt sie mit dem Pfannenheber in meine Richtung. «Und Sie hören besser auf, hier so rumzuschmachten, und kümmern sich um die zweite Ladung Shortbread.»

Als sie verschwunden ist, erzähle ich Tilly auf ihr Drängen hin eine schwerzensierte Version des gestrigen Tages, doch sie saugt trotzdem jedes Krümelchen Information begeistert auf.

«Du darfst aber niemandem davon erzählen», warne ich sie zum dritten Mal in drei Minuten.

«Ich verspreche es hoch und heilig. Kein Sterbenswörtchen.» Sie klatscht in die Hände und umarmt mich wieder. «Ich bin ja so aufgeregt, dass wir beide zur gleichen Zeit Mr. Right gefunden haben.»

«Tilly, das kann man doch noch gar nicht sagen. Ich lasse mich von so einer kleinen Affäre nicht gleich hinreißen.» In diesem Moment piepst mein Handy. Eine SMS von Matt.

Mhmmm ... Himbeer-Blaubeer-Limettenkuchen.

Dann eine zweite SMS.

Mhmmm ... deine Küsse.

Dann noch eine, und ich kann meine Freude kaum bändigen.

Mhmmm ... dieser süße kleine Leberfleck an deinem Zeh.

Und sofort danach eine vierte:

Kann das nächste Mal kaum erwarten. xxx

Tief durchatmen ... O MEIN GOTT!

Eine Prise Eifersucht

September

Bin spät dran. Sehen uns später bei der Arbeit. Kuss

Ich lese die SMS und versuche, nicht allzu enttäuscht zu sein, denn ich trage Dessous, die ich extra für ihn gekauft habe! Meine Unterwäschenschublade wird momentan einer Art Verjüngungskur unterzogen: Plötzlich ist sie voller unpraktischer, sexy Teile mit Bändern und hauchzarter Spitze. Keine Ahnung, warum! Da ich nun irgendwie nichts mit mir anzufangen weiß, beschließe ich, die Zeit zu nutzen, um ihm den versprochenen Schokoladenkuchen zu backen – voll gepackt mit Hoffnung, Glück und einer dicken Portion wollüstiger Gedanken. Während der Rest der Welt an diesem wunderbaren, sonnigen, wolkenlosen Tag erwacht, wiege ich lauthals singend die Zutaten ab. Nach der Schokolade mit mindestens 75 % Kakaoanteil suche ich jedoch vergeblich, bis mir plötzlich die drei Schokokuchenbestellungen von gestern einfallen. Also werde ich etwas anderes für ihn backen müssen, aber was? Vielleicht inspiriert mich ja der Inhalt meines Vorratsschrankes. Bilder von Matt tauchen vor meinem inneren Auge auf, wie er in meinem Bett liegt – begehrenswert, hinreißend und köstlich: das warme Aroma von Zitrusfrüchten, seine Haut in der Farbe goldgelben, gemahlenen Ingwers, der Geschmack von Honig, Zimt, Salz und

Zucker. Ohhhh ... beim Gedanken an eine weitere Portion dieses wunderbaren Körpers läuft mir das Wasser im Mund zusammen.

Als ich später im Café gerade meine Schürze umbinde, höre ich ihn singen, und mein Herz macht einen kleinen Hüpfer. Lächelnd streckt er den Kopf zur Hintertür herein, um zu prüfen, ob die Luft rein ist. Automatisch sehe ich mich ebenfalls um, doch die Küche liegt still und verlassen da.

«Was machst du denn hier?» Ich grinse wie eine Bekloppte.

«Ich habe meinen Morgenkuss verpasst und konnte nicht bis nachher warten.» Er drückt mich gegen den Vorratsschrank, während seine schönen starken Hände ihren Weg unter meine Schürze suchen. Beim Klang von Amys Stimme fahren wir rasch auseinander. Ich versuche, mich zu sammeln, bevor sie hereinkommt, doch ich habe das Gefühl, meine Atemlosigkeit nicht verbergen zu können.

«Also, Maddy, hast du das alles?», fragt Matt betont sachlich.

«Hm, ich glaube schon.» Ich streiche meine Schürze glatt und komme mir vor wie in einer schlechten Fernsehkomödie aus den Siebzigern.

«Und dir ist auch klar, was ich später noch brauche, oder sollen wir das nochmal durchgehen?» Er schenkt Amy ein Lächeln, die uns misstrauisch beäugt, aber beim Weg an mir vorbei in die Vorratskammer zurücklächelt.

«Und vergiss die Jaffakekse nicht», fügt er frech hinzu.

«Ich habe dir einen Kuchen gebacken», flüstere ich tonlos.

«Perfekt.» Doch wie er mich so mit Blicken verschlingt, frage ich mich, ob er damit den Kuchen meint. Seit wann ist er so blind? Nicht dass ich mich beklagen würde – ich mag die rosarote Brille, die er zur Zeit scheinbar trägt. Sie steht ihm.

«Um wie viel Uhr nochmal?» Es kostet mich viel Mühe, nicht zu lachen.

«Habe ich dir schon mal gesagt, wie gerne ich dich küsse?», flüstert er, bevor er mit lauter Stimme weiterspricht: «So gegen drei. Passt das?»

Ich nicke und versuche, mich wieder unter Kontrolle zu kriegen, während er grinsend davonspaziert. Ich kann ihn unterwegs vor sich hin singen hören. Bevor Amy wieder auftaucht, verdrücke ich mich schnell in Dots Büro, um zu fragen, ob ich meine Mittagspause durcharbeiten und dafür eine Stunde früher gehen darf.

Das grelle Licht blendet, als ich mich schließlich mit hüpfenden Schritten und meiner kostbaren Fracht zum Pavillon aufmache. Dort sitzt er schon mit geschlossenen Augen auf einer Stufe, das Gesicht der Sonne zugewandt. Ich schleiche mich an und küsse ihn zart auf die Lippen, woraufhin er lächelnd die Augen öffnet.

«Hallo, meine Schöne. Wo ist denn nun der versprochene Schokokuchen? Ich bin am Verhungern.» Er zieht mich zu einem weiteren, diesmal etwas längeren und leidenschaftlicheren Kuss zu sich herunter. Dann reiche ich ihm die Kuchendose und setze mich neben ihn.

«Tut mir leid, aber mir ging die Schokolade aus. Also habe ich experimentiert und dir stattdessen einen Sugar and Spice-Kuchen gebacken. Vielleicht nehme ich den ins Sortiment auf, und du bist mein wunderbares Versuchskaninchen.»

Falls er enttäuscht ist, lässt er sich jedenfalls nichts anmerken. Er öffnet die Dose und steckt die Nase hinein, um das hoffentlich verführerische Aroma zu inhalieren. Dann nimmt er sich die Scheibe, die ich schon mal vorsorglich für ihn abgeschnitten habe, bricht ein Stück ab, das er mir in den Mund schiebt, und verspeist dann den Rest so gierig wie einer kurz vor dem Verhungern.

«Der ist großartig, Maddy. Wirklich gut.» Ich strahle vor Stolz und purem Glück. Wie kitschig! Schnell schimpfe ich mit mir, dass ich mich so habe hinreißen lassen – schließlich ist das hier bloß ein bisschen harmloses Vergnügen und nichts weiter. Ich schmiege meinen Kopf an seine Brust, und er legt den Arm um mich, während ich ihm von Tillys neustem Mann erzähle, an dessen Namen ich mich nicht erinnern kann. Er lacht, als ich erwähne, dass sie ihn für die große Liebe hält.

«Moo hat mir geweissagt, dass ich dieses Jahr Mr. Right treffe», rutscht es mir heraus. Sofort wünschte ich, ich hätte meinen Mund gehalten.

«Na, da hatte sie wohl recht. Nett, dich kennenzulernen», meint er lachend, und ich piekse ihm spielerisch in den Bauch.

«Bilde dir bloß mal nicht zu viel ein, Mr. Tennant. Wenn *er* vor der Tür steht, werde ich dich fallen lassen wie eine heiße Kartoffel», necke ich ihn und muss an mein Telefonat mit Moo gestern Abend denken:

«Ich wusste es. Ich wusste es!», jubilierte sie am anderen Ende der Leitung.

«Was?» Mir war natürlich klar, was sie meinte. Ich hatte ihr gerade von unserem leidenschaftlichen Nachmittag und dem Beginn einer Art Beziehung erzählt.

«Ich habe dir gesagt, dass *er* ganz in der Nähe ist. Das muss er sein!» Sie schreit fast in den Hörer.

«Matt ist nicht Mr. Right. Er ist kein Bananen-Pekannuss-Kuchen mit Schokoladenstückchen», hatte ich ihr geantwortet, da ich fest entschlossen war, mich von diesem ganzen Unsinn zu nichts hinreißen zu lassen.

«Was ist er denn dann?», bohrte Moo nach.

«Ich weiß es nicht. Ein Obstkuchen.» Es war das Erstbeste, was mir einfiel.

«Glaube ich dir nicht.»

«Was soll das heißen, das glaubst du mir nicht?», will ich entrüstet wissen.

«Ich meine, du sprichst hier mit einem Medium, und ich glaube dir nicht.»

«Na gut, er ist ein Bananenkuchen. Aber ohne Pekannüsse und ohne Schokoladenstückchen.»

Moos Antwort beschränkte sich auf ein ungläubiges «Mhm».

Matt fährt zärtlich mit den Fingern meinen Hals und mein Schlüsselbein entlang. Seine Berührung ist so zart und sanft, dass köstliche kleine Stromstöße meine Arme hinunter bis in die Fingerspitzen schießen. Es ist nahezu perfekt. Ich sage nahezu, denn das Einzige, was unseren ansonsten traumhaften Zustand trübt, ist die Tatsache, dass er wegen seiner Töchter nicht über Nacht oder am Wochenende bei mir bleiben kann. Ich schiebe diese Gedanken jedoch weit fort und konzentriere mich stattdessen auf seine Streicheleinheiten.

«Na gut, der Mann deiner Träume ist also ein Bananen-Pekannuss-Kuchen?», unterbricht Matt meine Träumereien.

«Mit Schokoladenstückchen», werfe ich ein.

«Ich kann den Kerl jetzt schon nicht ausstehen. Klingt zu gut, um wahr zu sein. Was für ein Kuchen bin ich denn dann?»

«Weiß nicht, habe ich noch nicht entschieden», lüge ich.

Das frühe Aufstehen, Backen bis spät in die Nacht und zwischendrin noch Zeit für Matt abzuknapsen, bedeutet, dass ich auf einer Adrenalinwelle reite. Jeden Morgen kommt er vorbei, um mir zu sagen, wie schön ich sei, bevor ich ihn zur Tür hinausschubse, damit ich die Bestellungen des vergangenen Tages erledigen kann. Wir telefonieren stundenlang und treffen uns heimlich im Garten, um wann immer wir können wie die Teenies herumzuknutschen, und manchmal – je nachdem, ob er einen Babysitter kriegt – kommt er abends noch für ein paar Stunden vorbei. Er bringt mich zum Lächeln, Singen und laut Lachen. Ich bin überwältigt vor Glück, aber gleichzeitig ein bisschen erschrocken über die Heftigkeit meiner Gefühle. Es ist alles so schnell gegangen, und ich hatte keine Zeit, um Luft zu holen. Immer wieder muss ich mir in Erinnerung rufen, dass das hier nur eine kleine Affäre ist und er nichts Anderweitiges hat verlauten lassen. Die Tatsache, dass er bisher keine Anstalten gemacht hat, mal über Nacht oder ein Wochenende bei mir zu bleiben, bestätigt diese Einschätzung. Außerdem darf ich nicht vergessen, dass das von meiner Seite aus völlig klargeht. Ich hätte mit Sugar and Spice sowieso keine Zeit für etwas anderes.

Als Lou das Thai-Lokal betritt, labe ich mich bereits an scharfen Krabbencrackern. Nach einem zweiwöchigen Urlaub auf den Bahamas ist Lou knackig gebräunt und zieht in ihren neusten Designerjeans, einem Chiffon-Top in Jadegrün und passenden, mit Jade besetzten Sandalen bewundernde Blicke der anderen Gäste auf sich. Neben dem Pizza Express ist der Thai Palace wegen seiner gemütlichen Atmosphäre unser zweites Lieblingsrestaurant. Die wenigen Tische sind fast immer besetzt. Abgesehen von ein paar eindrucksvollen, mit Blattgold verzierten Gemälden an der

Wand und dem Personal in traditioneller thailändischer Tracht, ist das Lokal eher einfach und funktionell eingerichtet. Die Bedienungen verneigen sich und flüstern «Guten Abend, Miss Lou», als meine Freundin in einer Wolke Shalimar-Parfüm an ihnen vorbeischwebt. Sie umarmt mich zur Begrüßung, und an ihrer strahlenden Miene kann ich ablesen, dass etwas Außergewöhnliches passiert sein muss.

«Stell dir vor! Ich werde heiraten!», quietscht sie.

«O mein Gott!» Ich quietsche ebenfalls. «Herzlichen Glückwunsch!»

Als sei sie mit hellseherischen Fähigkeiten ausgestattet, kommt eine unserer Bedienungen herbeigeglitten, wobei ihre Füße kaum den Boden berühren. Ich bestelle für uns Bellinis, die wir am liebsten trinken, und noch ein paar Cracker, weil ich die ganze Schüssel leer gefuttert habe. Lou ist seit ein paar Jahren mit Carl zusammen, nachdem sie eine unschöne Scheidung hinter sich gebracht hatte, während der sie blass und dünn wurde. Wie sie nun so strahlend vor mir sitzt, kann man sich kaum vorstellen, dass es sich um dieselbe Frau handelt, die einst überzeugt davon war, niemals über die verheerende Entdeckung hinwegzukommen, dass ihr Mann eine Affäre hat. Nachdem sie eineinhalb Jahre lang ihre Wunden geleckt hatte, mit mir im Schlepptau Wodka trinkend durch die Bars gezogen war und sich ein paar wunderschöne Brüste hatte machen lassen, traf sie Carl, als der ihr Wohnzimmer frisch streichen sollte. Die Malerarbeiten dauerten länger als geplant, sechs Wochen später war er bei ihr eingezogen, und innerhalb eines Jahres war sie mit Chloe schwanger.

«Erzähl!», bettele ich, und ihr Gesicht leuchtet auf, während sie den Augenblick beschreibt, in dem all ihre romantischen Träume Wirklichkeit wurden.

«Also, wir saßen an unserem ersten Abend beim Dinner, als er mir verkündet, dass er einen speziellen Überraschungs-Schoko-Nachtisch bestellt hat. Ich habe mir nichts Besonderes dabei gedacht. Als dieser dann serviert wurde, steckte obendrauf der größte Diamant, den ich je gesehen habe. Carl hat sich hingekniet und mir einen Antrag gemacht, und das ganze Lokal hat applaudiert und gejubelt.»

«Zeig her!», befehle ich. Wie hat Carl es nur geschafft, einen Diamanten zu finden, der noch größer ist als der, den Lou schon trägt?

«Ich lasse ihn gerade neu fassen. Versteh mich nicht falsch, der Ring war wunderschön, aber ich wollte unbedingt so einen, wie Catherine Zeta-Jones von Michael Douglas bekommen hat.»

Ich muss lächeln, denn von einer Frau, der das Wort «Kompromiss» fremd ist, hätte ich nichts anderes erwartet. Und warum auch? Wenn man so umwerfend ist wie Lou, muss man das auch nicht. Genau deshalb lieben wir sie alle. Ich vermute, dass ihr Ex von ihr stets leicht eingeschüchtert war. Zum Glück fühlt sich Carl in seiner eigenen Haut so wohl, dass er Lous Kapriolen nicht furchtbar ernst nimmt.

«Ich freu mich ja so für dich, Lou. Wirklich. Ich glaube, ich muss sogar vor Freude weinen.» Ich versuche, den Kloß in meinem Hals herunterzuschlucken. Sie wirkt so glücklich, und all das ist so schön und romantisch, dass ich ganz gefühlsduselig werde.

«Ist das zu fassen? Wer hätte gedacht, dass mein Leben sich in so kurzer Zeit dermaßen verändern kann.» Lou ist anzusehen, dass sie das Gefühl hat, sich kneifen zu müssen, um sicherzugehen, nicht zu träumen. Ich drücke ihre Hand.

«Ich persönlich glaube ja, dass der Strip-Dancing-Kurs ausschlaggebend war!» Lou verdreht lachend die Augen.

«Ein Hoch aufs Strip-Dancing und große Diamanten.» Ihr Lächeln, als wir anstoßen, ist so strahlend, dass nur der Diamant, der bald ihren Finger zieren wird, es überbieten kann.

«Jetzt müssen wir nur noch dich unter die Haube bringen», erklärt Lou. Zum Glück kommt in diesem Moment unser Curry und Pad Thai. Obwohl wir sämtliche Aspekte ihrer Beziehung vom ersten Tag an bewertet, kommentiert und mit Ratschlägen bedacht haben (wie wir Mädels eben so sind), frage ich sie, woher sie wusste, dass Carl der Richtige ist.

«Wir hatten von Anfang an so einen unglaublichen Draht zueinander. So was habe ich noch nie erlebt. Wir haben über dieselben Dinge gelacht und fast sofort miteinander geflirtet. Trotzdem dachte ich damals nie, wow, mit dem will ich den Rest meines Lebens verbringen.»

Ich nicke und sauge eine Nudel durch die Lippen, die plötzlich nach oben gegen meine Nase schnalzt und dabei Currysauce auf mein Gesicht und Oberteil spritzt. Während Lou weiterredet, reibe ich an dem roten Fettfleck herum, der nun mein mintgrünes Top ruiniert hat. Sie ist meine Tollpatschigkeit in der Öffentlichkeit längst gewohnt und geht gar nicht mehr darauf ein, sondern behandelt mich stattdessen wie eine nachsichtige Mutter, die sich weigert, die Fehler ihres Lieblingskindes zu sehen.

«Als ich schwanger wurde und mich nicht getraut habe, es ihm zu sagen, weil ich dachte, er würde das Weite suchen – da habe ich gemerkt, dass der Gedanke, ihn zu verlieren, unerträglich war.»

«Du glaubst also, diese Dinge passieren manchmal auch erst später?», frage ich in der Hoffnung, dass sie ein wenig Licht in mein aktuelles emotionales Dunkel bringen kann.

«Ich glaube, es passiert sofort, und man weiß in seinem Innersten, dass etwas Besonders geschehen ist, aber manchmal realisieren wir es erst später. Wir brauchen vermutlich einfach Zeit, es uns einzugestehen, und natürlich ist da, bei uns sensibleren Seelchen, immer die Angst vor Zurückweisung.» Lou schiebt sich elegant eine Garnele in den Mund. Sie beherrscht die Kunst des verführerischen Essens perfekt, ohne sich je den Lippenstift zu verwischen – etwas, das ich offensichtlich nie lernen werde.

«Es merken auch nicht beide Partner immer gleichzeitig. Ich glaube ehrlich gesagt, dass Carl erst begriffen hat, wie sehr er mich liebt, als ich Chloe bekommen habe. Meine Schwester merkte nach acht Jahren Beziehung erst an ihrem Hochzeitstag, dass ihr Partner der Richtige ist. Meine Freundin Tina wiederum hat einen Mann kennengelernt, und sie haben es beide sofort gewusst, sich gedacht, was soll's, und zwei Wochen nach ihrem ersten Treffen geheiratet.»

«Wow.» Ich frage mich im Stillen, in welche Kategorie Matt und ich wohl fallen, wenn überhaupt.

«Wir müssen wirklich jemanden für dich finden, Maddy», meint Lou und sieht sich im Restaurant um, als säße der passende Mann vielleicht an einem der Tische. Ich fülle mein Weinglas auf und hole tief Luft.

«Um ehrlich zu sein, gibt es da jemanden», sage ich vorsichtig. Vermutlich hat Lou in dem Moment, als Carl ihr den Antrag gemacht hat, auch nicht überraschter dreingeschaut. Ich nutze ihre kurzfristige Sprachlosigkeit, um ihr alles über Matt zu berichten. Als ich fertig bin, hat sich eine kleine Falte zwischen ihren perfekt gezupften Augenbrauen gebildet.

«Warum hast du mir nichts davon erzählt?»

«Du warst im Urlaub. Und vor dem ersten Kuss gab es

nicht wirklich viel zu erzählen. Da war er nur ein guter Freund.»

«Wie ist er denn so?», will sie wissen. Während ich von Matt schwärme, kann ich mir dieses komisch verträumte Lächeln nicht verkneifen – wie immer, wenn ich an ihn denke oder von ihm spreche.

«Aber?»

Verwundert sehe ich sie an.

«Ich habe das Gefühl, dass es irgendwo ein ‹Aber› gibt», meint Lou. Das ist das Problem mit Freundinnen, die einen seit zwanzig Jahren kennen.

«Nun ja ... am Wochenende sehe ich ihn nur selten, und er bleibt nie über Nacht. Er sagt, da muss er bei den Mädchen sein. Manchmal habe ich das Gefühl, eine Affäre mit einem verheirateten Mann zu haben.»

«Habt ihr darüber geredet?»

«Nein. Es ist noch zu früh, um seine Töchter kennenzulernen, und ich werde da keinen Druck machen.» Ich nehme noch einen großen Schluck Wein. «Findest du es schlimm, dass ich eifersüchtig bin, wenn er Zeit mit seinen Töchtern verbringt?»

«Nein, ich glaube, das ist ganz normal, aber du musst respektieren, dass er im Interesse seiner Kinder die Sache langsam angeht. Irgendwann wirst du das Thema aber mal anschneiden müssen. Er kann dich ja nicht für immer geheim halten.»

Lou spricht aus, was ich ohnehin schon weiß, aber ein Teil von mir glaubt, dass früher oder später sein anfängliches Interesse, seine Leidenschaft oder wie immer man es nennen will, verpuffen wird. Dann ist das vermutlich kein Thema mehr. Während wir unser Mahl mit Jasmintee abschließen, reden wir über Hochzeiten. Warum ist September irgendwie so ein romantischer Monat? Moo und ich haben beide im September geheiratet, was mich daran erinnert, dass ich James seit einer Weile nicht mehr gesprochen habe. Wenn ich mich nicht irre, habe ich eingewilligt, während seines Urlaubs auf Frosch aufzupassen. Ich versuche, mich an meinen Hochzeitstag zu erinnern, aber die Erinnerung scheint irgendwie verschwommen. Ich weiß noch, dass mir vom vielen Lächeln die Backen weh taten und dass ich mir zum ersten Mal in meinem Leben schön vorkam. Würde ich es alles noch einmal tun? Selbstverständlich. Ich bin Romantikerin und glaube an märchenhafte Happy Ends. Beim nächsten Mal werden es allerdings nur wir zwei sein, ohne die ganzen Verwandten und das Trara drumherum. Ich könnte mir New York, Paris oder ein kleines Dorf in den Hügeln Norditaliens gut vorstellen, bevor wir uns in ein schickes Hotel mit einer Minibar voller Jaffakekse, Maltesern und Champagner zurückziehen. Es gäbe natürlich auch einen Gratis-Schokokuchen, gestiftet von einer Firma namens Sugar and Spice.

Interview mit Parkie:

«Da sind wohl Glückwünsche angebracht.» Graziös schreite ich zu Parkie hinüber, der mich zur Begrüßung umarmt, während mein Diamantring im Scheinwerferlicht funkelt.
«Vielen Dank», sage ich geschmeichelt.
«Erzählen Sie mir mehr davon.»
«Das ging alles ehrlich gesagt ziemlich schnell. Wir kommen gerade erst von unseren Flitterwochen in der Toskana zurück, wo wir zu Gast bei Sting und Trudie waren.»
«Und wie ist das alles passiert?»
«Nun, es heißt ja bekanntlich, dass Liebe durch den Magen geht, und mein Schokokuchen war wohl genau das Richtige.»

«Ich habe gehört, Sting hat bei Ihrer Hochzeit gesungen.»
«Ja, ein Duett mit meinem frischgebackenen Ehemann.
Es war sehr romantisch.»
«Ich muss einfach fragen: Haben Sie Ihre Hochzeitstorte selbst gebacken?»
«Nein, meine Schwester Moo hat das übernommen. Und ja, es war eine Schokoladentorte, mit Maltesern als Dekoration.»
«Was für eine wunderbare Geschichte. Herzlichen Glückwunsch noch einmal.»
Ich werfe einen Blick auf Victoria Beckham neben mir, die mit einem gekünstelten Lächeln auf den Lippen neidisch meinen Diamantring anstarrt.

Zu Moos Geburtstag besuche ich sie mit einem Sugar and Spice-Kuchen im Gepäck.

«Nicht so gut wie der von meiner Frau natürlich, aber ziemlich ordentlich», meint Bob und greift nach einem zweiten Stück. Auf dem Boden türmt sich Geschenkpapier, während Moo ihre Präsente öffnet: von mir ein Nagellack von Chanel namens Tausendschön und einige Benefit Kosmetikprodukte zum Verschönern, ein toller dicker Silberring mit passendem Armreif von Bob und ein Kochbuch von Bäro, der sich ein Stück Papier zusammen mit Kuchen in den Mund stopft. Nachdem er eine Weile darauf rumgekaut hat, spuckt er die Masse Moo auf den Ärmel.

«Ich glaube, mit diesem Kerl hier brauche ich mehr als einen Nagellack von Chanel, um mich wie Tausendschön zu fühlen», lacht sie und schnappt sich ihren Sohn, um ihn durch die Luft zu wirbeln. Das war keine gute Idee, da der restliche Kuchen herausfällt, den Bäro für später in seinen Hamsterbacken verstaut hat. Er hinterlässt eine schleimige Spur auf Moos Top.

Mein Handy klingelt. Als ich es schließlich aufgeregt aus meiner Handtasche gekramt habe, singt Matt mir am anderen Ende in seiner schönsten Elvis-Stimme «Feel like making love to you» vor. Als er fertig ist, legt er einfach auf. Ich kichere und werde rot.

«Tante Maddy is verliehiebt», flötet Moo ihrem Sohn ins Ohr.

«Nein. Er bringt mich nur zum Lachen. Das ist alles.»

Nachdem wir etwa eine halbe Stunde lang für alle bärigen Eventualitäten gepackt haben, machen wir uns schließlich auf den Weg zum Strand, wo wir dann eine weitere halbe Stunde brauchen, um alles aus dem Auto zu laden. Moos schöne perlenbestickte Beutelchen von früher mussten großen praktischen Umhängetaschen voller Feuchtigkeitstücher, Ersatzwindeln, Keksen, Saft und allerlei anderem Kram weichen. Sie ist inzwischen Meisterin darin, Bäro und Tasche zu tragen und gleichzeitig den Buggy zu schieben. Ich bewundere, dass sie überhaupt je das Haus verlässt. Heute wenigstens helfen Bob und ich mit. So kämpfen wir uns gemeinsam den Kiesstrand entlang. Die Sonne glitzert auf den Wellen, die ans Ufer plätschern, aber es ist viel kühler, als wir dachten. Unsere dünnen Tops und Strickjäckchen bieten wenig Schutz vor dem beißenden Wind, und bald hocken Moo und ich fröstelnd da, während Bob und sein Sohn begeistert nach Steinen suchen.

«In Momenten wie diesem fühlt sich das Leben einfach gut an. Schau sie dir an, sie sind sich so ähnlich.» Moo zeigt auf ihre beiden Männer, die in der Hocke am Boden kauern. Sie wirkt so stolz und glücklich, dass ich lächeln muss. Es erinnert mich außerdem an Matt, der irgendwo mit seinen Töchtern ist. Was er jetzt wohl tut? Ich rufe ihn an, damit er das Meeresrauschen hören kann, doch ich werde direkt auf seine Mailbox weitergeleitet, sodass ich das Handy versuchsweise in Richtung der Wellen halte.

Später bei Moo wird meine heiße Schokolade kalt, weil ich mich mit Bäro aufs Sofa kuschele. Ich spüre seine Wärme und wie sein Rotz auf meine Schulter tropft, während er zwischen Wachzustand und Schlaf schwebt. Ich muss lächeln, und gleichzeitig ist mir zum Weinen zumute, als er seinen weichen Kopf in meiner Halsgrube vergräbt. Moo, die selber am Gähnen ist, hebt ihn vorsichtig hoch, um ihn ins Bett zu bringen. Gähnen ist ansteckend, und so lehne ich den Kopf entspannt zurück. Als ich wieder aufwache, entdecke ich, dass auch Moo und Bob schlafend im Sessel hängen und ich fast eine Stunde weg vom Fenster war. Ich werfe einen Blick auf mein Handy, auf dem zwei SMS von Matt eingegangen sind.

Achterbahn im Alton Towers Freizeitpark. Georgie musste spucken!

Ich öffne die zweite.

Wünschte, du wärst hier. Kuss

Du hättest mich ja nur zu fragen brauchen, würde ich gerne zurückschreiben, aber ich widerstehe der Versuchung und lege das Handy einfach weg. Will ich ihn bestrafen, oder mache ich einen auf schwer zu haben? Sieht ganz so aus! Bäro wacht auf, und plötzlich ist das ganze Haus von seinem Weinen erfüllt, woraufhin Moo und Bob wie von der Tarantel gestochen aus ihren Sesseln aufspringen. Während Moo sein Essen vorbereitet, lese ich meinem Neffen ein Buch über ein Entenküken vor, das seine Mama verloren hat. Er ist absolut fasziniert und hebt die kleinen Klappen hoch, hinter denen sich verschiedene Materialien zum Anfassen verbergen. Wann immer wir am Ende ankommen, besteht er darauf, wieder von vorne anzufangen. Alle Versuche, ihm ein anderes Buch schmackhaft zu machen, werden abgeschmettert. Nach acht Mal hasse ich die kleine Ente, und es ist mir völlig egal, was mit ihr passiert. Meine Rettung naht in Form von Würstchen und Bohnen. Moo und ich sehen zu, wie Bäro zum zweiten Mal in seinem Leben mit einem Löffel hantiert. Wie erwartet fliegen die Wurststückchen nur so durch die Gegend, doch stur, wie er ist, lehnt er jegliche Hilfe glattweg ab.

«Und, wie läuft's mit der Firma?» Moo bemüht sich angestrengt, die Tatsache zu ignorieren, dass das Bärenfutter überall, bloß nicht in seinem Mund landet.

«Nun ja, der August war ziemlich mau, aber da waren wahrscheinlich auch alle im Urlaub. Jetzt im September kamen einige Bestellungen rein, aber immer noch nicht genug, um damit Geld zu verdienen», antworte ich und pflücke eine Bohne vom Tisch.

«Das sollte sich aber bessern. Wenn die Tage kürzer werden, essen doch alle gerne Kuchen. Außerdem kannst du dich ja auch aufs Weihnachtsgeschäft freuen», beruhigt mich Moo.

«Wollen wir's hoffen. Aber was mache ich, wenn nicht? Ich kann ja nicht dauernd Geld reinstecken, um die Firma über Wasser zu halten. Bald ist nichts mehr übrig.»

«Ich weiß nicht, was ich dir raten soll, außer noch ein bisschen durchzuhalten. Gib nicht auf. Du musst an den Erfolg glauben. Niemand hat behauptet, es sei leicht, nach den Sternen zu greifen. Sonst würden es ja alle tun.» Moo schenkt mir ein zuversichtliches Lächeln und steckt sich ein verirrtes Wurststück in den Mund.

«Ich weiß», meine ich seufzend. «Aber ich bin mir nicht sicher, ob ich überhaupt nach den Sternen hätte greifen sollen. Sie scheinen so weit weg.»

«Macht es dir denn Spaß?», fragt sie. Da muss ich nicht lange überlegen.

«Ja. Es ist hart, aber auch schön. Ich würde nur gerne weitermachen können.»

Eine Weile sitzen wir gedankenverloren da. Moo überlegt sich, wie lange sie ihrem Sohn noch beim Sauereimachen zusehen kann, während ich an das Gespräch mit Mum gestern denken muss. Ich hatte ihr gerade voller Selbstmitleid ein bisschen vorgejammert, als sie mich daran erinnerte, dass ich den Traum vieler lebe, aus dem hektischen Alltag auszusteigen und eine eigene Firma zu gründen. Der Traum hat sich jedoch als wesentlich beängstigender und anstrengender herausgestellt, als ich je gedacht hätte. Bäro schiebt eine Bohne im Kreis auf seinem Teller herum. Immer rundherum ... und nochmal, und, oh, fast geschafft ... und rundherum. Wir senden ihm telepathische Hilfe, weil wir uns nicht wirklich einmischen wollen. Komm schon, noch ein kleines bisschen ...

«Ganz prima. Weiter so», ermuntert ihn Moo, während die Bohne drei weitere Runden um die Schüssel dreht. Mit angehaltenem Atem sehen wir Bäro bei seinem persönlichen Kampf zu, den er mit absoluter Entschlossenheit führt. Die Bohne wird zum Symbol für die Firma, und ich feure ihn an, den Löffel zu bezwingen und siegreich hervorzugehen.

«Ohhhh ...»

«Ahhhh ...»

Wir kommentieren jede knappe Niederlage in Stereo.

«Hurra!» Moo und ich klatschen begeistert, als er die Bohne schließlich auf dem Löffel hat. Wenn mein Neffe die Hindernisse überwinden kann, dann werde ich es ja wohl auch schaffen. Aufgeben steht nicht zur Debatte, und ich muss einfach einsehen, dass Geldsorgen zum Unternehmensstart dazugehören und dass bald etwas Gutes passieren wird, was das Ruder herumreißt.

Später am Abend feiern wir mit viel Wein Moos Geburtstag und meine neue Entschlossenheit, mich von einer Kleinigkeit wie mangelnden Bestellungen nicht von meinem Ziel abbringen zu lassen, die Welt per Kuchen zu erobern. Zu Bobs großer Erheiterung wachen wir am nächsten Morgen mit einem mächtigen Kater auf und zucken förmlich zusammen, als Bäro seiner jüngsten Lieblingsbeschäftigung frönt, mit einem Holzlöffel auf einen Topf einzuschlagen. Auf der langen Heimfahrt versuche ich, mich nicht über Sonntagsfahrer und die unzähligen Wohnmobile zu ärgern.

An ein erholsames Schläfchen zu Hause ist jedoch nicht zu denken, denn das Fax teilt mir mit, dass zwei neue Bestellungen eingegangen sind. Ich bewege mich langsam und vorsichtig, da jede Bewegung schmerzhaft ist und Übelkeit hervorrufen kann. Vor allem der Moment, als ich die rohen Eier aufschlagen muss. Es ist ein Wunder, dass die Kuchen überhaupt etwas werden, und ich beschließe, mich in Zukunft verantwortungsbewusster zu verhalten. Wilde Alkoholexzesse schicken sich für eine erfolgreiche Geschäftsfrau einfach nicht – obwohl das mit dem «wild» wohl eher Wunschdenken ist.

Wie ich so energielos auf dem Sofa herumlungere, erscheint James in Begleitung von Frosch. Er lacht über meine grünliche Gesichtsfarbe und macht mir erst mal eine Tasse Tee, während Frosch halbherzig mit dem Schwanz wedelt, bevor er sich auf den Teppich plumpsen lässt. James' Besuche sind in letzter Zeit selten geworden, deshalb bin ich überrascht, ihn zu sehen. Er wirkt müde, als sei er gerade erst aus dem Bett gefallen, die Augen rot unterlaufen, unrasiert und mit einem Hemd, das sicher nie ein Bügeleisen gesehen hat. Vermutlich ist die aktuelle Blondine schuld. Wie hieß sie noch gleich? Sarah?

«Ich mache mir Sorgen um Frosch. Es scheint ihm die

letzten Wochen über immer schlechter zu gehen», gesteht James, und seine Augen werden feucht, als er Frosch einen liebevollen Stups gibt. Der reagiert kaum, und ich muss zugeben, dass das ungewöhnlich ist.

«Ich weiß, der Tierarzt hat damals zu dir gesagt, er sei einfach nur alt, aber das hier ist anders.»

«Soll ich nochmal einen Termin ausmachen?»

«Nein. Ich hab zu viel Angst davor, was er sagen könnte», murmelt James. «Ich wache mitten in der Nacht auf, um nachzusehen, ob alles in Ordnung ist. Ich denke immer, vielleicht ist er am nächsten Morgen nicht mehr da.» Die Stimme versagt ihm. Vorsichtig stehe ich auf, um ihn in den Arm zu nehmen.

«Ich bin noch nicht so weit, ihn gehen zu lassen.» Trotzig schüttelt James den Kopf, und ich nicke verständnisvoll. So stehen wir eine Weile schweigend und traurig da, beim Gedanken, unser kleines, haariges Baby zu verlieren.

«Bleib doch zum Essen. Ich koch uns was Schönes», schlage ich vor. James nickt, während er sich lautstark die Nase putzt. Ich schiebe gerade die Gemüselasagne in den Ofen, da klingelt das Telefon. Weil ich davon ausgehe, dass Moo wissen will, ob ich gut heimgekommen bin, bitte ich James ranzugehen. Als er mir den Hörer reicht, begrüßt mich am anderen Ende Matts Stimme.

«Wer war denn das?» Sein misstrauischer Tonfall verblüfft mich einen Moment lang.

«Das war James.»

«Dein Exmann?»

«Ja. Ist alles in Ordnung?», frage ich. Warum spüre ich plötzlich Panik in mir aufsteigen? Matt weiß doch über James Bescheid. Er weiß, dass wir noch miteinander reden. Okay, vielleicht wirkt es ein bisschen seltsam, dass James an mein Telefon geht, aber ... aber ...

«Du hast auf meine SMS nicht geantwortet», erwidert Matt kühl. Ich höre genau, wie es in seinem Gehirn arbeitet, wie er zwei und zwei zusammenzählt und dabei sechs herausbekommt.

«Ich dachte, du wärst mit den Mädchen beschäftigt», sage ich vorsichtig. Mein bescheuerter Versuch, ihm etwas zu beweisen, geht offensichtlich nach hinten los.

«Na, jetzt bist ja scheinbar du zu beschäftigt, also halte ich dich besser nicht länger auf.» Ich kann den Ärger in Matts Stimme hören. Diese Seite an ihm ist mir völlig neu, und der eisige Unterton macht mir Angst.

«Matt ...», setze ich zu einer Erklärung an, doch er unterbricht mich sofort.

«Ich muss los, Charlotte ruft mich.» Mit diesen Worten legt er auf.

Scheiße! Verdammter Mist!

«Wer war denn das?», will James wissen.

«Niemand Besonderes», antworte ich verärgert und mache mich unter viel Geklapper daran, das Chaos in meiner Küche zu beseitigen. Als wir uns an den Esstisch setzen, sagt James plötzlich:

«Er wird wieder anrufen.»

«Wer?» Ich beschließe, mich dumm zu stellen. Es käme mir irgendwie komisch vor, mit James über Matt zu sprechen. So, als würde ich etwas hinter dessen Rücken tun, was ja ironischerweise genau das ist, was er glaubt.

«Der Niemand, der vorhin angerufen hat.» James zwinkert mir zu. Ich lächele mein Ist-mir-doch-egal-Lächeln, aber ich muss die Tränen runterschlucken. Nach dem Essen verabschiedet sich James mit einer Umarmung und versichert mir, dass es ihm schon viel bessergeht (wie schön, dass wenigstens einer von uns das von sich sagen kann!). Wir vereinbaren, Frosch im Auge zu behalten und die nächsten

Tage abzuwarten. Er stimmt mir außerdem zu, dass er wohl besser sein Wochenende mit den Jungs absagen sollte. Von meiner Haustür aus sehe ich den beiden nach, wie James seinen Schritt dem langsamen Trott seines Gefährten anpasst, und ein weiterer Kloß bildet sich in meinem Hals. Auf dem Weg ins Bett schaue ich zum hundertsten Mal auf mein Handy, falls ich eine SMS von Matt verpasst haben sollte, doch da ist nichts. Vor lauter Ungerechtigkeit verwandelt sich meine Traurigkeit in Wut. ‹Vertrauen????› tippe ich, drücke schnell auf Senden und schalte dann mein Handy aus. Falls er jetzt noch anruft, will ich es gar nicht wissen.

Am nächsten Morgen wache ich schon griesgrämig auf. Wütend bringe ich die gestrigen Kuchen beim Lieferservice vorbei und mache mich dann zähneknirschend auf den Weg zur Arbeit. Mein Ärger schwebt den ganzen Tag wie eine schwarze Wolke über mir, die dafür sorgt, dass alle, einschließlich Tilly, einen weiten Bogen um mich machen. Da Matt sich weder blicken lässt noch zurückschreibt, ziehe ich in Erwägung, es einfach dabei zu belassen. Doch die Versuchung, ihm gehörig die Meinung zu sagen, bevor ich verschwinde, ist zu verlockend. Nach Arbeitsschluss um vier stürme ich zur Nymphenstatue hinüber, aber dort ist er nicht. Als Nächstes schaue ich im Büro vorbei, das er sich mit Barbara Forsyth teilt, einer Kunstgeschichtlerin vom Heritage and Collections Trust Fund. Es ist leer. Beim Gedanken, dass er schon nach Hause gegangen sein könnte, werde ich noch wütender. Also suche ich den Garten nach ihm ab. Fast blind vor Wut stolpere ich dabei beinahe über Lillian. Ich entschuldige mich mehrfach und zwinge mich zu einem Lächeln.

«Ist doch nichts passiert, meine Liebe. Sie wollte ich sowieso gerade sprechen», meint sie fröhlich. «Der Ausschuss hat nämlich unserer kleinen Teegesellschaft zugestimmt.»

«Das sind ja tolle Neuigkeiten», erwidere ich, obwohl es sich wahrlich nicht so anfühlt. In meinem Kopf hat gerade nichts Platz außer dem Wunsch, Matt gehörig die Meinung zu geigen.

«Soll ich morgen zu Ihnen kommen, damit wir darüber sprechen können?», schlage ich vor, doch Lillian überhört mich einfach und listet stattdessen alle Damen auf, die wir einladen sollten. Ich habe das Gefühl, dass sie das gesamte weibliche Wählerverzeichnis herunterbetet, und muss der Versuchung widerstehen, sie einfach zu schnappen und mitzunehmen, damit ich weitersuchen kann. Endlich ist sie fertig.

«An ein paar kann ich mich irgendwie nicht erinnern. Aber ich habe eine Liste», erklärt sie.

«Lillian, ich muss los. Ich habe einen Zahnarzttermin.» Schnellen Schrittes gehe ich davon.

«Aber da geht es doch zu den Gartenanlagen, Liebes», ruft sie mir besorgt hinterher.

«Ähm ... ich habe vorhin meine Haarspange verloren. Will nur schnell schauen, ob ich sie finde.» Dann renne ich los.

Schlussendlich finde ich ihn im Pavillon, wo er gerade seine Sachen zusammenpackt. Er scheint überrascht, mich zu sehen. Statt eines Lächelns dreht er sich jedoch um und nuschelt etwas in seinen nicht vorhandenen Bart.

«Was hast du gesagt?», frage ich. Ich weiß, mein Gesicht ist rot, aber es kümmert mich nicht.

«Ich muss die Mädchen abholen.»

«Ich werde nicht viel von deiner Zeit beanspruchen», entgegne ich wütend. Er schaut mich an.

«Was genau ist dein Problem?» Ich verschränke die Arme vor der Brust.

«Was meinst du damit?», will er mit plötzlich funkelnden Augen wissen. Ich beschließe jedoch, dieses Warnzeichen zu ignorieren.

«Du weißt doch über James Bescheid.»

«Ja, aber nicht, dass ihr noch so dicke miteinander seid», sagt Matt leise. Mir gefällt sein sarkastischer Unterton nicht.

«Er hat sich Sorgen wegen Frosch gemacht, und ich habe ihm etwas gekocht. Da war überhaupt nichts dabei, und wenn du mir die Gelegenheit dazu gegeben hättest, hätte ich dir das erklären können. Doch du hast lieber das Gespräch abgebrochen, weil du schon deine eigenen Schlüsse gezogen hast.» Ich versuche, nicht laut zu werden, aber irgendwie habe ich mich nicht mehr ganz unter Kontrolle.

«James kriegt ein Abendessen gekocht. Ich kriege nicht mal eine SMS. Da ist es doch wohl verständlich, dass ich mich ein wenig ärgere. Die meisten Menschen fänden es ein bisschen komisch, wenn man seinen Ex zum Essen einlädt, obwohl man eigentlich mit jemand anderem zusammen ist. Hey, woher soll ich wissen, ob er nicht vielleicht auch über Nacht geblieben ist!» James stopft wütend Sachen in seinen Rucksack. Am liebsten würde ich ihm den aus den Händen reißen. Ich will, dass er mich ansieht. Ich will ihn zu mir herdrehen, doch scheinbar hat mich meine Fähigkeit, Dinge durch Willenskraft zu bewegen, irgendwie verlassen.

«Ach, und glaubst du nicht, dass diese Leute es vielleicht auch ein bisschen komisch fänden, dass du mich am Wochenende nie sehen willst? Selbst James verbringt mehr Zeit mit mir als du! Und entgegen deiner Vermutung schlafe ich nicht mit ihm!», gebe ich sauer zurück.

«James muss sich auch nicht um zwei Töchter kümmern!» Dann sieht er mich endlich an, und seine Miene ist wutverzerrt. Bin ich zu weit gegangen? Er sieht aus, als wollte er mich gleich erwürgen. Aber nein, selbst von dieser lebensbedrohlichen Aussicht lasse ich mich nicht aufhalten.

«Ah, ja, dein anderes Leben. Das du nicht mit mir teilen willst. Schämst du dich, mich deinen Töchtern vorzustellen? Ist es das?», beschuldige ich ihn. Ich sprühe förmlich vor Gift.

«Nein, so ist es nicht ... Ich ... Wie kannst du das nur denken?», stammelt er, als ob ich ihm völlig den Wind aus den Segeln genommen hätte. «Schau her, ich bin eifersüchtig auf dein Verhältnis zu James, und ich habe überreagiert, aber ...»

«Und ich bin eifersüchtig auf deine Töchter», unterbreche ich ihn. «Die haben dich jeden Abend und jedes Wochenende, während ich auf der Prioritätenliste offensichtlich ganz weit unten rangiere. Toll für Sex, aber alles, was mich zu einem Teil deines Lebens machen würde, steht außer Frage. Was glaubst du, wie ich mich da fühle?»

«Maddy ...», versucht er mich zu bremsen, aber ich bin noch nicht fertig.

«Verdammt! Mit einer Beziehung zu James wäre ich besser dran. Neben dem könnte ich wenigstens ab und zu mal morgens aufwachen.»

«Dann tu's doch», faucht Matt. Ich widerstehe dem Drang, ihm eine Ohrfeige zu verpassen. Stattdessen hole ich tief Luft und versuche nicht zu weinen. Er macht einen Schritt auf mich zu, als würde er den leichten Gefühlswandel spüren, doch ich strecke meine Hand aus, um ihn auf Abstand zu halten.

«Ich weiß nicht, wieso ich das so lange habe laufen lassen. Eine Weile war's prima, Sex ohne Verpflichtungen. Belassen wir es dabei. Du bist nicht der Richtige, Matt, also verschwenden wir besser nicht unsere Zeit miteinander.» Mit diesen Worten stürme ich davon, während mir die Tränen übers Gesicht laufen.

Auf dem Heimweg fahre ich ein bisschen zu schnell, sodass die Felder, die langsam von Goldgelb ins Schokoladen-Karamell-Braun frischgepflügter Erde übergehen, vor meinen Augen fast verschwimmen, so sehr versuche ich, die Tränen zurückzuhalten. Mein Handy klingelt, aber ich ignoriere es und drehe stattdessen das Radio voll auf. Zu Hause räume ich mit viel Gepolter Schachteln von einer Ecke in die andere, nicht etwa weil ich müsste, sondern weil ich sonst garantiert zu einem Häufchen weinendes Elend zusammensacken würde. Wie konnte ich nur so dumm sein? Gut, dass es jetzt vorbei ist, rechtzeitig bevor ich mich zu sehr darauf eingelassen habe. Rechtzeitig? Wem will ich denn hier etwas vormachen? Es ist schon viel zu spät, verdammt nochmal!

Wie ich so vor mich hin grummele, lasse ich ein 12-Kilo-Paket Rosinen fallen, und mindestens die Hälfte davon ergießt sich auf den Fußboden. Die kleinen Miststücke rollen überallhin. Heulend und mit laufender Nase versuche ich, sie auf den Knien herumrutschend aufzusammeln. Es klingelt. Immer noch grummelnd, rappele ich mich auf. Draußen steht Matt mit einem Blumenstrauß und einer Tüte Malteser. Er wirkt ziemlich verlegen.

«Tut mir leid, aber was Besseres habe ich auf die Schnelle nicht auftreiben können, deshalb hab ich dir noch die Malteser mitgebracht, um davon abzulenken, wie hässlich die sind.» Er reicht mir die blau-orange gefärbten Blumen, die offensichtlich aus einem Tankstellen-Shop stammen. Ich vergrabe trotzdem meine Nase in den Blüten, als sei etwas Besonderes darin versteckt. Er hat recht, sie sind scheußlich – eigentlich Grund genug, ihm die Tür vor der Nase zuzuschlagen.

«Lässt du mich rein?», fragt er, und einen kurzen Moment lang zögere ich. Nach einem weiteren Blick auf die Blumen trete ich widerwillig zur Seite und folge ihm dann in die Küche, wo er die auf dem Boden verstreuten Rosinen betrachtet.

«Unfall?» Er schaut mich an. Statt zu brüllen ‹Na, ich zähle bestimmt nicht, wie viele in einer Schachtel sind› nickte ich bloß kümmerlich. Dann geht er auf mich zu, nimmt mir die Blumen und Malteser aus der Hand und legt sie vorsichtig auf den Tisch. Er fasst mein Gesicht mit beiden Händen und küsst mich zart auf den Mund.

«Du schmeckst salzig», meint er lächelnd, doch ich lasse mich nicht von ein paar schrecklichen Blumen plus Schokolade – auch wenn es Malteser sind – und einem Kuss herumkriegen. Ich entziehe mich ihm und versuche den Rosinenkarton aufzuheben, der mir prompt wieder aus den Fingern flutscht und den Rest seines Inhalts verschüttet. Den Kopf in die Hände gestützt, hocke ich am Boden.

«Lass mich einfach in Ruhe, Matt», verlange ich.

«Nein», erwidert er. Er packt mich sanft unter den Achseln und zieht mich hoch. Als er mich umarmt, bleibe ich stocksteif, die Arme an die Seiten gepresst wie ein bockiges Kind. Er nimmt sie und legt sie um seinen Hals, dann hebt er mein Kinn mit dem Finger an. Nur widerwillig sehe ich ihn an: Er lächelt, und ich würde ihm am liebsten die Augen auskratzen. Das wäre ein deutliches Zeichen! Aber es sind so schöne Augen, und so blau.

«Es geht nicht nur um Sex, Maddy, oder?», fragt er leise. Ich schüttele den Kopf. «Es tut mir leid, wenn ich dich verletzt habe. Können wir versuchen, das zu klären?»

«Ja», wimmere ich, denn jeglicher Kampfgeist hat mich verlassen. Alles, was ich will, ist, hier in seinen Armen bleiben.

«Du kannst ganz schön gemein und furchterregend sein, wenn du's drauf anlegst», sagt er, und ich muss wider Willen lachen. Ich würde gerne gemein und furchterregend bleiben, statt mich in ein kleines Schmusekätzchen zu verwandeln.

Nachdem wir die Rosinen aufgekehrt haben, schicke ich ihn nach Hause und erkläre mich einverstanden, morgen über alles zu sprechen. Da mich das ganze Gefühlschaos müde gemacht hat, nehme ich ein Bad, schlüpfe in meine schlabberigste Schlafanzughose und ein altes T-Shirt, das früher mal lila, jetzt aber grau ist, und mache es mir mit einer Tasse Kakao vor dem Fernseher gemütlich. Ich schaue *Im Auftrag der Toten*, was keine so gute Idee war, weil es heute besonders gruselig zugeht. Ich sollte auf etwas umschalten, was mir keine Albträume verursacht, aber stattdessen lasse ich mich von den Ermittlungen und meinen eigenen Theorien, wer wem was angetan hat, fesseln. Als es an der Haustür klopft, erschrecke ich zu Tode und sehe mich panisch um. Bis auf das Licht des Fernsehers ist es dunkel. Ich schaue auf die Uhr. Es ist elf, und auf meinem inzwischen kalten Kakao hat sich eine Haut gebildet. Ich muss eingeschlafen sein. Wer um Himmels willen klopft um diese Zeit bei mir? Weil ich plötzlich Angst kriege, sitze ich mucksmäuschenstill da und halte den Atem an, in der Hoffnung, dass derjenige wieder verschwinden wird. Kein Laut. Dann klingelt auf einmal mein Handy, was mich wieder vor Schreck zusammenzucken lässt. Blind greife ich danach. Es ist mein Einbrecher, der anruft, um mir zu sagen, wie er mich umbringen wird.

«Maddy?»

«Wer ist da?», frage ich, weil ich meinen Namen nicht preisgeben will.

«Ich bin's, Matt. Wo bist du?»

«Zu Hause. O Gott, ich bin so froh, dass du anrufst. Da klopft jemand an meine Tür, und ich habe solche Angst. Was soll ich bloß machen?», flüstere ich ins Telefon, damit mich der Einbrecher nicht hören kann.

«Mach die Tür auf.»

«Was?» Hat er denn den Verstand verloren?

«Ich bin's, du dummes Huhn», sagt Matt.

«Was?» Mein verschlafenes Hirn schaltet nicht so schnell.

«Ich bin's! Ich stehe hier draußen und würde gerne reinkommen.»

«Was machst du denn um diese Zeit hier?» Nun bin ich völlig verwirrt.

«Würdest du bitte aufmachen, bevor ich hier wegen Herumlungerns verhaftet werde?»

Matt ist der Letzte, den ich abends um elf vor meiner Haustür erwartet hätte. Ich geniere mich ein bisschen für meinen Aufzug, als ich ihn hereinlasse. Wir sind immer noch in diesem ersten Stadium einer neuen Beziehung, wo man immer möglichst hinreißend aussehen und am besten verbergen möchte, dass man manchmal wie der letzte Penner rumläuft. Wo man so tut, als seien die Beine immer glatt und frisch rasiert, die Wimpern stets lang und dicht, die Haut porentief rein und als entstamme die gesunde Gesichtsfarbe nicht der Tube Benefit-Hollywood-Bräunungsgel. Andererseits hat er mich wohl schon in meiner schlechtesten Verfassung gesehen.

Er packt mich um die Taille und zieht mich an sich heran. «Die Mädchen schlafen heute Nacht bei meinen Eltern», verkündet er grinsend. Ich versuche, mir keine zu großen Hoffnungen zu machen.

«Das heißt also ... ich kann hierbleiben», erklärt er triumphierend und versucht, mir mein T-Shirt auszuziehen, ohne mir dabei den Kopf abzureißen.

«Ich weiß gar nicht, ob ich das jetzt will», necke ich ihn, als er mich nach oben führt.

«Na gut, dann bleibe ich eben nur für eine halbe Stunde und gehe dann heim», meint er grinsend.

«Okay.» Ich habe das Gefühl, dass ich gar nicht mehr aufhören kann zu lächeln.

«Schicke Hose. Sehr sexy.» Ich gebe ihm einen Klaps auf den Arm.

«Ich mein's ernst. Von mir aus könntest du eine Mülltüte tragen, und ich würde dich immer noch sexy finden.» Mich überkommt plötzlich das dringende Bedürfnis, ihm ganz schnell die Kleider auszuziehen.

Morgens neben jemandem aufzuwachen, hat eine ganz besondere Qualität, vor allem wenn man keinen schlechten Atem hat, der Bauch nicht aufgebläht ist und keine Kissennarben das Gesicht zieren. Zum Glück hatte ich heute nichts von alledem, und nach einem schnellen Badezimmerbesuch, um sicherzugehen, dass Matt beim Aufwachen keinen Schreikrampf kriegen würde, genoss ich die wenigen Stunden, die uns blieben, bevor er wieder los musste. Entspannt und ein bisschen verträumt winkte ich ihm hinterher, als er schließlich wegfuhr. Der Morgen kam mir strahlender vor als sonst, die Backsteinmauern der Nachbarhäuser leuchteten orangerot, die Bäume schienen im warmen Spätsommerlicht wie mit Goldstaub überzogen, und die Vögel sangen süß und melodisch.

Während ich abwechselnd Eier und Mehl zum Sugar and Spice-Kuchenteig gebe, wandern meine Gedanken wieder zu heute Morgen. Wir hatten unseren Kaffee mit hinaus in den Garten genommen und uns unterhalten. Wenn ich es mir allerdings recht überlege, war von mir trotzdem irgendwie nicht die Rede. Matt erzählte mir von der Trauer, dem Schmerz und der Unsicherheit, ob er all das schaffen würde und die Mädchen alleine großziehen könnte. Wie er während monatelangem Chaos mit Bettnässen und Verwirrung seinen Töchtern klarzumachen versuchte, dass er sie nicht verlassen würde, bis sie sich schließlich an die neuen Umstände gewöhnten und das plötzliche Verschwinden ihrer Mutter akzeptierten, auch wenn sie es nicht ganz verstanden.

«Sie mussten in den letzten Jahren mit so viel fertig werden, dass ich Angst habe, ihre mühsam erworbene Zuversicht mit weiteren einschneidenden Ereignissen in ihrem Leben zu gefährden. Ich möchte, dass du sie kennenlernst, aber das muss auf die richtige Art und zur richtigen Zeit geschehen.» Das hat er gesagt, und ich habe verständnisvoll genickt. Wie konnte ich nur so egoistisch sein und an meine eigenen Bedürfnisse denken, wenn da zwei kleine Mädchen waren, die darauf vertrauten, dass ihr Vater sie mehr als alles andere liebte; dass nicht plötzlich jemand kommen und ihn ihnen wegnehmen würde.

«Was, wenn sie sich an dich gewöhnen und es mit uns nicht klappt? Das wäre zu viel für ihre kleinen Köpfe. Ich meine, du hast mir bereits gesagt, dass du mir den Laufpass gibst, sobald dieser Bananenkuchenmann auftaucht.»

«Ich hab dich doch nur aufgezogen.» Hatte er diese Bemerkung tatsächlich ernst genommen?

Er küsste mich und wechselte das Thema, aber dieses unbehagliche Gefühl hat mich seither nicht verlassen. Ich löffele den Teig in vier Backformen und schiebe sie in den Ofen, bevor ich mich an zwei Weihnachtskuchen mache. Wenn es also nicht nur um Sex geht, um was dann? Sind wir offiziell ein Paar? Würde er mich als seine Freundin bezeichnen? Was empfindet er für mich? Was sind meine Gefühle? Der Geruch nach Zimt erinnert mich an Weihnachten. Werden wir dann immer noch zusammen sein?

Ich hole die Sugar and Spice-Kuchen aus dem Ofen und schiebe die Weihnachtskuchen rein. Zitrus- und Gewürzaromen ziehen durchs Haus, die mich hungrig machen. Weil ich keine Zeit für etwas Richtiges habe, esse ich stattdessen Jaffakekse. Nicht gerade gut für die Problemzonen, aber es muss eben sein. Ich nehme meine Teetasse mit nach oben ins Arbeitszimmer, um meine To-do-Liste zu überprüfen. Ich muss die Rosa Teegesellschaft organisieren. Außerdem plane ich, den großen Zeitschriften Sugar and Spice-Kuchen zu schicken, in der Hoffnung, dass sie einen Artikel über die Firma bringen. Als ich gerade die Zutatenangaben durchgehe, kommt eine SMS. Sämtliche Gedanken an Puderzucker und Co sind wie weggeblasen.

‹Fünf Buchstaben. Erster ein L.›

Ich schreibe zurück: ‹Weitere Hinweise?›

‹Eine Gefühlsaufwallung.›

Was mache ich denn jetzt? Ist das eine entscheidende Frage, und wenn ja, was antworte ich darauf? Bin ich ehrlich? Und was sage ich dann? Ist es Liebe? Liebe ich Matthew Tennant? Ist er Mr. Right? Darf ich eine Freundin anrufen?

«Woher weiß ich, ob es Lust oder Liebe ist?», will ich von Moo wissen.

«Maddy, du kennst die Antwort. Du willst nur Zeit schinden», erwidert Moo. «Bäro, sag deiner Tante Maddy hallo.»

Ich höre es am anderen Ende rumoren und begrüße ihn, ernte als Antwort aber nur schweres Atmen.

«Was soll das heißen, ich will Zeit schinden?»

«Ich glaube, du kämpfst dagegen an. Lass es einfach zu. Ich weiß, du hast Angst, verletzt zu werden, aber vielleicht ist Matt *jener welcher*, und ihr werdet bis ans Ende eurer Tage zusammen glücklich sein.»

Ich versuche, Klarheit zu gewinnen: Wenn ich nicht an Kuchen denke, dann denke ich an ihn. Immer wieder driften meine Gedanken ab, wenn ich mich eigentlich auf andere Dinge konzentrieren sollte. Mein Herz macht einen Hüpfer, wenn das Telefon klingelt und Matt mich fragt, wie mein Tag war. Ich verbringe zu viel Zeit auf der Suche nach perfekten Postkarten für ihn. Am liebsten würde ich laut singen, und manchmal tue ich es sogar, was mir stets seltsame Blicke meiner Kollegen einbringt. Ich hüpfe durch die Welt, die durch seine Existenz irgendwie mehr zu strahlen scheint. Ich versuche wirklich ganz ganz fest, mich nicht in ihn zu verlieben, aber ich versage jämmerlich. Ich kann mich nicht mal mehr daran erinnern, wie es war, bevor er in mein Leben kam.

Fragen wir die Zuschauer?

«Okay, was sagt die Geisterwelt?», will ich von Moo wissen.

«Sind im Urlaub.»

«Im Urlaub?» Ich höre wohl nicht recht.

«Nun, sie scheinen im Moment sehr still zu sein, also kann ich nur vermuten, dass sie im Urlaub oder bei jemandem weilen, der sie mehr braucht.»

«Ich brauche sie!», heule ich.

«Maddy, du brauchst mehr als die Geisterwelt. Du brauchst einen Psychiater und jede Menge stabilisierende Medikamente.»

«Du bist ein Schatz.»

«Ach, übrigens, du musst mir einen Kuchen backen. Dieser Sugar and Spice-Kuchen von meinem Geburtstag würde gut passen.»

«Kein Problem. Darf ich fragen für wen?», erkundige ich mich.

«Für meine Kollegen. Ich habe gestern meine Kündigung eingereicht.»

«O mein Gott!», kreische ich in den Hörer. Das ist Wahnsinn! Das ist der Hammer! Das ist viel wichtiger als mein kleines «Ist es Liebe oder nicht»-Dilemma. Ich hätte nie gedacht, dass Moo das tun würde.

«Ich habe beschlossen, dass ich mich nicht weiter unter Druck setzen darf. Ich möchte das Muttersein genießen, und um ehrlich zu sein, bist du der ausschlaggebende Faktor gewesen.» Ich weiß nicht genau, was Moo meint. Was hab ich denn jetzt wieder getan?

«Wie das?», frage ich vorsichtig.

«Wie du dich auf die Sache mit der Firma gestürzt und dein ganzes Leben umgekrempelt hast, hat mich echt inspiriert. Ich weiß, es war nicht einfach, aber schau dir an, wie anders dein Leben jetzt ist. Das hat mich zum Nachdenken gebracht, vor was ich eigentlich Angst habe. Veränderung? Einen Fehler zu machen? Nun, wenn ich's nicht ausprobiere, werde ich's nie wissen, und ich könnte etwas Wunderbares verpassen.»

Wow. Ich bin sprachlos. Ich soll Moo inspiriert haben? Da kann was nicht stimmen, es ist immer andersherum gewesen. Zu sagen, dass ich schockiert bin, wäre noch milde ausgedrückt.

«Ich werde mich in die Welt der Krabbelgruppen und musikalischen Früherziehung stürzen. Außerdem hoffe ich, mit Schwimmen den Rest meines Schwangerschaftsspecks loszuwerden.» Ich höre an ihrer Stimme, wie glücklich sie ist. Sie klingt viel beschwingter, als wäre eine große Last von ihren Schultern genommen.

«Ich bin überrascht, das gebe ich zu, aber ich freue mich riesig für dich. Das wird super. Die Früherziehungstanten werden von den Socken sein. Bald führt ihr mit den Knirpsen *Les Miserables* auf.» Bei der Vorstellung, wie Moo sich über mangelndes Ausdrucksvermögen und Pathos einer Babygruppe beschwert, muss ich lachen.

«Ich werde erst mal mit was Einfachem wie *König der Löwen* einsteigen», sagt Moo todernst, und wir müssen beide kichern, denn so abwegig ist das vermutlich gar nicht.

«Aber nun zurück zu dir. Schick diesem armen Mann eine SMS!»

«Okay. Und, Moo, ich finde es wirklich klasse, was du tust. Damit beginnt ein ganz neues Kapitel in deinem Leben.» Ich versuche, ihr Mut zuzusprechen, denn auch wenn sie positiv klingt, macht ihr das, in Anbetracht der letzten Monate, alles vermutlich ein bisschen Angst.

Ich lege auf und schicke Matt eine SMS.

‹LUST›

Er schreibt sofort zurück:

‹Falsch. Zu wenig Buchstaben.›

‹Was ist es denn dann?› Das Herz klopft mir bis zum Hals.

‹Keine Ahnung.› Ich merke, wie meine Unterlippe anfängt zu zittern.

Scheißkerl!

rosafarbener Blumensträuße und hübschen, geblümten Girlanden geschmückt, die Mum für uns gebastelt hat. Ich persönlich finde trotzdem, dass Tilly es mit der Dekoration ein wenig übertrieben hat und das Ganze eher wie Barbies Schlafzimmer wirkt. Es ist der Traum eines jeden kleinen Mädchens, und ich wünschte, Matt hätte seine Töchter herbringen können, aber davon fange ich lieber gar nicht erst an. Es wäre der perfekte Zeitpunkt gewesen, sie kennenzulernen, etwas zusammen zu unternehmen, und noch dazu für einen guten Zweck. Okay, natürlich ist es für mich auch eine Gelegenheit, Sugar and Spice zu promoten, schließlich bin ich Geschäftsfrau! Und ja, ich hatte auch gehofft, die Mädchen würden mich vielleicht eher mögen, wenn sie mich in diesem Rahmen zum ersten Mal getroffen hätten. Macht mich das berechnend? Oder nur typisch weiblich? Egal, was immer meine Absichten waren, sie sind völlig gleichgültig. Matt hat nämlich beschlossen, ausgerechnet jetzt ein paar Tage mit ihnen wegzufahren. So ist das nämlich!

Wir haben Glück mit dem Wetter, denn es ist ein wunderschöner warmer, sonniger Herbsttag. Tilly hat in einer absoluten Meisterleistung die Geschäfte am Ort dazu überredet, Preise für eine Tombola zu stiften, und die Lose an unserem kleinen rosafarbenen Stand verkaufen sich prächtig. Außerdem gibt es selbstgemachte Erdbeermarmelade und Himbeeressig aus der Küche des Carriage House, Flaschen mit Erdbeer- und Apfelsaft, die der Nachbarbauer gestiftet hat, und Kuchen von mir. Ich habe eine Auswahl an glasierten Feentörtchen gebacken, Erdbeerkuchen mit Buttercremefüllung in Form von Schmetterlingen, Baisers mit Himbeeren und Victoria-Sponge-Kuchen mit rosa Zuckerguss und kandierten Rosenblättern. Die Backwaren scheinen sehr beliebt zu sein, und so drücke ich bei jeder

Gelegenheit meine Visitenkarten – die ich ganz zufällig in der Schürzentasche habe – in die perfekt manikürten Hände.

«Okay, jetzt lächeln Sie einfach und erzählen mir, was Sie hier heute veranstalten. Wir können die schlechten Stellen nachher rausschneiden. Ach, und könnten Sie einen Kuchen halten? Vielleicht stellen sich ein paar der Gäste hinter Sie?» Der Kameramann versucht, uns zu arrangieren. Die Damen älteren Semesters kichern aufgeregt, denn vermutlich haben sie so viel Trubel nicht mehr erlebt, seit Michael Aspel einst ihren Dorfbasar eröffnet hat.

«Wie war nochmal Ihr Name?» Brav gebe ich Auskunft. «Okay, Maddy, wenn Sie nun bitte loslegen wollen. Kopf nach oben, genau so, lächeln, und los.»

Es braucht sechs Anläufe, bis er schließlich zufrieden ist und mir der Schweiß den Rücken runterläuft. Es ist anstrengend, ein Star zu sein. Eine vertraute Stimme hinter meinem Rücken bittet mich um ein Autogramm, und als ich mich umdrehe, stehen Moo und Mum vor mir.

«O mein Gott!», quietsche ich und weiß nicht, was mich mehr überrascht, ihr Auftauchen oder die pinkfarbenen Perücken, die sie tragen.

«Wir wollten dich überraschen.» Moo umarmt mich. Das ist ihr definitiv gelungen. Sie sieht aus wie Frenchie in *Grease,* und die versammelten Damen beobachten Mum und Moo interessiert über ihre Teetassen hinweg, als würden sie gleich ein Liedchen trällern oder eine kleine Stepptanzeinlage bringen.

«Wo ist Bäro?», will ich wissen.

«Die Jungs wollten heute mal unter sich bleiben.» Moo zieht ihre Perücke zurecht und zupft an ihrer Unterhose herum.

«Ich trage so ein Miederhöschen, du weißt schon, die einen formen sollen. Echt klasse, wenn man sich erst mal dran gewöhnt hat. Die sitzen wirklich knalleng. Jedes Mal, wenn ich mich bücke, habe ich Angst, dass mir eine Pobacke raushüpft.»

Keine schöne Vorstellung, aber egal ob es an der Perücke oder dem Miederhöschen liegt, Moo sieht jedenfalls so gut und strahlend aus wie schon lange nicht mehr.

«Und wo ist jetzt dein Kerl?», flüstert sie mir ins Ohr.

«Mit seinen Töchtern im Urlaub», antworte ich. «Eine von ihnen hat sich vor einer Weile das Schlüsselbein gebrochen und geht gerade nicht zur Schule. Da hat er gedacht, es wäre nett, mit ihnen ein paar Tage wegzufahren.»

«Oh, dabei hatte ich mich so darauf gefreut, ihn kennenzulernen.»

«Ich weiß», meine ich enttäuscht. Wenn es so weitergeht, werden sie Matt alle für ein Hirngespinst von mir halten.

«Und wie läuft's so?», will sie wissen.

«Vor der Abreise hat er gesagt, er ist dabei, sich ernsthaft in mich zu verlieben», gebe ich zu und werde beim Gedanken rot.

«Oh, wow!», ruft Moo begeistert und zieht mich in eine Ecke des Pavillons. «Ich will alle Details.»

Ich erzähle ihr von den Bäumen, deren rot-gold-kupferne Herbstblätter sich vom blauen Himmel absetzten, vom wunderbaren Gefühl seines Armes um meine Schultern, während wir darunter durch spazierten. Wie ich mich an ihn gekuschelt habe, das Gesicht an seiner Brust vergraben, seinem Herzschlag lauschte und er mich auf die Stirn küsste. Wie er mir gesagt hat, dass er mich vermissen wird.

«Und, und …», drängt Moo.

«Und dann hat er gefragt, was ich wirklich gefühlt habe, als ich neulich auf seine SMS geantwortet habe.»

«Was hast du gesagt?»

«Lust!»

«O nein!» Moo schüttelt den Kopf. «Ach, Maddy! Und dann?»

«Ich habe ihn gefragt, warum er das wissen will.»

«Und?»

«Er meinte, bei ihm sei das anders. Ich habe versucht, einen Witz draus zu machen, und ihn gefragt, ob er mir langsam verfällt, und er hat ja gesagt ... Er sagte, dass er sich ernsthaft in mich verliebt hat.»

«Und was hast du gemacht?» Moo kann ihre Begeisterung kaum verbergen, und ich komme mir vor wie damals vor zwanzig Jahren, als ich zum ersten Mal in der örtlichen Disco mit Timothy Hart Stehblues getanzt habe.

«Ich war still. Ich habe mich nur an ihn geschmiegt und versucht nicht zu weinen.»

«O Gott, Maddy. Das ist es!», ruft Moo und umarmt mich stürmisch. «Er ist dein Bananen-Pekannuss-Kuchen mit Schokoladenstückchen!»

Ich nicke, und sie umarmt mich wieder, wobei sie ihre Perücke verliert. Mum gesellt sich zu uns und will wissen, was die ganze Aufregung soll.

«Der Bananenkuchen ist gelandet», verkündet Moo triumphierend. «Hab ich's nicht gesagt!»

Die Damen haben ihr Mittagessen, Tee und Kuchen verzehrt und machen sich nun mit von Sugar and Spice gestifteten Weihnachtskuchenkostproben auf den Heimweg. Einigen von ihnen ist der Roséwein deutlich anzumerken. Wir haben vierhundertzwanzig Pfund für die Brustkrebsforschung eingenommen und einen absolut wunderbaren Tag gehabt, auch wenn wir jetzt alle ziemlich erledigt sind. Der Pavillon ist abgeräumt, das Geschirr wartet in der

Küche darauf, gespült zu werden, bevor wir nach Hause gehen dürfen. Tilly winkt mir zum Abschied zu. Sie kann ihre Vorfreude auf einen Abend mit einem Typen namens Frank kaum verbergen. Was ist aus dem anderen geworden, dessen Namen ich mir nie merken konnte? Ich komme nicht mehr mit.

Später schaue ich bei Ben und Freya, wo Mum übernachtet, zum Abendessen vorbei. Bevor wir uns an den Tisch setzen, ist Spielzeit mit der Prinzessin angesagt, die uns zu den Klängen ihres elektrischen Kinder-Keyboards durchs Zimmer tanzen lässt. Sie besitzt nun eine kleine Babypuppe, die sie überall mit hinschleppt. Als wir alle auch mit Baby tanzen müssen, fällt mir meine eigene Tiny-Tears-Puppe wieder ein, deren eines Auge immer offen stand und der die Haare in Büscheln aus dem Kopf wuchsen, als hätte sie eine Haartransplantation gehabt. Während die Prinzessin ihre Gute-Nacht-Milch trinkt, spielt sie an ihren Haaren herum, und ich frage mich, ob das wohl eine weitere Gemeinsamkeit ist. Ben betrachtet sie wie ein bis über beide Ohren verliebter Mann. Wie so oft staune ich über die Tatsache, dass mein kleiner Bruder jetzt Papa ist. Nachdem die Prinzessin ins Bett gebracht wurde, unterhalten wir uns über die Firma und meine Sorgen, bis zum Ende des Jahres nicht genug Geld zu verdienen. Ben versichert mir, das sei ganz normal.

«Es gibt kaum Firmen, die im ersten Jahr Profit machen, Maddy. Du musst einfach nur weitermachen.»

«Hast du denn noch einmal über die Idee nachgedacht, ein Café aufzumachen?», will Mum wissen, die kaum noch die Augen offen halten kann.

«Hm, je länger ich darüber nachdenke, desto mehr reizt mich der Gedanke. Ich glaube, da käme einfach im Tagesgeschäft mehr rein, und die Postversand-Geschichte könnte sich langsam nebenher entwickeln. Mir gefällt die Vorstellung einer Teestube mit großer Küche unheimlich gut. Ich müsste nur den richtigen Ort, das Geld und den Mut dazu haben», bestätige ich.

«Als du klein warst, wolltest du immer eine Postfiliale leiten, dann wolltest du Stewardess werden. Dann war das auch passé, und stattdessen stand Modedesignerin an erster Stelle. Du hast immer von etwas geträumt», meint Mum. Ich bin mir nicht sicher, ob das eine positive oder eine negative Beobachtung ist und ob sie darauf eine Erwiderung meinerseits erwartet. Also lächele ich einfach nur nachsichtig.

«Ich glaube auch, dass das der richtige Weg ist. Schau dir nur die Damen von heute an. Die gäben bestimmt eine Menge für ein gemütliches Café außerhalb Londons, wo sie bei Tee und Kuchen den neusten Tratsch austauschen können. Meine Mädels vom Geburtsvorbereitungskurs wären über so was ganz happy. Nicht alle wollen zu Starbucks», wirft Moo ein.

«Und wenn es sich erst einmal herumgesprochen hat, dann hast du ausgesorgt», fügt Freya hinzu, die uns Espresso und warme Apfeltarte bringt, weil Mum die so gerne mag. Die Tarte mit ihren goldgelben, karamellisierten Äpfeln auf weißen Tellern mit einem kunstvoll drapierten Schlagsahneklecks sieht aus, als käme sie direkt aus der Fernsehküche.

«Michelle wiederum wusste immer, was sie wollte, und gnade denen, die sich ihr in den Weg stellten. Sie setzte Himmel und Hölle in Bewegung, als sie nicht die Rolle der Maria beim Krippenspiel bekam, und Pierre, nun, wer weiß, was in deinem kleinen Kopf vor sich ging», meint Mum und lächelt Ben an. Sie führt ganz offensichtlich ihre eigene Unterhaltung und hat keinen Schimmer, wovon wir anderen gerade reden. Außerdem besteht sie immer darauf, unsere Taufnamen zu verwenden, was Ben grundsätzlich ärgert und andere Leute verwirrt.

«Du meinst, in seinem übergroßen, leicht deformierten Kopf!», neckt Moo, was Ben zu einer eindeutigen Handbewegung verleitet, als Mum gerade mal nicht hinschaut.

«Was du wirklich brauchst, ist Besuch irgendeines großen Stars», verkündet Moo.

«Ich kenne keine Stars, weder große noch kleine.» Mit geschlossenen Augen genieße ich das weiche Stück Karamell-Apfel, das auf meiner Zunge zergeht.

«Ich könnte mich ja als einer verkleiden.» Moos Vorschlag stößt auf allgemeine Heiterkeit.

«Was denn? Ich habe heute mit meiner Perücke saugut ausgesehen. Man hätte mich glatt mit Cher verwechseln können!», protestiert sie, was uns alle nur noch mehr zum Lachen bringt. Sie sieht fabelhaft aus, wenn auch anders als früher: Sie trägt ihre Haare in einem modernen Stufenschnitt und hat die Lippen mit einem roséfarbenen Gloss bemalt, der ihr wirklich gut steht. Außerdem hat sie tatsächlich abgenommen, und ihr lange vermisstes Strahlen ist zurück. Freya sieht toll aus wie immer, und sogar Mum wirkt irgendwie verändert. Scheint, als hätte sie sich Strähnchen machen lassen! Bin ich die Einzige, die sich scheiße fühlt und auch so aussieht? Ich bin in letzter Zeit immer müde und habe kaum Energie. Ich muss wirklich ein bisschen langsamer tun, denn das ganze Herumgerenne, um alles auf die Reihe zu kriegen, fordert zunehmend seinen Tribut – nicht dass ich mir da viel Hoffnungen mache, jetzt, wo es auf Weihnachten zugeht.

Da ich völlig erledigt bin, verzichte ich auf eine zweite Tasse Kaffee und mache mich stattdessen auf den Heimweg. Schließlich muss ich morgen früh aufstehen, um einen Zitronenkuchen und einen Earl Grey Teekuchen zu backen. Der Anrufbeantworter blinkt. Ich drücke auf Play und setze mich auf die Treppe. Es ist Matt, der «I got to sleep» von den Pretenders singt. «Hab dich lieb, Süße», sagt er am Schluss, woraufhin ich die Arme um die Knie schlinge und die Nachricht nochmal abspiele. Und dann nochmal.

Der Toast bleibt mir vor Schreck im Hals stecken, und ich ersticke fast daran, aber niemand ist da, um mir zu helfen, und einen Augenblick lang glaube ich, sterben zu müssen. Tränen laufen mir über das Gesicht, und ich spucke Toast durch die Gegend, doch langsam erhole ich mich wieder. Ich atme tief durch. Der Grund für mein Schock ist eine Frau im Frühstücksfernsehen, die mir ein bisschen ähnlich sieht ... O Gott, nein!

Der Beitrag ist kurz und knapp, aber das bin eindeutig ich. Ich fuchtele beim Reden mit den Armen herum, als wäre ich eine Aufziehpuppe, und ... Rosa ist definitiv nicht meine Farbe. Das Telefon klingelt. Es ist Ben.

«Ich hab dich gerade im Fernsehen gesehen.» Er lacht so schallend, dass ich mir überlege, ob ich auflegen soll.

«Ich weiß.» Es ist mir unendlich peinlich. Wie viele Leute haben das wohl gesehen? Ich kann es mir bildlich vorstellen, sämtliche früheren Klassenkameraden sitzen jetzt womöglich am Frühstückstisch und sagen Sachen wie:

‹Die ist aber auch alt geworden› und ‹Bisschen verrückt war sie ja immer schon›, bevor sie bei den Klatschzeitungen anrufen, um ihre Geschichte zu verkaufen. Was ist nur mein Problem mit den Medien? Zuerst der Zeitungsartikel und jetzt das. Wäre ich auch so schlimm, wenn ich bei Parkie auftreten würde? Doch bestimmt nicht ...

«Du hast ausgesehen, als wärst du auf Drogen», amüsiert

Ben sich immer noch auf meine Kosten, aber ich kann mich nicht beklagen. Es stimmt ... ich sah aus, als hätte jemand auf Schnelldurchlauf geschaltet.

«Der Typ mit der Kamera hat gesagt, ich soll lebhafter sein», erkläre ich.

«Ich glaube, da hast du ihn ein wenig zu wörtlich genommen.»

«Danke», erwidere ich betrübt, da ich es wohl nicht mehr ungeschehen machen kann.

«Hey, fürs Geschäft ist's gut, und du weißt doch, was man immer sagt: Es gibt keine schlechte Publicity», fügt er aufmunternd hinzu. Ich hoffe nur, dass er recht hat. Dann lacht er wieder wie ein Bekloppter.

«Was denn?», frage ich leicht irritiert.

«Tut mir leid, Maddy. Ich muss einfach dauernd dran denken. Du warst so lustig.»

Er scheint sich an seinem eigenen Gelächter verschluckt zu haben. Geschieht ihm recht.

«Alles in Ordnung?», erkundige ich mich, nachdem ich eine Weile seinen Hust- und Röchelgeräuschen gelauscht habe.

«Hab mich an 'nem Keks verschluckt», krächzt er.

«Aber es ist halb neun Uhr morgens! Das ist doch hoffentlich nicht dein Frühstück?»

«Alte Gewohnheiten legt man nicht so schnell ab.» Dann fängt er wieder an zu kichern.

Kaum habe ich aufgelegt, klingelt das Telefon schon wieder. Diesmal will mich jedoch niemand meiner Freunde aufziehen, sondern es handelt sich um eine unbekannte Frauenstimme. Sie stellt sich als Redakteurin des *Gorgeous Magazine* vor und erzählt mir, dass sie an einer Reportage über Frauen arbeiten, die ihr Leben radikal verändert haben. Dafür wollen sie mich. Ich muss daran denken, wie ich immer eine jener Frauen in den Zeitschriften sein wollte, die ihre Träume verwirklicht haben. Nun bin ich es! Das ist doch großartig, oder?

Während ich mich mit der Journalistin unterhalte, habe ich jedoch das Gefühl, dass ich mit den anderen Frauen im Artikel nicht mithalten kann. Ein ehemaliger Sportmuffel besteigt nun irgendeinen riesigen Berg, die nächste Frau hat alles verkauft, um im Ausland eine Eselfarm aufzumachen, usw. Ich kann mich selbst reden hören, bla bla bla, und es klingt nicht sonderlich aufregend. Was tue ich also? Ich schwindele. Eine kleine Notlüge, die sogar einen leichten Wirklichkeitsbezug hat. Ich weiß nicht, warum, aber die Worte kommen mir über die Lippen, bevor ich sie aufhalten kann:

«Ja, ich plane, nächstes Jahr eine Bäckerei mit Teestube zu eröffnen. Das ist alles sehr aufregend.» Und dann beschreibe ich ihr das Café meiner Träume. Am Ende des Gesprächs ist mir schlecht. O Gott, was habe ich nur getan?

Interview mit Jonathan Ross:

«Ja, das stimmt schon, Jonathan, der Erfolg kam ziemlich über Nacht.»

«Aber ich muss sagen, das ist Ihnen alles scheinbar gar nicht zu Kopf gestiegen, und Sie halten sich dem Rummel eher fern.»

«Ich versuche in der Tat, ein möglichst normales Leben weiterzuführen. Die Paparazzi reißen sich nur um die Leute, die damit hofieren, und ich bin immer noch das stille Mädchen vom Land.»

«Ein bisschen wie Jenny from the block?»

«Vermutlich, nur dass ich kein fünfundsiebzig Mann starkes Gefolge habe.»
«Madonna ist jedoch eine gute Freundin von Ihnen?»
«Das stimmt.»
«Geht Sie Ihnen nicht manchmal auf die Nerven mit ihrem ganzen Kabbala-Zeug?», fragt Jonathan grinsend, und ich nicke zögerlich.
«Dann begleiten Sie sie also nicht zu ihren Treffen?»
«Nein, viel zu langweilig. Madge vergisst da ihren ganzen Humor», bestätige ich und hoffe, dass Madge es mit Humor nimmt, falls sie das hier sieht.
«War sie nicht eine der Ersten, die Ihr Café besucht haben, als Sie frisch eröffnet hatten?»
«Richtig. Das war ziemlich verrückt. Wir konnten es selbst kaum glauben, als sie hereinspaziert kam und ein Stück Earl Grey Kuchen bestellte. Einige Tage später kehrte sie mit Gwyneth und Stella McCartney für einen Weibertratsch zurück, und dann standen wir plötzlich bei *Vogue* auf der englischen Top Ten Geheimtippliste. Stella hat die Uniformen unserer Bedienungen entworfen. Der Rest ist ja hinreichend bekannt.»
«Und ist Madonna denn jetzt ein bisschen eifersüchtig, dass Ihr Stern plötzlich so hell erstrahlt?»
«O nein, Jonathan. Madge ist ein sehr großherziger Mensch.»

Ich mache mir Matts Abwesenheit zunutze und verbringe den Rest der Woche damit, für Weihnachten vorauszuplanen. Ich entwerfe einen Weihnachts-Flyer, bringe ihn zum Drucker, bereite noch mehr Füllung für die Mince-Pie-Törtchen vor und backe einige Weihnachtskuchen für den Biobauernhofladen, der sich bereit erklärt hat, ein paar auf Kommission zu nehmen. Außerdem kam eine Bestellung für zehn Schokoladenkuchen rein, mit denen ein Unternehmen sein Vertreterteam belohnen will. So bleibt mir mit meinem Teilzeitjob wenig Zeit für anderes. Dass die Bestellungen eintrudeln ist toll, aber ich bin auch rechtschaffen erschöpft und hoffe, am Wochenende ein bisschen zur Ruhe zu kommen. Das scheint mir allerdings leider nicht vergönnt, denn bereits früh am Samstagmorgen klingelt es an der Tür. Draußen steht Ben mit der Prinzessin in ihrem Buggy.

«Ich habe gerade deine Flyer aus der Druckerei abgeholt. Zieh deinen Mantel an, dann verteilen wir die gleich», drängt er mich. Leider kann ich seine Begeisterung nicht teilen.

«Das wollte ich ein bisschen später machen», protestiere ich.

«Jetzt passt es genauso gut.» Er zieht mich nach draußen, während ich mir noch schnell meinen Mantel überwerfe.

«Du kommandierst die Leute doch sonst nicht so herum!», kommentiere ich leicht angesäuert. Es gefällt mir nicht, dass mein Tag scheinbar schon verplant wurde. Ich weiß, dass Ben nur helfen möchte, aber er hätte mich wenigstens vorher fragen können. Schließlich ist es *meine* Firma, sprich, ich bin eigentlich hier die Chefin. Da sollte ich doch eher ihm sagen, was zu tun ist? Irgendetwas stimmt hier nicht. Ich muss mit meinen Helfern deutlicher werden. Aber nicht heute. Heute habe ich keine Energie zum Streiten.

Wir tragen zwei Stunden lang meine Weihnachts-Flyer aus, währenddessen Ben mit mir über die Firma spricht und was ich als Nächstes tun sollte. Er hat eine ganze Latte von Ideen. Gerne würde ich ihn daran erinnern, dass ich armes Schwein ganz allein diese Firma repräsentiere und weder Zeit noch Geld habe, um diese ganzen wunderbaren

Dinge in die Tat umzusetzen. Seine Hilfe ist toll, aber meistens habe ich das Gefühl, dass der Tag nicht genug Stunden hat, dass mein Hirn völlig durcheinander ist von den vielen verschiedenen Rollen, die ich spiele: Marketingfrau, Werbetussi, Buchhalterin, Bäckerin, Verkäuferin und, oh, nicht zu vergessen, Café-Teilzeitkraft. Hoffentlich kurbeln diese Flyer das Geschäft an, und hoffentlich wird Weihnachten erfolgreich, denn dann kann ich mir vielleicht eine kleine Helferin leisten. Ausgekühlt und mit Blasen an den Füßen, humpele ich schließlich heim. Was Matt jetzt wohl gerade macht? Ich könnte eine Runde Zärtlichkeit brauchen.

Ich öffne die Tür zu meinem leeren Haus, in dem es wie in einer Weihnachtsbackstube riecht, und wünschte, er würde drinnen auf mich warten. Nach einer weiteren Backsession gehe ich früh ins Bett. Trotz meiner Erschöpfung kann ich nicht einschlafen. Ich starre auf meinen Wecker, der leider 2 Uhr statt 23 Uhr anzeigt. Als ich gerade wegdämmere, kommt eine SMS von Matt.

‹Bist du noch wach?›

‹Nein›, schreibe ich zurück.

‹Wollte nur, dass du weißt, dass ich dich liebe. Kuss› Die Worte leuchten vor dem grünen Hintergrund des Displays. O Gott, was passiert denn hier? Zu Hilfe! Ich muss jetzt ganz stark sein ... ich muss ... ich ... Während ich noch mit mir kämpfe, kommt eine zweite SMS.

‹Nun sag's schon. Du weißt doch, dass es stimmt.›

Frecher Kerl! Aber er hat recht, und ich gebe den Kampf auf.

‹Schlaf gut, xxx!›, tippe ich.

‹Nicht bevor du es nicht gesagt hast›, lautet die Antwort. Nach etwa zehn Minuten und einmal tief Durchatmen nehme ich das Handy wieder zur Hand.

‹Okay, ich liebe dich auch. Aber nur ein bisschen.›

‹Das reicht schon. Für heute! Gute Nacht. xx›

‹Gute Nacht. x›

Mit einem Lächeln auf den Lippen schlafe ich ein.

Jetzt geht's los! Aber wie! Eben habe ich eine Bestellung über fünfunddreißig Weihnachtskuchen von einer Londoner Firma erhalten! Die Frau des Direktors war wohl bei unserer Rosa Teegesellschaft und schlug ihrem Gatten vor, statt der obligatorischen Flasche Whisky seinen guten Kunden doch einen Kuchen zu schicken. Nun tigere ich also in der Küche auf und ab, nehme verschiedene Dinge in die Hand, um sie gleich darauf wieder wegzulegen, weil ich nicht weiß, wo ich anfangen soll. Ich kriege Panik.

«AAAARRGHHHH.»

«Meine Güte, Maddy, ist alles in Ordnung?», erkundigt sich Moo, als ich in den Hörer brülle.

«Fünfunddreißig Kuchen! Ich habe eine Bestellung über fünfunddreißig Kuchen!»

«Hurra! Bäro, ruf mal Hurra ... Nein, nichts, aber er würde gerne. Das sind ja phantastische Neuigkeiten, Maddy. Und ... was jetzt?»

«Jetzt muss ich jede Menge Rosinen kaufen.» Mein Lachen klingt wohl so, wie ich mich fühle: hilflos und leicht hysterisch. Das könnte er sein, der Wendepunkt, der Sugar and Spice fünfunddreißig potenziellen Kunden nahebringt, die ihren Freunden davon erzählen, die es wiederum ihren Freunden erzählen und ... du lieber Himmel, ist das aufregend! Ich verbringe die nächste Stunde damit, alle anzurufen, bis ich fast keine Luft mehr kriege. Ganz ruhig durchatmen ...

Während des Telefonierens wie eine Verrückte durch die Gegend zu rennen, ist keine gute Idee. Ehe ich michs versehe, lande ich mit einem dumpfen Schlag auf dem Hinterteil und rausche die restlichen vier Treppenstufen hinunter. Lou am anderen Ende der Leitung bricht verständlicherweise sofort in Panik aus und will den Notarzt rufen, bis ich ihr schließlich versichern kann, dass es mir gutgeht. Einen Moment lang war ich mir aber ehrlich gesagt selbst nicht sicher. Die dicke Wolke sieben, auf der ich zur Zeit schwebe, hat meinen Fall auch nicht aufgefangen. Als Matt später anruft, um sich vom Urlaub zurückzumelden, kann ich mich kaum noch rühren. Ich erzähle ihm, was passiert ist, und er ist so geschockt, dass er anbietet, sofort vorbeizukommen, was ich sehr rührend finde. Ich lehne jedoch das Angebot ab, da ich weiß, es gäbe Probleme mit seinen Töchtern.

«Bist du sicher, dass alles in Ordnung ist?» Er klingt besorgt. Mir gefällt, dass jemand sich Sorgen um mich macht. Es fühlt sich gut an.

«Natürlich», erwidere ich und stopfe mir ein Kühlpack hinten in die Hose.

«Ich küsse den Schmerz morgen weg», verspricht er mir, was mir einen kleinen Schauer über den Rücken jagt.

Am nächsten Morgen bedeckt ein riesiger blau-lila-schwarzer Fleck meine linke Pobacke, und ich stapfe – sehr zur Erheiterung meiner Kollegen – den ganzen Morgen ziemlich steif durch die Gegend. Ich kann jedoch an nichts anderes denken als an das Wiedersehen mit Matt, der heute auch wieder arbeiten muss. Ich habe ihn so sehr vermisst. Kaum hat Dot meine Pause genehmigt, laufe ich auch schon hinüber zum Pavillon, wobei mich mein Rücken und die schmerzenden Beine leider etwas bremsen.

Ich sehe ihn, bevor er mich entdeckt. Mein Magen schlägt einen kleinen Purzelbaum, als er aufblickt und sich ein Lächeln auf seinem Gesicht ausbreitet. Alle Schmerzen und Wehwehchen sind einen Moment lang wie weggeblasen, als ich zu ihm renne, in seine Arme springe, und meine

Beine um seine Hüfte schlinge. Sein Kuss schmeckt so gut wie in meiner Erinnerung. Dann spazieren wir langsam, weil ich nicht anders kann, durch den Garten. Einzelne Sonnenstrahlen blitzen durch die Lücken in den Bäumen hindurch, und tieffliegende Mauersegler bereiten sich auf ihre Reise in wärmere Gefilde vor. Das ist meine liebste Jahreszeit, wenn der Sommer sein Kleid abgestreift hat und dem wunderbaren Herbst die Bühne überlässt. Weil es schon ein bisschen kühl ist, kuscheln wir uns eng zusammen. Sämtliche Gedanken an Kuchen und Geschäftssorgen sind erst einmal aus meinem Kopf verbannt, wie wir so durchs Laub rascheln, das bereits die Wege bedeckt. Um uns herum segeln einzelne Blätter, in der leichten Brise tanzend, zu Boden. Hüpfend versuche ich, eines davon zu fangen, doch ich gebe schnell wieder auf, weil es einfach zu sehr weh tut. Matt streckt den Arm aus, und ein Blatt scheint ihm direkt in die Hand zu fallen. Ich dränge ihn dazu, sich schnell etwas zu wünschen, und weil ich mich nicht geschlagen geben möchte, probiere ich es selber auch noch einmal. Es wird zur absoluten Geduldsprobe, aber ich bin fest entschlossen, meinen Wunsch zu bekommen! Schließlich erwische ich eines, doch es ist ein schmerzhafter Sieg, denn meine Muskeln winseln um Gnade. Ich halte das gelbe Blatt in der Hand und schließe die Augen. Bitte lass Matt Mr. Right sein. Als ich die Augen aufmache, sieht er mich an. Schnell wiederhole ich meinen Wunsch, falls die Wunschfeen beim ersten Mal nicht richtig zugehört haben.

«Was hast du dir gewünscht?», will ich wissen und greife nach seiner Hand.

«Dass wir für immer und ewig so hier bleiben können, ohne uns um irgendetwas Gedanken machen zu müssen.» Er klingt beinahe traurig.

«Können wir.» Ich drücke sanft seine Hand.

«Aber das Leben ist leider nicht so einfach, oder?», entgegnet er, und ich spüre, dass sich etwas verändert. Ich kann es nicht so recht benennen, aber ich fühle es deutlich und fröstele, als wäre es plötzlich kühler geworden.

«Kann es aber sein», antworte ich. Doch trotz meines fröhlichen Lächelns hat sich eine Art Vorahnung in mir eingenistet. Matt zieht mich an sich und küsst das Gefühl weg, beziehungsweise schiebt es an einen Ort, wo ich es nicht sehen kann. Dann gibt er mir einen leichten Klaps auf den Hintern, der mich schmerzhaft aufheulen lässt.

«Sorry, Liebes, hab ich glatt vergessen. Wie geht's denn deinem süßen Hinterteil?», fragt er grinsend.

Nachdem ich mich vergewissert habe, dass wirklich niemand in der Nähe ist, zeige ich ihm stolz meinen riesigen blauen Fleck. Matt zwinkert mir anzüglich zu.

«Wie wär's mit einem Quickie im Gebüsch?»

«Von mir aus gerne, aber ich muss zurück.» Er ignoriert meine Antwort einfach und zieht mich in den abgelegensten Teil des Gartens.

«Sag Dot einfach, du hast Erste Hilfe für deine Verletzungen gebraucht.»

Während der nächsten Tage stapeln sich die Zutaten in meiner Küche und im Esszimmer, überall stehen Packungen mit Rosinen, Sultaninen und Korinthen. Schüsseln mit in Alkohol eingelegten Trockenfrüchten bedecken jede freie Fläche, und im Haus riecht es wie in einer Schnapsbrennerei. Ich erhalte einen weiteren Anruf einer Dame, die bei der Teegesellschaft war. Nun muss ich also noch sechs Whiskykuchen für eine Feuerwerksparty im November und zweihundert Mince Pies für ein Weihnachtssingen direkt vor den Feiertagen backen. Eben noch hatte ich fast keine Bestellungen, und nun weiß ich nicht mehr, wie ich es alles bewältigen soll. Der Backofen ist nie leer, auf dem Herd kocht blubbernd in riesigen Töpfen die Mince-Pie-Füllung vor sich hin, während immer wieder Leute vorbeikommen, um mir zu helfen. Ben und Freya hacken Zutaten klein, Lou macht alles, was ihre Nägel nicht gefährdet und wozu sie kein Haarnetz tragen muss, und meine morgendlichen Schäferstündchen mit Matt verbringen wir nun mit Schachtelnfalten und Kucheneinwickeln. Mein Haus gleicht der Werkstatt vom Weihnachtsmann und Bens und Freyas Garage seinem Vorratsraum, denn dort wächst der Stapel der fertigen Weihnachtskuchen. Sie warten da in ihren Schachteln, noch jung und voller Verheißungen, eingepackt in Pergamentpapier und Alufolie, damit sie den Alkohol aufsaugen und zu köstlichen Wesen heranreifen können. Ich fühle mich ein bisschen wie ein James-Bond-Bösewicht, wie ich da meine geheime Bevölkerung heranziehe, die am Weihnachtstag die Welt erobern wird.

Ich bin froh, dass an einem Wochenende Moo kommt, um mir zu helfen. Sie wohnt bei Freya und Ben, und während Bäro sich mit seiner Cousine amüsiert, machen wir uns ans Werk. Moo und ich produzieren zwar viel Schweinerei, aber wie arbeiten mit Methode, während Nat King Cole im Hintergrund Weihnachtslieder singt.

«Und, wie ist das Leben als Vollzeitmutter?» Nebenher rühre ich eine Portion dunkler, in Alkohol und Zuckersirup getränkter Früchte ein.

«Gut, aber verdammt anstrengend. Haben wir nicht früher auf der Straße gespielt? Ich dachte, meine Freundinnen säßen alle gemütlich drinnen beim Kaffeeklatsch, während ihr Nachwuchs sich draußen tummelt, aber die haben ein beängstigendes Programm. Montags Krabbelgruppe, dienstags Abenteuerspielplatz, mittwochs Schwimmen, musikalische Früherziehung am Donnerstag und Kindermalkurs am Freitag. Die Wochenenden brauche ich, um mich zu erholen», erzählt sie lachend. Doch man merkt, wie viel Spaß ihr das alles macht. Wir schaffen zusammen ganze zwölf Kuchen, das heißt, ich bin bei achtundzwanzig Stück.

Bevor ich mich am nächsten Morgen wieder ans Werk mache, packe ich mich warm ein und spaziere zu Ben und Freya zum gemeinsamen Sonntagsfrühstück hinüber. Ich wünschte, Matt wäre dabei, aber der spielt am Wochenende wie immer den perfekten Vater und hat deshalb keine Zeit. Kaum habe ich das Haus betreten, da schiebt Moo mich schon ganz aufgeregt in die Küche und drückt mich auf einen Stuhl.

«Sieh dir das an.» Ben hält mir ein Blatt Papier vor die Nase. Es handelt sich um das Foto eines Ladens mit einer kurzen Beschreibung darunter. Darüber prangt fett die Überschrift «Zu Verkaufen». Verunsichert schaue ich in die Runde der erwartungsvollen Gesichter. Was haben sie sich denn jetzt wieder ausgedacht?

«Das ist die Bäckerei unten in der Silver Street. Der alte Mann, du erinnerst dich, George Hazelwood, ist gestorben, und nun will seine Witwe verkaufen», berichtet Moo aufgeregt.

«Die komplette Backstubeneinrichtung inbegriffen», fügt Ben hinzu. «Und obendrüber ist eine Wohnung.»

«Nun lass doch mal deine Schwester in Ruhe – das kann sie sich auch nachher noch anschauen», unterbricht Freya ihn und verteilt Teller mit Rührei und heißem, gebuttertem Toast auf dem Tisch. Ich schnappe mir eine Scheibe Toast und lese mir den Text durch, während alle auf meine Reaktion warten.

«Nun esst schon», drängt Freya wieder. Ich bin dankbar, dass die Aufmerksamkeit sich nun eher aufs Frühstück als auf mich konzentriert. Die Details klingen in jedem Fall gut. Der Standort ist prima, die alte Einrichtung bräuchte bloß einen neuen Anstrich, und es wäre auch genug Platz für ein mittelgroßes Café. Ich versuche, mich nicht zu sehr dafür zu begeistern, weil es garantiert zu teuer ist. Als ich das Papier umdrehe, sehe ich meine Befürchtungen bestätigt.

«Sehr hübsch, aber es übersteigt meine Finanzen», meine ich schließlich ein wenig geknickt.

«Wir können's uns doch mal anschauen, und falls es dir gefällt, gibt es bestimmt Wege», schlägt Ben vor, den Mund voll Rührei.

«Ein kurzer Besuch kann ja nicht schaden», drängt nun auch Moo. Obwohl ich da nicht so überzeugt bin, nicke ich brav. Ich fürchte, dass ich mir nur Hoffnungen machen werde.

«Wir haben einen Termin um elf», verkündet Ben. Ich sehe von meinen Eiern auf. Ringsherum strahlende Gesichter.

«Habe ich denn überhaupt was zu sagen?», frage ich verwundert.

«Nein!», ertönt es im Chor. Wir fangen an zu lachen, was Bäro und die Prinzessin so lustig finden, dass sie auch mit einstimmen. Da müssen wir nur noch mehr lachen. Es geht zu wie im Affenstall. Freya tischt Kaffee und warme Croissants auf, doch da man uns die als Kinder immer aufgezwungen hat, isst sie als Einzige davon und teilt mit den beiden Kleinen, die sich die Hörnchen gierig in ihre kleinen Münder stopfen. Die Krümel fliegen nur so durch die Gegend, während uns zwei Marmeladenmäuler angrinsen.

Ich werde also hinaus in die Kälte gezerrt, und im Pulk machen wir uns auf den Weg zur Silver Street. Leute drängen sich an uns vorbei, die es alle eilig haben, an ihr Ziel zu kommen, weil es zu kalt für ein Schwätzchen ist. Mich fröstelt. Hätte ich doch nur einen Schal mitgenommen. Der Makler, ein müdes Männchen Mitte fünfzig, wirkt ein bisschen schockiert, als er unsere Truppe, inklusive zwei Buggys, nahen sieht. Offensichtlich fragt er sich genau wie ich, wie wir da alle hineinpassen sollen. Es ist jedoch kein Problem, und bald stehen wir plappernd im Laden. Moo beschießt den armen Mann mit Fragen, während ich umherwandere, über die verstaubten Flächen streiche und mir die Leute vorstelle, die hier jahrelang gearbeitet haben. Davon ist nichts geblieben als ein paar verschimmelte Brötchen in der Ecke und einem ausgefransten Wischmopp. Die Tür dahinter könnte auch mal einen neuen Anstrich vertragen. Ohne Kundschaft und Angestellte hinter der Theke, die emsig Brot und Brötchen eintüten, wirkt alles traurig und vernachlässigt. Die Ausstattung scheint aus den Fünfzigern zu stammen, in der Auslage liegen immer noch die Krümel – wie es scheint, haben selbst die Mäuse schon zusammengepackt und sind abgezogen. Ich kann mich gar nicht daran erinnern, dass die Bäckerei einen solch schäbigen Eindruck gemacht hat, als ich hier vor gerade mal sechs Monaten wegen Brot angestanden bin. Doch während der Makler uns alles erklärt, arbeitet mein Hirn bereits auf Hochtouren, denn ich überlege mir, wie viele Tische hineinpassen würden und in welcher Farbe ich die Wände streichen könnte.

«Ich müsste das Haus verkaufen und bei der Bank einen Kredit aufnehmen», murmele ich vor mich hin. Ich wusste doch, dass es eine schlechte Idee war hierherzukommen!

«Das wäre es aber wert, Maddy. Ich könnte den ganzen Papierkram für dich erledigen und bei der Bank anrufen», drängt mich Ben. Ich habe wohl lauter gesprochen als beabsichtigt, oder er hat einfach das Gleiche gedacht.

«Moment mal, ganz langsam.» Ich bin noch nicht bereit, mich über die Details zu unterhalten. Zuerst mal muss ich mir selbst über all das klar werden, denn momentan erscheint mir selbst der Gedanke allein zu Furcht einflößend.

«Nun wirf doch mal die Leinen über Bord, Maddy, und hisse dein Verkaufssegel», flüstert Moo. «Aber nur, wenn DU dazu bereit bist.» Ich zwinkere ihr zu und wende mich an den Makler.

«Ich werde darüber nachdenken», teile ich ihm mit. Prompt lässt er seine Schultern noch ein bisschen mehr hängen.

«Ich rufe Sie morgen an», höre ich Ben zu ihm sagen, als wir wieder einer nach dem anderen die Bäckerei verlassen. Plötzlich rastet in mir etwas aus, und ich bin auf einmal ziemlich wütend. Ich bin nicht mehr die ängstliche, zurückhaltende Person von gerade eben. Ich bin stark, und das hier ist meine Firma und nicht Bens. Ich weiß, er will nur mein Bestes, aber er muss einfach wissen, dass seine große Schwester wieder da ist! Schluss mit den Verhätscheleien!

«Nein! Ich werde darüber nachdenken, und dann werde ich Sie anrufen», erkläre ich dem Makler mit fester Stimme. Ben wirkt entsetzt, wie ein Kind, dem man sein Lieblingsspielzeug weggenommen hat, aber ich lächele munter, denn ich bin entschlossen, mein wiedergewonnenes Selbstvertrauen nicht zu verlieren.

Nachdem ich alle zum Abschied umarmt habe, kehre ich zu meinen Weihnachtskuchen zurück. Ein kurzer Blick auf die Website zeigt mir, dass Bestellungen für zehn weitere Schachteln Mince Pies und drei Weihnachtskuchen eingegangen sind. O mein Gott, wie soll ich das bloß alles schaffen? Ich sollte mich freuen, und das tue ich auch, wirklich, vor allem als ich die Zahlen in die Kreditkartenmaschine eintippe, die noch nie so viel in Benutzung war. Doch gleichzeitig bin ich fast ein bisschen gelähmt vor Angst. Der kurze Moment des Triumphes, dass es nun endlich bergauf geht, ist seit einer Weile nagenden Zweifeln gewichen, ob ich das alles auf die Reihe kriege, vor allem in meiner kleinen Heimküche. Sofort fällt mir wieder die Bäckerei ein ... die hat eine große Backstube, mit der sämtliche aktuellen Vorratsprobleme gelöst wären. Außerdem würden die Gerätschaften dort, die ja für Backarbeiten in großem Stil angelegt sind, vieles einfacher machen. Doch es wäre ein gewaltiger Schritt. Bin ich für den schon bereit? Wo würde ich das Geld hernehmen? Es wäre eine Investition in die Zukunft. Unter den gegebenen Umständen kann die Firma nicht wachsen ... und ich könnte ja durchaus das Haus verkaufen und in die Wohnung überm Café ziehen.

Zwei Stunden später – die ersten vier Kuchen backen fröhlich vor sich hin – setze ich mich mit einer dringend benötigten Tasse Tee hin und blättere eine alte Zeitschrift durch. O Gott, mein Interview mit dem *Gorgeous Magazine* hatte ich völlig vergessen! Eigentlich hatte ich die Dame anrufen und meine kleine Schwindelei in Sachen Café gestehen wollen. Nun, damit ist es jetzt entschieden. Ich muss es einfach tun, oder? Sofort greife ich zum Telefon und wähle die Nummer des Maklers.

Matt küsst meine Fingerspitzen und hört wohl nur mit halbem Ohr zu, während ich ihm von meinen Café-Plänen erzähle. Die Mädchen sind bei seinen Eltern, sodass er über Nacht bei mir bleiben kann. Ich fühle mich ein bisschen wie eine Dreizehnjährige, die das erste Mal bei einer Freundin übernachten darf. All die Ideen in meinem Kopf sprudeln wie ein Wasserfall ungefiltert aus mir heraus. Matt lacht.

«Hast du denn dann ein Gebot abgegeben?» Er küsst meine Handinnenfläche, was teuflisch kitzelt.

«Ja. Ist das zu fassen? Ich weiß nicht, was mich da geritten hat.»

War es Wahnsinn? Mut? Oder wollte ich nur beweisen, dass ich auch etwas alleine ohne Bens Hilfe tun kann? Matts Küsse haben mein Handgelenk erreicht.

«Matt, glaubst du, ich bin verrückt?»

«Ja, mein Schatz, aber deshalb liebe ich dich ja auch.» Er unterbricht seine Küsserei meinen Arm hinauf und sieht mich an.

Der süß-würzige Duft nach Zimt, Muskat und Brandy zieht herauf, denn unten kühlen die letzten Weihnachtskuchen meiner großen Bestellung aus. Der Geruch von Kinderweihnachten und Wünschen, die in Erfüllung gehen. Da muss ich sofort an Matt denken. Ich schaue ihn an, und das Blut steigt mir in den Kopf. Er ist sooooooo schön, und ... er ist mein ... in meinem Bett ... und ... er ist nackt! Vergessen sind die Weihnachtskuchen und das Café ...

Hinterher liege ich an seinen Rücken gekuschelt und genieße die weiche Wärme seiner Haut. Es ist wirklich erstaunlich, wie gut unsere Körper zusammenpassen. Was meine Familie wohl zu ihm sagen wird? Werden sie ihn so mögen wie ich? Werden sie ihn je kennenlernen? Werde ich je seine Töchter kennenlernen?

«Du könntest die Mädchen mit ins Café bringen. Das würde ihnen bestimmt gefallen. Ich dachte, ich könnte vielleicht ab und zu einen Kinder-Koch-Nachmittag veranstalten. Charlotte und Georgie könnten mich dabei beraten», schlage ich vorsichtig vor. Als er nicht antwortet, hake ich nach: «Hältst du das nicht für eine großartige Idee?»

«Doch, bestimmt», brummt er schläfrig.

«Vielleicht könntest du sie ja nächste Woche mal vorbeibringen, dann könnte ich ihnen alles zeigen.» Das große Wort Zukunft scheint wie eine Blase über uns zu schweben, die kurz vor dem Platzen ist. Doch Matt sagt wieder nichts.

«Matt?», dränge ich.

«Lass uns später darüber reden.» Er klopft mir auf den Schenkel, und mir wird elend. Wieder abgewimmelt.

«Matt. Du kannst das nicht ewig vor dir herschieben. Dazu ist es zu wichtig.» Er dreht sich zu mir um.

«Maddy, Süße, ich muss morgen früh aufstehen. Können wir nicht ein anderes Mal darüber reden?», fragt er und küsst mich auf die Nasenspitze. Können wir natürlich nicht. Ich bin eine Frau.

«Das Café könnte eine tolle Sache sein, mit der wir alle zu tun haben. Du weißt schon, du, ich und die Mädchen.»

O Gott, nun lege ich es aber wirklich darauf an. Vielleicht sollte ich einen Gang zurückschalten? Aber plötzlich wird mir klar, wie sehr ich das hier will.

«Wo kommt denn das jetzt alles her?» Ich höre einen Hauch von Verärgerung in seiner Stimme.

«Vermutlich denke ich durch die ganze Cafégeschichte gerade einfach mehr über die Zukunft nach.»

So, nun ist es raus. Das gefürchtete Wort ist ausgesprochen. Matt schweigt.

«Und was meinst du?», bohre ich hartnäckig nach.

«Zu was?»

«Zum Thema Zukunft?»

Matt setzt sich auf und sieht mich mit aufgewühlter Miene an.

«Maddy, das mit uns ist so schnell gegangen. Deine Gefühle können sich verändern. Was passiert, wenn Mister Bananenkuchen plötzlich dasteht?»

Nicht das schon wieder. Wird mich diese Sache denn

ewig verfolgen? Er glaubt doch wohl nicht wirklich daran, dass ich auf einen anderen warte und ihn dann einfach sitzenlasse. Mit dieser Art von Unterhaltung hatte ich heute Abend nicht gerechnet. Ich bin überrascht und verletzt. Gerade war alles noch warm und kuschelig, und jetzt fühle ich mich hundeelend.

«Matt, ich weiß, dass es schnell ging, aber ich weiß, was ich fühle, und da werde ich nicht plötzlich meine Meinung ändern und denken ‹oh, das war ein Fehler›.» Ich bin den Tränen nahe.

«Das weiß ich doch», antwortet er mit trauriger Stimme und legt sich wieder von mir abgewandt auf die Seite.

«Nein, ich kann die Zukunft nicht voraussagen, aber ich bin mir ziemlich sicher.» Wie ich mich so an ihn schmiege, versuche ich die Tränen zurückzuhalten. Er ist jedoch furchtbar still, und ich habe den Eindruck, es für heute besser auf sich beruhen zu lassen. Während er schläft, liege ich im Dunkeln und ärgere mich darüber, dass unsere mögliche gemeinsame Zukunft vom Verhalten anderer getrübt wurde. Noch wütender bin ich jedoch darüber, dass er eingeschlafen ist, während ich dazu viel zu aufgewühlt bin. Das Gefühl, dass nicht ich es sein werde, die das hier beendet, senkt sich wie eine Nebeldecke auf mich. Ich werfe mich hin und her, während die Hoffnung auf eine Zukunft mit dem Mann, in den ich mich rettungslos verliebt habe, mit Erfolg für meine kleine Firma und das heißersehnte Café plötzlich in weiter Ferne scheinen. Wie die Sterne, nach denen ich greife. Vielleicht will ich einfach zu viel. Happy Ends funktionieren nie so einfach.

Fünf gehäufte Esslöffel Tränen

November

Wie kann es plötzlich November sein? Überall wird einem auf Schildern und im Fernsehen schon erzählt, dass es nur noch 53 Tage und 16 Stunden bis Heiligabend sind oder irgend so etwas Aberwitziges. Danke, aber ich will es gar nicht wissen. Ich habe einen Kalender, ein Bestellbuch und ein Haus voller Mince-Pie-Füllung und Plätzchen. ICH WEISS, DASS BALD WEIHNACHTEN IST, VERDAMMT NOCHMAL!

Heute Morgen um halb sechs hat Matt mich kurz zum Lachen gebracht, als er mir «Fairytale in New York» von den Pogues vorsang, doch das ändert nichts an der blanken Panik, die ich jetzt empfinde. Nach einer schlaflosen Nacht springe ich früh aus dem Bett und mache mich an die erste Ladung der bestellten Mince Pies. Das sind insgesamt sechshundert Stück, um genau zu sein. Verflixt und zugenäht, wie soll ich sechshundert Mince Pies backen? Ich blicke mich in meinem einst so schönen Haus um, wo die wohlplatzierten Kerzen und Bildbände längst zur Seite geschoben wurden. Hier sieht es nun so schrottig aus, wie ich mich fühle, was wohl das erste Pärchen, das sich das Haus angeschaut hat, jedoch nicht davon abhielt, ein Gebot abzugeben. Ich hätte nicht gedacht, dass mit dem Haus und Drumherum alles so schnell geht. Allein der Gedanke ans Packen und noch mehr Kisten lässt mich aufstöhnen. Keksdosen und Zutaten stapeln sich in jeder Ecke, verdunkeln die Fenster und verursachen mir Albträume, in denen ich unter einer Tonne Trockenfrüchte lebendig begraben werde. Alle paar Tage arrangiere ich sie neu, im Versuch, die Optik ein wenig zu verbessern oder wenigstens einen Gang für den Staubsauger zu schaffen. Nach einem letzten mutlosen Blick schließe ich die Tür hinter mir und mache mich auf in die Stadt. Ich habe nämlich einen Termin bei der Bank, um meine Seele zu verkaufen.

Da ich wegen der Weihnachtseinkäufer ewig keinen Parkplatz gefunden habe, komme ich zehn Minuten zu spät, aber man lässt mich trotzdem weitere zehn Minuten warten. Vielleicht wollen sie mich damit bestrafen oder mich unter Druck setzen, damit ich meine Besitztümer abtrete, sobald ich die Gelegenheit dazu bekomme. Bisher war alles erschreckend einfach: ein paar Telefonate, Besuch eines Gutachters, und nun bin ich hier, um einen Kreditantrag zu unterschreiben. Mein Leben steht vor der nächsten Veränderung. Ich habe mein Haus verkauft und werde in die kleine Wohnung über meinen zukünftigen Geschäftsräumen ziehen. Wenn alles nach Plan läuft, wird das Sugar and Spice-Café Anfang des neuen Jahres aufmachen. Ist das zu fassen? Ich werde mein eigenes Café haben!

Maddy Brown: Unternehmerin.

O Gott, mir ist ja so schlecht.

Als ich meinen Namen auf die gestrichelte Linie setze, wird meine Atmung plötzlich flach, meine Handflächen fangen heftig an zu schwitzen, und auf meiner Oberlippe bilden sich kleine Schweißperlen. Die Dame, die für Geschäftskredite zuständig ist, sieht mich seltsam an.

«Alles in Ordnung, Miss Brown?», fragt sie.

«Ja, vielen Dank. Es ist nur auf einmal ein bisschen heiß

hier drin.» Ich hoffe bloß, dass ich ihr nicht, wie Bäro vor ein paar Monaten, auf den Tisch spucke.

«Prima. Das war's dann. Sie können alles Weitere veranlassen.» Sie schenkt mir ihr kosmetisch verschönertes Lächeln, und ich frage mich, ob die Bank wohl ihre Werbespots mit dieser Dame dreht. Den, wo die Frau singend über ihren Tisch springt, um zu beweisen, dass Kredite bei dieser Bank einfach nur Spaß, Spaß, Spaß machen.

«Danke», erwidere ich schwach. Mir ist ganz eindeutig übel.

«Viel Glück. Und sagen Sie uns Bescheid, wenn Ihr Café eröffnet hat.»

Ich nicke lächelnd. Ist es jetzt zu spät, um noch einen Rückzieher zu machen? Ihre Worte «Sind Sie sich der Risiken voll bewusst? Bei ausbleibenden Rückzahlungen sieht sich die Bank gezwungen, Maßnahmen zu ergreifen, die zur Aneignung der Firma führen können» oder so ähnlich, klingen mir noch in den Ohren. Sie hat es wesentlich umständlicher im Finanzjargon formuliert, den kein Mensch je versteht, aber der Inhalt war der gleiche. Was sie meinte, war: Wenn es schiefgeht, sind Sie am Arsch!

Ich stehe auf und stolpere wie eine Blinde Richtung Tür, um möglichst schnell an die Luft zu kommen, doch Miss Strahlelächeln hat andere Pläne. Sie will plaudern.

«Wie werden Sie's denn nennen?», fragt sie.

«Sugar and Spice.» Ich wünschte, sie würde mich in Ruhe lassen. Ich habe unterschrieben, also lassen Sie mich bitte hier raus, bevor Ihnen das Lächeln vergeht, weil ich auf die Eingangsmatte kotze.

«Sugar and Spice and all things nice» singt sie, und ich nicke wieder.

«Genau.» Ich weiß nicht, ob ich's noch nach draußen schaffe oder gleich hier auf der Stelle ohnmächtig werde.

Mir ist richtig schlecht. Die heiße Luft aus dem Heizungsgebläse nimmt mir das letzte bisschen Sauerstoff. Meine Beine fühlen sich an, als gehörten sie nicht zu meinem Körper. Sie wollen sich nicht bewegen, und so stehe ich wie festgewurzelt da, während mir der Schweiß den Rücken runterläuft.

«Werden Sie auch Kaffeekuchen haben? Ich liebe Kaffeekuchen», ruft sie mir hinterher, als ich schließlich nach draußen an die kalte, frische Novemberluft stolpere, tief durchatme und darauf warte, dass sich alles beruhigt. Was habe ich getan? Alles ging so schnell. Mein Gott, ich habe noch nicht mal Ben davon erzählt.

Das bringe ich besser mal hinter mich.

Nach dem ersten Schock ist ihm die Enttäuschung deutlich anzusehen. Zwar ist er überrascht, dass ich ihm nichts von meinem Beschluss in Sachen Café erzählt habe, doch es kränkt ihn wohl viel mehr, dass ich schon bei der Bank war und alles erledigt habe.

«Aber ich hätte das doch für dich abwickeln können», protestiert er.

«Das weiß ich. Aber irgendwann muss ich auch mal auf eigenen Beinen stehen, ohne dass du immer in der Nähe bist, um mich notfalls aufzufangen», erkläre ich ihm und nehme einen großen Schluck Tee, an dem ich mir prompt die Zunge verbrenne.

«Aber das tue ich doch nur aus Sorge und weil ich helfen will.» Er klingt immer noch schrecklich enttäuscht.

«Ich weiß, und das war ganz toll, als ich letztes Jahr Unterstützung gebraucht habe. Dafür werde ich dir auch immer dankbar sein. Doch du musst aufhören, dir Sorgen um mich zu machen. Ich bin ein großes Mädchen, fast schon erwachsen.» Ich merke, dass das nicht reicht.

«Ich bin einfach nicht mehr dieselbe wie letztes Jahr um diese Zeit. Ich habe begriffen, dass ich das hier kann, dass ich die schlechten Zeiten und die gelegentlichen Stolpersteine überlebe und dass die Chancen gar nicht so schlecht stehen, Sugar and Spice tatsächlich zum Erfolg zu machen. Und weißt du, was? Wenn ich unrecht habe, dann werde ich einfach wieder aufstehen und von vorn anfangen. Aber Ben, ich muss es alleine tun.» Nach einer Weile erwidert er zögerlich mein Lächeln. Dann nimmt er mich in den Arm. So ganz überzeugt ist er immer noch nicht, aber wahrscheinlich kann er einfach nicht verstehen, dass ich mir beweisen muss, dass ich eine mutige, furchtlose Frau sein kann, die das Leben voll auskostet und alle zum Teufel jagt, die sie in Frage stellen. Okay, vielleicht erwarte ich ein bisschen viel, aber hey, bin ich nicht schon fast am Ziel? O ja, Baby. Habe ich etwa nicht meine eigene Firma? Habe ich, und ich eröffne sogar mein eigenes Café. Also komm schon, große böse Welt. Ich bin ein superstarkes Superweib wie Uma Thurman in *Kill Bill.* Auf dem Weg nach Hause würde ich der Luft am liebsten Kung-Fu-Tritte verpassen, aber ich warte, bis ich von der Hauptstraße in den schmalen Weg neben meinem Haus eingebogen bin, wo mich keine Passanten sehen können. Unglücklicherweise bringt dort gerade mein frühmorgendlicher Unterhosen-Holzhack-Nachbar Edmund seinen Müll weg. So verwandelt sich mein Tritt in einen erschrockenen Hüpfer, begleitet von Kreischen, woraufhin Edmund prompt den Mülltonnendeckel fallen lässt.

«Tut mir furchtbar leid ...», stammele ich. Mit lautklopfendem Herzen eile ich hastig ins Haus.

Das mutige Superweib in mir ist verschwunden, und ich muss nochmal über den Besuch bei der Bank nachdenken. Da wird mir erst richtig bewusst, auf was ich mich eingelassen habe. Ich werde von Panikgefühlen ergriffen. Also wandere ich im Zimmer auf und ab und versichere mir selbst, dass alles gut wird.

Ich muss mich beruhigen ... Backen ... das hilft immer. Ich werde ein paar Mince Pies für Matt backen.

Die Zubereitung von Mürbeteig hat etwas extrem Entspannendes und Befriedigendes. Während meine Hände den weichen Teig kneten, klären sich meine Gedanken, und die Ruhe kehrt zurück. Als ich die köstliche Fruchtmischung in die kleinen Mürbeteigschälchen löffele, die Deckel daraufdrücke und ihnen einen Gutenachtkuss gebe, bevor ich sie in den Ofen schiebe, sehen die Dinge schon wieder besser aus. Ich muss mich beherrschen, um nicht alle achtundvierzig Stück zu essen, nachdem sie fertig sind, denn ihre brandygetränkte Füllung, ihr zartschmelzender Mürbeteig und der Hauch Puderzucker sind sehr verlockend. Die Versuchung ist zu groß, sodass ich eines verspeise. In harten Zeiten wie diesen brauche ich Kohlenhydrate und Zucker, und dieses Gebäck ist, genau wie Toast, das ideale Trostfutter. Noch eines kann ja nicht schaden.

Vierundvierzig übrig.

Kann man vierundvierzig Mince Pies in zwei Stunden essen?

Interview mit Oprah Winfrey:

«Ich möchte heute Nachmittag zwei Gäste im Studio begrüßen: die Frau, die uns die Kuchen zurückgebracht hat, Maddy Brown, und die Sängerin Britney Spears.»
«Wie es scheint, haben Sie die USA mit Ihren Mince Pies im Sturm erobert», sagt Oprah an mich gewandt.

«Ja, den Eindruck könnte man haben.» Das Publikum jubelt und klatscht.
«Warum, glauben Sie, sind wir so verrückt danach? Aus geheimer Quelle habe ich erfahren, dass sowohl Präsident Bush, Cameron Diaz, Tom Cruise und Jennifer Aniston welche für ihre Weihnachtspartys vorbestellt haben sollen?»
«Um ehrlich zu sein, Oprah, bin ich so überrascht wie Sie. Es ist wirklich unglaublich. Man hat Jennifer und Courtney am *Friends* Set damit gesehen, und nun wollen plötzlich alle welche.»
«Wirklich erstaunlich ist die Tatsache, dass Ihre Mince Pies den Verkauf von Dunkin Donuts überstiegen haben. Das ist schon eine reife Leistung, meine Liebe!» Das Publikum jubelt und klatscht wieder.
«Verrückt, oder? Obwohl ich bezüglich der Variationen so meine Zweifel habe. Zuckerguss und Streusel auf Mince Pies wäre bei uns in Großbritannien einfach undenkbar.»
«Wie ich höre, haben Sie demnächst einen Auftritt in *Will und Grace*?»
«Ja, da freue ich mich schon riesig drauf.»
«Steigen Sie denn dann womöglich in die Filmbranche ein?»
«O nein, Oprah, dazu backe ich viel zu gerne. Hier geht es nur um ein bisschen Spaß.»
«Und, Britney, haben Sie Maddys Mince Pies schon probiert?»
«Ich liebe sie. Genau wie ihren Elizabeth-Sandwich-Kuchen. Der mit dem Gelee in der Mitte.»
«Victoria-Sandwich. Und es ist Marmelade», korrigiere ich sie und denke mir im Stillen, dass Britney in letzter Zeit vielleicht ein bisschen zu viele Mince Pies gegessen hat.

Matt sieht mir vom Bett aus beim Anziehen zu, und ich freue mich, dass er da ist. Am liebsten würde ich ihn dabehalten, aber wir haben heute wieder mal unterschiedliches Programm: Ich muss zum sechzigsten Geburtstag meines Vaters, und er geht heim.

«Ich wünschte, du würdest mitkommen.» Mit dem Mascara-Bürstchen in der Hand sehe ich ihn an, während er sich räkelt wie eine Katze.

«Du könntest dich immer noch umentscheiden. Sie können es alle kaum erwarten, dich kennenzulernen.» So ganz habe ich die Hoffnung noch nicht aufgegeben, er könnte seine Meinung ändern. «Es wäre bestimmt nett», füge ich etwas lahm hinzu.

«Ich muss zurück zu den Mädchen», erinnert er mich sanft. Ich wende mich ab und ramme das Bürstchen unnötig heftig zurück in das Röhrchen mit der Wimperntusche. Matt greift nach meiner Hand, um mich an sich zu ziehen.

«Könntest du nicht deine Mutter anrufen und sie bitten, noch ein bisschen länger auf die beiden aufzupassen?», bitte, flehe, bettle ich. Bitte. Bitte.

«Bitte?»

«Du weißt, dass ich meine Mutter nicht ausnutzen will. Sie hat schon so viel getan, und Sonntag ist ihr Golftag.»

Na, da hätte sie zumindest eine Gemeinsamkeit mit Dad, sollten sie sich je kennenlernen! Matt versucht mich zu küssen, doch ich entziehe mich ihm schnell. Ich bin sauer, dass er das Geburtstagsfest meines Vaters vergessen hat, von dem ich ihm schon vor Wochen erzählt und zu dem ich ihn gebeten habe mitzukommen. Ich hatte gehofft, er würde die Initiative ergreifen und seine Töchter übers Wochenende bei den Großeltern unterbringen, aber stattdessen nur die üblichen Ausreden geerntet. «Kein Zutritt am Wochenende!» Ich weiß, ich sollte dankbar dafür sein, dass er die ganze Nacht da war, aber das hätte ich nur zu gerne gegen ein paar Stunden heute tagsüber eingetauscht. Ist es unzumutbar, mehr zu verlangen? Scheinbar schon.

«Ich liebe dich, Maddy, das weißt du doch, oder?», ruft er mir hinterher, als ich das Zimmer verlasse und murmele, ich müsse meine Sachen packen.

Als ich an Dads Golfclub ankomme, wünschte ich, ich hätte etwas Wärmeres angezogen. Der kalte Wind fegt nämlich direkt durch mein dünnes Schau-was-du-verpasst-wenn-du-nicht-mitkommst-Top und lässt mich mächtig frösteln. Alle sitzen bereits um einen riesigen, rechteckigen Tisch herum, an dessen Kopfende stolz und glücklich mein Vater thront. Susan neben ihm trägt ein Spitzenoberteil, das ihre Brüste kaum bedeckt – sehr zur Freude der alten Knacker ihr gegenüber. An allen Stuhllehnen hängen Luftballons mit der Zahl sechzig, und es gibt einen großen Gabentisch. Ich sehe mich suchend nach einem Platz um und stöhne innerlich, als ich mir klar wird, dass der einzige freie Stuhl zwischen zwei von Dads alten Golfkumpeln ist. Oh, die Freuden des Alleinseins. Ich muss an Matt denken, der jetzt bestimmt etwas Schönes mit seinen Töchtern macht – Video schauen und Kekse futtern zum Beispiel. Vielleicht radeln sie ja auch durchs bunte Herbstlaub, bis es Zeit ist, nach Hause zu gehen und heiße Schokolade zu trinken. Werde ich je ein Teil seines Familienlebens werden? Will er das überhaupt? So langsam glaube ich nämlich nicht mehr daran.

Ich muss nun also Smalltalk mit einem Mann betreiben, dessen Charakter dem eines toten Fischs gleicht. Sein Hemd spannt sich über einen gigantischen Bauch, der bei seiner schweren Atmung auf und ab wogt. Der Schweiß steht ihm auf der Oberlippe, und aufgrund seiner roten

Gesichtsfarbe kommt er mir vor wie ein wandelnder Herzinfarkt. Ich bete zu Gott, er möge warten, bis er wieder zu Hause ist, denn ich werde hier garantiert keine Mund-zu-Mund-Beatmung machen. Auf meiner anderen Seite sitzt ein Typ, dessen Bräune Showmaster Bob Monkhouse vor Neid erblassen ließe. Während er mir von seinem Teilzeitwohnrecht in Magaluf auf Mallorca erzählt, kommt er mir so nahe, dass ich beim Versuch, mich zu retten, beinahe in Mr. Herzinfarkts Suppe falle. Das hält ihn jedoch nicht davon ab, drei Mal mein Knie zu berühren und meinen Arm zu streicheln, woraufhin uns seine Frau mörderische Blicke zuwirft. Ich habe jedoch den Eindruck, dass sie meinen Tod will, nicht den ihres Gatten. Hier sitze ich nun und esse die wie üblich mittelmäßige Vegetariervariante, während Moo, Bob, Ben und Freya sich fröhlich am anderen Ende des Tisches unterhalten. Matt hätte hier sein sollen, um mich vor alledem zu retten. Er hätte Witze über den Lustmolch machen und mir ein Takeaway vom Thailänder auf dem Nachhauseweg versprechen sollen. Während Mr. Herzinfarkt und Mr. Braungebrannt in einem fort auf mich einlabern, nagt an mir die Sorge über Matts Widerwillen, mich an seinem Leben teilhaben zu lassen, und lässt nach und nach die Luft aus meinem großen Liebesballon. Vielleicht ist er doch nicht der Richtige. Ich war davon ausgegangen, dass es mit Mr. Right keinen Zweifel daran gäbe, ob wir zusammen in den Sonnenuntergang reiten – oder doch zumindest ab und zu ein Wochenende zusammen verbringen. *Er* hätte mich hier heute nicht alleine hingehen lassen. Oder? Ich verdrücke mich an die Rezeption, um Matt anzurufen und seine beruhigende Stimme zu hören, doch als wolle sie meine schlimmsten Befürchtungen bestätigen, teilt mir seine Mailbox mit, er sei momentan nicht erreichbar. Ich hinterlasse eine

Nachricht, dass ich mit ihm reden müsse, und kehre zu Kuchen und Ansprachen zurück. Wenn ich nicht fahren müsste, würde ich mich hemmungslos betrinken, aber das muss wohl bis zu Hause warten. Ich ignoriere Mr. Braungebrannts Gewinke und ziehe mir einen Stuhl neben Moo heran.

«Wo ist denn dein Begleiter?», fragt sie flüsternd, während irgend so ein alter Knacker seine fünfte, nicht sonderlich witzige Golfstory erzählt. Rechtzeitig zur Pointe stimmen wir beide müde ins Gelächter ein.

«Bei seinen Töchtern», flüstere ich zurück. Moo zieht die Stirn kraus. Ihr Gesicht ist ein einziges Fragezeichen.

«Es ist Sonntag, schon vergessen? Und Sonntagnachmittag gehört immer den Mädchen. Sie gehen ins Kino oder schwimmen, irgendetwas in der Art. Ich glaube, heute wollten sie eine Radtour machen, aber ich bin mir nicht ganz sicher.» Ich schüttele den Kopf, um zu bestätigen, dass ich selbst nicht recht verstehe, warum ich da immer außen vor bin oder warum er heute nicht hier sein kann, obwohl es einer der wenigen Anlässe ist, bei dem er nun wahrlich für mich eine Ausnahme hätte machen können.

«Du musst mit ihm reden», meint Moo, und ich nicke.

Eigentlich sollte ich nach Hause fahren, doch stattdessen bin ich unterwegs in die entgegengesetzte Richtung. Der Frust und die Kränkung, die sich während des Nachmittags in mir aufgestaut haben, sind nun kurz vor dem Überkochen. Ich bin unfähig, Verhaltensalternativen in Erwägung zu ziehen, die wesentlich vernünftiger wären. So erreiche ich Matts Haus. Es brennt Licht, und als ich den Motor abschalte, ist mir klar, dass dies der Augenblick ist, um innezuhalten, umzudrehen, heimzufahren, mir ein Glas Wein einzuschenken und eine Runde zu heulen. Doch wo ich nun schon mal hier bin, da, wo er mich nicht haben will, übernimmt der irrationale Teil von mir das Kommando. Im Hinterstübchen ahne ich zwar, dass möglicherweise mal wieder zyklusbedingt meine Hormone spinnen, aber wie immer wische ich diesen Einwand zur Seite, um wie alle achtundzwanzig Tage meine Zerstörungswut auszuleben und so viele Tränen wie nur möglich zu weinen, weil die Welt ganz sicher gegen mich ist. Ich klingele und warte. Wenn ich mich jetzt ganz schnell umdrehe und wegrenne, wird er nie wissen, dass ich hier war. Die Tür geht auf, und Matt steht da. Der Schock ist ihm deutlich anzusehen.

«Maddy?», fragt er, als sei ich eine Fata Morgana.

«Kann ich reinkommen?» Der Hauch des Zögerns ist einem dicken Nebel der Wut gewichen, der in meinen Eingeweiden wühlt wie tausend giftige Schlangen.

«Ähm, klar. Natürlich», antwortet Matt verwirrt. Er tritt zur Seite, und ich versuche, ihn beim Vorbeigehen nicht anzuschauen. Drinnen zögere ich wieder, denn ich weiß plötzlich nicht mehr, was ich hier eigentlich will. Vor lauter Ärger hatte ich die Mädchen ganz vergessen. Wenn ich so weitermache, werde ich ihnen gleich gegenüberstehen, und unter diesen Umständen soll es nicht passieren.

«Wo sind deine Töchter?», flüstere ich.

«Vor dem Fernseher.» Er fragt sich offensichtlich, was hier läuft.

Ich mache auf dem Absatz kehrt.

«Maddy?» Lauter Fragen klingen in diesem Wort mit. Ich lächele ihn müde an.

«Es tut mir leid. Ich hätte nicht kommen sollen, aber ich musste einfach mit dir reden. Kannst du morgen früh vorbeischauen?»

«Natürlich. Maddy, ist alles in Ordnung?» Er greift nach

meinem Arm, aber ich will nicht, dass er mich berührt, denn ich bin kurz davor loszuheulen.

«Klar doch. Wir reden morgen.» Ich gehe davon, ohne mich umzusehen, und lasse den Tränen freien Lauf.

Am nächsten Morgen bin ich um fünf bereits auf und fertig angezogen. Weil ich nichts mit mir anzufangen weiß, tigere ich im Haus auf und ab. Das Gefühl, mir selbst gegenüber ehrlich sein zu müssen, ist während meiner schlaflosen Nacht nur noch stärker geworden. Ich kann nichts essen, sondern trinke nur einen Schluck Wasser, weil mir selbst von meinem normalen Tee schlecht wird. So sitze ich da und warte auf sein Erscheinen. Um Viertel nach sechs ist es so weit. Als ich ihm die Tür öffne, steigt eine weitere Welle der Übelkeit in mir auf.

«Maddy, was ist los? Geht's dir gut? Ich habe gestern Abend versucht, dich anzurufen, aber du bist nicht ans Telefon gegangen. Ich habe mir Sorgen gemacht», sagt er verwirrt.

«Mir geht's gut. Wirklich.» Ich trete mehrere Schritte zurück.

«Ist bei der Geburtstagsparty deines Vaters irgendwas passiert?»

«Nein. Mir ist nur klar geworden, dass ich nicht länger alleine sein will.»

«Was genau meinst du damit?» Mir wird klar, dass er es tatsächlich nicht kapiert. Die Giftschlangen winden sich wieder in meinem Inneren, und der ganze Ärger kocht wieder hoch. Was ist denn daran so schwer zu verstehen?

«Ich saß zwischen einem alten Langweiler und einem Lustmolch, während alle anderen einen auf glückliche Familie machten. Ich war die Einzige ohne Partner. Und warum? Weil der Mann, mit dem ich angeblich eine Beziehung führe, der Mann, der behauptet, er würde mich lieben, alles daransetzt, um mich ja nicht an seinem Leben teilhaben zu lassen. Er hält mich von seinen Kindern fern und tut nichts, was mir zeigen würde, dass er eine gemeinsame Zukunft mit mir planen will.»

«Maddy ...» Er kommt auf mich zu, doch ich hebe abwehrend die Hände.

«Was glaubst du, wie ich mich da fühle, Matt?» Meine Stimme kippt, so dick ist der Kloß in meinem Hals, doch ich bin entschlossen, stark zu bleiben.

«Maddy, es tut mir leid.» Wir stehen beide da, aber ich habe nichts mehr zu sagen. Eine Entschuldigung erklärt nichts und löst auch keine Probleme.

«Wir haben das doch besprochen, und ich habe versucht, es dir zu erklären. Die Dinge sind nicht schwarz-weiß, und ich muss an meine Töchter denken.»

«Matt, das Letzte, was ich will, ist, den Mädchen weh zu tun. Aber es wäre schön zu merken, dass du uns wenigstens mal einander vorstellen willst, vielleicht könnten wir ab und zu einen Sonntag zusammen verbringen. Wir sind doch keine Teenies, die irgendwelche Spielchen spielen, weil keiner merken darf, was man wirklich füreinander empfindet. Wir sind zwei Menschen, die sich angeblich ineinander verliebt haben, und das passiert nicht alle Tage. Okay, es ging ziemlich schnell, aber es ist passiert. Ich will keine zwanglose Affäre, Matt, ich will mit dir zusammen sein. Nicht nur heute, sondern so ziemlich jeden Tag, und das bedeutet, dass ich an einer Zukunft arbeiten will, die das irgendwann ermöglicht.» Ich höre auf zu reden und bin erleichtert, dass ich zumindest meine Gefühle zum Ausdruck gebracht habe. Matt blickt mich traurig an. Er setzt sich hin, studiert seine Fußspitzen und fährt sich mit den Händen durch die Haare, wie immer wenn ihm etwas unangenehm ist. Dann sieht er mich wieder an.

«Maddy, das mit dir und mir ist perfekt, so wie es ist. Ich will daran eigentlich nichts ändern. Wenn ich ganz ehrlich bin, dann glaube ich nicht, dass unsere Beziehung den Extradruck aushalten würde, wenn meine Töchter ins Spiel kommen. Es könnte gut sein, dass es dir gar nicht gefällt und du gehst. Und was passiert dann, Maddy? Wir müssen uns wieder zusammenraufen, und ich weiß einfach nicht, ob ich das nochmal kann.»

«Es gibt im Leben keine Garantien, Matt», brülle ich, so sehr haben mich seine Worte eben verletzt. «Manchmal muss man einfach Risiken eingehen und sehen, was passiert. Während du immer vom Schlimmsten ausgehst, könnte es sich als die beste Entscheidung herausstellen, die du je getroffen hast.»

«Warum kann es zwischen uns denn nicht einfach so bleiben?», fragt er bekümmert.

«Weil ich das nicht will.» Ich fuchtele mit den Armen in der Luft herum und schüttele wild den Kopf. Er schaut mich nur mit seinem traurigen Hundeblick an.

«Ich will nicht die heimliche Freundin sein, die dich nur in verstohlenen Momenten frühmorgens und ab und zu abends sehen darf. Wow, wenn ich ganz viel Glück habe, bleibst du vielleicht mal Samstagnacht bei mir, aber wenn mich meine Erinnerung nicht sehr trügt, dann ist das erst zwei Mal vorgekommen. Mein Gott, Matt, da könnte ich ja genauso gut eine Affäre mit einem verheirateten Mann haben, und das will ich nicht. Ich will ein Teil deines Lebens und dem deiner Töchter sein. Ist das denn zu viel verlangt?» Ich warte auf eine Antwort, doch sie bleibt aus. Er starrt auf den Boden, als würde er darauf warten, dass der sich auftut, um ihn zu verschlingen. Mir ist schlecht, denn ich weiß, ich habe den Kampf verloren. Die Wut verraucht, und was bleibt, ist Verzweiflung. Ich möchte am liebsten die Zeit zurückdrehen, zu dem Moment, als Matt mich fragte, ob alles in Ordnung sei. Ich würde zulassen, dass er alle meine Sorgen wegküsst. Doch das wird nun nicht passieren. Wir haben einen Punkt erreicht, an dem wir nicht mehr umkehren können.

«Ich liebe dich, Matt, und ich möchte mit dir zusammen sein. Ich dachte, dir geht es genauso, aber je mehr Zeit vergeht, umso unsicherer werde ich. Deshalb muss ich spüren, dass Platz für ein *wir* in deinem Leben ist. Verdammt, ich verlange ja nicht, dass du mich heiratest oder dass wir zusammenziehen, ich möchte doch nur ein bisschen mehr an deiner Welt teilhaben. Ich muss offen mit meinen Gefühlen sein, und, ganz ehrlich, ich habe es satt, die Wochenenden alleine zu verbringen. Ich möchte samstagabends mit einer DVD auf der Couch mit dir kuscheln, sonntags mit den Mädchen Fahrradausflüge machen und unsere Familien zum Mittagessen oder was auch immer einladen.»

Matt sitzt nur stumm da und weicht meinem Blick aus.

«Matt, wenn du dir das nicht vorstellen kannst, dann musst du mich gehen lassen, damit ich jemand anderen finden kann, der mit mir zusammen sein will. Jemand, der keine Angst vor den möglichen Risiken hat.»

Ich weiß, dass dieser letzte Schlag weh tun wird, aber im Wissen, dass er unausweichlich ist, glaube ich, es aushalten zu können. Die Tränen sind da, ich spüre sie deutlich, aber noch halten sie sich zurück.

«Es tut mir leid», sagt er an den Fußboden gerichtet. Am liebsten würde ich schreien.

SIEH MICH AN! ICH STEHE HIER, UND ICH LIEBE DICH. ICH WILL MIT DIR ZUSAMMEN SEIN. MIT NIEMANDEM SONST. MIT DIR! GIB MIR IRGENDEIN ZEI-

CHEN, IRGENDWAS, WORAN ICH MICH KLAMMERN KANN! So stehe ich da und warte darauf, dass er noch etwas sagt, doch er schweigt. Ich flehe ihn mit jeder Faser meines Wesens an, den Mund aufzumachen, mir zu widersprechen, etwas zu sagen, damit sich alle meine Ängste mit Knall und Rauch in Luft auflösen können. Ich will, dass der Schuh passt.

«Was genau tut dir leid?», frage ich schließlich.

«Alles, Maddy. Es tut mir leid, dass ich dir nicht geben kann, was du willst. Vielleicht hast du recht, vielleicht habe ich nur Angst vor den Risiken, aber ich ertrage den Gedanken einfach nicht, das Leben der Kinder nochmal durcheinanderzubringen.»

Obwohl ich gewappnet war, bleibt mir die Luft weg. Ein großer Teil von mir möchte ihm versichern, dass alles gut wird, dass ich ihn nie hängenlassen werde, dass unser Leben zusammen funktioniert, dass ich ihn nie verlassen würde, dass unsere Liebe stark genug ist. Ich könnte ewig so weitermachen ... O ja, ich könnte darum kämpfen, ihn von alledem zu überzeugen, als hinge mein Leben davon ab. Doch ich sehe meinen Vater vor mir und all die miesen Beziehungen, die ich nach dem gleichen Schema wiederholt habe. Nein, ich habe es nicht mehr nötig, die Leute davon zu überzeugen, dass ich ihre Liebe verdient habe, und wenn Matt das nicht sehen kann, wenn er bereit ist, mich zu verlieren, dann muss ich Abschied nehmen.

«Ich glaube, du gehst jetzt besser», sage ich und merke, wie mein ganzer Körper in sich zusammenfällt, wie ein Luftballon nach einer Party. Matt sieht mich an, doch ich kann seine Miene nicht deuten: Wut, Angst, Schmerz oder Erleichterung? Ich möchte ihn fragen, was er in diesem Moment fühlt. Ich möchte wissen, wie es in seinem Innersten aussieht, jetzt, wo er kurz davor ist, mich zu verlassen. Als er sich umdreht und zur Tür geht, brauche ich meine ganze Kraft, um ihn nicht aufzuhalten. Stattdessen bleibe ich wie festgenagelt stehen und starre die Tür noch an, nachdem sie sich längst geschlossen hat.

Über eine Stunde sitze ich da wie im Koma, während ich darauf warte, dass er anruft. Als er es nicht tut, mache ich mich schließlich an die Bestellungen, die ich wohl oder übel erfüllen muss, gebrochenes Herz hin oder her. Ein Hoch aufs Backen. Die Verletzung, die sich wie ein dumpfer Schmerz in meiner Magengrube eingenistet hat, verliert an Bedeutung, während ich alle meine Energien darauf konzentriere, den luftigsten Biskuit zu produzieren, den die Empfänger je gegessen haben. Ich möchte, dass sie ihre Augen schließen und an einen Moment in ihrem Leben erinnert werden, als alles gut und unkompliziert war. Ich möchte, dass sie lächeln und die Liebe und Zuwendung schmecken, die ich zusammen mit dem Mehl untergehoben habe, ich möchte, dass sie das fühlen, wonach ich selbst mich gerade mehr als nach allem anderen sehne. Ist das ein bisschen viel verlangt von einem Kuchen? Nein, ich glaube nicht, und gerade jetzt brauche ich meinen Glauben.

Zum Glück stehen eine Menge Bestellungen an, was mich davon abhält, mir den ganzen Tag lang die Augen auszuheulen. Die Beimischung salziger Tränen wäre, fürchte ich, wenig geschäftsfördernd. Ich checke mein Handy etwa tausend Mal, doch immer wieder trifft mich die Enttäuschung aufs Neue wie ein Schlag. Als ich abends den Tränen schließlich ihren Lauf lasse, rufe ich Moo an.

«Vielleicht braucht er einfach nur ein bisschen Zeit, um über die Dinge nachzudenken. Er wird sich sicher melden», versucht sie mich zu trösten, doch vergeblich.

«Ich dachte, er wäre der Richtige», schluchze ich und kann gar nicht begreifen, wie etwas so sehr weh tun kann.

«Gib die Hoffnung noch nicht auf», warnt sie mich, aber ich weine nur noch lauter. Den ganzen Tag habe ich es zurückgehalten, und nun kann ich nicht mehr aufhören. Moo ist ein Schatz, sie bleibt die ganze Zeit dran, hört mir zu und macht ab und zu tröstende Geräusche. Mit völlig verquollenen Augen gehe ich früh ins Bett, doch der erlösende Schlaf ist mir nicht vergönnt.

Am liebsten würde ich im Bett bleiben und mich unter der Decke verkriechen, doch das Café wartet, und so zwinge ich mich aufzustehen. Der Gedanke an Frühstück ist unerträglich. Ich halte es gerade mal fünf Minuten aus, bevor ich auf mein Handy schaue, doch es zeigt weder verpasste Anrufe noch einen kleinen Briefumschlag. Mein Herz krampft sich zusammen. Das graue, trübe Wetter passt zu meiner Stimmung, als ich wie betäubt zur Arbeit fahre. Es ist mir völlig egal, ob ich zu spät komme. Selbst wenn Dot mich zur Schnecke macht, wird mir das egal sein – sie tut es prompt, und es ist mir doch nicht egal, denn ich möchte, dass irgendjemand nett zu mir ist, und sei es nur Dot. Als ich Tilly erzähle, was passiert ist, nimmt sie mich fest in den Arm, doch selbst ihre konstante Versorgung mit Maltesern kann die dunkle Wolke der Traurigkeit über mir nicht vertreiben. Auch die restliche Woche vergeht wie in einem Nebel. Arbeit und Backen erledige ich per Autopilot. Ich weine nicht mehr, doch dafür laufe ich wie eine Schlafwandlerin durch die Gegend. Ich fühle mich taub, müde und krank. Mein Gehirn spielt mir jedes einzelne Wort wieder vor, das Matt gesagt hat, jede Bewegung seines Körpers, und mehr als einmal überlege ich, ihn anzurufen, doch eine leise Stimme in meinem Kopf hält mich davon ab. Während ich das Telefon bereits in der Hand habe, fällt mir das Versprechen wieder ein, das ich mir gegeben habe.

Wenn er glaubt, dass ich es wert bin, wird er anrufen, wenn nicht, war er nicht der Richtige. Ich bin es müde, jedes Mal zusammenzuzucken, wenn die Tür aufgeht, und jeden Mann, der das Café betrifft, für Matt zu halten. Darum bin ich froh, als Donnerstag ist. Morgen ist Sugar and Spice-Tag, und dann habe ich das ganze Wochenende, um mich zu verstecken.

Ein Anruf von James durchkreuzt mein Pläne für ein Trost-Wochenende mit schlechten Romantikkomödien auf DVD und Schokoladeneis.

«Es geht um Frosch. Es geht ihm schlechter, und ich glaube, es ist so weit.» Seine Stimme zittert.

«Okay, ich komme vorbei», verspreche ich und schnappe mir meinen Mantel. Frosch ist kaum noch bei Bewusstsein, er kann sein Körbchen nicht verlassen, um zu fressen, und er nimmt uns gar nicht mehr wahr. Früher oder später wird er von selbst aufgeben, aber wann? In einer Woche? Zwei Wochen? Einem Monat? Widerstrebend stimme ich James zu, dass wir ihn nicht weiter leiden lassen dürfen. Ich fühle mich seltsam dumpf und kann nichts empfinden, als James in meinen Armen weint. Als ich gehe, sind beide auf dem Sofa eingeschlafen. Mir ist bang vor morgen.

Am nächsten Morgen stehe ich wieder bei James vor der Tür. Nachdem wir uns mit drei Tassen Tee gestärkt haben, machen wir uns langsam auf den Weg zum Tierarzt. James trägt Frosch auf dem Arm, und wir sprechen ruhig und leise miteinander, während er vor sich hin dämmert. Bis jetzt war ich die Starke und bin gelassen und pragmatisch geblieben. Doch sobald wir die Praxis erreichen, bröckelt plötzlich meine Fassade, denn mein Herz bricht zum zweiten Mal diese Woche. Zuerst Matt und nun Frosch zu verlieren, scheint auf einmal unerträglich. Eine erstickte Stimme (das kann nicht meine sein) ruft, dass ich es nicht schaffe. Ich fange an, unkontrolliert zu schluchzen, meine Schultern zucken vor lauter aufgestautem Weinen, sodass James mich förmlich durch die Tür schubsen muss. Es heißt ja immer, dass kinderlose Paare Tiere als Ersatz halten, und Frosch ist seit fünfzehn Jahren ein wesentlicher Teil unseres Lebens gewesen. Einmal kamen wir früher aus dem Urlaub zurück, weil wir den Gedanken nicht ertragen konnten, wie er da verwirrt und ängstlich im Tierpensionszwinger saß. Bei Wochenendausflügen nach Cornwall versuchten wir, ihn davon zu überzeugen, dass Hunde Wasser lieben, und ein anderes Mal mussten wir ihm klarmachen, dass die dreißig Beagles der örtlichen Jägertruppe ihm zahlenmäßig überlegen waren, als er es mit aufgestellten Nackenhaaren mit ihnen aufnehmen wollte. Alle lachten über sein Geheul, wenn er den Eiscrememann hörte, denn er gab keine Ruhe, bis er nicht auch eine Kugel bekommen hatte. Irgendwann hörten wir auf mitzuzählen, wie oft wir ihn aus dem Dorfteich retten mussten, weil er wieder mal vergessen hatte, dass er nicht schwimmen kann. Die meiste Zeit unserer Ehe hieß es wir und Frosch gegen den Rest der Welt, und als ich auszog, wurde er umso bekannter, wie er stets mit James im Pub saß, die Nase in einer Packung Chips vergraben, wo ihn die Gäste vergötterten.

Mit beruhigenden Worten verabschieden wir uns von unserem ersten Baby, doch er nimmt uns kaum wahr, denn er ist müde von den Herausforderungen der letzten Monate, während er sich leise davonschleicht. Er stirbt, wie der Tierarzt versprochen hat, ruhig und mit Würde. Trotzdem bestehe ich darauf, mir das Stethoskop zu schnappen, um sicher zu sein, dass Frosch wirklich nicht mehr da ist. Vorher kann ich nicht gehen. Natürlich macht das meinen

Schmerz nur noch schlimmer, denn heimlich hatte ich gehofft, doch noch einen Herzschlag zu hören, aber da sind nur die Geräusche seines aufgebenden Körpers. James zieht mich weg, während ich immer noch schluchze, und so wandern wir eng umschlungen und mit verweinten Augen zurück. Zum Glück bin ich mit den Bestellungen gut dabei, abgesehen von den Mince Pies, aber die werden warten müssen. Wir verbringen den Rest des Tages vor dem Fernseher und schauen *Findet Nemo*, weil wir vom Weinen zu erschöpft sind, um irgendetwas anderes zu tun. Während wir so dasitzen und versuchen, das Geschehene zu verdauen, frage ich James nach seiner Blondine.

«Nix im Hirn», antwortet er.

«Ach», sage ich, als würde das alles erklären.

«Und was ist mit deinem Maurer?»

«Steinmetz, um genau zu sein», korrigiere ich ihn entrüstet, bevor ich rasch hinzufüge: «Der ist weg.» James nickt, als hätte auch ich damit alles gesagt. Wir sind zu müde, um weiter nachzubohren, und so starren wir wieder auf den Bildschirm, ohne richtig hinzusehen.

«Ich wusste, es würde weh tun, ihn zu verlieren. Aber ich war nicht darauf vorbereitet, wie sehr», sagt James plötzlich in die Stille hinein und wischt sich wieder über die Augen. Ich nehme ihn in den Arm, damit wir einander festhalten können. James ist kein besonders emotionaler Mensch. Seine entspannte Einstellung zum Leben bedeutet, dass die meisten kleinen Dinge ihn gewöhnlich nicht tangieren, und die größeren bespricht er bei einem Bier mit seinen Fußballkumpels. Abgesehen von einer vereinzelten Träne am Ende eines Films habe ich ihn nie wirklich so weinen sehen, und es bricht mir das Herz. Ich streichele seinen Rücken und streiche ihm übers Haar, wie eine Mutter bei einem Kind, während er sich ausweint.

«Danke, Maddy. Verzeih mir, dass ich mich so hab gehenlassen», meint er schließlich und putzt sich die Nase.

«Du brauchst dich doch nicht zu entschuldigen. Wir haben heute unser Baby Frosch verloren und du deinen besten Freund. Da ist es ganz natürlich, traurig zu sein», versichere ich ihm, während ich meine eigenen Tränen trockne.

«Es tut mir leid, dass ich nicht mehr für dich da war, als du das Kind verloren hast», sagt er leise, als sei er sich nicht ganz sicher, ob er es überhaupt sagen sollte.

Ich bin vollkommen sprachlos. Das ist das erste Mal, dass James die Sache erwähnt, seit es passiert ist, und ich weiß nicht, was ich erwidern soll. Ein Blick auf seine rotumrandeten Augen und die triefende Nase zeigt mir jedoch, dass es egal ist. Wir alle gehen mit den Dingen unterschiedlich um, und manche Dinge berühren uns mehr als andere. Nur weil James damals damit klarkam und nicht wie ich den Schmerz, die Trauer und Verwirrung wie einen schweren Kohlensack mit sich herumschleppte, sollte er sich nicht schuldig fühlen müssen. Es macht mich irgendwie traurig, dass ich mich davon so habe beeinträchtigen und runterziehen lassen, dass ich darüber ganz vergessen habe, nach vorne zu schauen und die guten Dinge in meinem Leben zu schätzen. Es ist Teil meiner Vergangenheit, unserer Vergangenheit, aber nicht unserer Zukunft. Wie konnte ich Matt nur einen solchen Vortrag halten! Ziemlich ironisch.

«Wie gesagt, kein Grund für Entschuldigungen. Was hältst du davon, wenn ich uns ein bisschen selbstgemachte Kürbissuppe aufwärme?», schlage ich lächelnd vor und ernte dafür ein schwaches Nicken.

Obwohl wir nicht hungrig sind, schmeckt es doch überraschend gut und bringt wieder ein bisschen Farbe in unsere Gesichter. Als James irgendwann auf dem Sofa einschläft, decke ich ihn zu und gehe selber ins Bett.

Nachdem James am nächsten Tag gegangen ist, fühle ich mich ein bisschen verloren. Frosch war das zerbrechliche Bindeglied in unserer seltsamen Beziehung, und ich frage mich, wie es sich wohl auf uns beide auswirken wird. Zumindest muss ich mir keine Sorgen mehr darum machen, was Matt denkt. Ich habe genug zu tun: mehr als vierhundert Mince Pies warten noch darauf, gebacken zu werden, dreihundertfünfzig sind bereits fertig. Besonders viel Begeisterung kann ich angesichts dieser Aufgabe jedoch nicht aufbringen. Die fünfunddreißig Weihnachtskuchen müssen zum Glück erst Ende des Monats ausgeliefert werden. Halbherzig mache ich mich an zwei Ladungen Mince Pies in der Hoffnung, dass mich die Tätigkeit davon abhalten wird, an Matt zu denken. Tut sie aber nicht. Ich halte mitten im Tun inne und starre aus dem Fenster. Der Himmel ist heute völlig farblos, als ob das Blau aufgesaugt worden wäre und nur noch milchiges Grau übrig geblieben ist. Alles hebt sich kontrastreich davor ab, sogar die Vögel, die den britischen Winter über bleiben, wirken schwarz. Könnte aber auch daran liegen, dass es Raben oder Amseln sind. Von Vögeln habe ich wirklich keine Ahnung.

Ich frage mich, ob ich wohl zu hart mit Matt war. Ich hatte ja genauso Angst wie er vor dem, was passiert, wenn auch aus anderen Gründen. Doch unterm Strich läuft es auf dasselbe heraus: Die Vergangenheit hält einen zurück, und die Zukunft macht Angst. Das ist jetzt aber auch egal, denn nur weil ich bereit bin, einen Schritt nach vorn zu wagen und anzunehmen, was das Leben bringt, heißt das noch lange nicht, dass er es auch ist. So gerne ich all meine Überzeugungskraft dazu aufbringen würde, ihn zu einer anderen Einschätzung der Dinge zu bewegen, weiß ich, dass es mir auf lange Sicht nichts nützen würde. Ich bin mehr wert als das. Ich bin es wert, dass man etwas für mich riskiert, und wenn er das nicht merkt, dann soll ihn der Teufel holen! Schnell werfe ich noch einen Blick auf mein Handy, nur um sicherzugehen. Nichts. Sieh's endlich ein, Maddy, er hat nicht angerufen, weil er nicht an eine Zukunft mit dir glaubt. Und wie jeder weiß, werden Träume nie wahr, wenn man nicht fest daran glaubt. Ich reiße mich vom Fenster los und wende mich widerwillig wieder meinen Mince Pies zu.

Was er jetzt wohl gerade macht?

Es ist mir egal, was er macht.

Ich hoffe, es geht ihm verdammt dreckig dabei, egal was es ist.

Da der Rest des Nachmittags wie eine offene Wunde vor mir liegt, beschließe ich, wider besseren Wissens, Weihnachtseinkäufe zu erledigen, doch hinterher fühle ich mich noch elender. Überall Hundertschaften von Leuten: händchenhaltende Paare, Familien, die auf den Weihnachtsmann warten, alle tun sie normale vorweihnachtliche Sonntagsdinge, und ich bin neidisch. Ich kaufe ein Shirt, das ich mir kaum leisten kann und vermutlich nie tragen werde, bevor ich wieder zum Auto schlurfe, wo ich zwanzig Minuten lang einfach nur dasitze. Lou hat mich zu sich eingeladen, aber ich habe keine Lust. Ihr momentaner Glückszustand durch die bevorstehende Hochzeit wird meine Laune bestimmt nicht heben. Ich will noch nicht nach Hause, aber hier bleiben will ich auch nicht. Was will ich also? Meine Güte, was ist denn nur los mit mir? Ich würde ihn doch sonntags sowieso nicht sehen. Wie kann ich etwas vermissen, das ich nie hatte?

Mein Anblick, wie ich verheult und mit hängenden Schultern vor der Tür stehe, muss Freya ein wenig schockiert haben, denn sie zerrt mich förmlich in die orangefarbene Wärme ihres Hauses. Das Feuer knistert im Kamin, und Ben schaut mit der Prinzessin auf dem Schoß Grand Prix. Ich komme mir vor wie ein Dachs, der nach vergeblichen Streifzügen durch den kalten Wald schließlich in den heimeligen Bau zurückkehrt, um sich mit seinen Dachsfreunden in ein Bett aus trockenem Herbstlaub zu kuscheln. Freya wirkt in ihrer makellosen, glänzenden Küche wie eine Hausfrau aus einem Werbespot der Fünfziger: nach unten schmal zulaufende Hosen, flache Ballerinas, geblümte Schürze und ein blonder Pferdeschwanz. Sie bäckt gerade Vollkornmuffins mit Haferkleie für Bens Lunchbox – ein neuer Versuch, ihm die Kekse abzugewöhnen. Er wird ein bisschen rundlich um die Taille, und ist das etwa ein Doppelkinn? Ahh, wie es aussieht, wird niemand vom Alterungsprozess verschont. Bald werden wir sonntagnachmittags gemeinsam irgendwelche Antiquitätenprogramme anschauen. Trotz meiner Behauptung, keinen Sherry zu mögen, schenkt Freya mir ein Glas ein und witzelt, der sei besonders gut für traumatisierte ältere Damen. Wider Willen muss ich lachen, so sehr überrascht mich ihr plötzlicher neckender Humor. Von meinem Bruder bin ich's ja gewöhnt, aber von Freya? Sie ist der Inbegriff politischer Korrektheit, hat noch nie jemanden durch einen Fauxpas oder einen falschen Kommentar gekränkt – ein Witz auf Kosten anderer ist einfach gar nicht ihr Stil. Ich mag es, wenn die Leute mich überraschen. Vielleicht hat sie sich ja selbst schon einen Sherry gegönnt. Sie hat jedenfalls recht, der süße Trost des Sherrys tut mir gut, und ich spüre, wie mich eine warme Glut einhüllt. Zum Glück scheint Ben mir verziehen haben, sodass ich dankend das Angebot annehme, zum Essen zu bleiben und mir mein Glas noch einmal auffüllen zu lassen. Als ich jedoch nach Hause komme, erlischt meine

Sherry-Glut ziemlich rasch, da mir die vernünftige, selbstzufriedene Frauenstimme meines Anrufbeantworters mitteilt, dass ich keine neuen Nachrichten habe. Auch meine Handy-Inbox ist definitiv leer, obwohl ich sie mindestens drei Mal abgehört habe.

Ich vermisse Matts Angewohnheit, mich zum Lächeln zu bringen. Die kleinen Dinge, die mit einer Umarmung aus der Welt zu schaffen sind, werden plötzlich riesengroß. Während eine weitere Woche langsam vorbeikriecht, rege ich mich zunehmend über den ganzen Kleinkram auf. Die Welt geht unter, weil mir das Sieb aus Versehen ausrutscht und eine Lage Mehl den Küchenboden bedeckt. Ich würde mich am liebsten umbringen, als ich zwei Weihnachtskuchen so lange im Ofen vergesse, bis es plötzlich verbrannt riecht. Ich kriege einen Schreianfall, weil der Kreditkartenleser spinnt, und ich heule wie ein Baby, als ich ein Tablett mit Mince Pies fallen lasse, weil ich mir den Arm am Backofen verbrannt habe. Sogar der Schal, den ich Lou zu Weihnachten stricke, geht völlig in die Hose. Vor lauter Anspannung habe ich gestrickt wie eine Bescheuerte, sodass meine Maschenzahl von anfänglich sechsundzwanzig nun auf dreiundsechzig gestiegen ist! Das Ganze ähnelt jetzt eher einer Decke als einem Schal.

Die Arbeit im Carriage House ist auch nicht besser, weil ich ständig nach ihm Ausschau halte, jeden Weg durch den Garten und jede Mittagessensbestellung fürs Herrenhaus fürchte. Wie durch ein Wunder begegne ich ihm nie, aber vielleicht setzt auch er alles daran, mir aus dem Weg zu gehen. Außerdem fehlt mir Tilly, die mit einer Magen-Darm-Grippe im Bett liegt. Meine Trauermiene sorgt dafür, dass alle mich meiden wie die Pest. Da ich das Gefühl habe, langsam verrückt zu werden, und weil ich einfach nur vor dem

Fernseher sitzen und mich mit zuckerhaltigen und kohlehydratreichen Lebensmitteln vollstopfen will, bitte ich Dot um einige Tage Urlaub. Es ist zur Zeit sowieso ruhig, sodass sie widerwillig zustimmt, nicht ohne jedoch anzumerken, es wäre schön, wenn ich bei meiner Rückkehr etwas mehr Begeisterung und ein Lächeln mitbrächte. Ich widerstehe der Versuchung, den Hefeteig, den ich gerade knete, nach ihr zu werfen. Ich, lächeln? Was ist denn dann mit ihr, der mürrischen alten Schachtel?!

Aus dem Herumhängen vor dem Fernseher wird auch nichts, weil ständig irgendwelche Kuchenbestellungen eingehen und ich mit Mühe versuche, die nötige Energie für die fünf Schokoladenkuchen, die ich bis morgen brauche, sowie die sechs Weihnachtskuchen für den Feinkostladen um die Ecke aufzubringen. Während ich noch überlege, ob ich wirklich genug Teig für fünf statt nur vier Schokokuchen angesetzt habe, klingelt es an der Tür. Mein Herz macht einen kleinen Sprung. Das ist er. Er ist gekommen, um sich zu entschuldigen und mich in seine starken Arme zu nehmen. Dann werden wir zusammen bis an unser Lebensende glücklich sein. Rasch werfe ich einen Blick in den Spiegel, was keine gute Idee war, denn ich sehe genauso aus, wie ich mich fühle: grau und müde. Also kneife ich mich in beide Backen, um für ein bisschen Farbe zu sorgen, hole tief Luft und öffne die Tür. Die Enttäuschung trifft mich mit voller Wucht, während mein Hirn versucht, die Tatsache zu verarbeiten, dass da draußen nicht Matt steht sondern meine lächelnde Mutter. Als wäre das Leben so fair! Es gibt keine märchenhaften Happy Ends, Maddy, also reiß dich gefälligst zusammen!

Meine Enttäuschung macht Schuldgefühlen Platz, wo doch Mum bereits die Arme ausstreckt, um mich an sich zu ziehen. Ich sollte mich freuen, sie zu sehen, aber alles, was ich denken kann, ist, nicht jetzt, Mum. Sie hätte sich wenigstens ankündigen können, aber dann fällt mir wieder ein, dass ich sie vor Wochen schon eingeladen habe, bevor all das passiert ist.

O Gott, ich habe keine Kraft, um die perfekte Tochter zu spielen, und ziehe ernsthaft in Erwägung, ihr zu sagen, dass ich eine ansteckende Krankheit habe und sie in keinem Fall hereinlassen kann. Überraschung und Sorge stehen ihr ins Gesicht geschrieben, und so lächele ich schwach. Als sie mich auf der Türschwelle umarmt, sacke ich an ihrer Schulter zusammen und schluchze laut.

«Ach, Mum, was soll ich nur tun? Ich dachte, er sei mein Bananen-Pekannuss-Kuchen ... mit Schokoladenstückchen ... ich ... ich verstehe das nicht ... Er fehlt mir so ... und es tut weh ... so schrecklich ... weh!»

«Oh, ma chérie, ist ja gut, wird alles gut», beruhigt sie mich, und ich lasse zu, dass sie mich nach drinnen zum Sofa führt. Sie stellt ihre Übernachtungstasche ab, bindet sich eine Schürze um und kocht uns erst mal eine Tasse Tee, bevor sie die Kuchen für mich fertig bäckt. Während Mum in der Küche vor sich hin werkelt, fällt mir auf, dass irgendetwas an ihr anders ist. Nicht nur ihre Kleidung, die ein bisschen moderner wirkt (sie trägt einen schokoladenbraunen Kaschmirumhang über Jeans und derben braunen Stiefeln statt ihrer üblichen Gummizughosen und Sackpullover), es hat eher mit ihrer Körperhaltung zu tun. Sie scheint größer, stolzer fast, und wie ich sie so beobachte, merke ich, dass ihre Augen fast wieder so funkeln wie früher.

«Mum, du siehst phantastisch aus», rufe ich von meinem verordneten Sofa-Krankenlager aus.

«Danke, Liebes. Du hingegen gefällst mir gar nicht. Du musst wirklich versuchen, dich ein wenig auszuruhen.»

Mit diesen Worten bringt sie mir meine dritte Tasse Tee. Ich schaffe es einfach nicht, ihr zu sagen, dass ich keinen mehr runterkriege.

«Tue ich. Aber woher plötzlich diese Veränderungen?», frage ich neugierig.

«Ach, nichts Besonderes. Ich war einfach nur mit Suzie shoppen, und da hat sie vorgeschlagen, dass wir bei Marks and Spencer reinschauen. Da gab es eine tolle Auswahl an Kleidung.»

Äh, wenn ich mich nicht sehr täusche, habe ich ihr das vor Monaten vorgeschlagen, aber sie hat mich bloß abgewimmelt. Wer ist diese Suzie, und was hat sie, was ich nicht habe?

«Suzie?», hake ich nach. Wie es scheint, hat Suzie ein kleines Kunstwerk in der Galerie gekauft, wo Mum ab und zu arbeitet. Sie sind ins Gespräch gekommen, und daraus hat sich eine Freundschaft entwickelt. Suzie ist ungefähr im gleichen Alter, geschieden und sieht laut Mum ein bisschen wie Marianne Faithful aus.

«Suzie hat so viel Energie. Sie hat mich sogar überredet, mit Yoga anzufangen. Im Januar machen wir einen Wochenendworkshop.»

«Wow, das ist klasse, Mum.» Ich freue mich über die Begeisterung in ihrer Stimme, bin aber gleichzeitig ein wenig schockiert: Mum erforscht ihre yogische Seite?

«Wir gehen außerdem zusammen zum Aktzeichnen, das ist immer sehr lustig. So ganz habe ich's noch nicht drauf, den ... du weißt schon ... bei den Männern ... ihren Schniedel zu zeichnen! Ich habe immer das Gefühl, ich müsste übertreiben, falls er hinterher mein Bild sehen will.»

Ich kann kaum glauben, dass Mum das Wort Schniedel benutzt hat. Das klingt irgendwie komisch aus dem Mund der Frau, die mir eingebläut hat, ich dürfe auf keinen Fall die «Teile» eines Mannes anfassen, bevor ich nicht mit ihm verheiratet bin, egal wie sehr er darum bettelt.

«Suzie ist wirklich klasse», schwärmt Mum, und ich weiß nicht genau, was ich darauf sagen soll. Ich freue mich, dass sie wieder Spaß am Leben hat, dass der schrecklich altbackene Look und die Gummibundhosen verschwunden sind, aber wenn ich ganz ehrlich bin, hätte *ich* gern all diese Veränderungen herbeigeführt.

Wie es scheint, hat Mum vor, ein paar Tage zu bleiben, und es überrascht mich, wie sehr ich mich über ihre Gesellschaft freue. Ich lasse zu, dass sie mich wie ein Kind verwöhnt, indem sie nahrhafte Hausmannskost wie vegetarischen Shepherd's Pie, Eintöpfe, Brombeer- und Apfelkuchen und meinen Lieblingsflan zubereitet. Ich spüre, wie mein Bauch sich rundet, aber Schlanksein ist nicht mehr wichtig. Während wir zusammen Mince Pies (insgesamt bisher sechshundertachtundzwanzig Stück) und weitere Weihnachtskuchen backen, geht es mir zunehmend besser. Wir reden und lachen beim Kochen, und während ich mich langsam aus dem Nebel namens Matt befreie, kann ich gar nicht verstehen, warum ich sie anfangs nicht hier haben wollte. Wir sollten das wirklich öfter machen.

Nach einem hektischen Tag, an dem wir vier Weihnachtskuchen gebacken und fünfzehn weitere mit Obst und Nüssen verziert haben, dazu einen weiteren Whisky Kuchen sowie die Verpackung der fünfunddreißig vorbestellten für den Kurierservice morgen vorbereitet haben, lassen wir uns vom Inder das Abendessen kommen und hauen uns vor den Fernseher. Ich bestehe darauf, dass wir *Ich bin ein Star, holt mich hier raus* anschauen, was Mum nicht kapiert, sodass ich ihr alles genau erklären muss. Doch selbst dann kann sie dem nichts abgewinnen, schüttelt nur ungläubig den Kopf, dass ich mir solchen Schrott antun kann, und plappert munter weiter. Ich gebe meine Fernsehversuche auf und versuche stattdessen, sie dazu zu überreden, noch ein paar Tage zu bleiben. Schuldbewusst sieht sie mich an, bevor sie zugibt, dass sie wegen eines Meditationsworkshops mit Suzie nach Hause muss. Ich bin völlig von den Socken. Vor ein paar Monaten noch hätte ich sie förmlich aus dem Haus schieben müssen. Ich spüre einen kleinen Stich der Enttäuschung, weil ich mir nicht sicher bin, ob ich alleine klarkomme. Ich habe mich so daran gewöhnt, sie um mich zu haben und mich abzulenken, damit ich nur zweiundzwanzig statt vierundzwanzig Stunden am Tag an Matt denke.

«Warum rufst du ihn nicht einfach an?», schlägt sie sanft vor.

«Mum, ich habe mein ganzes Leben lang versucht, Männer davon zu überzeugen, dass ich ihre Liebe verdient habe. Damit ist es jetzt vorbei. Wenn er mich liebt und es nochmal versuchen will, wird er sich melden», erkläre ich ihr nachdrücklich. Mum lächelt nur, und ihre Stimme hat plötzlich wieder diese Kräutersalben-Qualität: leise und beruhigend, mit magischen Heilkräften für selbst die schlimmsten Schnitte und Kratzer. Es ist der gleiche Tonfall, in dem sie mir als Kind nach Dads Auszug versichert hat, dass er mich immer noch lieb hat, auch wenn sie selbst so aussah, als könnte sie alles immer noch nicht so recht fassen.

«Liebes, hast du dir schon mal überlegt, dass er vielleicht auch Angst hat? Er hat eine harte Zeit hinter sich, und du musst Verständnis für sein Verhalten haben.»

«Das tue ich ja, Mum, aber ich möchte nicht mit jemand zusammen sein, der sich nicht hundertprozentig sicher ist. Das ist, als ob man für den Teig Margarine statt Butter verwendet.» Allein der Gedanke macht mich wütend, und ich merke, dass ich auf meinem Standpunkt beharre. Da gibt es keine Kompromisse.

Es sind die kleinen Extras, die einen besonders guten Kuchen ausmachen: der Fruchtanteil in der Marmelade eines Victoria-Sandwich-Kuchens, ein Hauch Amaretto im Kümmelkuchen oder die bewusste Verwendung von Zartbitterschokolade im Schokokuchen. Dies sind die Dinge, die einen guten Kuchen von einem absolut köstlichen unterscheiden – ach, na gut, eine Scheibe noch. Ich bin zum Schluss gekommen, dass es mit der Liebe so ähnlich ist und man auch dort keine Kompromisse eingehen sollte. Ich brauche keinen Mann, der gerade Diät macht und nicht gewillt ist, sich das größte Stück zu schnappen. Nein, Matt soll sich zum Teufel scheren!

Das Gefühl hält etwa siebenunddreißig Minuten lang an, bis ich auf dem Weg ins Bett wieder auf mein Handy schaue. Zwei kleine Umschläge erwarten mich. Mein Herz klopft mir bis zum Hals, und meine Hand zittert, während ich den ersten in der Hoffnung öffne, er sei von Matt. Es ist jedoch Tilly, die wissen will, wie's mir geht. Die zweite SMS ist von Lou, die vorschlägt, abends mal wieder auszugehen. Mum bemerkt meine Enttäuschung, drückt mir einen Kuss auf die Stirn und versichert mir, dass sich alles klären wird. Dann geht auch sie ins Bett.

Am nächsten Morgen sagt sie mir noch einmal, wie wunderbar ich bin, dass ich geliebt werde und dass Matt bald merken wird, was er an mir verloren hat. Nur widerwillig lasse ich sie gehen. Kaum ist sie weg, rufe ich Moo an, um ihr von Suzie zu berichten und der möglichen Tatsache, dass Mum lesbisch geworden ist.

Als ich wieder bei der Arbeit auftauche, erblicke ich als Erstes Tilly, die unter ihrer Schürze ihr Weihnachtselfenoutfit trägt. Sie hat einen Mistelzweig über den Personaleingang gehängt und küsst alle, die dort durchkommen, was den Brotlieferanten sehr freut. Ich persönlich finde das ja ein bisschen unreif und würde ihr gerne antibakterielle Tücher empfehlen, weil man schließlich nie wissen kann, wo sich diese Leute vorher rumgetrieben haben. Doch Tilly wischt meine Bedenken mit dem glitzernden Zauberstab aus ihrer Schürzentasche vom Tisch. Als die Tür aufgeht und Tilly vor Freude über ihr nächstes Opfer quietscht, konzentriere ich mich summend weiter auf meinen Früchtebrotteig. Wenn ich nur laut genug summe, wird das alle Gedanken übertönen, und je weniger ich nachdenke, umso besser. Über Tillys aufgeregtes Stimmchen hinweg höre ich jedoch eine andere Stimme, eine, die ich in meinem Kopf immer und immer wieder abgespielt habe, bis das Band kaputt war und ich ihren Klang vergessen habe. Ich höre auf zu summen, halte den Atem an und wage es nicht, mich umzudrehen. Vielleicht geht er ja gleich wieder, und ich muss ihn nicht mal anschauen ...

Er steht neben mir, und zwar so dicht, dass ich ihn riechen kann. Er riecht genauso wie in meiner Erinnerung: sauber, nach Seife und frisch von der Leine geholter Wäsche. Der Duft erinnert mich an all das, was ich vergessen will. Ich versuche, mich auf meine Aufgabe zu konzentrieren, aber alle meine Sinne sind auf einen einzigen reduziert. Ich kann weder sehen noch hören, alles ist verzerrt. Er streckt sich auf diese besondere Katzenart, die ich liebe, wobei sein T-Shirt ein Stückchen seines flachen Bauches freigibt. Er hat abgenommen, und ich würde gerne die Hand ausstrecken und ihn berühren. Ich möchte die Wärme seiner Haut spüren und all die Linien nachfahren, die ich so gut kenne.

Die Luft bleibt mir weg, und mein Magen krampft sich zusammen, denn meine Sehnsucht nach ihm ist so groß wie eh und je.

«Hallo», sagt er.

«Hallo», antworte ich leise.

Da sie wohl die plötzliche Spannung im Raum bemerkt, mischt Tilly sich ein und fängt an, ihm von meinen Plänen fürs Café zu erzählen, während ich versuche, mich daran zu erinnern, was ich eigentlich gerade machen wollte. Ein Ei, genau. Ich brauche Eier. Konzentrier dich auf die Eier, Maddy.

«Was macht die Firma? Läuft das Weihnachtsgeschäft wie erhofft?», fragt er mich. Ich wünschte, er würde einfach gehen und mich meinem Elend überlassen.

«Gut, danke. Ich kriege viele Bestellungen, darum ist es in letzter Zeit ein bisschen hektisch, aber ja, danke, es läuft gut.» Nervös fingere ich am Lametta herum, das Tilly mir unbedingt in die Haare binden musste.

«Das freut mich.» Er lächelt. Ich wünschte, er würde nicht lächeln.

«Ich persönlich glaube ja, ich habe den Verstand verloren, aber wir werden sehen.» Ich versuche, fröhlich und unbeschwert zu klingen, und kriege sogar einen kleinen Lacher hin. Er tritt von einem Fuß auf den anderen, während ich weiter meinen Teig zubereite und mich verzweifelt bemühe, ihn nicht anzusehen. Ich schaffe es gerade mal sechsundfünfzig Sekunden lang. Dann blicke ich auf, wir lächeln uns an, und das alte Knistern ist wieder da. Ich habe seine Lachfältchen um die Augen schon immer so gerne gemocht. Ein Kloß in meinem Hals droht, mir die Luft abzuschnüren, und weil ich Angst habe loszuheulen, breche ich den Zauber, indem ich mich abwende.

«Wie geht's den Mädchen?», frage ich.

«Prima, danke.» Er schaut auf den Boden.

Bitte geh. Dieser höfliche Smalltalk bringt mich sonst noch um. Er streckt die Hand aus und schnappt sich einen von Dots Mince Pies, die auf einem Kuchengitter auskühlen. Dabei berührt sein Arm meinen, und beim elektrischen Schock, der mich durchfährt, bleibt mir fast das Herz stehen.

Schnell, rufen Sie Dr. Ross aus dem Emergency Room. Wir verlieren sie. Herz-Lungen-Animation, sofort! Und zehn Milligramm von einer Substanz mit schrecklich langem Namen. Ihre Atemwege sind blockiert, und sie bekommt keine Luft. Jemand muss Mund-zu-Mund-Beatmung machen, und zwar schnell.

«Mhm. Nicht so gut wie deine Mince Pies.»

Sag mir, dass du ohne mich nicht leben kannst, und ich werde dich für den Rest deines Lebens mit Mince Pies füttern. Ich werde den Zucker von deinen Lippen lecken.

«Für £ 24,95 kannst du eine Schachtel voll rechtzeitig für Weihnachten bestellen!», sage ich und gehe davon, ohne ihn anzusehen. Ich habe keine Ahnung, wohin ich will, aber ich laufe einfach weiter, weil akute Gefahr besteht, dass ich ihm ein Leben voller Mince Pies im Tausch gegen sein Herz anbiete.

865 englische Mince Pies und zwei Weihnachtswünsche

Dezember

Achthundertfünfundsechzig!

So viele Mince Pies habe ich bis jetzt gebacken. Vielleicht sollte ich sagen, was soll's, da kann ich gleich die Tausend vollmachen. Ich habe bisher also dreißig Schachteln Mince Pies für die Auslieferung vorbereitet, siebenundzwanzig Weihnachtskuchen verziert, zwanzig zur Abholung am Montag vorbereitet, zwei Schokoladenkuchen gebacken und Bestellungen für vier weitere Schachteln Mince Pies und fünf Weihnachtskuchen entgegengenommen. Als würde das noch nicht reichen, bin ich endlich mal meine beängstigend lange, aber gleichzeitig erfreuliche To-do-Liste fürs Café angegangen. Personal und Löhne, Gesundheitsamt und Arbeitsschutz, eine Kasse, Stühle, Tische, Backausrüstung, Tüten und Verpackung, Bilder für die Wände, Toiletten, Klopapier, eine Putzkraft? Ich mache einen Haken neben das Klopapier. Ich liebe es, Punkte abzuhaken, weil ich dann das Gefühl habe, die Dinge unter Kontrolle zu haben. Moo meint oft, ich sei ein Kontrollfreak, und vielleicht hat sie recht. Laut Moo könnte eines meiner Probleme mit Matt gewesen sein, dass ich mein Schicksal in die Hände eines anderen hätte geben müssen. Wer weiß?

Nachdem ich lange genug gebettelt und ihm versichert habe, dass ich ihn immer noch brauche, hat Ben mir geholfen, bei einer Auktion Stühle und Backausrüstung zu ersteigern. Einige der Stühle hat er außerdem zu Susan gebracht, die sie für mich mit neuen Bezügen versehen will. Ich habe den Stoff für die Schürzen ausgesucht, die Mum näht, Farbe gekauft, einen Müllcontainer bestellt und ein Team Handwerker engagiert, die die alte, heruntergekommene Bäckerei in ein gemütliches, modernes, wunderbares Café verwandeln sollen. Da mein Umzug in gerade mal zwei Wochen ansteht, versuche ich, nebenher zu packen, und komme mir vor wie Dorothy im *Zauberer von Oz*, wie ich so von Kisten, Mince Pies, To-do-Listen und Kuchen umgeben durch die Gegend wirbele. Wieder einmal muss ich Lou absagen, die mit mir ausgehen will, und den Besuch bei Moo verschieben, weil ich zwischen sechs Uhr morgens und Mitternacht so viel wie möglich erledige. Ich mache ein weiteres Häkchen neben Personal und klopfe mir gedanklich auf die Schulter. Tilly hat mich gefragt, ob sie für mich arbeiten kann, was die Sache um einiges erleichtert und den Spaßfaktor garantiert erhöht. Ich bin mir allerdings nicht so sicher, wie Dot das aufnehmen wird, so kurz nach meiner Kündigung. Auch die habe ich gestern endlich hinter mich gebracht, aber es schien ihr nicht sonderlich viel auszumachen. Als ich vorsichtig andeutete, dass ich selber ein Café eröffnen wolle, schnaubte sie nur abfällig. Später jedoch erkundigte sie sich, ob ich das Rezept für ihren speziellen Steak-and-Kidney-Auflauf haben wolle. Ich brachte es nicht übers Herz, ihr zu sagen, dass mein wunderbares kleines Café ein Ort voller schöner, duftender Dinge sein wird und dass Töpfe mit braunen Klumpen, die nach Hundefutter riechen, nicht so ganz in meine Vorstellung passen. Panik und freudige Aufregung steigen gleichzeitig in mir auf, wie ich so über alles nachdenke. Die Panik überwiegt jedoch eindeutig.

Okay, genug gruselige Gedanken – ich muss in meine warme, teigumhüllte Welt zurückkehren und eine weitere Ladung Mince Pies backen.

Interview mit Parkie:

«Da dies die Weihnachtsspezialsendung ist, habe ich Ihnen ein paar Mince Pies mitgebracht, Michael.» Ich achte darauf, meinen hellrosa, mit Pailletten bestickten Umhang von Armani nicht zu zerknittern, als ich ihn umarme.
«Mir hat jemand verraten, dass Sie angeblich den Guinness-Weltrekord im Mince-Pie-Backen gebrochen haben?», sagt er.
«Ja, ach herrje, das hatte ich schon wieder ganz vergessen.»
«Eine beachtliche Leistung. Und wo wir schon von beachtlichen Leistungen sprechen, Sie kommen gerade von einer Besteigung des Mount Everest zurück, mit der Sie Spenden für die Brustkrebsforschung gesammelt haben?»
«Ja, das war hart. Gegen Ende hat uns nur noch energiespendender Bananenkuchen durchhalten lassen, aber es war eine erstaunliche Erfahrung.»
«Was mich wirklich beeindruckt, ist, dass Sie trotz aller Rückschläge Sugar and Spice zu einem solch erfolgreichen Unternehmen gemacht haben und nebenher noch die Zeit fanden, anderen zu helfen. Ich denke dabei an Ihre jüngst angelaufene ‹Mince-Pies-gegen-die-Armut›-Kampagne in all Ihren Cafés.»
«Ja, der Erlös unserer Mince Pies geht komplett an die Unterstützung derer, denen es nicht so gutgeht wie uns. Chris Martin von Coldplay hat mich darauf gebracht, und mir gefiel die Vorstellung, es auf diese Weise zu tun.»
«Wie schaffen Sie es denn, immer wieder weiterzumachen,

wenn es gerade mal nicht so gut aussieht und die Klatschpresse sich das Maul zerreißt?»

«Ich habe das Glück, eine wunderbare Familie zu haben, die mich sehr unterstützt. Und Michael, was auch immer passiert, um mit Gloria Gaynor zu sprechen: I will survive.»

Das Publikum klatscht. Mir ist das alles ein bisschen peinlich, und ich frage mich, was die Zeitungen morgen wohl daraus machen werden.

«Ich habe es schon einmal gesagt, aber ich wiederhole mich gerne: Ich bewundere Sie aufrichtig. Sie beeindrucken mich stets aufs Neue. Was meinen Sie, Mr. Williams?»

«Ich finde Maddy umwerfend. Ich bitte sie immer wieder, mit mir auszugehen, aber sie lehnt jedes Mal ab.»

Ich lache kokett und werde ein klitzekleines bisschen rot, bevor ich mich bereit erkläre, mit Robbie zusammen «White Christmas» zu singen.

Die dunkle, sirupähnliche Mischung tropft vom Löffel und erinnert mich daran, wie ich mit Matt in der Sonne Mince Pies gegessen habe, wie er sie sich in seinen wunderbaren Mund geschoben hat, an seine zuckersüßen Küsse, an ... «Schluss mit dem Quatsch!», rufe ich laut, um die Gedanken zu übertönen, aber es funktioniert nicht. Wer auch immer behauptet hat, Zeit heile alle Wunden, war ein verdammter Lügner, denn wann immer «Fairytale in New York» im Radio läuft, höre ich stattdessen Matt singen und bin völlig fertig.

Die Türklingel lässt mich zusammenzucken. Draußen steht Tilly und grinst mich an. Sie umarmt mich stürmisch, bevor sie hereinspaziert, den Stapel Umzugskartons am Boden begutachtet, umherwandert und verschiedene Dinge in die Hand nimmt und wieder hinstellt, als suche sie in einem Laden ein Geschenk. Wie ein Kind stellt sie unzählige Wieso-, Weshalb- und Warum-Fragen, während die rosafarbenen Pompoms in ihrem Haar wippen. Ich versuche zu ignorieren, dass sie dabei Sachen von einem Karton in den anderen räumt. Sie wollte auf dem Heimweg von der Arbeit nur schnell vorbeischauen und mir eine Packung Malteser und einen flauschigen pinkfarbenen Teddybär bringen, der lacht, sobald man ihn schüttelt und manchmal auch einfach nur so, um mich aufzuheitern. Nach etwa zehn Minuten geht das Teil mir auf die Nerven. Ich weiß, sie hat ihn mit Liebe und guter Absicht verschenkt, aber ich bin am Überlegen, ob er nicht vielleicht der Prinzessin gefallen könnte. Nachdem Tilly den Inhalt meiner Umzugskisten ausreichend untersucht hat und mit den Antworten, die ich ihr gegeben habe, scheinbar zufrieden ist, macht sie es sich auf dem Sofa gemütlich und blättert in einer Zeitschrift, die sie sich mitgebracht hat.

«Ich habe Matt neulich getroffen, und er hat nach dir gefragt.»

«Oh.» Bloß nicht zu interessiert wirken! Schön wär's. «Und, was hat er gesagt?», erkundige ich mich so lässig wie nur möglich.

«Er wollte wissen, ob's dir gutgeht. Du musst dir aber keine Sorgen machen. Ich habe ihm gesagt, es ist alles in bester Ordnung.»

«Danke, Tilly ... Und hat er sonst noch was gesagt?» Ich muss einfach fragen.

«Nein, eigentlich nicht», antwortet sie, und ich bin enttäuscht. Ich versuche, mich auf meine Mince Pies zu konzentrieren, aber die kleinen Gabelpiekser in den Deckeln ähneln nun eher mehrfachen Messerstichwunden.

«Und was macht dein Liebesleben, um mal das Thema zu wechseln?», erkundige ich mich, während ich die Pies in den Ofen schiebe und mich wieder ans Einwickeln meiner Fotos mache. Inzwischen ist fast alles verpackt und umzugsbereit. Ohne meine Schätze wirkt das Haus leer und verlassen.

«Nicht gut. Bobby und ich haben uns getrennt, aber das macht nichts. Rosa hat ihm sowieso nicht gut gestanden.»

«Rosa?», frage ich verwirrt. Anhand Tillys Gesichtsausdruck kann ich erkennen, dass ich wissen sollte, wovon sie spricht. Sie schaut mich an, als sei ich bekloppt, wie ein Lehrer, der genau merkt, dass ich absolut nicht zugehört habe.

«Du weißt schon, ein brauner Anzug mit dezenten rosafarbenen Karos, perfekt zum rosa Hemd passend?» Ich bin immer noch nicht schlauer, was man mir wohl deutlich ansieht. Tilly schüttelt den Kopf und macht missbilligende Geräusche.

«Meine Hochzeit? Vielleicht erinnerst du dich, dass der Bräutigam einen braunen Anzug mit rosa Hemd tragen soll. Ton in Ton mit den hellrosa Kleidern der Brautjungfern und den Rosen in meinem Strauß», sagt Tilly verträumt, als könne sie alles genau vor sich sehen.

«Oh.» Ich nicke, denn endlich begreife ich.

«Wie dem auch sei, ich habe eine Überraschung für dich. Wo ist dein Computer?» Tilly springt auf, und verwirrt führe ich sie nach oben. Dort lässt sie sich am Schreibtisch nieder und loggt sich in eine Online-Dating-Website ein. Oje!

«Tilly, nein!», protestiere ich sofort.

«Wart's ab. Schau her», befiehlt sie, als die Seite sich aufbaut. Da ist ein Foto von mir, auf dem ich bescheuert grinse und ziemlich betrunken wirke. Mein Gott, wann wurde das denn aufgenommen? Drunter prangen groß die Worte «Hallo, ich bin Maddy, und ich suche nach süßen Köstlichkeiten».

«Was um alles in der Welt hast du da gemacht, Tilly?» Entsetzt lese ich den Rest der Beschreibung.

Ich mag: Backen, Malteser und Tauchen.

Was ich nicht mag: Bärte und Rhabarber.

Ich bin eine aktive Geschäftsfrau und suche nach einer Portion Spaß im Leben sowie jemandem, mit dem ich mir Schokoladenkuchen teilen kann.

«Tilly, was zum Teufel ... Ich fass es nicht. Warum um alles in der Welt Tauchen? Du weißt doch, dass ich Angst vor dem Wasser habe?», frage ich ungläubig, doch Tilly klatscht nur fröhlich lachend in die Hände.

«Dadurch klingst du mehr wie ein Action-Girl. Eine Portion Spaß. Klasse, oder?» Ihre Augen strahlen vor Begeisterung. «Nun komm schon, Maddy. Du musst mehr raus und neue Leute kennenlernen. Jetzt, wo du mit der Eröffnung alle Hände voll zu tun hast, wird das erst recht nicht klappen. Ich gebe dir hier nur ein bisschen Hilfestellung. Das wird bestimmt lustig.»

«Nein!»

«Nun schreib's doch nicht gleich ab. Schau dir mal ein paar der Typen an, die dich als ihre Favoritin gewählt haben. Okay, es sind ein paar Spinner dabei, aber manche klingen richtig nett.»

Ich sehe sie an, als hätte sie den Verstand verloren, doch sie klickt sich bereits seelenruhig durch eine dubiose Fotogalerie samt Beschreibungen.

Ich bin der Jäger. Sei mein Wild. Falsche Damen: Es braucht sich nur bewerben, wer je größer, desto besser, lese ich. Ein muskelbepackter Quadratschädeltyp, der aussieht wie ein Komparse aus *Gladiator*, starrt mich an. Faszinierend, dass es Männer wie ihn tatsächlich geben soll!

«Hier ist der Mann, der perfekt zu dir passt.» Tilly klickt auf das Foto eines sportlichen Kerls, der auf Mountainbiking, Surfen, Wandern und Mittagessen im Pub steht. Er sieht nicht schlecht aus, und auch seine Beschreibung klingt relativ normal.

«Hm, nicht übel», gebe ich zu.

«Hab ich's dir doch gesagt. Er klingt wirklich nett und möchte dich unbedingt treffen.» Tilly sieht mich erwartungsvoll an.

«Woher weißt du, dass er mich treffen will?», frage ich misstrauisch. Einen Moment lang scheint Tilly sich zu winden, doch dann kichert sie los.

«Schau her, ich wusste, dass du nein sagen würdest, also hab ich ihm an deiner Stelle gemailt.»

«Tilly!», schimpfe ich und gehe hinunter in die Küche, um nach meinen Mince Pies zu schauen, bevor ich ihr mit der Tastatur auf die Finger haue. Sie folgt mir wie ein schwanzwedelnder Welpe.

«Ach, Maddy, sei mir nicht böse. Es kann doch nichts schaden, ihn mal zu treffen? Du musst unbedingt mal raus, und er hat dir doch optisch auch gefallen. Du kannst Matt nicht ewig hinterhertrauern.»

«Nein!»

«Denk drüber nach, ja? Er hat einen Hund namens Boo Boo, der mit ihm surfen geht. Ist das nicht süß? Da hättest du absolut nichts zu befürchten, Männer mit Hunden sind absolute Softies, also ist er wohl kaum ein Axtmörder oder so ... und ...»

«Nein!», unterbreche ich sie. Ich klinge wie eine Mutter, die mit ihrem Kind schimpft, doch Tilly lächelt mich nur an. Dann betrachtet sie die auskühlenden Mince Pies auf dem Kuchengitter, sucht sich eins aus, bricht den Deckel ab, steckt ihn in den Mund und lässt den Rest liegen.

«Aber wenn Matt dich mit dem anderen durch den Park

spazieren sehen würde ...» Was für ein geschickter Schachzug.

Hmmm ... daran hatte ich noch gar nicht gedacht.

«Na gut, ich überleg's mir», verspreche ich. Ihr Gesicht strahlt vor lauter Triumph.

«Isst du den Rest von diesem Mince Pie?», will ich wissen.

«Igitt, nein! Ich hasse die Füllung.» Beim Gedanken daran rümpft sie die Nase, bevor sie sich wieder ihrer Zeitschrift zuwendet.

«Findest du, ich sollte lieber cremefarbene Rosen nehmen? Ich mache mir Sorgen, dass es zu viel Rosa wird», sagt sie, ohne aufzusehen.

Nachdem Tilly schließlich gegangen ist, beginne ich erneut zu packen. In zwei Wochen sollte ich in die Wohnung über dem Café ziehen und in der kleinen Wohnküche, dem winzigen Schlafzimmer und noch winzigeren Bad Platz für meine ganzen Habseligkeiten finden. Beim Gedanken, dass nicht alles reinpassen könnte, wird mir ein bisschen mulmig, aber das tut meiner Vorfreude keinen Abbruch. Ich male mir aus, wie ich dort inmitten einer wunderbar arrangierten Unordnung sitze, meine silbernen Kräutertöpfchen auf dem Fensterbrett, ein falscher Kristallkronleuchter an der Decke, Bücherstapel auf dem Boden, ein Schaffell und meine teure, lilafarbene, seidene Tagesdecke. Himmlisch!

Um die letzten meiner Fotoalben einzupacken, brauche ich länger als unbedingt notwendig. Ich sitze im Schneidersitz auf dem Boden und blättere sie durch, während ich in Gedanken die Erinnerungen wieder aufleben lasse: Ben und ich auf unseren Dreirädern mit Eis in der Hand, Lou zu unseren Blondie-Zeiten mit schwarz umrandeten Augen und Zigarette, Mac mit seinem Phil-Oakey-Haarschnitt und einer Flasche Cider bei meiner ersten Hauseinweihungsparty. Eine schreckliche Achtziger-Jahre-Dauerwelle, Froschs erster Ausflug ans Meer, eine müde Moo mit dem zwei Tage alten Bäro im Arm, ich mit der Prinzessin, deren dicke, rosige Wangen im direkten Gegensatz zu meiner bleichen, gespensterhaften Erscheinung stehen. Es gibt keine Fotos von Matt und mir. Bald werde ich vergessen, wie er aussieht, und dann kann ich loslassen.

Das Telefon klingelt, und während ich abhebe, versuche ich, mein rechtes Bein wieder aufzuwecken, das von meiner Haltung am Boden eingeschlafen ist.

«Ms. Brown, hier spricht Geoffrey vom Maklerbüro Castle und Mays.»

«Ach, hallo», antworte ich fröhlich. «Ich packe gerade den Rest meiner Sachen.»

«Es tut mir außerordentlich leid, Ihnen das mitteilen zu müssen, aber es gibt da ein Problem», verkündet Geoffrey mit seiner seltsam nasalen Stimme. Mein Herz setzt einen Schlag aus, was meinen Magen dazu veranlasst, sich zu einem Knoten zu verschlingen.

«Was für eine Art Problem?»

«Die aktuelle Besitzerin der Bäckerei, Mrs. Hazelwood, hat mich eben kontaktiert. Ich fürchte, sie hat das Objekt vom Markt genommen.»

«Ich verstehe nicht ganz. Warum sollte sie das tun?» Ich kapiere nicht, was er mir da gerade gesagt hat. Beim Blick auf die ganzen Kartons, die ich den Vormittag über gepackt habe, ergreift mich wilde Panik. «Aber das kann sie doch nicht machen!»

«Ich fürchte schon, Ms. Brown. Ich werde Ihren Anwalt davon in Kenntnis setzen, und dann suchen wir nach einem anderen geeigneten Objekt für Sie.»

«Ich will aber nichts anderes.»

«Es tut mir leid, aber da kann ich nichts mehr tun.» Geoffreys emotionslose, monotone Stimme zeugt von lebenslangen Niederlagen. Es tut ihm leid! Das reicht aber nicht. Ich würde gerne hinfahren und ihn in seinen fetten Hintern treten. Verwirrt und sauer lege ich auf und lasse mich auf einen der Kartons sinken. Es macht ein krachendes Geräusch, als mein Gewicht etwas Zerbrechliches zerdrückt, aber es ist mir egal. Ich habe mein kleines Café verloren. Was zum Teufel soll ich jetzt machen? Ich würde gerne heulen, schreien, Mince Pies durchs Zimmer werfen, aber stattdessen sitze ich einfach nur da, fühle mich schrecklich verlassen und hilflos, während ich zusehe, wie mein Traum sich in Luft auflöst. Ben wüsste, was jetzt zu tun ist. Ich greife bereits nach dem Hörer, doch dann fällt mir ein, dass ich doch auf eigenen Beinen stehe, und lege wieder auf. Ich schimpfe wie ein Rohrspatz, trete gegen eine Kiste, wobei ich mir fast den Zeh breche und prompt doch noch in Tränen ausbreche. Ich schluchze, heule und trauere um den Verlust meiner schönen, glänzenden Traumwelt, in der ich glücklich und erfolgreich gewesen wäre. Dann schluchze, heule und trauere ich noch ein bisschen, dass ich mich in jemanden verlieben konnte, der diese Welt nicht mit mir teilen möchte. Das passiert, wenn man zu viele romantische Komödien anschaut. Ich bin nicht Audrey Hepburn, Sarah Jessica Parker oder Meg Ryan; ich bin dumm, naiv, habe unmögliche Haare und hätte es besser wissen müssen. Völlig erschöpft und weil ich nichts mehr sehen kann, so sehr sind meine Augen zugeschwollen, trinke ich schließlich eine halbe Flasche Wein sowie drei große Gläser Brandy und esse die unteren Hälften der vier Mince Pies, die Tilly übrig gelassen hat, bevor ich ins Bett stolpere. Um 3.35 Uhr stecke ich den Kopf in die Kloschüssel und winsele um Gnade.

Am nächsten Tag können selbst mein zuverlässiges Clarins Beauty Flash Balm plus Augencreme die Auswirkungen des gestrigen Tages nicht verbergen. Ich fühle mich schrecklich und sehe auch so aus: Die Augen schielen aus schmalen Schlitzen zwischen rotgeschwollenen Lidern hervor, und ich ziehe ernsthaft in Erwägung, mein erstes Blind Date durch die Website abzusagen. Tilly redet jedoch seit Tagen von nichts anderem, und wenn ich nicht gehe, wird sie furchtbar enttäuscht sein. Außerdem könnte er sich ja als hinreißender, netter Kerl herausstellen, das perfekte Mittel, um mir über Matt hinwegzuhelfen. Außerdem brauche ich etwas, das mich vom Gedanken ans verlorene Café ablenkt. Ich kann immer noch nicht ganz glauben, dass das erhoffte Wunder über Nacht nicht eingetreten ist, durch das alles wieder gut wird. Mit wackeliger Entschlossenheit, das alles für eine Weile zu vergessen, mache ich mich auf den Weg, um Tom und seinen Hund Boo Boo zu treffen.

Nachdem ich meinen Lieferwagen geparkt habe, kontrolliere ich im Rückspiegel mein Make-up. Leider betont das Tageslicht noch meine Blässe und die Tatsache, dass ich aussehe, als hätte ich zehn Runden gegen Mike Tyson hinter mir. So kann ich auf gar keinen Fall jemandem gegenübertreten! Da kriegt der doch einen Riesenschrecken. Es mag zwar Mitte Dezember sein, aber ich habe nur eine Wahl: Sonnenbrille. Wenn Kate Moss das macht, kann ich es auch. Ich schaue mir alle möglichen Spaziergänger genau an, doch keiner von ihnen wirkt wie ein lässiger Surfertyp mit Hund. Beim Gedanken, dass Tom vielleicht gar nicht gekommen ist, bin ich fast erleichtert und mache mich auf den Rückweg zum Auto. Doch plötzlich ruft eine Quietschestimme hinter mir meinen Namen. Rückblickend wäre es wohl besser gewesen, einfach weiterzugehen, aber ich begehe den Fehler, mich umzudrehen. Ein kleiner, drahtiger Mann winkt mir zu und spaziert zu mir herüber, während ein Cockerspaniel wie besessen um ihn herumrennt.

«Hallo. Ich bin Tom», stellt er sich vor. Ich strecke meine Hand aus und versuche, ihn nicht anzustarren. Er sieht nicht aus wie auf dem Foto! Überhaupt nicht! Um mir nichts anmerken zu lassen, senke ich den Blick. O Gott! Seine Schuhe! Es sind seltsame, rote, vorne abgerundete Schnürstiefel, die aussehen, als hätte sie irgendein Esoterik-Hirni aus Plastik gebastelt. Nichts wie weg, Maddy!

«Wow, ich hätte dich fast nicht erkannt. Du siehst gar nicht aus wie auf dem Foto», meine ich vorwurfsvoll. Ich bin betrogen worden. Der Typ ist kein Bananen-Pekannuss-Kuchen mit Schokoladenstückchen. Er ist ein Marzipanschwein.

«Hm, ja, ist schon ein paar Jahre alt. Da hatte ich noch mehr Haare und ein paar mehr Muskeln», meint er lachend. Es ist ein lautes, furchtbares Lachen, das mich an einen kreischenden Esel erinnert. «Ich habe dich mit deiner Sonnenbrille auch nicht erkannt. Bist du eine Spionin oder was?» Seine Lache ist auch beim zweiten Mal nicht besser. Ich fasse mir ins Gesicht. Mist, die Brille hatte ich ganz vergessen.

«Ich bin extrem lichtempfindlich», erkläre ich ihm. Was für ein brillanter Einfall! In diesem Moment beschließt Boo Boo, dass mein Schritt viel interessanter ist als der Gänsekot am Boden, den er bis eben gefressen hat. Ich schiebe seine Schnauze weg, doch er kommt immer wieder, was Tom sehr erheitert. Ich weiß nicht, wer mich in diesem Moment mehr nervt, Boo Boo oder Tom.

«Wow, dann musst du die ganze Zeit eine Sonnenbrille

tragen? Das ist ja abgefahren.» Ich nicke, während ich versuche, mich von Boo Boo zu befreien, der nun mein Bein anrammelt. Ich muss einfach immer wieder Toms Schuhe anschauen. Wenn etwas abgefahren ist, dann die!

Na gut, dann ist er eben nicht der attraktivste Mann der Welt, und sein Klamottengeschmack lässt auch ein wenig zu wünschen übrig, aber vielleicht ist er richtig nett und bringt mich mit seinem Witz und Humor zum Lachen. Ich muss ihm wenigstens eine Chance geben.

«Sollen wir eine schnelle Runde durch den Park drehen?», schlage ich, mit Betonung auf dem Wörtchen «schnell», vor.

Leider besitzt Tom weder Witz noch Humor. Stattdessen lacht er zu oft sein Esellachen und quatscht nonstop von irgendwelchen Heldentaten, die vermutlich jemand anderem passiert sind. Nach zwanzig Minuten würde ich ihn am liebsten erwürgen und Boo Boo bei lebendigem Leib begraben.

«Wir sollten umdrehen», schlage ich vor.

«Aber wir haben doch noch über eine halbe Stunde Zeit.» Gott, ich wusste nicht, dass er nach festem Zeitplan agiert.

«Ich habe einen Arzttermin», sage ich in der Hoffnung, dass er mir entweder folgen oder zurückbleiben wird. Ich drehe mich also um, und die Welt hört plötzlich auf sich zu drehen. Ich verliere die Fähigkeit zu atmen, zu denken, zu rennen. Denn da kommt Matt auf uns zuspaziert, und es ist kein Versteck weit und breit in Sicht. O Gott. Bitte nicht. So hatte ich mir das nicht vorgestellt.

Tief durchatmen ...

Und atmen.

«Alles klar?», erkundigt sich Tom, als ich mich an der frischen Luft verschlucke. Aus Gründen, die nur ihm bekannt sind, beschließt er meine beschwichtigende Handbewegung zu ignorieren (ein doch eigentlich international bekanntes Zeichen für «ja, es geht mir gut, also lass mich einfach in Ruhe, verzieh dich, damit ich versuchen kann, meine Fassung wiederzugewinnen»). Stattdessen hält er es für eine tolle Idee, den Helden zu spielen. Er springt hinter mich, schlingt mir die Arme um den Brustkorb, wobei er mir fast die Rippen bricht, weil er fest zudrückt und eine ziemlich beängstigende Zuckbewegung macht.

«Was zum ...», stammele ich.

«Heimlich-Manöver. Habe ich beim Militär gelernt», verkündet er stolz, während ich huste und auf seine Schuhe spucke.

«Ist alles in Ordnung, Maddy?» Plötzlich steht Matt neben mir, und ich kann nicht eindeutig sagen, ob seine Miene Erheiterung oder echte Sorge widerspiegelt.

«Ja, danke», murmele ich und versuche die Röte zu unterdrücken, die sich auf meinem Gesicht ausbreitet. «Mein Freund Tom hier hat mir nur gerade sein Militärfachwissen vorgeführt.» Matt nickt und lächelt Tom an. Er sieht müde, aber hinreißend aus. Ich brauche kein Foto, um mich daran zu erinnern.

«Hast du jetzt jemanden, der auf dich aufpasst? Und die Sonnenbrille? Wahrscheinlich willst du damit die Paparazzi täuschen?»

Der Mistkerl bringt mich immer noch zum Lächeln. Das Leben ist so ungerecht.

«Maddy ist extrem lichtempfindlich», teilt Tom hilfreicherweise mit, woraufhin Matt mit hochgezogenen Brauen nickt.

«Soso?» Er durchbohrt mich mit seinem Blick, als wolle er durch meine Brille hindurch direkt bis in meine Seele schauen. Trotzig starre ich zurück.

«Ja, bin ich.» Ich wende mich an Tom, den dieser seltsame

Wortwechsel ein wenig verwirrt zu haben scheint. «Tom, sollen wir uns auf den Rückweg machen?» Es ist eher ein Befehl denn eine Frage.

«Tilly hat mir erzählt, dass du bald in die Wohnung überm Café ziehst.» Matt hat scheinbar nicht vor, mich schon gehen zu lassen.

«Um ehrlich zu sein, nein. Die Besitzerin, Mrs. Hazelwood, hat gestern einen Rückzieher gemacht. Also ist jetzt alles abgeblasen. Ich verstehe nicht, warum sie plötzlich Bedenken hat, aber es ist ein echter Schlag.» Ich weiß nicht genau, warum ich ihm das alles erzähle.

«Hast du schon mit ihr gesprochen, um sie zu fragen?», will Matt wissen.

«Nein, habe ich nicht.» Ich will nicht mit ihm darüber reden.

«Besuch sie doch einfach mal, Maddy. Du willst doch das Café nicht verlieren, oder? Vielleicht lässt sich ja alles ganz schnell klären?» Ich sehe ihn an und bin plötzlich total wütend. Was bildet der sich eigentlich ein? Ich brauche seine verdammten Ratschläge nicht mehr! Hat er sich nicht von alle dem verabschiedet? Na?

«Wir müssen los.» Ich gehe auf seine Worte gar nicht ein, sondern marschiere ohne einen weiteren Kommentar los, während Tom und Boo Boo hinter mir hertrotten.

Ich höre kaum zu, während Tom von weiß der Geier was faselt. Meine Gedanken drehen sich nur um Matt und das, was gerade passiert ist: wie er geredet hat, wie er gelächelt hat, wie er sich mit den Fingern durch die Haare gefahren ist, wie er mich so verdammt wütend gemacht hat und wie mir bei seinem Anblick das Herz in die Hose gerutscht ist. Besonders ärgerlich jedoch ist die Tatsache, dass er recht hatte. Ich will das Café, also sollte ich etwas deswegen unternehmen und mit Mrs. Hazelwood sprechen. Ich bin jetzt eine starke, erfolgreiche Geschäftsfrau, die für ihre Ziele kämpft, statt wie ein Häufchen Elend herumzujammern. Tränen sind was für Schwächlinge!

«Und? Wo sollen wir bei unserem nächsten Date hingehen?», fragt Tom erwartungsvoll, als wir den Parkplatz erreichen. Er kniet sich hin, damit Boo Boo ihm das Gesicht, den Mund und die Haare abschlecken kann. Gänsemist ist alles, woran ich denken kann.

«Es war echt nett, Tom, aber ich glaube, ich bin noch nicht bereit für eine Beziehung, also mach's gut. Ich hoffe, du lernst bald jemanden kennen», sage ich so freundlich ich nur kann, springe in mein Auto und düse davon, bevor er irgendetwas antworten kann. Zu Hause angekommen, schicke ich Tilly eine SMS.

Ich werde so etwas NIE, NIE wieder tun!

Dann rufe ich Moo an, der ich versprechen musste, mich sofort zu melden, wenn ich heimkomme, falls mein Date sich als verrückter, psychotischer Spinner herausstellen sollte. Als ich ihr berichte, dass er in der Tat ein Spinner, wenn auch ein eher harmloser, mit entsetzlichen Schuhen und Eselskreischen war, lacht Moo so sehr, dass ich sie daran erinnern muss, dass ihre Beckenbodenmuskeln seit der Schwangerschaft nicht mehr das sind, was sie einmal waren, und sie Gefahr läuft, in die Hose zu pinkeln.

«Schon zu spät», meint sie. Ich kann sie immer noch kichern hören, als ich auflege.

Mrs. Hazelwood ist kleiner, als ich sie in Erinnerung hatte. Sie wirkte hinter der Theke der Bäckerei irgendwie immer überlebensgroß, aber jetzt scheint ihr jemand die Luft abgelassen zu haben. Ihre kurzen grauen Haare kringeln sich in kleinen Löckchen, ihre Augen haben die Farbe des großen

Smaragdrings an ihrem Finger, die Schultern sind gebeugt, und ihre Hände zittern leicht.

«Ich habe einen Kuchen mitgebracht.» Vorsichtig überreiche ich ihr einen Weihnachtskuchen, der mit kandierten Kirschen, Mandeln, Pekannüssen und getrockneten Aprikosen verziert ist. Er sieht aus wie eine mit Juwelen besetzte Krone.

Meine Gastgeberin ist so bezaubernd anmutig, als sie mir Tee in einer geblümten Porzellantasse mit Unterteller reicht. Auf einem passenden Teller hat sie drei Stücke meines Kuchens angerichtet. Wer bekommt denn das dritte Stück? Ganz von sich aus erzählt sie mir, dass sie im sechsten Monat schwanger war, als sie mit ihrem geliebten George davongelaufen ist, was ihren jeweiligen Eltern natürlich gar nicht gefallen hat. Fest entschlossen, es allen zu beweisen, schufteten sie fünfzehn Stunden am Tag, um auf ihren Traum zu sparen, der die neue kleine Familie ernähren würde. Sie führten die Bäckerei gemeinsam über fünfunddreißig Jahre lang und zogen drei Kinder groß, bevor George im letzten Jahr an Lungenkrebs starb. Seine Witwe ist ganz offensichtlich immer noch völlig am Boden zerstört. Sie erinnert mich an ein kleines Kind, das sich verlaufen hat. Am liebsten würde ich sie in den Arm nehmen.

«Das tut mir so leid, Mrs. Hazelwood», sage ich, obwohl ich weiß, dass ihr meine Worte vermutlich nichts bedeuten.

«Ich schätze, Sie wollen wissen, warum ich mich nun doch gegen den Verkauf der Bäckerei entschieden habe?» Sie beißt ein Stück von ihrem Kuchen ab. «Mhm, der ist ausgezeichnet, meine Liebe.»

«Danke.» Ich esse auch einen Bissen. Vielleicht noch ein Schuss mehr Alkohol? «Mrs. Hazelwood, ich bin sicher, Sie haben Ihre Gründe für Ihre Entscheidung, aber ich gestehe, dass ich natürlich enttäuscht bin. Genau wie bei Ihnen ist es auch mein großer Traum, ein Café zu führen.»

Wir unterhalten uns über die Hoch- und Tiefpunkte in der Bäckerei, über ihre Kinder, darüber, wie sehr sie ihren Mann vermisst und wie ihr die tägliche Routine fehlt. Ich erzähle ihr davon, wie ich mit Mum früher gekocht habe, von der Firmengründung und meinen Ideen fürs Café, den Törtchen, den geblümten Schürzen und bequemen Sesseln. Die Stunde vergeht wie im Flug, und ich habe fast ein schlechtes Gewissen, dass ich dachte, ich könnte mit einem Stück Kuchen ihre Meinung ändern.

«Der ist wirklich köstlich. Da hätte ich gerne das Rezept», sagt sie, und ich platze fast vor Stolz. Von jemandem, der sein ganzes Leben lang gebacken hat, ist das ein echtes Kompliment.

«Ich bringe es Ihnen vorbei», verspreche ich. Als ich gerade aufstehen will, kommt mir plötzlich ein Gedanke. «Sie hätten nicht vielleicht Lust, mir ein bisschen beim Backen zu helfen, wenn es wieder mal viel zu tun gibt?» Ihre Wangen röten sich.

«Aber natürlich, meine Liebe. Ausgesprochen gerne. Rufen Sie mich einfach an, wenn Sie mich brauchen.»

«Wunderbar. Nun denn, ich sollte wohl besser mal zu meinen Mince Pies zurück. Vielen Dank für den Tee.» Sie sieht mir nach, als ich die Hauptstraße hinunterspaziere. Ich drehe mich um, um zu winken, und sie winkt zurück. Ich mag vielleicht mein Café verloren haben, doch dafür habe ich jemanden gewonnen, der mir aushilft, wenn es mal eng wird. Falls die Geschäfte weiter so laufen, ist das ein Geschenk Gottes. Weiter geht's, Maddy Brown.

Auf dem Heimweg funkelt überall die Weihnachtsbeleuchtung, und ich frage mich, ob ich wohl auch jemals einen geliebten George finden werde. Kinder rennen aufgeregt an mir vorbei, auf dem Weg zum Weihnachtsmann, der auf dem Marktplatz Hof hält. Ich muss an Matt und seine Töchter denken. Da der Wind im Gesicht beißt und ich auch keine Handschuhe dabeihabe, beschleunige ich fröstelnd meinen Schritt. Doch als ich in die Silver Street einbiege, kann ich nicht anders, als einen Moment lang vor der alten Backstube stehen zu bleiben. Das *Verkauft*-Schild ist immer noch da, und ich spähe durch die staubigen Scheiben, in der Hoffnung, dass wie ein Weihnachtswunder drinnen kleine Feen und Elfen eine glänzende neue Theke mit meinen Kuchen bestücken. Doch es ist zu dunkel, um irgendetwas zu erkennen, und ich zwinge mich weiterzugehen. Lichter funkeln in den Fenstern der Häuser entlang des Weges. Die Vorstellung, wie Familien ihren Lieblingschristbaumschmuck heraussuchen, macht mich traurig. Der Verlust von Matt, die gescheiterten Café-Pläne und meine drohende Obdachlosigkeit bedeuten plötzlich nichts im Vergleich zu meiner Verzweiflung ob eines fehlenden Christbaumes. Ich renne los, um Harry Willis' Geschäft noch vor Ladenschluss zu erreichen.

«Ist es schon zu spät, um einen Baum zu kaufen?», frage ich schnaufend.

«Tut mir leid. Habe für heute dichtgemacht.» Er dreht sich mit einem Arm voll Stechpalmenzweigen um und verschwindet im Laden. Da ich noch nicht bereit bin aufzugeben, folge ich ihm dicht auf den Fersen. Einen Weihnachtsbaum zu haben, ist plötzlich zum Symbol meines zukünftigen Glücks geworden.

«Bitte, Mr. Willis. Ich zahle Ihnen auch, was Sie wollen.» Ich ziehe zwei Scheine aus meinem Geldbeutel, doch die verknitterten zwei Fünf-Pfund-Noten sind lang nicht so eindrucksvoll wie erhofft. Harry Willis hebt nur die Augenbrauen, bevor er mit seinen Aufräumarbeiten fortfährt.

«Kommen Sie morgen wieder. Und nun entschuldigen Sie mich, ich will nach Hause», meint er barsch und schiebt sich an mir vorbei. Ich überhole ihn, um ihm den Weg abzuschneiden. Die Tränen laufen mir übers Gesicht. Wo kommen denn die plötzlich her?

«Bitte. Ich brauche noch heute einen Weihnachtsbaum. Morgen ist es zu spät», bettele ich, während ich mir mit dem Ärmel die Nase abwische. Er geht um mich herum, und ich folge ihm. «Meine kleine Tochter wird todunglücklich sein, wenn ich heute keinen mit nach Hause bringe.»

Harry Willis bleibt stehen und sieht mich aus schmalen Augen an. Errötend blicke ich zu Boden.

«Sie haben gar keine kleine Tochter, oder?»

«Nein, rein technisch gesehen nicht. Aber ich habe eine kleine Nichte, die mindestens genauso traurig sein wird ...»

Er nimmt seine Arbeit wieder auf, riesige Chrysanthemen in den Kühlraum zu tragen. Ich folge ihm auf Schritt und Tritt.

«Na gut, dann habe ich Sie eben angelogen, aber ich hatte gehofft, damit an Ihren weihnachtlichen Großmut zu appellieren. Bitte ... Ich biete als Dreingabe auch einen Weihnachtskuchen.»

Plötzlich hält er inne und dreht sich um. Harry Willis ist ein Schmalzkuchen, viel Fett, gerötete Wangen und ein gewaltiger Bauch, dem sein Gürtel kaum gewachsen ist.

«Welche Art von Weihnachtskuchen?»

«Der mit dem saftigsten Obst, fünf Tage lang eingelegt in feinstem Brandy, dunkler, aromatischer Zucker, Zitrone, Orange, ein Hauch von Zimt und Muskat, das Ganze verziert mit glasierten Früchten und Nüssen?»

«Na gut. Da, nehmen Sie diesen hier.» Er drückt mir einen kleinen Baum in die Hand und schiebt mich aus dem Laden.

«Ich bringe Ihnen den Kuchen morgen vorbei. Vielen Dank!», rufe ich und schwanke langsam heim, weil ich zwischen den Zweigen hindurch nicht so gut sehen kann.

Nachdem ich mehrere Kisten durchwühlt habe, finde ich schließlich meinen Christbaumschmuck und mache mich daran, mein trauriges kleines Heim in eine Welt voller Magie zu verwandeln. Da mich die Ereignisse der letzten Tage völlig ausgelaugt haben, freue ich mich auf einen Samstagabend vor dem Fernseher und meinen mittlerweile hellfunkelnden Lichterketten. Als ich mir gerade ein ausgesprochen großzügiges Glas Wein einschenke, klingelt das Telefon. Wie immer macht mein Herz einen kleinen Satz, doch es ist nur Mac, der sich erkundigen will, ob ich noch lebe.

«Ich habe heute Abend ungewöhnlicherweise noch nichts vor und wollte dich fragen, ob du vielleicht was trinken gehen magst?»

Ich lehne ab und bestätige damit mein langsames Dahinsiechen. Bald wird man mich unter Tausenden von Mince Pies begraben auffinden. Zu meiner großen Freude steht jedoch eine halbe Stunde später Mac mit einer Familienpackung Malteser und einigen Minifläschchen Baileys vor der Tür. Wir kuscheln uns aufs Sofa und schauen *Ist das Leben nicht schön* an.

«Glaubst du, Matt war der Richtige?», fragt Mac mich irgendwann, und ich nicke traurig.

«Und was ist mit dir, Mac? Glaubst du, du wirst die Richtige je finden?» Er lächelt jenes wunderbare Lächeln, bei dem alle Mädchen dahinschmelzen.

«Irgendwann, ja, aber mir macht die Suche im Moment einfach zu viel Spaß.»

Meine Unterlippe fängt an zu zittern, als ich mir vorstelle, wie Matt mit anderen Frauen ausgeht, auf der Suche nach der perfekten Partnerin. Mac, der merkt, dass ich den Tränen nahe bin, tut, was alle Männer in dieser Situation tun: Er kriegt Panik. Verzweifelt sieht er sich im Zimmer um.

«Eis! Wir brauchen Eis!», verkündet er plötzlich. Brav klatsche ich Beifall, als er die Packung Ben and Jerry's Chocolate Fudge aus meinem Gefrierfach holt und Malteser und die Reste des Baileys darüberschüttet. Tausend Kalorien, um ein gebrochenes Herz zu heilen.

Als wir gerade die letzten Reste aus dem Karton kratzen, kriegt Mac eine SMS, die wohl eine leidenschaftliche Nacht mit einer Latina namens Petra verspricht, und ich sage ihm, er soll seinen knackigen Hintern hier rausbewegen.

«Bist du sicher?» Er wirkt schuldbewusst.

«Natürlich. Ich bin sowieso fix und fertig und will früh ins Bett. Hier, für dich.» Ich überreiche ihm einen Weihnachtskuchen. Nachdem er sich mit einer Umarmung verabschiedet hat, hänge ich leicht beschwipst die leeren Mini-Baileys-Flaschen an meinen Weihnachtsbaum und schleppe mich dann hinauf ins Bett, während die Lichterketten in der Ecke immer noch funkeln.

Ich öffne mein Schlafzimmerfenster, um die kalte, sternenklare Nacht hereinzulassen.

«Lieber Weihnachtsmann, falls du da draußen bist und zuhörst, ich weiß, es ist ein bisschen viel verlangt, aber ich wünsche mir gleich zwei Dinge zu Weihnachten. Wenn du mir diese Wünsche erfüllst, dann bitte ich nächstes Jahr um gar nichts. Ich verspreche es hoch und heilig!»

Der Anruf kommt am nächsten Morgen, als ich gerade – wer hätte es gedacht – noch ein paar Mince Pies backe und das Telefonat mit Ben vor mir herschiebe. «Was soll ich jetzt tun?», werde ich ihn ganz erbärmlich fragen müssen. Mit mehligen Händen hebe ich den Hörer ab. Am anderen Ende erklingt die liebliche Stimme von Makler Geoffrey.

«Ms. Brown, ich habe eben einen unerwarteten Anruf von Mrs. Hazelwood erhalten. Ich freue mich, Ihnen mitteilen zu können, dass die Bäckerei wieder Ihnen gehört, wenn Sie möchten.»

«Oh, mein Gott. Ja, natürlich will ich. Was? Wow! Weshalb hat sie ihre Meinung geändert?» Ich kann meine Aufregung kaum im Zaum halten.

«Mrs. Hazelwood hatte schlicht Bedenken, die letzte Verbindung zu ihrem Mann zu kappen. Der Gedanke, ihre Bäckerei könnte in eine Art Starbucks verwandelt werden, war ihr ein Gräuel. Nun scheint sie es sich jedoch anders überlegt zu haben und kann sich gut vorstellen, was Sie da geplant haben.»

«Das ist phantastisch. Vielen Dank!» Ich tanze durchs Zimmer und schnipse dabei fröhlich Mehl durch die Gegend.

Es ist gerade mal neun Uhr morgens am Heiligabend, aber ich esse trotzdem die kleine Tüte Malteser, die hinter der Karte mit dem fliegenden Weihnachtsmann lag. Nachdem meine letzten Weihnachtskuchen längst auf dem Postweg in verschiedene Ecken des Landes sind, verbringe ich den Vormittag mit der Last-Minute-Auslieferung von Mince Pies. Als ich schließlich erschöpft nach Hause komme, versehe ich den Anrufbeantworter und die Website von Sugar and Spice je mit einer Nachricht, dass bis zur dritten Januarwoche keine weiteren Bestellungen mehr bearbeitet werden. Dann seufze ich vor Erleichterung auf. Ich habe es überstanden! Nur ganz knapp, aber trotzdem, und es fühlt sich phantastisch an. Ich kann es kaum erwarten, mich auf den Weg nach Suffolk zu machen, um Weihnachten mit Moo, Bob und Bäro zu verbringen. Die Aussicht auf Weihnachten ohne Matt macht mich zwar ziemlich traurig, aber ich weiß, dass mein Neffe mich ablenken wird. Mum holt mich in einer halben Stunde ab, die ich für einen kurzen Besuch im zukünftigen Sugar and Spice-Café nutze.

Die Handwerker und Maler, die letzte Woche mit der Arbeit angefangen haben, machen nun Weihnachtspause. Überall stehen noch Farbtöpfe herum, aber die wichtigsten Wände erstrahlen bereits in warmem Beige, was den schmuddelig und müde wirkenden Räumlichkeiten einen klaren, schicken Look verleiht. Eine der Wände wird bald mit altmodischer Tapete in Creme, Blassgrün und Hellrosa versehen, und nach einer gründlichen Putzaktion und einer Schicht Farbe wird die Theke so gut wie neu sein. Ich stelle mich dahinter und male mir aus, Leute zu bedienen. Das bringt mich zum Lachen. Der Duft nach Zucker, Zimt, Zitrone, Kaffee und Schokolade schleicht sich in meine Phantasie, während ich mir die Kuchen in der Auslage und das Geräusch der Kaffeemaschine im Hintergrund vorstelle. Eine Woge des Stolzes und der Vorfreude erfüllt mich. Ich werde mein eigenes Café besitzen. Das ist doch der helle Wahnsinn, oder?

Mein Handy klingelt. Es ist Mum, die mir vermutlich sagen will, dass sie zu spät kommt. Obwohl sie schon tausendmal hier war, schafft sie es doch immer wieder, sich zu verfahren.

«Ist alles in Ordnung?», frage ich.

«Du wirst es nicht glauben, Liebes, aber ich habe mir heute Morgen die Achillessehne gezerrt. Das bedeutet, ich darf nicht Auto fahren. Ich komme eben erst vom Krankenhaus zurück. Ich werde wohl Weihnachten ohne euch alle feiern müssen. Ich habe den ganzen Vormittag über versucht dich anzurufen, aber du warst wohl unterwegs.»

«O nein! Du Arme. Du kannst doch nicht Weihnachten alleine verbringen. Ich werde zu dir kommen, Moo versteht das bestimmt.» Ich versuche, den Gedanken zu verscheuchen, wie sie morgen ganz alleine *Only Fools and Horses* anschaut.

«Wie lieb von dir, mein Schatz, aber Suzie und ein paar der Mädels kommen mit Essen und einer Flasche Gin vorbei, um mich zu trösten. Wir werden ein Weihnachtspicknick veranstalten, also mach dir keine Sorgen.»

Mädels? Das sind Frauen Mitte sechzig, verflixt nochmal. Und wenn mich nicht alles täuscht, klingt Mum nicht allzu betrübt, dass sie Weihnachten ohne uns verbringen muss.

«Liebes, ich würde ja gerne noch ein Weilchen plaudern, aber ich bin mit Suzie unterwegs zum Weihnachtskonzert des Chors. Sie hat mir irgendwo ein Paar Krücken aufgetrieben. Du musst sie wirklich bald mal kennenlernen. Ich bin sicher, du magst sie auf Anhieb. Richte allen liebe Grüße von mir aus. Bussi.» Sie schickt Küsse durch die Leitung. Meine Mutter hat sich nicht nur in eine Lesbe verwandelt, sondern klingt auch noch wie Joan Collins.

Als ich nach der unerwarteten Fahrt schließlich völlig erledigt bei Moo ankomme, scheucht sie mich erst mal zu einer belebenden Knuddelrunde mit Bäro ins Wohnzimmer. Moo flitzt herum und lässt nicht zu, dass ich auch nur einen Finger krümme. Ihr Dasein als Vollzeitmutter bekommt ihr offensichtlich ausgezeichnet, denn sie sieht bezaubernd aus und schleppt eine Ladung Selbstgebackenes nach der nächsten an. Während sie in der Küche zu Bing Crosby mitsingt und Bob einige letzte Weihnachtseinkäufe erledigt, kuscheln Bäro und ich uns aufs Sofa und schauen uns *The*

Snowman an, obwohl ihm ungefähr ab der Mitte langweilig wird und er stattdessen ein Spiel namens «Mal sehen, wie viele Bücher wir in einer halben Stunde lesen können» anfängt. Mit Aled Jones als Hintergrundmusik, den Geschenken rund um den Christbaum und warmen Mince Pies, die Bäro angeekelt ausspuckt, steigt langsam die magische Weihnachtsstimmung in mir auf. Es ist das gleiche kribbelnde, aufregende Gefühl wie als Kind. Damals schlug mein Magen aus lauter Vorfreude Purzelbäume, während ich mir vorstellte, wie die Feen und Elfen hektisch in letzter Minute die Geschenke fertig machten, ich einen flüchtigen Blick auf den Weihnachtsmann am Himmel erhaschte und Feenstaub sanft von den Sternen herunterrieselte. Sogar mit fünfunddreißig, äh, sechsunddreißig, würde ich am liebsten vor Aufregung quietschen. Die Sache ist nämlich die: Ich glaube immer noch daran. Ich glaube nach wie vor an den Weihnachtsmann und Elfen und Happy Ends. Nein, streichen wir das mit den Happy Ends. Das ist bescheuert. Aber der Weihnachtsmann hat einen meiner Wünsche erfüllt, deshalb bin ich auf den dicken Kerl im roten Anzug gerade ziemlich gut zu sprechen. Und wer weiß, vielleicht hat er ja noch einen Trumpf im Ärmel und gewährt mir morgen auch meinen zweiten Wunsch.

Wir verbringen den ersten Feiertag damit, viel zu essen und wenig zu tun, was mir leider zu viel Gelegenheit bietet, darüber nachzudenken, was Matt wohl gerade macht. Ich schaue öfter auf mein Handy als nötig, und jedes Mal tut mein Herz ein bisschen mehr weh. Vermisst er mich, oder kuschelt er sich gerade an eine junge Blondine, die keine Forderungen stellt? Ich dachte wirklich, Matt sei Mr. Right. Wirklich! Wahrscheinlich bin ich einfach nur dieser ganzen Weissagerei auf den Leim gegangen.

«Ich gehe eine Runde spazieren», verkünde ich und trete hinaus in einen wunderschönen, kalten Tag, um einen klaren Kopf zu bekommen. Der Himmel ist babyblau mit einem Hauch von Pink, die Wege und Bäume mit eisigem Puderzucker überzogen. Ich schlendere die Straße entlang, sauge die frische, klare Luft in meine Lungen und fühle mich sofort besser. Als der orangefarbene Sonnenball hinter dem Horizont verschwindet, ist mir jedoch zum Heulen zumute. Nicht weil ich traurig bin, sondern weil die Schönheit der Natur immer diesen Effekt auf mich hat und ich noch gefühlsduseliger als gewöhnlich werde. Na gut, das war eine kleine Lüge. Es ist wunderschön, doch die Tränen, die meine Augen füllen, haben wenig mit der Natur zu tun. Sosehr ich mich auch bemüht habe, über ihn hinwegzukommen und nach vorn zu schauen, so gäbe ich doch alles darum, hier mit Matt zu stehen.

Ich strecke den Mittelfinger gen Himmel, in der Hoffnung, dass der Weihnachtsmann ihn auf seinem Heimweg sieht.

Nach Weihnachten habe ich mit dem Café mehr als genug zu tun. Außerdem muss ich die Party vorbereiten, die ich dort zu Silvester schmeiße. Was in aller Welt hat mich auf diese Idee gebracht? Im Grunde war die Party gar nicht meine Idee, sondern die von Lou, aber sie hat es so geschickt eingefädelt, dass ich es für meine eigene hielt. James bringt die Teekisten vorbei, die er aufgetrieben hat und die als Sitzgelegenheiten dienen werden. Ben hängt überall weiße Lichterketten auf, und Freya hilft mir, einmal gründlich durchzuputzen – obwohl ihr übliches Strahlen ein wenig getrübt wirkt und sie fast so müde scheint wie ich. Sie hat sogar einen Pickel! Macht es mich zu einem schlechten Menschen, dass ich mich freue, dass sie zur Abwechslung mal uns Normalsterblichen gleicht und nicht aussieht wie Claudia Schiffers Zwillingsschwester?

Die Prinzessin hilft, indem sie überall mit ihrem Spielzeugstaubsauger staubsaugt. Ab und zu müssen wir alle eine Runde Verstecken spielen und so tun, als würden wir ihr kleines Stimmchen nicht hören, das unter einer Abdeckplane hervorpiepst. Lou schneit fast jeden Tag herein und droht mitzuhelfen. Stattdessen gelingt es ihr jedoch, meine Aufmerksamkeit eine Weile mit Vor-Ort-Maniküre, einem kleinen Einkaufsbummel für ein Outfit und einer Unterweisung in die Verwendung eines Lockenstabes auf sich zu ziehen. Da ich eine ellenlange Liste abzuarbeiten habe, könnte mich das nerven, doch ich empfinde ihre Bemühungen eher als Unterstützung und lasse zu, dass sie mich von einer mürrischen, müden alten Schachtel in jemanden verwandelt, der halbwegs vorzeigbar aussieht. Finde sogar ich. Momentan lebe ich aus einem Koffer in Bens und Freyas Gästezimmer, während die Hälfte meiner Habseligkeiten in ihrer Garage lagert. Die andere Hälfte ist hier in der Wohnung, wo ich immer noch fleißig die Farbrolle schwinge. Nächste Woche kommen die Handwerker zurück, und ich habe noch bis zur dritten Januarwoche Zeit, bevor ich weitere Kuchenbestellungen annehme. Das ist nicht ideal, aber bis das Café fertig ist, bleibt mir wohl keine andere Wahl. Freya ist ein absoluter Engel, denn sie hat mir angeboten, dass ich ihre Küche benutzen darf, falls die hier nicht rechtzeitig fertig wird. Am nächsten Morgen höre ich zufällig, wie sie sich im Badezimmer übergibt, das direkt neben meinem Zimmer liegt. Ich bin erst nicht sicher, ob ich sie drauf ansprechen soll, aber beim Frühstück frage ich dann doch, ob alles in Ordnung ist. Die Prinzessin löffelt gerade ihren Joghurt und schaut einem grün-lila gestreiften Fernseh-Vieh zu, das wie eine Kreuzung aus Nilpferd und Ameisenbär aussieht. Zu meinem großen

Erstaunen füllen sich Freyas Augen mit Tränen. Ich habe sie noch nie zuvor weinen sehen. Gefühle in der Öffentlichkeit zu zeigen ist einfach nicht ihr Stil, und so hatte ich auch anfangs Schwierigkeiten mit ihrer pragmatischen Einstellung zum Thema Fehlgeburt. Später wurde mir jedoch klar, dass die Menschen mit den Dingen unterschiedlich umgehen und es ein Glück war, jemanden wie sie zu haben. Drei emotionale Frauen in der Familie reichen.

«Du bist wieder schwanger, oder?», frage ich, und sie nickt. Ein strahlendes Lächeln breitet sich auf ihrem Gesicht aus, bevor sie wieder in Tränen ausbricht. Sogar ihr Weinen ist still und beherrscht, nicht zu vergleichen mit meinen lauten Schluchzern. Wahrscheinlich kriegt sie dabei noch nicht mal eine rote Nase.

«Gibt es denn ein Problem?» Mein Herz setzt einen Schlag aus.

«Nein, ich weine nur, weil ich glücklich bin. Wirklich. Es wird ein Mädchen.» Lächelnd wischt sie sich die Tränen ab, und ich nehme sie in den Arm.

«Herzlichen Glückwunsch. Das sind wunderbare Neuigkeiten.» Meine Worte kommen von Herzen. Noch vor ein paar Monaten hätte mich das wahrscheinlich in tiefe Verzweiflung gestürzt, aber heute nicht. Ich muss wieder daran denken, wie anders alles noch vor einem Jahr war. Außerdem schießt mir der Gedanke durch den Kopf, dass Ben mit dem neuen Mädchen noch eine Frau haben wird, auf die er aufpassen kann – dann wird er hoffentlich zu beschäftigt sein, um sich um mich Sorgen zu machen!

Als ich mich etwas später zu einem weiteren Malertag auf den Weg in die Wohnung mache, frage ich mich trotzdem, ob ich wohl je noch einmal den wunderbaren Moment erleben werde, wenn dieser dünne blaue Strich das Leben komplett auf den Kopf stellt und für immer verändert. Doch wie heißt es so schön, sag niemals nie. Die letzten Monate haben mir gezeigt, dass selbst innerhalb von vierundzwanzig Stunden unendlich viel passieren kann. Vielleicht treffe ich morgen den Mann meiner Träume, der mich und meinen Schokoladenkuchen anbeten wird. Wenn wir schon davon sprechen, ich glaube, ich habe das perfekte Rezept gefunden und werde einen für die Silvesterparty morgen Abend backen. Als ich die Tür zum Café öffne, erwartet mich ein Stapel nachgesendeter Post. Darunter ist eine Ausgabe des *Gorgeous Magazine*, zusammen mit einer kleinen Nachricht von der Redakteurin, worin sie mir die Seite nennt, auf der ich den Artikel finde. Ich schlage die Zeitschrift auf. «Der Tag, an dem ich mein Leben verändert habe» heißt der Artikel. Wie immer ist mein Foto schrecklich, aber die Website wird genannt, was schon mal nicht schlecht ist. Während ich den Text überfliege, zucke ich innerlich zusammen. Habe ich diese Sachen wirklich alle gesagt?

«Ich bin eines Morgens aufgewacht und habe gedacht, was mache ich hier eigentlich? Man kriegt nur eine Chance auf dieser Welt, und statt sich atemlos im Hamsterrad des Lebens abzustrampeln, während andere die Geschwindigkeit erhöhen, sollte ich da draußen sein und Kuchen backen. Also habe ich meine schicken Kostüme gegen eine Schürze eingetauscht und würde jedem raten, dasselbe zu tun. Nun ja, nicht zwangsläufig das mit der Schürze. Folge deinem Herzen und verändere dein Leben.»

Oje.

Andererseits: Hey – ich bin in der Zeitung! Ein Jahr später bin ich die, die ich immer sein wollte.

Auf dem Weg nach oben in die Wohnung blättere ich die restliche Post durch und lege die üblichen Lieferantenrechnungen zur Seite. Doch dann bleibe ich plötzlich mitten auf der Treppe stehen: Mein Blick fällt auf einen kleinen, wattierten Umschlag, und das Herz klopft mir bis zum Hals, als ich die vertraute Handschrift erkenne. Mit zitternden Händen reiße ich die Lasche auf. Im Päckchen befindet sich eine CD von den Smashing Pumpkins. Darauf klebt ein kleiner Zettel mit den Worten «Lied Nr. 7». Ich drehe ihn um, in Erwartung einer weiteren Nachricht, doch die Rückseite ist leer. Ich lege die CD in die Anlage und drücke auf Play.

«Who wouldn't stand inside your love? Who wouldn't be the one you love.» Ich höre den Text des Liedes und erinnere mich daran, wie Matt es an jenem idyllischen gemeinsamen Sommernachmittag gesummt hat. Hat er sich da so gefühlt? Und wenn ja, was ging schief, und warum schickt er mir das jetzt? Ich verstehe es nicht. Warum hat er zu Weihnachten nicht angerufen? Warum steht er nicht vor der Tür? Ich nehme die CD heraus und werfe sie in den Müll.

Die Lichterketten funkeln fast so hell wie mein paillettenbesetzter Silberschal und meine wunderbaren silbernen Staubsaug-Schuhe. Ich wusste doch, dass sich irgendwann eine Gelegenheit bieten würde, sie anzuziehen. Meine Haare fallen mir in weichen Locken ums Gesicht, und ich trage ein schwarzes Chiffontop mit V-Ausschnitt. Da ich mich ein wenig unsicher fühle, weil der Push-up-BH mir den Busen bis zum Kinn hinaufdrückt, zupfe ich ständig daran herum. Auch wenn ich mich heute Abend wunderschön fühle, gebührt die Ehre der Ballkönigin Lou, die in ihrem schwarzen Kleid, das wie direkt auf den Körper gesprüht wirkt, und den astronomisch hohen schwarzen Stöckelschuhen mit silberbeschlagenen Absätzen hinreißend aussieht. Lächelnd sehe ich zu, wie sie die Leute im Raum mit Luftküsschen begrüßt, was wirklich nur sie sich erlauben kann. Carl, der sie stolz beobachtet, zwinkert mir zu.

Während sich alle lautstark unterhalten, Champagner aus zusammengewürfelten, geblümten Teetassen trinken und meine mit weißem Zuckerguss und Silberstaub verzierten Törtchen verspeisen, muss ich an das letzte Silvester denken und wie anders alles damals war. Ich war unglücklich und verloren, eine ungewisse Zukunft stand mir bevor. Doch jetzt, nur zwölf Monate später, habe ich meinen langgehegten Traum verwirklicht, meine eigene Firma gegründet, stehe in meinem eigenen Café, das nächsten Monat eröffnen wird, und bin von Leuten umgeben, die mir unendlich viel bedeuten. Bald ziehe ich in die Wohnung im ersten Stock ein, und ich habe mir sogar schon einen Satinüberwurf fürs Bett gegönnt. Er hat die Farbe von Zwetschgenmarmelade und wird perfekt zu meinem geplanten schäbigen Pariser-Chic-Flair passen. Es wird die ideale Singlewohnung einer erfolgreichen Frau. Matt taucht vor meinem inneren Auge auf. Schnell summe ich laut, um das Bild zu vertreiben. Er fehlt mir, aber er ist doch sicher nicht der einzige Mann auf der Welt, der gut küsst, in dessen Augen ich mich verlieren könnte, der so gut riecht, der ... Stopp! Es ist vorbei! Egal wie traurig es mich macht, wenn ich die Gelegenheit bekäme, ich würde es wieder so machen. Wie heißt es doch noch gleich? Tanze, als würde niemand dir zusehen, liebe, als hätte dir nie jemand das Herz gebrochen. Ich bin entschlossen, über ihn hinwegzukommen, und ich freue mich, auf was auch immer die Zukunft bringen mag. Denn ich bin mir selbst treu geblieben und habe keine Angst mehr. Nur noch vor der Dunkelheit!

Schließlich habe ich ja auch das Rezept für den perfekten Schokoladenkuchen gefunden, was wieder typisch ist, weil die Person, für die ich ihn gebacken habe, gar nicht hier ist, um der schokoladigen Versuchung zu erliegen.

James kommt herein und küsst mich auf die Wange.

«Ich dachte, du hast keine Zeit?», frage ich, überrascht, ihn zu sehen. Seit Frosch gestorben ist, hatten wir nicht viel Kontakt.

«Ich wollte nur schnell vorbeischauen und dir ein gutes neues Jahr wünschen.» Verstohlen winkt er einer Frau, die an der Tür wartet.

«Und wer ist diese Schönheit?», erkundige ich mich interessiert.

«Das ist Caitlin.» Ein verträumter Ausdruck liegt in seinen Augen.

«Aber sie ist ja gar nicht blond!» Ich kann es nicht fassen.

«Hm, ich weiß ...», meint er fast ein bisschen verlegen. «Wie dem auch sei, ich muss los. Frohes neues Jahr, Süße!» James drückt mir einen weiteren Kuss auf die Backe und verschwindet mit der schönen Caitlin im Schlepptau.

Ich wandere umher, unterhalte mich mit meinen Gästen und sorge dafür, dass alle genug Champagner haben, während im Hintergrund Frank Sinatra singt. Moo und Freya diskutieren über kindliche Schlafgewohnheiten und sorgen sich um die Prinzessin und Bäro, die sich in der Obhut von Freyas überaus fähiger Mutter befinden. Ben versucht, Mac dazu zu überreden, seinen Sportflitzer gegen ein eher männliches und weniger schwules Modell einzutauschen, während Bob die Zaubershow vorbereitet, die er später vorführen wird. Das Ende ist ein bestens gehütetes Geheimnis, aber ich weiß, dass in den letzten Wochen viel geprobt wurde und dass Moo aus einer Schachtel steigen wird. Mum flitzt durch den Raum, so schnell sie das auf ihren Krücken kann. Das auberginefarbene Top mit passendem Samtschal zu den schwarzen Hosen steht ihr ausgezeichnet. Sie lacht und unterhält sich mit allen, einschließlich Dad – was uns mächtig schockiert – doch ich fürchte, sie ist mehr als nur ein bisschen beschwipst. Dad sieht aus wie ein Mafioso, wie er im schwarzen Hemd und Jackett mit einem großen Brandy in der Hand dasteht. Lächelnd gehe ich zu ihm hinüber, stelle mich auf Zehenspitzen und drücke ihm einen Kuss auf die Wange.

«Wofür war das denn?», schimpft er, als hätte ich ihm stattdessen den Arm gebrochen. Er berührt seine Wange, und ich würde ihm gerne versichern, dass meine Spucke nicht giftig ist.

«Einfach nur so», antworte ich, weil ich mir selbst nicht sicher bin. «Weil ich dich lieb habe», füge ich vorsichtig hinzu.

«Nun ... das ist sehr nett. Vielen Dank.» An der Art, wie er einen Schluck von seinem Brandy nimmt, kann ich erkennen, dass ihm das Ganze unangenehm ist. Ich warte gespannt auf eine Erwiderung, aber es folgt nur angespanntes Schweigen.

«Glückwunsch zur Firma. Ben hat mir erzählt, dass du sehr erfolgreich bist», meint er schließlich, und ich nicke, denn ich weiß, dass ich mehr von ihm nie bekommen werde.

Als ich gerade auf die Uhr sehe, um sicherzugehen, dass wir Mitternacht nicht verpassen, kommt Tilly ganz atemlos mit einem Mann hereingestürmt, den ich noch nie gesehen habe.

«Tut mir leid, dass wir so spät dran sind, Maddy. Das hier ist Bradley. Bradley, das ist Maddy. Bradley liebt Teekuchen. Habe ich dir erzählt, dass Maddy wunderbare Kuchen bäckt? Maddy ist meine absolute Lieblingsfreundin. Bradley lädt mich übers Wochenende nach Paris ein. Du siehst phantastisch aus. Deine Haare sind genial. Und das

Café ist hinreißend. Ist das deine Mum?» Sie holt dazwischen nicht ein Mal Luft. Es scheint, als wolle sie innerhalb von fünf Minuten den ganzen Abend aufholen. Bradley und ich können ihr nur zuhören und warten, bis sie fertig ist.

«Maddy, ich muss unbedingt mit dir reden. Und zwar jetzt sofort!»

Bradley und ich stehen gespannt da, für den Fall, dass noch was nachkommt, aber sie scheint in der Tat alles gesagt zu haben. Während wir einen leicht verwirrten Bradley in Bobs Obhut zurücklassen, führt Tilly mich in eine ruhige Ecke. Sie wirkt ganz aufgeregt.

«Ich versuche schon seit Tagen dich zu erreichen», beschwert sie sich.

«Ach, ich hatte mein Handy abgeschaltet. Ich hielt das für eine gute Idee. Dann zucke ich nicht jedes Mal zusammen, wenn es klingelt. Warum, was ist denn los?»

Tilly holt tief Luft.

«Ich habe neulich mit Matt gesprochen.»

«Und?», frage ich vorsichtig.

«Bitte verzeih mir, Maddy, aber ich musste es ihm einfach erzählen», antwortet sie, und mir wird ein bisschen schlecht.

«Was, Tilly? Was hast du ihm erzählt?»

«Ich habe ihm gesagt, dass du ihn immer noch liebst. Es tut mir leid, Maddy.»

«Verdammt nochmal, Tilly! Warum um alles in der Welt hast du das gemacht?»

Tilly hat den Kopf gesenkt wie ein gescholtenes Kind. Sofort bekomme ich Schuldgefühle.

«Er hat mir erzählt, dass er damals, als er ins Café kam, DICH sehen wollte! Er hat mir erzählt, dass er fest vorhatte, dich zu bitten, ihm eine zweite Chance zu geben, weil ihm klar geworden war, dass er ohne dich nicht leben will, dass du recht hattest und er sich vor etwas gefürchtet hat, das vielleicht nie eintritt.» Wieder redet Tilly wie ein Wasserfall. «Er hat gesagt, er kann an nichts anderes denken, als eine Familie zu sein, er, du und die Mädchen. Aber als du dann weggelaufen bist, dachte er, du hasst ihn!»

Ich schüttele den Kopf und versuche, mich auf das zu konzentrieren, was Tilly mir da erzählt. Mir ist ein bisschen schwindelig.

«Und als du dann auf die CD nicht reagiert hast, die er dir geschickt hat, da nahm er an, du willst nichts mehr mit ihm zu tun haben und hast jemand anderen gefunden. Er dachte tatsächlich, du bist mit Tom zusammen!»

«O Gott!», rufe ich erschrocken. Tillys Worte hallen in meinem Kopf wider und stiften nichts als Verwirrung und Verwunderung. «Aber ich habe die CD doch erst gestern bekommen.»

«Na ja, und da hab ich es ihm gesagt. Ich musste einfach etwas tun, denn ihr zwei würdet diesen ganzen Schlamassel alleine nie auf die Reihe kriegen. Da hat er mich hochgehoben, herumgewirbelt und gelacht wie ein Irrer. Ich habe ihn noch nie so aufgeregt und glücklich gesehen, nicht mal als er das Geld bekam, um die Nymphenstatue restaurieren zu lassen.»

Ich weiß nicht mehr, was ich denken soll. Meine ganze Welt steht plötzlich wieder Kopf. Ist es nicht das, was ich hören wollte? Habe ich nicht die ganzen letzten sechs Wochen dafür gebetet, dass er endlich zur Vernunft kommt und mich anfleht, zu ihm zurückzukommen? Ich muss an all die Stunden denken, die ich weinend darauf gewartet habe, dass Matt anruft, und ein Teil von mir fragt sich, ob es inzwischen zu spät ist. Meine Gedanken werden von Ben unterbrochen, der mich umarmt.

«Alles klar, Kumpel?»

«Ja, bestens. Ich kann allerdings immer noch nicht ganz glauben, dass das mit dem Café wirklich klappt», gebe ich zu.

«Du hast das prima gemacht, Schwesterchen. Du weißt, wie stolz ich auf dich bin, oder?» Ich nicke und schmiege mich an ihn.

«Hey, hast du abgenommen?», frage ich.

«Ja. Sind wohl diese schrecklich gesunden Muffins, mit denen Freya mich füttert. Sie hat Kekse aus dem Haus verbannt.»

«Steht dir gut.» Ich klopfe ihm neckend auf den Bauch. «Und wie ich gehört habe, darf man dich beglückwünschen.»

Ben strahlt übers ganze Gesicht, ein Lächeln, das ich gerne für immer als Schnappschuss festhalten würde, um es an trüben Tagen hervorzukramen. Stolz sieht er zu seiner Frau hinüber, die ihm eine Kusshand zuwirft. Ich drücke ihn noch einmal fest, denn auf einmal habe ich einen Kloß im Hals, so gern mag ich meinen kleinen Baby-Battenberg-Bruder. Doch bevor ich zu gefühlsduselig werden kann, kommt Moo angerauscht und reißt uns auseinander.

«Es ist Viertel vor zwölf. Ich finde, du solltest ein paar Worte sagen und einen Toast aussprechen», schlägt sie vor, und zu meiner eigenen Überraschung stimme ich zu.

«Schaust gut aus», meint Ben, und Moo vollführt eine kleine Pirouette. Sie sieht heute Abend bezaubernd aus: Ihr altes, verrücktes Ich ist immer noch da, doch irgendwie sanfter und sehr sexy in ihrem hellrosa Glitzertop, Diamantohrringen und Jeans, die ihre wieder erschlankte Figur betonen. Sie hat ihr Haar am Hinterkopf zu einem komplizierten Knoten hochgesteckt, aus dem einzelne Strähnen schmeichelnd in ihr Gesicht fallen.

«Wie hast du das mit deinen Haaren hinbekommen? Das sieht super aus», frage ich sie, während sie mich in die Mitte des Raumes zieht. Sie zwinkert mir jedoch nur zu und lächelt geheimnisvoll.

«Du hast doch nicht etwa bei Freya heimlich Unterricht genommen», meine ich vorwurfsvoll, woraufhin sie nickt und wir beide laut herauslachen. Natürlich drehen sich alle nach uns um. Ich versuche, meine Fassung wiederzugewinnen, als Moo mit einem Teelöffel an ihre Tasse klopft und um Ruhe bittet. Ich blicke in die lächelnden Gesichter um mich herum und lächle zurück.

Interview mit Parkie:

«Was für ein Jahr, was?»
«In der Tat. Ich kann es selber noch kaum glauben.»
«Irgendetwas, das Sie bedauern?»
«Nein, Parkie, absolut nichts.»
«Und, Maddy, glauben Sie denn, Sie haben das perfekte Rezept zum Erfolg gefunden?»
«Um ganz ehrlich zu sein, glaube ich nicht, dass es das gibt. Man muss wohl einfach nur mutig sein, seinem Instinkt folgen und hoffen, dass man Zucker und nicht Salz in den Teig gegeben hat. Eines jedoch habe ich gelernt: Jedes Rezept verträgt immer eine ordentliche Portion Liebe und Küsse. Ach ja, und natürlich eine Teflon-Backform.»
«Darf ich sagen, dass Sie heute Abend besonders strahlend aussehen?»
Ich lehne kurz meinen Kopf an Parkies Schulter.
«Was ich Sie schon die ganze Zeit fragen wollte, Michael: Mögen Sie Schokoladenkuchen?»

Alle warten auf meine Rede. Ausnahmsweise jedoch bin ich überhaupt nicht nervös, und die erwartete Röte bleibt auch aus. Als ich heute Morgen in den Spiegel geschaut und mir gesagt habe, dass ich hinreißend und schön bin, habe ich mich genauso gefühlt.

«Ich möchte mich einfach nur bei allen für ihre Hilfe und ihre Unterstützung während der vergangenen zwölf Monate bedanken. Ohne jeden Einzelnen von euch hätte ich es nicht geschafft. Deshalb würde ich gerne einen Toast aussprechen auf alle, die heute hier versammelt sind, und ich hoffe, ihr werdet Stammgäste im Sugar and Spice-Café.»

Alle heben ihre Tassen und rufen «Cheers», außer Mum, die anfängt zu weinen. Zu jedermanns Erstaunen legt Susan ihr den Arm um die Schultern und reicht ihr ein Taschentuch, während Dad zusieht und einen tiefen Zug aus seiner dicken Zigarre nimmt.

Als die Glocken des Big Ben aus dem Radio ertönen, klopft es an die Tür. Moo gibt mir einen Stups.

«Mach lieber mal auf. Ich glaube, *er* könnte es sein!»

Ich gehe wie in Zeitlupe zur Tür und öffne sie.

«Wo warst du denn so lange? Ich habe dir Schokoladenkuchen gebacken.»